U0895688

KEY·可以文化

诺贝尔文学奖得主
帕特里克·怀特作品

A Fringe of Leaves

Patrick White

树叶裙

〔澳〕帕特里克·怀特 著

倪卫红 李尧 译

献给——

戴斯蒙德·迪戈比

完美的女性，崇高的造型，是警钟，是抚慰，是主宰。

——威廉·华兹华斯

鼠　妻：鄙人请您原谅——阁下府中是否有折磨人的东西令您不安？

阿尔马：此地？没有，我想没有。

鼠　妻：若是有的话，鄙人非常乐意为尊府驱除。

瑞　特：对，对，我们明白，但此地绝无此类东西。

——亨里克·易卜生

即使人身上有什么真正的优点，他自己也只能对此一无所知。

——西蒙娜·韦伊

爱情是你最后的机会。除此之外，世界上没有任何东西可以使你生活下去。

——路易·阿拉贡

目　录

第一章

马车离开环形码头的时候，斯塔夫德·梅瑞维尔先生拍了拍妻子的手背，说他们已经尽了自己的责任。

梅瑞维尔太太回答道："谁也不能谴责我失职。"本来她也许会噘嘴生气，但天生的懒惰占了上风，同时她也怀疑熟悉她的人肯定明白她的说法并不确实。

所以，她抚平一直戴在手上的小山羊皮手套又补充道："我想，我们受到的款待还是令人满意的。对于任何形式的麻烦这总是一种补偿。斯克利姆索小姐，"她问话的时候并没有正眼看她的朋友，"我们难道没有受到款待吗？"

"哦，当然！非常令人满意，"斯克利姆索小姐连忙回答，本来是圆润浑厚的嗓音变得又尖又细，很不自然，"住在这么遥远的地方，老家来了客人，谁都会觉得耳目一新。如果有什么遗憾，恐怕只能是他们的来访太短暂了。"

梅瑞维尔太太拿定主意做出一副心满意足的样子。斯克利姆索小姐显然不以为然。在这辆装了舒适软垫的马车里，木头车身的吱扭声、皮革挽具的摩擦声使得那种不可言传的不祥预感制造出来的气氛更加浓重。马路不平，车里的乘客就像航海的人被海浪玩弄着一样，只能听任大地摆布，备受颠簸之苦。

“这种短暂的访问原本就没什么企求，”梅瑞维尔太太宽慰自己，“你同意我的看法吗？”梅瑞维尔先生作为一个男人对此类问题不感兴趣，这话显然是说给斯克利姆索小姐听的。

“啊，当然同意。”斯克利姆索小姐顺着梅瑞维尔太太的思路说，“短时间的访问就是这个样子。”

在她的颇为庞大的熟人圈子里，斯克利姆索小姐的责任就是做一只应声虫。这就是很少有人知道她的真实思想的原因。不过在某些特殊的情况下，她也会发表意见。就凭这一点，再加上她的大鼻子、长牙齿和显赫的社会关系使得从悉尼来的梅瑞维尔太太不但对她不敢小视，还希望她能够理解他们。

“光凭一面之交，”梅瑞维尔太太抓住这个话题不放，“在轮船甲板上彼此说几句热情友好的话，怎么能了解需要长时间的访问才能了解到的东西。”

她话音刚落，马车猛地颠了一下。

“哦，难说，人可是很丑恶的！”斯克利姆索小姐断言。她语气平淡，声音却出人意外地高，“我不相信有谁能阅尽人类的丑恶。”

这便是一种特殊情况，梅瑞维尔太太不由得把脖子往裘皮围巾里缩了缩。

“我不知道，”她的丈夫开口说话了。到目前为止，他一直乐于把话题留给两位女士，而自我陶醉般地坐着观望马车窗外的一切，“我相信，我从未碰到过不具备一定美德的人。”

性别和天性妨碍他理解的事情太多了，两位妇人马上心照不宣地陷入沉默。

梅瑞维尔太太以一种超然的态度望着丈夫搁在窗框上的那只手。他们在这块不毛之地度过的最初几年已经无情地改变了他的皮肤,使它几乎成了那土地的一部分。梅瑞维尔太太想起,有一次在阳光烤灼的土地上,一只蜥蜴蜷伏在枯草中直勾勾地盯着她,她不由得起了一身的鸡皮疙瘩。

斯塔夫德·梅瑞维尔先生属于英国绅士中这样一种类型:谈不上温柔,也谈不上坚定,不太自信,但也并非事事消极。他可以从故乡的土地毫无怨言地移植到地球最荒凉的地方。作为国王任命的测地员,他已经勘察了新南威尔士殖民区的辽阔地域,有一阵子一直深入到莫顿湾①新近开辟的定居区。妻子猜测他的力量就表现在忍受寂寞的能力上,而没有意识到人是可能与某一块土地——并不吸引人的土地——相连相关的。由于历经风吹日晒,梅瑞维尔先生的皮肤像皮子一样黑,像帆布一样粗糙,跟他通常用的马鞍子倒很相配。梅瑞维尔太太抚摸着一条衣缝,欣赏着她那件新进口的美利奴羊毛外套。来到这个命运安排或丈夫自己选择的国家与丈夫团聚之后,丈夫说服她随他一起到令人吃惊的内地来。在那段很短的时间内,她一直闷闷不乐。她整天绷着脸坐在他的身后,任凭大车一路颠簸。宿营的时候也只是不情愿地尽点义务。这期间发生过蜥蜴瞪她的小插曲,以及其他许多不堪回首的事情。梅瑞维尔太太善于对可怕的事物视而不见,好在上苍有眼,她很快便变得弱不禁风,于是心安理得地退避到格莱勃一座别墅中,而且几乎像在温彻斯特②一样,专门有个女仆精心服侍。至于梅瑞维尔先生,他一头钻

---

① 莫顿湾(Moreton Bay):澳大利亚昆士兰州濒布里斯班的海湾。——本书注释如无特殊说明,均为译者注

② 温彻斯特(Winchester):英国英格兰南部,汉普郡的首府。

进他那个“男人的世界”，只对海拔、距离、土壤、水质感兴趣，对她不在身边并不怎么在乎，只是办完公事之后回格莱勃别墅小住几天，尽一尽做丈夫的职责。当洗脸池发出很不悦耳的哗哗声，陌生的皮肤钻进缎子被窝里时，他的妻子倒也能委曲求全。

现在，梅瑞维尔太太一边坐着摩挲衣缝，一边琢磨着该如何回答自己选作丈夫的这个男人。

“斯克利姆索小姐的意思并不是——”她像平常那样十分耐心地解释说，“并不是说所有的人在所有的方面都是可恶的。”

可是此刻，不知道出于什么原因，她的朋友拒绝与她合作。

“几乎所有人！”斯克利姆索小姐坚持自己的意见。

梅瑞维尔太太大笑起来，哧哧哧的笑声不时从胸衣深处爆发出来，尽管无伤大雅，但对于一位平常温文尔雅的人来说，这也算得上惊人之举了。“啊，亲爱的，”她大声说，“大概是东北风把你刮糊涂了，你的脸都吹成猪肝色儿了。”她立刻想起斯克利姆索小姐的社会关系：萨福伦沃尔顿①尊贵的切特温德尔太太，心里纳闷自己怎么敢这样肆无忌惮。

“当初我提议到‘布利斯托尔少女号’为罗克斯巴勒夫妇送行，祝他们一路平安，并没有想到会把大家搞得都不快活。”梅瑞维尔先生说。他性情好，不会在这件事情上陷得太深。

“你完全误会了，斯塔夫德！”妻子皱着眉头反驳道。

这是她跟丈夫说话时最喜欢的表情，尽管让她详细解释为什么要做出这副模样时，她自己也说不出个所以然。

斯克利姆索小姐若有所思地凝视着膝盖，又变得谦恭起来。

---

① 萨福伦沃尔顿(Saffron Walden)：这是作者杜撰的地名，模仿英国古老地区的名称，以讽刺梅瑞维尔太太的势利。

“我想,几乎每个人都会被突如其来的郁闷所左右。”

她浑身上下都是棕黄色。头发呈波浪形塞在帽子里,形成棕黄色光环,把一张脸映衬得即使够不上猪肝色,也比本来的肤色深了许多。

梅瑞维尔太太发现,她的朋友的斗篷褶边下面露出的那条裙子正是自己弃之不要的,便立即为能瞥见自己的慷慨感到心满意足。

“斯克利姆索小姐跟我一样,一定很同情那些可怜的人。他们乘坐木盆子似的小船旅行,在他们和他们热爱的一切之间相隔着重洋,路途漫长、单调,充满凶险。”梅瑞维尔太太坐在她那辆严严实实、十分舒适的马车里,满可以品味一下悲天悯人的滋味。“尽管我极不喜欢眼下的环境,但也不想为了回老家经受远航之苦,除非乘坐设备齐全、供应也好的三桅快帆船。你知道,我这个人受不了艰辛。”

她本来想继续责备丈夫,正巧有辆大车横在马路上,挡住他们的去路。车夫正设法掉转马头,梅瑞维尔太太趴在窗口朝他皱着眉头。

梅瑞维尔先生清了清嗓子,说:“‘布利斯托尔少女号’一帆风顺到达霍巴特城①,这是波迪欧船长说的。现在它以同样出色的航海技术返航,我们没有理由相信它会遇到不测。”

起初谁也没有说话。

后来,梅瑞维尔太太又一次强调说:“如果是我,就等着坐三桅快帆船走。”她不无悲哀地摇着脑袋,与其说是为刚结识的朋友的命运担忧,不如说是为那位冒犯他们的车夫的赶车技术感到难过。

---

① 霍巴特城(Hobart Town):澳大利亚东南部塔斯马尼亚岛的港市,塔斯马尼亚州的首府。

“一定是那位弟弟的主意，”斯克利姆索小姐断言，“就我所知，一味依赖嫡亲的好意也是桩让人难堪的事情。”

梅瑞维尔先生笑了起来。“奥斯汀·罗克斯巴勒和他的弟弟加奈特感情一直很好。所以奥斯汀尽管身体不好，还是不惜远航之苦，来范迪门地[1]。我不想说下面的话，但坦白地讲，这很可能是他最后一次与弟弟共享天伦之乐。”

“兄弟俩如此情深谊长，病恹恹的哥哥竟然匆匆忙忙坐‘布利斯托尔少女号’这样的双桅小帆船远航，那就更非同寻常了。”斯克利姆索小姐好像在探寻什么。“也许，”她犹犹豫豫地说，“是罗克斯巴勒太太做的决定。”

这句话足以改变梅瑞维尔太太对马车夫和马车的兴趣。“怎么会是罗克斯巴勒太太的决定？”她望着斯克利姆索小姐，希望她能揭开一些令人目瞪口呆的奥秘。

“罗克斯巴勒太太对丈夫的弟弟也许没有多少好感。”斯克利姆索小姐的声音含混不清，而且满面通红，因为她所说的只是一种异想天开，并非合乎逻辑的推理。

梅瑞维尔太太表示反对。“今天没有迹象表明罗克斯巴勒太太和她的小叔子闹过别扭。”

“也许是这样。”斯克利姆索小姐表示承认。她似看非看地盯着窗外的大街。“不，”她突然大声说，似乎要诋毁自己的直觉，“我并不想以任何形式中伤您的朋友。您一定要明白，梅瑞维尔先生，这不过是一种揣测，谈话过程中自然而然地形成了，令人遗憾的是，它毫无价值。”

---

① 范迪门地（Van Diemen's Land）：澳大利亚塔斯马尼亚的旧称。

梅瑞维尔太太十分赞赏她的朋友这种从被人责难的任何可能之中脱身的机灵劲儿。而她自己，碰上丈夫老于世故的批评的时候，两片嘴唇就只能像口技表演者一样颤抖着不知所云。

梅瑞维尔先生本来满可以退避到往事的帷幕之后，但他还是开口说话了。他说话的时候慢慢悠悠："我跟奥斯汀谈不上近乎，和他的妻子也是今天头一次见面。不过那位弟弟，加奈特，是我的朋友。"

有一会儿，正直、单纯的梅瑞维尔先生似乎很为命运的摆布而愤愤不平。如果他紧闭嘴巴，瘦削、高昂的脑袋倚靠在肩膀上，一双眼睛深陷在眼窝里半睁半闭，那一定是想起了远比现实生活更令人回味的往事。两位女士都意识到天气要变，尽管半张着的嘴唇都不曾被潮湿的橡树叶刺痛。

"小时候，加奈特和我骑马走过半个汉普郡①，"斯塔夫德·梅瑞维尔回忆道，"起初，骑粗毛矮种马玩。后来，纵狗打猎。长大之后，为了寻开心，我们经常骑着马到丘陵地草原沿着罗马路不紧不慢地闲逛。记得有一次，在斯托克布里奇的一个地方，他把马拴在足有一辆装满干草的大车那么宽的树篱上。他一会儿跑到我这边那条坑坑洼洼的小路上。过一会儿我又听到他在篱笆那边笑。"

"你呢？"斯克利姆索小姐问，"你也学他的样子吗？"

"我吗？从来就是个辛勤工作的人。"梅瑞维尔先生回答。

老姑娘对他的敬意并没有因此而有丝毫减弱。

"奥斯汀则是另外一种性格，可以说，气质和他弟弟截然不同，"测地员梅瑞维尔先生继续说，"他手里总是捧着一本书。除了出来

---

① 汉普郡(Hampshire)：英国英格兰南部的郡。

在花园里散步，我很少见他。栽花弄草的事儿他也不干。他的体质很弱，有一阵子人们认为他有结核病。后来，心脏也坏了。奇妙的是，正是这种病病歪歪的样子使他和身强力壮的弟弟更加接近。就好像他希望从加奈特身上借几分健康和力气。我想，那时候我嫉妒奥斯汀。”斯塔夫德·梅瑞维尔脸上现出一丝微笑，停了一下又说，“他学习法律，不过并没有开业。身体不允许。后来跟我们刚才见到的那位忠心耿耿的少妇结了婚。”

“奥斯汀·罗克斯巴勒太太，”斯克利姆索小姐一本正经地问道，“也出生在汉普郡？”

“我以前从来没有听说过这个人，”梅瑞维尔先生回答道，“她大概是温彻斯特那一带的人吧。”

“我听说罗克斯巴勒太太是康沃尔①人。”梅瑞维尔太太总是不失时机地提醒丈夫碰巧忘记的事情。

“好远的一个郡！”斯克利姆索小姐也许正在丰富和发展她的揣测。“那儿的人皮肤都很黑。我不记得曾经和哪一位康沃尔人有过密切的交往。我们家的人，”她补充道，“皮肤都很白。不论是兄弟还是姐妹。尤其是堂兄家那几个女儿，一个个真是面如桃花。只有我的皮肤是棕色的。”

要不是立刻意识到斯克利姆索小姐的思想又“溜号”，溜到她的“社会关系”——那位受封的萨福伦沃尔顿的贵妇身上，梅瑞维尔太太或许会觉得大为扫兴。在这种情况下，她总是对可怜的斯克利姆索小姐表现出一种热忱。斯克利姆索小姐是一个子女众多的大家庭里最小的孩子。父亲是个牧师。谁也没听说过她是怎么来到新

---

① 康沃尔（Cornwall）：英国英格兰西南部的郡。

南威尔士的，也没有人跟她亲热到直呼其名的地步。不知是出于谨慎还是因为心狠，她的父母在给第十个孩子施洗礼时，给她取名“黛茜玛”①。

斯克利姆索小姐一心想着皮肤白皙的妙处，正要进一步论述康沃尔人的“阴暗面”，梅瑞维尔先生说出一番出人意料的话来。

他面朝前坐着，一双紧握着的手放在两膝中间——这个姿势看起来更适合于指责别人。“我认为你们两位女士对罗克斯巴勒夫妇评价不高。”

“噢，斯塔夫德！”

“我当然不至于说你们对这对夫妇很反感呢！”这个令人气恼的人在他的“指控”被打断之前真是直言不讳。

他们的马车夫终于掉转了马头。那几匹大汗淋漓的矮脚马拉着车沿着狭窄的街道艰难地前进着。两个“负罪”的女人在一串抱怨声中，帽带、项链纠缠到了一起。

“只不过你们不喜欢人家罢了！”她们的“发难者”毫不留情地坚持着，像一个失去控制的牵线木偶前后晃动了几下。

“我可不受你这份气，斯塔夫德……这也太可恶了！”

“像罗克斯巴勒先生这样的人真是出色的绅士，值得赞美的人物！”梅瑞维尔先生对不公正行为的指责把斯克利姆索小姐搞得连气也喘不过来。“还有这样一次愉快的旅行。那条两桅小帆船，那位船长。他叫波迪欧，是不是？他显然是个心胸开朗的乐天派。”老姑娘一听大海就打怵。年轻时候，一位皇家海军中尉在安提瓜岛②被热病夺去了生命。这对于她一直是个沉重的打击。

---

① 黛茜玛（Decima）：英文 decima 有“第十个”的意思。
② 安提瓜岛（Antigua）：加勒比海诸岛之一，为君主国安提瓜和巴布达的一部分。

现在,马车的行驶已渐趋平稳,要不是不留情面的梅瑞维尔先生又放一炮,两位妇人本来可以恢复常态。他说:"我看,至少罗克斯巴勒太太不合你们俩的胃口。"

这话出自梅瑞维尔先生之口实在有失体面,更不用说他平常那样单纯,突然说出这样一番话来真让人不可思议。

"你是鬼迷心窍了吧? 斯塔夫德。"

斯克利姆索小姐暂且闭口不语。

"她像画上的美人一样漂亮。"梅瑞维尔先生赞叹道,语气自然。

"漂亮? 哦,是漂亮!"妻子勉强承认。

"还高雅。"丈夫又补充了一句。

"她披着一条美得出奇的披肩。"梅瑞维尔太太总是着眼于物质的东西。

"没错,她是一个漂亮女人。不过罗克斯巴勒太太不是我愿意称之为美丽的那种女人。"斯克利姆索小姐经过一番深思熟虑之后这样说,"美丽是一种更华贵、更高雅的东西,"说到这儿她的脑袋不易察觉地晃了晃,"无须一条花样翻新的披肩向人们提醒它的存在。"

"罗克斯巴勒太太是个有血有肉的女人,不是一座大理石雕像。"

梅瑞维尔太太断定丈夫想象中的美女没穿衣服。

斯克利姆索小姐一定也这样认为,她飞红了脸,连忙补充道:"我说的美丽是指精神上的完美。这位罗克斯巴勒太太根本不具备精神上的东西。"

斯克利姆索小姐年轻时候写过诗,还喜欢在小诗周围用水彩画些紫罗兰和三色堇花边。

“你说她算得上一位贵妇人吗?”梅瑞维尔太太硬着头皮问道。

“对此我不想发表意见。”斯克利姆索小姐很谨慎地回答。

梅瑞维尔太太立刻偃旗息鼓,就好像是别的什么人问了这样一个粗俗不堪的问题。

“她是一个非常文静、很会说话的女人,至少在我看来是这样。”梅瑞维尔先生希望赶快结束由他引起的这场争论。

“就像人们常说的那样,死水一潭。”妻子说出这句颇有点哲理的话之后,觉得出了一口气,精疲力竭地坐在了一旁。

斯克利姆索小姐却来了精神。“我这个人,”她大声说,一副居高临下的样子,“从来不信服那种沉默寡言的女人。”

“我认为这是难得的好品行。”梅瑞维尔先生的嗓子有点儿沙哑,这句话听起来干巴巴的。

“罗克斯巴勒太太在一般人坦率直言的时候沉默不语。我是说,她总是沉默、沉默。”

梅瑞维尔太太尽管对朋友这番话的意思不甚了了,但还是使劲儿点着头表示赞同。

“罗克斯巴勒太太真是个谜。”斯克利姆索小姐叹了一口气,补充道。

“如果让我说实话,”梅瑞维尔先生说,“我会说,二位女士简直把她攻击得没有立足之地了。”

斯克利姆索小姐耷拉着脑袋,一边绞着戴了手套的手指,一边说:“人不可能一天二十四个小时都去积德行善。请不要以为我批评罗克斯巴勒太太的缺点是为了给自己开脱,因为我自己身上也有同样的瑕疵。”

她今天的表现显然有点反常。梅瑞维尔夫妇不知道该怎样理解她。

梅瑞维尔先生今天打算绕道布雷克菲尔兹，去一位名叫迪兰尼的先生家小坐片刻。那人先前答应到图干比一家农民那儿给他取一条猪腿。

“但愿我没给你们带来什么不方便。”斯克利姆索小姐说。

她显得坐卧不安，开始调整自己的思想和情绪，并且希望快点回到教堂山。她寄住在那儿的一位寡妇家里。那女人虽然不是什么贵妇人，但人很不错。

“绝对没有什么不方便。”梅瑞维尔太太保证，态度更加温和。她会给人找小差事，不会就此放过斯克利姆索小姐。“我以为你肯定会和我们一起吃饭的。我们吃鸽肉馅饼。”她确实有鸽肉馅饼，此外她那件全丝薄纱礼服需要放宽一点。“我们还可以在一起度过一个愉快的夜晚，打牌或者听音乐。”

“那一定很令人愉快。”斯克利姆索小姐说。那份诚恳足以说明她对梅瑞维尔太太设下的圈套一点也没有察觉。

在为数众多的熟人里，斯克利姆索小姐的针线活儿和她的嘴巴一样经常不断地派上用场。从中她得到一些报酬。一般是给东西，虽然她自己更希望用信封给钱。收钱时则把头转向别处。

这天晚上，梅瑞维尔太太要大加鼓励的是她的敏锐机智，不单单让她飞针走线。这个念头使她神经质地咳嗽起来，并开始四处寻找香锭。要是有一颗就好了。

“窗户，斯塔夫德！”她抱怨着，就好像一粒尘埃也会影响她的金嗓子。他们现在已经快到布雷克菲尔兹了，迪兰尼就住在这一带。

这位迪兰尼是名刑满释放犯，后来靠从事运输业和干些其他谁也没有把握但有利可图的勾当成了一位富翁。总而言之，他发迹了。粉刷得雪白的篱笆后面的那幢房子虽然整洁、富有，却仍然保持着自给自足的乡村风格，而不是那种矫揉造作的城市式样。马车渐渐驶近，两只芦花鸡在一个小院门口觅食，一条皮毛蓬乱的老牧羊犬从尘土之中抬起头，流着口水汪汪汪地叫了几声。

梅瑞维尔先生嘟哝着，慢慢分开两条长腿。把车窗拉上之后，马车封得严严实实，像是一个独立的世界。

“你们要不要进来坐一坐？”他一边问妻子一边低下脑袋从后面下车。

马车夫已经从车上爬了下来，尽管主人不属于需要搀扶着下车的那类人。

“噢，亲爱的，不必了！”本性决定了梅瑞维尔太太的话短促但并不有力。

“她会失望的。”

“她会给我们塞一肚子葡萄干糕饼。吃饭之前还会用甜水姜酒把我们灌得站立不稳。”梅瑞维尔太太求援似的看了一眼斯克利姆索小姐。斯克利姆索小姐不无刻薄地朝她撇了撇嘴。

“她会失望的。”梅瑞维尔先生又说了一遍，还是毫无结果。

梅瑞维尔太太嘴角挂着一丝嘲笑，看丈夫向那幢房子的后门走去。他显得不拘礼节，十分随便，殖民地绅士对地位不如自己的人都采取这种煞有介事的态度。在撩起的荷兰麻布窗帘后面，一张脸在窗后暴露无遗，活像一个紫红色的布丁。

这只是瞬息之间的事情。很快，另外的企图又把梅瑞维尔太太平素慵懒的思想拉回到她和斯克利姆索小姐端坐其间的气闷、幽暗、像忏悔室一样的车厢里。

现在时机已到，她的喉咙苍白无力，一阵阵发紧，心在裘皮、美利奴羊毛、橡胶和肌肤的层层“封锁”背后扑通扑通跳个不停。

梅瑞维尔太太舔舔嘴唇作为序幕。“斯克利姆索小姐,我们还是回到罗克斯巴勒太太的话题上来吧。”

她的同伴似乎充耳不闻,梅瑞维尔太太浑身上下不由得颤抖起来。

“我非常想知道,”她结结巴巴地说,“在什么方面,”她一字一顿,每吐出一个字都好像放下一枚象牙棋子,“这位罗克斯巴勒太太……像你说的那样,”梅瑞维尔太太觉得自己呼出来的气都是热的,“是个谜。”她好像听见自己在咝咝作响。

现在话已出口,她这种刨根问底的毛病也就把她的心思令人气恼地暴露无遗,而斯克利姆索小姐继续不置可否,越发让人难堪。不过就是职业女巫也不会永远保持沉默,斯克利姆索小姐终于向她的求援者转过脸来,只是平日里总是炯炯有神、目光犀利的眼睛此刻却半睁半闭,好像下定决心不把心中的秘密全部吐露出来。

“梅瑞维尔太太,我无法对你准确地描述罗克斯巴勒太太给我留下的印象,”她说,“除非……用一个最浅显的例子打比方……她使我想起一张白纸。对着这张纸呵口气,也许会显现出上面的隐形文字。你明白我的意思了吗?”

梅瑞维尔太太并不明白。

斯克利姆索小姐说:“如果我能解释清楚一个谜,它也就不成其为谜了,对不对?”

这种可怕的逻辑把梅瑞维尔太太搞糊涂了。“哦。”她喃喃着,两片嘴唇半晌没有合拢。如果别人这副模样,她一定觉得俗不可耐。

“可是,”她恳求道,“你就不能给我点暗示?”

“暗示”[①]这个词从梅瑞维尔太太嘴里吐出来像一个铃铛，在车里可怜巴巴地“丁零”着。

“有一件事情我要告诉你，”斯克利姆索小姐承诺似的说，“每一个女人内心深处都有秘密，即使连她自己对此也一无所知。而这种隐秘或迟或早会给她带来不幸。”

梅瑞维尔太太非常害怕。她可是从来没有，以后也不会遇到什么“不幸”。只是坐着马车去新南威尔士腹地时有点苦恼罢了。她不敢问斯克利姆索小姐是否怀疑她身上也有那种隐形文字。

“可是这位罗克斯巴勒太太！”她无法抑制声音里的哭腔。

“唉，”斯克利姆索小姐回答道，“我有什么资格说三道四呢？我只是觉得那位罗克斯巴勒太太感觉到生活在某些最根本的方面欺骗了她。为此，她将准备受苦，如果需要的话。”

也许这位女预言家突然想到她正在把自己和罗克斯巴勒太太放在一起曝光，于是犹豫了一下又赶快说：“当然，众所周知，任何时候任何人都有可能遭受苦难，而且比预想的还要糟糕。同时出于虚张声势，我们还会继续不断地贡献自己。”

梅瑞维尔太太即使没有因为朋友那段内心独白惊恐不已，也很可能仍然处于不知所措的状态。幸好这时她的丈夫在刑满释放犯迪兰尼的陪同下，从那幢房子的拐角处走了出来。像平常一样，每逢陷入某种形式的烦恼，只要看见这位她委以终身的男人，梅瑞维尔太太便能回过神儿来。尽管这回他提着装猪腿的麻袋，样子很不体面。她真希望丈夫不是以这种形象出现。

两个男人走了过来。刑满释放犯脸色微红，生着雀斑。要不是

---

① 暗示：英语为 inkling，这个词的发音有点类似 tinkling（铃铛等发出的丁零声），故有后文。

家运昌盛,很可能会有些阿谀奉承的举动。他虽然虎背熊腰,但高级面料裁成的衣裳和背心上闪闪发光的金表链给他增色不少。不过,领饰的边儿有点脏——这点很快就会让人察觉——那表明,自己动手干活的习惯还没有完全被发号施令所代替。

两人开完最后一个男人间的玩笑时已走到了马车跟前。迪兰尼一直半心半意地提着麻袋,这时,他在麻袋上拽了最后一下。刑满释放犯把脑袋探到车篷里,有点粗鲁地——梅瑞维尔太太这样认为——问二位女士要不要进屋吃点东西。

“哦,亲爱的,不必了,”她回答道,“女佣人们正等着给我们上菜开饭呢!”

与他所请求的这点恩惠相比,他的眼睛显然瞪得太大,表情也太严肃。因此,梅瑞维尔太太在“宝座”上对盯着自己的这个蠢家伙回敬了一眼。不过刑满释放犯既然是爱尔兰人,就不会是吃素的料。他早就预料到自己将受到什么样的待遇,因此刚提完建议便闭上嘴巴,脸上挂着漫不经心的微笑。

“两位女士情绪不高,”测地员想解释一下,“刚送几位朋友坐船回家。”

“我没有情绪不高,他们也算不上什么朋友!”梅瑞维尔太太提出异议,“我用不着把同情浪费在那些拿自己的生命进行无谓冒险的人身上。”

“那么,斯克利姆索小姐有点伤感,”她的丈夫不想就此罢休,“我的妻子讲求实际,不喜欢多愁善感。不过用不了多久,斯克利姆索小姐也要离开我们了。”

迪兰尼的眼睛因为神情专注而变小了一点。他审视这两个女人:一个虚胖,油光水滑;一个精瘦,聪明诡诈。后者浑身上下呈棕黄色,翘着鼻子,好像随时准备躲过测地员虚晃的棍棒。她们永远不会允许他步入她们的世界。可是刑满释放犯偏要把她们看作他那个世界的成员。他觉得这很好玩。

“斯克利姆索小姐准备回老家?那就祝她好运啰!”他轻声笑着,随她们怎么理解这话都成。

怒火在梅瑞维尔太太心底燃烧,倒不是因为一个相貌粗野、举止鄙俗的家伙所表示的关切会伤害她朋友的感情,而是因为传统被公然蔑视。

“哪里是回老家。”斯克利姆索小姐回答道,重新表现出那种与她本人根本不相配的温顺。

“斯克利姆索小姐将离开我们到莫顿湾做一次时间较长的访问,”梅瑞维尔太太屈尊解释,“去看司令官的妻子洛威尔太太。”

对于女保护人给予她的这份荣耀,斯克利姆索小姐本可以顺水推舟,附和一番,然而全悉尼(或者至少是悉尼上流社会)都知道司令官给他的夫人找了位随身护理,因为夫人在频繁连续生育之后已经精疲力竭,而且在偏僻、残忍的流放地的生活使她和文雅的上流社会几乎完全隔绝。

既然如此,斯克利姆索小姐便不敢奢望这个爱尔兰人对此没有耳闻。

刑满释放犯至少意识到其中必有蹊跷,又没有足够的自制力约束人性之恶,便忍不住开始撩拨眼前这两只笨鸟已经竖起来的羽毛。他满脸诡诈,舔了舔嘴唇,带着半真半假的保密神情向测地员转过身去。

“我还没有告诉你们,”他垂着眼睑,啧了啧舌头,“伊斯贝斯特先生访问玛拉姆邦普尔的迈克盖茨沃瑞先生之后,最近刚从莫顿湾回来。在那儿人家给他讲了一件事情，不幸的是，这种事儿在我们这地方并不新鲜。”

两位女士叹了口气，舒展一下筋骨，准备听男人之间没完没了的谈话。

梅瑞维尔先生本想向车夫点点头，让他开路回家，可是出于礼貌，对着那轮在冬日晴朗无云的天空渐渐西下的太阳笑了笑。

“是吗？”他觉得应该让人家把话说完，尽管他的声音已变得很冷淡。

“事情是这样的，”刑满释放犯告诉他们，“在一个大牧场的偏僻角落，有两个牧羊人和土著人争吵起来。是为了……请原谅，夫人，为了女人。”

两位妇人立刻竖起耳朵，同时希望没人察觉这种细微的变化——她们不是已经十分庄重地将明眸低垂着了吗？

迪兰尼清了清嗓子，倘若在其他场合，一口黏痰早就破口而出。

“哦，”他说，“长话短说。不管多么悲惨，还是拣最要紧的说吧。那两个牧羊人——都是老实巴交的家伙——最近刚找到，都已经肠开肚破（恕我失敬，夫人）。他们已经浑身冰凉，有一个还缺了一条腿——他还是个年轻小伙子，老家是萨默塞特郡①的汤顿②。”

听了这番话，梅瑞维尔太太或许被骇得脑子里一片空白，斯克利姆索小姐却不停地想象那可怕的情景，每一个细节都让她心惊胆战。

她终于说：“这也是有些人——并不是所有人——自找的。跑到这样一个国家谋生。痛苦经常是自找的。”

---

① 萨默塞特郡（Somerset）：英国英格兰西部的郡。

② 汤顿（Taunton）：萨默塞特郡首府。

她的朋友梅瑞维尔太太因为憎恶直喘粗气。“告诉车夫,赶紧上路!”她请求,或者更准确地说是命令丈夫。“讨厌的野蛮人!”她气呼呼地说。

丈夫随手关上车门,梅瑞维尔太太在手提包里摸索着找她那只用来提神的香醋盒。

迪兰尼招了招手,不全是嘲笑这几位渐渐远去的听众。

马车颠簸向前,梅瑞维尔太太和斯克利姆索小姐似乎因为看到共同的命运联合了起来。只是梅瑞维尔太太在永不停息的感情波澜之中继续不断地抱怨着:“我不明白!我不明白!!人性到底是怎么回事儿!这儿根本不是正派人住的地方。”

“得了,得了,艾丽丝,没有一件事对你的胃口。你就不能宽容一点儿?倘若这样,家里等着我们去吃的馅饼也就是一种享受了。”

要不是梅瑞维尔太太仍然让自己沉湎于歇斯底里大发作的快乐之中的话,这个建议所包含的物质享受是足以投其所好的。

这时候,梅瑞维尔先生抛出了当天下午的第二番惊人之语。“我不知道,”他说,“罗克斯巴勒太太面对苦难会做出什么反应。”

梅瑞维尔太太大张着嘴巴,半晌没有合拢。“罗克斯巴勒太太?”她差点儿打个嗝儿,然后便默不作声了。

马车里的乘客颠簸着进入愈来愈浓的暮色。终于,像说完开场白的配角演员一样,退回到舞台边厢。

第二章

向那几位送行的客人挥手道别之后，罗克斯巴勒太太走下船舱。衣裙掠过的东西大都被海水侵蚀过，闻到的也是一股发苦的霉味儿，但是经历了从霍巴特开航的这一小段旅行之后，她已经对船舱里磨损了的、湿气很重的木板的纹理，对绳索和沥青的气味产生了一种依恋。在未来的几个月里，他们必须以这里为家。她来到甲板中间，在散发着霉味儿的一片昏暗中摸索着，向他们的住处走去。由于波迪欧船长的应允和她自己的努力，那儿已经成为他们专用的、温暖舒适的房间。她伸出两只手，摸到那扇早已熟悉的门，稍微振作了一下精神，走进狭窄的客舱。她的丈夫甚至没等客人们走向舷梯就已经躲回到这里，借口是坐骨神经痛突然发作。

奥斯汀·罗克斯巴勒先生背朝门坐着读书。刚结束的那场正式访问乏味沉闷使他很快渴望读书。他在别的衣裳外面又套了件斜纹呢外套。冬天的寒气被海水拍打船体的响声激荡得更加凛冽，坐着不动的人也就必须穿上这种外套了。

听到吱吱扭扭的开门声和妻子裙裾窸窸窣窣的声音他头也没回。“哦，把他们平平安安送走了吗?”他问这句话的时候显然还在读那本书。

“是的。”她回答道,接着笑了起来。“哦,送走了,”她又重复了一遍,放低声音,“他们走了。”

“你有没有灵机一动,急中生智?”

“他们满腹狐疑。我能感觉到。不过太文明了,他们不想把心中的疑虑表现出来。”

罗克斯巴勒夫妇谈话时低声细语,亲切愉快。

罗克斯巴勒先生还在低头看书,哼着鼻子笑道:“我相信那两个女人无论如何不会感到满意。”

“梅瑞维尔太太和斯克利姆索小姐喜欢人家把她们看成贵妇人。”

被夫人纠正后,罗克斯巴勒先生又说:“这两位贵妇人非常希望看到我们不快活并且在旅途中遭到不幸。”

“我想,一离开我们,她们就会找出一千条理由解释为什么我们这样不可救药,”罗克斯巴勒太太回答道,“今天晚上还会把我们悲惨的前景从头到尾议论一遍,并且以此相互娱乐。我敢肯定,窥探别人的不幸是她们的职业。”

如果腔调中没有背诵某套功课之嫌,这声音听起来或许颇有点自鸣得意。不过不管怎么说,罗克斯巴勒先生一定觉得心安理得了。他带着近乎感激的神情瞥了妻子一眼。光从舷窗射进来,照亮了他那张面色灰黄五官端正的脸。他的眼睛深深地陷在眼窝里,目光中包含着兴奋或者焦躁,或者二者兼有。罗克斯巴勒先生尚未从最近的一场大病康复,倒是一副久病成医的样子,而且随时准备成为病魔的牺牲品。

对于丈夫的这一瞥,妻子并没有做出什么回报。这夫妇俩看起来相知很深,谈起话来也是轻车熟路。她走进客舱尽头隔出来的那间小屋,不一会儿手里拿着一件衬衫走了出来。她一直在补这件衣服,直到那个小伙子通报有客来访时才把它撂到一边。

罗克斯巴勒先生已经收起暴露了自己弱点的表情,做出一副专心读书的样子。

不过他仍然生气地咕哝:"艾伦,难道你认为这件破衬衫还能穿好一阵子,值得你这么摆弄来摆弄去吗?"

"这是我的职责,"艾伦·罗克斯巴勒回答,"我想你会赞成的。航行中,我得让你穿得整整齐齐,亲爱的。"

她坐在桌子那边继续补那件破衬衫。为了抵御穿堂风,她把披肩裹得更紧些。如果干得更利索、更内行一些,这种态度或许会使她显得过于贤淑。有一阵,手扎破了,她吮了吮手指,又从另外一个角度对付她的"作业"。看得出她并不喜欢这件还能穿的破衬衫,但她还是愿意不厌其烦地坚持着。这种认真劲用到这种工作上似乎显出了她所具有的一种美德。

她中等身材,不到三十岁,比丈夫年轻许多。如果在家里看见她摘掉那顶平常总是戴着的帽子,就觉得她的脑袋稍微大了一点儿,和整个身体的比例不大协调。但由于不加装饰或者不事雕琢,这颗脑袋犹如朴素背景下的不起眼的次等宝石,颇有些出人意料的味道。她把头发从中间分开,按照时尚,做成单调、光滑的发卷。一双或许是由蓝演变成灰的眼睛和人们常常为之惋惜的微黑的皮肤形成对比。这双眼睛依照向它探询的人的不同禀性,时而显得坦诚,时而又露出倔强。毫无疑问,刚才访问他们的那两位贵妇人之所以心生疑窦,和这双眼睛不无关系。或者是她的嘴巴引起的?命运使她那两片朱唇总是暗含着男性的坚定,却又丝毫不损害她女性的怜惜和迷人的色彩。

罗克斯巴勒太太把衬衣放到一边,也许已经缝补完毕,也许不想再自找麻烦。她的嘴角开始松弛,目光中的冷峻也明显地融化成深深的思索。孤独的童年之后,接踵而来的是和一位比她大足足二十岁的男人缔结姻缘。这一切使得她总是沉溺于各种幻想之中。也许她最大的享受便是穿过往事的回流独自神游。

她又把披肩往紧里裹了裹。这天下午,梅瑞维尔太太就被这条罕见而又实用的羊毛披肩迷住了。想起她不无羡慕的腔调,艾伦·罗克斯巴勒太太脸上露出一丝笑容。

“我真喜欢你这条漂亮的披肩!我第一眼看见的就是它。”梅瑞维尔太太一边说一边摇动着她软边帽上那些做得很漂亮的小圆环儿。这些密匝匝的小圆环儿晃个不停。

这位访问者是一个由颤抖的羽毛、编织物、几乎不加节制的贪婪组成的混合体。她仔细打量这位自己屈尊俯就为其送行的女人,从肩膀、凹雕玉石胸针、高耸的乳峰(对这个部位她特别谨慎),一直看到披肩穗子。在这里,梅瑞维尔太太没能忍住平常的习惯,还是像逛她喜欢的某个商店一样,从货架子上取下商品仔细审视。

“你想披上试试吗?”罗克斯巴勒太太问,已经准备取下披肩。

“哦,亲爱的,不!”梅瑞维尔太太倒退两步,“当然不!你一定要原谅我。”那双浅薄的眼睛眨巴着寻找一个可以为这种违反礼节的行为受过的对象。

罗克斯巴勒太太站在那儿一动不动,陷入了沉默。两位贵妇人后来对这种庄重或者不可思议大加评论。这当儿,那条披肩继续展现它高雅的色彩——暗灰的底色,栩栩如生的绿叶仿佛在风中飘动,中间一道黑色条纹一直劈斩到厚厚的披肩边缘。穗子也是黑色,夹着鲜绿的毛线。

罗克斯巴勒太太重新围好那块十分暖和的披肩,裹得越发严严实实,过了一会儿才强迫自己打破令人尴尬的沉默。她说:“要远航到地球的另一半,很难确定该带什么衣服——夏衣带多少,冬衣带多少。我的丈夫只赞成带些随时可以扔掉的衣服,可我坚持带这条我特别喜欢的披肩。”她笑了起来,可笑声又戛然而止。

她是做作还是轻佻?或者她们从她的声音里发现了一种共鸣?两位前来访问的妇人大惑不解,乃至生出轻微的敌意。她们转向女人的丈夫,希望他能证实生活中稳固、实用的方面。

对于罗克斯巴勒太太这是正中下怀的事,她巴不得把他扯进来呢!

“艾伦的虚荣心人所共知。”他叹了一口气,满脸倦容或者不感兴趣,根本不想理会眼前的一切。

罗克斯巴勒先生这样责备妻子或许超过了客人们的礼仪观念所允许的范围。罗克斯巴勒太太却处之泰然,接受了丈夫分配给她的诸多角色中的这一个。两位贵妇人像在其他社交场合一样,将她们的看法隐藏到“哧哧哧”的窃笑背后。

“她认为我是让她穿着破衣烂衫辱没她呢!”罗克斯巴勒先生继续说,他的直率让人困惑。“而她的意图是,”他不无嘲讽地补充道,“到范迪门地访问我弟弟时,把他征服。”

此话至少激起两位贵妇的兴趣。

“罗克斯巴勒太太以前没见过她的小叔子?”“棕黄色的鹰”小心翼翼地问道。

罗克斯巴勒太太回答道:“从来没有。”又陷入沉默。

她站在那儿眼睑低垂,摆弄着披肩的穗子,脸上现出一丝淡淡的微笑。这一幕就好像事先安排好似的,尽管其中的细节都是表面文章。

这天下午发生的事情只是在这间渐渐变暗的客舱里才具有更加深刻的含义。那些人物在她眼前重新浮现又飘然而去,可丈夫那有血有肉的身躯好像一种责任感,一直固执地、笔挺地留在那里。他坐在那儿读书,但她似乎觉得他翻书的时候心不在焉,磨着书边,折了一个角。

当地的花儿不时在眼前闪烁。他们是在头一天等待海风转顺起航回家到悉尼湾水边散步时,发现这种花的。

有时候,罗克斯巴勒先生对波迪欧船长大发雷霆,似乎海上无风应该由船长负责;有时候又对妻子大加责难。他焦躁不安,特别容易生气。

“除了马上开航,横跨世界,”妻子不得不提醒他,“没有一样东西能让你满意。”

“是的。”他上气不接下气地说。这一道石头坡,把他累得踉踉跄跄,连气也喘不过来。“这是我的主意——一个坏主意。我竟然落到连这一点也愿意承认的地步!”

两人都听着罗克斯巴勒先生手杖上的金属包头戳在殖民地坚硬的石头上发出的响声。包头不是给岩石打下一个个印痕,就是把石子戳进不毛的黄沙。人类努力的愚蠢在沙石间忙碌的蚂蚁身上得到了相应的说明。

罗克斯巴勒太太往上爬的时候背对着丈夫,图案复杂的花披肩松松垮垮地围在肩膀上,她的声音像微风中拂动的披肩穗子一样飘摆过来:“你是不是受不了啦?没必要非跟着我往上爬。我一定要看看山包那边到底有什么。”

一阵该死的风刮错了方向，她的声音像眼前的景色一样轻轻抖动。这景色对他可没有半点吸引力。

“我还没有老到走不动的地步！”他表示不满，从萎缩了的鼻孔用力吸气的时候，面颊陷了下去。

他们一声不响，用足劲爬着各自的路，直到他也爬上石岬，站在她的身边——这儿就是她一直想征服的地方。

两人都气喘吁吁，伸长脖子看眼前和脚下的景色。

“我没把你累坏吧？”她问，声音从牙缝里挤出来。

他没有回答，却用那只不拄手杖的手握住她的手指。

“对于未来的悉尼居民，”他说，“这可是个风景优美的地方。”又补充道：“要是一觉醒来发现我们已经回到切尔特南①，我该有多么快活。”

“哦，亲爱的！”她大声说，“我们等于没来！我原以为看到湛蓝的海水，至少能暂时治治你的思乡病。”

失望使她抽回自己的手，从一株灌木上掐下一根小枝。干旱、多风的气候仍然没能阻止它绽开新花：和金黄、粗糙的起绒草并肩而立的是色彩瑰丽的“先驱者”们留下的毛茸茸的灰色“雕像”。

罗克斯巴勒太太心烦意乱，手指随便拨弄已经死去的和还活着的花儿，说道：“你不能否认这次对弟弟的访问使你很快活。”

“但你总是故意不露面。”

“你们兄弟俩感情深厚，分别多年，我的全部心思只是别挡你们的道。所以，我独来独往。我发现了另外一个世界。我想，它将永远陪伴着我。每一片树叶，每一块树皮。我的记忆要比我的素描成

---

① 切尔特南（Cheltenham）：英国苏格兰西部的城市。疗养地。

功得多。我知道你对那些速写的看法，在这方面我和你没有什么分歧。”

她想把眼前趋于紧张的场面变得轻松一点。这个时候，她一定飞红了面颊。但她很快就又收敛了这种表情。因为她想到，罗克斯巴勒先生对于他认为是“救命稻草”的“灵丹妙药”总是一滴不剩地喝光。

“你难道一点也不嫉妒？”他又开始责难。

她真想顶他几句，只是因为觉得不礼貌才没有说出口。“罗克斯巴勒先生，”她最后还是忍不住说，“你有时候会提些极为刻薄的问题。”

她跟他这样说话可没有半点故意淘气的意思。他的教名的严肃性，再加上两人年龄的悬殊都不允许她这样做。

“事实上，你远不止‘有点儿嫉妒’，”他坚持钓她上钩，“你一个人骑着马翻山越岭到灰白水龙骨树林里闲逛就更清楚地说明了这一点。”

她虽然极力忍耐着不去争辩，还是觉得一股不平之气在嗓子眼儿里升腾。她从一根长满节瘤的树枝上揪下一朵流苏形的花，把注意力集中到花的身上。“不知道他们管这稀罕玩意儿叫什么。我一定得设法找个懂行的人。”

现在，她只感觉到他的眼睛继续盯着她或者说看穿她。她体味到了被刺伤的痛苦，她简直有点无法忍受。

“他去找你，把你带了回来。”

“你的弟弟加奈特厚道得不能再厚道了。当然，那儿人人都很友好。糟糕的是我傻乎乎地迷了路，还从马上摔了下来。默利①在

① 默利：马的名字。

别的时候总是极温顺的。"

"可是加奈特找到你,把你带了回来。"

"哦,亲爱的,是的!是的!"

她差点扔掉手指间捻着的那朵花,因为现在它已经芒刺在身,恶意在心了。

"你不看看我?"他问道。

于是她看他。结果是两人同时不由自主地开始笨拙地向对方表明自己的爱情,他们的嘴唇苦涩至极,好比新到一个不知名的国度,从那里稀奇古怪的树上撕下的叶子。他们的面颊刚刚被手指描摹过轮廓,这也许是手指所做的第一次探索。她希望一切到此为止。她一直担心有朝一日会在丈夫的眼睛深处发现她所惧怕的东西。

他又嘟嘟囔囔说了几句什么。平常每逢切切实实开始行动的时候,总是她打头,这次也不例外。罗克斯巴勒太太说:"该回去了,你说呢?也许我们会听到扬帆起航的消息了。否则我会怀疑波迪欧船长和康特尼先生联合起来跟我们作对呢!"

"两个那么老实的人……"他喃喃着,跟在她身后,良心受到的损害还没有平复。

平心而论,第一眼看到小叔子,她并不喜欢他:尖下巴,下嘴唇太厚。除了身强力壮精力充沛之外,加奈特·罗克斯巴勒先生还表现出离经叛道的绅士所特有的狂妄与自信。

"希望你们在'美妙斋'过得快乐。不管住多久,都像在家里一样。"他正用力推开一扇关得很紧的窗户,也许因为用劲太大,出口的语调似乎把好意变成了命令。

窗户推开来的时候,她又一次觉得他的手腕让人反感。从霍巴特城赶着马车回庄园的时候,她就讨厌这双紧握缰绳的手。不过她告诫自己,一定不能让这种毫无道理的厌恶情绪继续发展下去。窗外是一个果园。夕阳西下,把树叶照得透明,绿色的果实在繁茂的枝叶间闪闪发光,处处显示出庄园管理有方。她想起了另外一幅图画:荒野上狂风吹弯了一株布拉斯李子树,一株老迈的梨树蜷缩在农舍旁边,盖农舍的石头粗糙简陋,在风吹雨打中已变成黑色。她把那幅图画和眼前的丰饶景象在心里做了一番比较,感到一阵刺痛。她的一双手很可能还是红红的、皮肤皲裂。于是她把手藏了起来,但很快意识到自己的愚蠢,同时下定决心以后决不给这种毫无道理的厌恶和嫉妒留一席之地。

直到现在,已经远远地离开范迪门地那座富庶的牧场,领着丈夫在充满凶险、乱石丛生的土地上跋涉,罗克斯巴勒太太仍然只能痛苦地承认,她没能够将自己的决心付诸实施。她一直祈祷着的道德的力量也总是可望而不可即。

责备完自己,她继续拖着靴子在乱石中磕磕绊绊地走着,过了很久才回转头对罗克斯巴勒先生宣布:“看见了吗?亲爱的。船在那儿!我们毕竟没有走远。”

由于让‘布里斯托尔少女号’扬帆远航的风和罗克斯巴勒太太祈求的道德力量一样躲躲闪闪不肯露面,他们只好在狭窄的客舱和从那里隔出来的卧室里继续等待。那天傍晚,前来访问的测地员和他带来的两位贵妇人走了之后,只有那几朵土生土长的花儿撩拨记忆,或者证明人的脆弱。连罗克斯巴勒太太也觉得惊奇,自己竟然心血来潮留下了这株金黄色的起绒草。斯珀吉恩——那个伺候他们的满脸阴郁的家伙送来一只陶罐,她便执拗地把她的猎获物插了进去。伫立于罐中的起绒草和她一样倔强，在海水反射进来的最后一缕亮光的照耀下傻头傻脑地轻轻颤动。

罗克斯巴勒先生没有放下正读着的书，问道："有人鉴定你的标本吗？"

对于丈夫突如其来的兴趣，罗克斯巴勒太太虽然没有思想准备，但也并不感到惊讶。她已经习惯了丈夫私自闯入自己的遐想。

她回答道："我还没想过问什么人呢！"一边闷闷不乐地看着她那双即使可说匀称，但也太大了点的手。

"就像这个国家所有的花，或者说像我们散步时看到的那些花一样，与其说它好看，不如说它新奇。"罗克斯巴勒先生断言。

"我还没有得出结论，但它确实令人难忘。"她不知道她的声音听起来是不是像喉咙感觉到的那样，生硬、干巴，"好看也好，新奇也罢，我大概永远不会忘记他们这儿的花。"

是的，她的声音很难听。毫无疑问，因为喉咙有一种压迫感。她绞着一双手，仿佛在为这条停航的横帆双桅船加速，万千的思绪紧随其后，直到她又回到那把银壶旁边。仆人已经拉上身后的锦缎窗帘，她侧耳细听着，是丈夫要跟她一起用茶还是她得独自一人在默然无语中完成这场仪式呢？

罗克斯巴勒先生再开口说话的时候，她已忘记他们还在这条停泊着的船上，只听见他大声朗读放在膝盖上面的那本书。

能知事物之原委，
已抛却一切恐惧，
并将顽固命运和贪婪地狱之嚎叫踩于脚下者，
可谓有福……

“漂亮极了！你听见了吗？艾伦。”

“是的，听见了。不过你要是不发善心替我翻译出来，我可不知所云。我想，你本该明白这一点。”现在她好像是个存心找别扭的女人。

“因为你几乎在每一方面都让人钦佩，大家简直想不到你也并非样样精通。”

他重新琢磨那几句诗的意思，手指尖敲打着摊开的书本，唇髭后面传来独自吟诵的声音。这时，她不得不从椅子上站起来，在这间与世隔绝的小屋里烦躁不安地走来走去。

“也许这次能让你满意，”他终于硬着头皮说，“虽然不会酷似原诗。但他揭示了生活的真谛，他无视无情的命运和贪得无厌的地狱的喧嚣”。罗克斯巴勒先生吃力地译完之后便咳嗽起来。

但他马上又说：“维吉尔[1]诗歌中占主导地位的光明面使原本是黑的东西看起来更黑。”他拂了拂那本摊开的书，好像要掸掉落在上面的面包碴儿。“我相信他不怕死。”又是一阵窸窸窣窣的刮擦声。“就此而言……我虽然几次被死神威胁，现在也随时准备到上帝那儿报到，但还是觉得死亡不过是书本上的奇想。”他的笑声就像马的嘶鸣。她赶紧把脸朝舷窗外面的大海转过去，感到一颗心怦怦地跳个不停。

“我想，应当做一点修改，”罗克斯巴勒先生退一步承认道，“加上一句，就我而言。”他又像一匹瘦骨嶙峋的老马拼命地“嘶鸣”起来。

她已经在他那张椅子后面停下脚步，俯下身，伸出双臂搂着他，

---

① 维吉尔（Virgil，公元前70年—公元前19年）：古罗马诗人，其主要作品为史诗《埃涅阿斯纪》。

就好像她过去的誓言所说的那样，永远厮守在他身边。“我不能依照你所希望的方式分享你的快乐，实在是没有福分。”滚烫的嘴巴把歉意传送到他的头顶。“等我开始学习已经为时太晚。我永远只知道本能教给我的那些东西。”

“我不希望你成为别的样子。”

她听任丈夫转动自己手指上戴的那几个戒指。

她叹了一口气，说：“世上几乎没有什么东西不能向好的方面发展变化。”

她自己的情况是，肉欲冷淡，经常使意图和行为不能谐调。或者说，总归得先生活。

他确实曾经借给她书看。一开始是在她端着托盘走进他房间时，给她那本他称之为“小玩意儿”的《田园诗》注解书。这本书她几乎翻也没翻。手头放着一本上流人士的书总让她心里发慌，她没有受过足够的教育。此外，她的一双手十分粗糙——她要到地里干活儿，迎着北风挤牛奶，赶着马车到彭赞斯①赶集。

“我会读的，”她连忙保证，“不过天没黑的时候不成。干草还没拉回来呢！”

她说完就走了。如果对他借给她的那本书心生畏惧的话，这时也有几分得意。

罗克斯巴勒先生一定觉得妻子靠在自己身上很不得劲儿，他开始变得焦躁不安，终于挪挪位置和她分开。“艾伦，他们为什么还不起锚开航呢？”他问，就好像这天傍晚才第一次提出这样的疑问。

“因为风向不对。”她镇定地回答——这也是长期训练的结

① 彭赞斯（Penzance）：英国英格兰西南端，康沃尔郡西南部的港市。

果——同时把丈夫那件被她刚才的拥抱弄歪了的外套的领子重新整好。

天色渐晚，缺口的陶罐里插着的那株鲜花已经黯然失色。好像有老鼠趁着暮色在什么地方窜来窜去，海水在船体下不平稳地流动。这一切都给人造出一种船在航行的错觉。罗克斯巴勒夫妇的听觉很好，他们听到了一双靴子踩在升降口扶梯上的响声，他们差点跳了起来。接着一只手拧开很松的门把手，一个满脸胡子的人蹒跚着走进狭窄的门廊。在认出是大副康特尼先生之后，罗克斯巴勒夫妇因为害怕而生的恐慌也没有丝毫减弱。

康特尼先生身体壮实，言行规矩，思想从不越雷池一步。只有在睡梦中，他也许才会像自己喜欢观察的鲸那样在深不可测的水域里游弋。

康特尼先生说起话来滔滔不绝。“船长向二位致意。不过他已被人叫走，二位不必等他一起用餐。”大副习惯于发号施令，很少对人发表“演说”。他吸了一口气又说：“还有一个消息——风向已变，只要我们走运，黎明起航。”

康特尼先生手里拿着帽子直挺挺地站在那儿。他皮肤黝黑，络腮胡子挓挲着，就像戴了皮革制成的面具，只有上半截脑门比较白，在暮色中微微闪光。要不是那双真诚坦率的眼睛，他那模样一定让人觉得十分凶恶。罗克斯巴勒太太在发现康特尼先生实际上和邪恶不沾边之后，就开始仔细研究他那饱经风霜的皮肤。现在，自己内心深处的快乐和大副的邋遢相形成鲜明对比，康特尼先生虽已进入婚姻的年龄，但在女人面前却十分腼腆。

“那家伙忘送蜡烛了？”他的喉结颤动着很费力地说出这句话。

“恰恰相反，”罗克斯巴勒太太回答，情绪高了许多，“蜡烛一直在这儿搁着，不过我们宁愿在暮色中聊天。”她拍了拍丈夫的胳膊，请求他助一臂之力，倒不是故意说假话，主要是出于社交的策略。

“没有什么比你带来的消息更能驱赶我们心中的阴郁。”罗克斯巴勒先生附和道。

康特尼先生哼哼着鼻子笑了起来。“悉尼没有得到二位的青睐吗？”

“烦躁不安，哪里有心思游逛，所以说不上喜欢不喜欢。”

丈夫满脸严肃，使大副有点窘迫。罗克斯巴勒太太点着那对发黄的蜡烛，希望缓和一下令人尴尬的气氛。

康特尼先生郑重其事地说着，皮肤闪闪发光。“那么，我就不打搅二位了。还有些事情需要处理。那家伙一会儿就把晚饭送来。”

说完他便走了，大靴子踩踏木板的声音清晰可闻。

罗克斯巴勒太太情绪陡涨。她简直想引吭高歌，可惜她的音乐细胞太少，从未赢得人们的赞赏。于是只好希望从丈夫身上看到快乐。奥斯汀·罗克斯巴勒也确实解除了心头的重负。他往妻子身边凑了凑，开心地笑着，掐了一下她的下巴。她本该是个孩子，当然不是他们的孩子（在他们自己的孩子面前他会更谨慎一点），而是一个极富同情心的替身。这个替身不会在长大之后责怪他在愚蠢之中让她降生到这个世界，连无言的责难都不会有。

“我不会恰如其分地表达自己的感情。”罗克斯巴勒先生突然说。

这一点在他的举止中显而易见。由于快乐和轻松来得太突然，他步履蹒跚、摇摇摆摆，一双修长的、爱挑剔的手比画着，希望做出恰当的姿势。这位丈夫从来没有和妻子跳过舞，可是此刻，她感觉到他们几乎要翩翩起舞了。如果有比较合适的环境，她或许会带着他非常谨慎地跳上几步——保证不破坏他的端庄尊严，因为失去这些东西他就无脸见人。

罗克斯巴勒太太极力控制自己心中的快乐。“安静点，安静点，”她劝丈夫，“要不然又要犯病了。”

“犯病？”他轻蔑地哼了哼鼻子。

放纵自己言行的时候，他不想让任何人打出这张王牌。只要对自己的胃口，他有足够的钱财无视理性。

“好容易恢复到现在这个样子。”她的话也许有点令人扫兴。

奥斯汀·罗克斯巴勒气得噘起嘴来。过分细心的照料使他无法忍受。可是话说回来，被人忽略，他更受不了。

“你知道药放在哪儿吗？”她坚持不懈，要把这个无微不至地关心丈夫的角色扮演好。

“当然知道。”他生气地说，不过心里没底，伸出两根手指在背心口袋里摸索起来。

罗克斯巴勒太太看着丈夫那副样子觉得自己的一双眼睛也胀得难受，不由得皱起眉头。她也许同样需要服点药——柔情蜜意而非用以强心的洋地黄制剂。不过，不管他们在受什么样的疾病折磨，被刺激起来的希望和被镇定下来的惊惧都在木船里闪烁了一下。

他们又听见一阵脚步声。和先前大副的脚步声相比，这声音显得无精打采，拖泥带水。伺候他们的船员趁船长不在，脱了靴子，好让患囊肿的拇趾解放一会儿。他那双长满老茧的脚丫拍打着木板，好像剃刀在皮带上摩擦。

乘务长斯珀吉恩（罗克斯巴勒太太估计他还是厨师）是个受过挫折的人物，他对周围事物的反应都是沮丧和悲观的。他想把自己收拾得一尘不染，可总难如愿。不过虽然如此，他们都很喜欢他。罗克斯巴勒先生总爱拿他寻开心——即使斯珀吉恩自己没有从中得到什么乐趣。

“哦，斯珀吉恩，我们要开始下一阶段的冒险旅行了。”暮色中，绅士又开起玩笑。“等我们到了那个海岛，我深信你会发现你的珀涅罗珀[①]正恭候你呢！”

斯珀吉恩早已不指望文化阶层的任何成员对他有什么正经，他嘟哝着，把台布轻轻一抖，一朵浪花从手指间翻飞起来，不偏不倚铺在餐桌上，其准确程度令人叹为观止。它的航图也就势铺开，以备进一步观察之用。罗克斯巴勒太太已经张开想象的翅膀，围绕着客厅这块台布上面的大陆和群岛做了多次航行。

看到这块熟悉的、肮脏的台布，她再一次希望赢得这位乘务长的好感。“斯珀吉恩，你看，我的花还活着。”她指了指陶罐里那株起绒草，就好像那是他俩之间某项阴谋的象征。

“这我可不知道了，”他对花不屑一顾，“在世界的这个部分，有许多东西看起来活着，实际上早就死了。反过来也一样。”

他还在全神贯注地考虑如何摆放刀叉餐具，门缝里探进一个脑袋。

“喂！斯珀吉恩先生，”一个男孩压低嗓门喊，生怕乘客听见，“鸡快炖烂了。”

斯珀吉恩离开客舱去尽他更为机密的职责，等罗克斯巴勒太太洗完手，梳好头，戴上一对耳环和那枚凹雕玉石胸针的时候，乘务长端着一个蒸锅又出现在他们面前。

---

① 珀涅罗珀（Penelope）：希腊神话中奥德修斯（Odysseus）忠实的妻子。

“这是船长的一番美意，”他说，“除了汤还有美味的牛杂和鸡。二位最好美美地吃上一顿，因为这餐过后，就只能啃咸面包了。”

当乘客们坐在那儿用羹匙撇开旋转在汤盆表面的那层浮油时，罗克斯巴勒先生注意到妻子的耳环。“我相信，艾伦，即使和丛林里的野人共进甘薯和田鼠做的早餐，你也会打扮一番。”

“我会为我的丈夫打扮一番，”她回答道，“如果他跟我在一起的话。”

她虽然眼睑低垂，并没有掩饰住她的表情。罗克斯巴勒先生想到自己对这样一位天使拥有支配权，很是高兴。

暮色愈浓，所谓美味的牛杂做得一塌糊涂，鸡也炖得不烂，大概是鸡肉被两片相对的蛤贝夹住了。不过就餐的人因为反胃而大喝苦味十足的啤酒之后，布丁里面过多的糖又抚慰了一下他们的舌头。

他们彼此太熟悉了，坐在那儿东拉西扯，有一搭没一搭地闲聊。

“那个穿一身棕色衣裙的女人——那只鹰，或者说秃鹫，简直为了两便士就能把人的心肝啄出来。”

“理论上你对女人非常刻薄，可又偏偏比大多数男人更依赖女人。”

“你说船上有老鼠吗？我敢担保，在我睡觉的时候，有一只老鼠从我身上跑了过去。”

“在你睡觉的时候！离开家以后，我就一直失眠。睡梦中有一只老鼠算得了什么，罗克斯巴勒先生！”

“航海能让你恢复睡眠。”

“你喜欢那位测地员吗？和那两个女人相比，我还是喜欢这个男人。”

“他属于那种无话可说的人。”

“言语并不总是必不可少。有的人纯朴、诚实,让我们感到羞愧。在他们面前确实应当免开尊口。”

此后,寂静笼罩了他们的“告别晚餐”。

“你那位梅瑞维尔先生就是这样一个人,”她打破沉默,说话时的那份尖刻绝非她的特点,“他在一个条件严酷的地方获得了智慧。我想,他在内心深处从来就是一个乡下人,而大多数乡下人不喜欢卖弄。”她抬起下巴想听听丈夫的高见,“他们不愿意让别人把自己想得软弱无能。”

可是罗克斯巴勒先生用灰白的面包团着小球,好像既没有听见也没有看见。“梅瑞维尔是加奈特的朋友。他们骑着马嘻嘻哈哈跑遍了我们那个郡。没把脖子摔断可真是奇迹。”

罗克斯巴勒先生尽管继续团着面包,实际上他的心思早已不在这上面了。

“加奈特发福了。他居然没有再结婚,真让人吃惊。人们说他很吸引女人。有几位本来挺想嫁给他。”

“有人会想着他的,这点我看得出来。”

“你感到惊奇吗?”

“我有什么资格对一个知之甚少的人作出判断呢?”

“不过你肯定有自己的看法吧?”

“我的看法是,你的弟弟显然十分钟爱他的哥哥。”

“我们从小就感情极好。这很自然,艾伦。我想你应该接受这个事实。”

“哦,我接受!当然接受!”

她从桌子那边绕过来,跪在他的身边,裙子发出沙沙的响声。

因为激动，罗克斯巴勒太太弄歪了台布，差点把剩下的甜面包带到地上。

“我什么都可以接受，”她说，“为了在这个可怕的世界得到一点点安宁。”她抬起头，希望得到他的爱抚。

意识到这一点，他满足了她的要求。

“听这寂静！”艾伦·罗克斯巴勒浑身打战，“听这海水！”

在这条停泊在海港的帆船中倾听，寂静与海水都高深莫测。

“等我们扬帆远航，我会十分快乐地洗耳恭听海水冲击船舷的声音。”

“海水流啊流，要流好几个月，好几个月。”

尽管船还停泊在港湾，但欢乐与和谐却围绕着他们。他用画圈似的动作抚摸她的脑袋。这动作是从小培养出来的。那时，他病病恹恹，他的那只猫经常跳过去，卧在他膝盖上由他这样摩挲。有时候想起狸猫坦贝，他觉得自己从来没有和任何活物那样友好相处过。

也许因为就要起航的消息使她过于兴奋，也许因为甜面包的味道不断从胃里翻腾起来，罗克斯巴勒太太有点恶心。

第三章

睡觉的时候,她告诫自己要在黎明时醒来,看一看帆船经过悉尼海岬的情景。她寻思或许能为开航出点力。可睁开眼睛,天已大亮,晨光斑驳像海水一样在船身上流动。她索性又躺了一会儿,让清醒渗透到慵懒的四肢和沉闷的头脑。她意识到空气也在流动,起初像是船在前后颠簸,低声呻吟。头天夜里她整整齐齐立在那儿的拖鞋也东倒西歪地动了地方。

"布利斯托尔少女号"已经在大海里航行了。

罗克斯巴勒太太眯起眼睛,咬着嘴唇,尽管没到感觉疼痛的程度。她想伸出双臂拥抱冰冷的未来,因为没有一次航行不在起始的时候引起人们感官上的震颤。她小心翼翼地从铺位上爬了下来。丈夫发现木匠把他们这间小屋的铺位搞成上下铺而不是双人床之后,曾经大发雷霆。罗克斯巴勒太太解释说,如果不这样,屋里就没了空间。她还自告奋勇睡上铺,这才平息了他的怒气。以罗克斯巴勒先生弱不禁风的身体状况,当然不可能让他在长达几个月的航行中爬上爬下地睡上铺。而罗克斯巴勒太太很快就能十分敏捷地上上下下,并且不给丈夫任何打搅。

此刻,在这清冷的早晨,她一边解扣子脱睡袍,一边打量着丈夫。罗克斯巴勒先生伸开四肢睡得正熟。他的灵魂躲在五官后面休息的时候,那五官总比平常端正一些。这个事实再加上"布利斯托尔少女号"起航那天早晨他过于苍白的脸色,或许会让她大吃一惊——然而她思想上的重负被他脸上的表情冲淡了。罗克斯巴勒先生的下巴因为睡眠缩短了一些。他的呼吸很重。他张开嘴巴呼气,吃力得像是在拼命;他上唇突出,吮吸着空气中的阵阵气流。那模样既滑稽又动人。要不是怕在这间棱棱角角的小客舱里站立不稳磕着了大腿,她或许会笑出声来。

等她站稳、脱掉睡袍之后,刚才碰着的地方皮肤已经变暗,预示着一块青肿将接踵而来。这使得她的身体看起来太白、太丰满,柔弱得连一点防备能力也没有,尽管一般情况下,她的体形不能算是臃肿。

她很快穿好衣服,这并没有驱散滋生于温柔和顺从中的淡淡的忧伤。每逢这样的时刻,她就认为自己理解她和罗克斯巴勒先生的婚姻,并且以此安慰自己。

她怀着同样的信念或者误会爬上升降口扶梯。"布利斯托尔少女号"已经吃力地颠簸在大海上。从下面客舱里看外面,似乎是阳光明媚的早晨。实际上,水天之间简直是一块块愈来愈阴暗的破布。从南边吹来的风开始制造雾气,大团大团的浑浊的浓雾在相互撕扯开之前,缭绕在帆船索具之间。大海翻滚着,灰绿色的下腹部闪着幽幽的光,但是没有搅起白色泡沫的海面还是灰蒙蒙一片。这使她回想起自己曾从踢将过来的奶牛后蹄中间拎出奶桶。由于动作太猛,平常平和温顺的奶牛冲出来,暴躁得和笨拙中走投无路的自己没什么两样。这时,海鸥的尖叫听起来也充满了人性。罗克斯巴勒太太看着它们洁白的翅膀更加神秘地扇动，自己的精神也振作起来。

她跌跌撞撞从甲板上走过，紧紧抓住手边可以抓住的东西，无法对这种惊慌一笑置之。她所接触的任何东西：绳梯横索、舷墙，甚至自己的身体都浸透了含盐的潮气。她像用板条钉牢舱口一样，用一条长围巾紧紧勒住帽子，披肩箍在身上。她凭着自己的意志，能走的时候就跌跌撞撞往前走，两条胳膊挖挲着，艰难地走到相对而言比较平稳的主桅旁边。

这时，波迪欧船长看见了她。他立刻离开身边的二副皮尔切先生、两名水手，还有一位指手画脚、毛发过重的人，估计是水手长。就连航海经验丰富的船长，此刻在颠簸倾斜的甲板上也趴头趔趄。他顶着风，艰难地前进着，两只手不时抓住船上的缆绳以保持身体的平衡。

船长一直走到对方能看到他的牙齿才停住。他的声音冷冰冰的。“你害怕吗？”他朝她喊道，“罗克斯巴勒太太。”

“不怕，”她撒了个谎，“为什么我就该害怕？”她笑了起来。

“不怕把衣服打湿？”声音像滚回的海浪。

“不怕，不怕，不怕！”由于顶风，她的声音听起来像是牙齿在可怜兮兮地打战。

船长扶住她的胳膊肘，一方面为了帮她站稳，另一方面为了察看她的衣服有没有被海水溅湿。“你知道，应该等天气好了再出来。”

“没能最后看一眼悉尼海岬，我非常失望。”她尖着嗓门喊道。

可是一阵海鸥的尖叫淹没了她的声音，尽管她满以为扯开嗓门儿大喊大叫就能把她的回答送到对方耳中。

“你的丈夫会着急的。”

她大概也没听见他说了些什么。这种相互沟通的困难使得他们都带着夸大的坦率向对方微笑。她觉得她的脸一定因为大声叫喊瘦了一圈儿,而他的脸由于遭受了含盐的浪花的浸泡而变得更加坚韧。要不是络腮胡子透露出一种和善,波迪欧船长看起来一定是个阴冷的人。

他们周围到处都是狂风鼓动粗帆布的响声。在悉尼,这些风帆都卷起来,在桅杆上悄无声息地挂了好长时间,直挂得她满心绝望。而现在它们被力量的魔鬼主宰着,张满了风,让人望而生畏。此刻,人生看起来不过是一场可有可无的游戏。特别是自从那些尖叫着的海鸥——起初看起来和她世俗的经验还算协调——被她从心灵深处送走,扇动着翅膀向另外一个更崇高的境界飞去以后。

罗克斯巴勒太太吃惊地发现,波迪欧船长的脸离她那么近,有一刹那她清楚地感觉到胡子扎在她的脸上。“也许你是在海边出生的?”

“不是,”她高声说道,颇有男子汉气魄,“我出生的地方是高原沼泽。”

“什么?①”

在她费劲地说着话的时候帆船突然猛地横摇了一下,要不是桅杆和船长的一臂之力,她准会跌倒在甲板上。

“康沃尔郡石南丛生的荒野,”她又说,“快到这个郡的边缘了。”

如果波迪欧船长不是那么和善的人,这位女乘客跃跃欲试企图参加冒险的样子一定会使他十分恼火。结婚之后,他的妻子曾经跟

① 由于甲板上声音嘈杂,船长听不清艾伦的话,误把 moor(沼泽)听成 more(更多的)。more what 直译是“更多的什么”。

着他航行过好几次。可她总是待在客舱里绣圣诞节送人的手巾和茶壶保温罩。她大着胆子爬上来的时候,最多穿过甲板跑到厨房指手画脚一通。可是罗克斯巴勒太太却想在男人的世界里试试自己的勇气,不过船长还有别的怀疑。到底是什么只可意会难以言传。多少次海上风暴席卷,船长总是能保持内心平衡,此刻他却在内心深处感觉到这位乘客对与她无关的奥秘有一种天生的兴趣。

他们继续相对微笑着。她还以一种不自然的神色急切地向四周张望,好像这样就可以使她在这儿的存在合乎情理。她从帆船左舷眺望着还隐约可见的陆地。灰蒙蒙的土地沉浮在已经占了统治地位的大海里。她在心里描摹着陆地上的风光。她曾经涉足于那块土地,这或许会给她的想象提供些根据。继之而来的远离又使得那里重新成为一片想象中的荒野。一丛丛模糊不清的灌木缠结在一起,正被金色起绒草的火舌焚烧着。

不一会儿,她意识到波迪欧船长已经挽住她的胳膊,领她穿过甲板。这时,一页白帆突然抽着了她一下,她被打得眼冒金星,仿佛看见父亲——另外一个黑不溜秋的壮实汉子披着薄暮,在乱石和草丛中择路而行,领她回家。他说,妈妈要她帮忙。

爸爸渐渐嗜酒如命,她便渐渐成了给他带路的人。他的爱物——朗姆酒——无须多言便确立了自己的地位。

她有时候纳闷自己是不是爱过妈妈和爸爸。如果确曾爱过,记忆已经把爱转化成了怜悯。但她肯定爱过他们。

结婚以后,婆婆劝她记日记:“日记能教你表达自己的思想,养成审视自己的习惯,有助于一个人性格的形成。”(老罗克斯巴勒太太非常讲究礼貌。她关心着一些人的幸福,对于这些人的缺点,她从不直截了当地指出。）艾伦·罗克斯巴勒开始记日记，不过不是天天都记，或者说只有头三个星期天天记。从这本日记也许能判断出她是否爱过爸爸妈妈。遗憾的是，他们早在她结婚之前就已经去世。妈妈先死。由于父亲的死她决定接受奥斯汀·罗克斯巴勒被世人看作是“极不慎重”的求婚。

独自一人待在沼泽地边缘被人遗忘的农庄上显然不是长久之计。不管怎么说，她迟早都得离开那儿。可是上哪儿去呢？给人家当什么？为了儿子威尔，特里菲娜姑妈不会收留她。海普姬（艾伦的堂妹）看过一本书，那里面对“堂兄妹之间乱伦的婚姻”大加责难。除此之外，格拉雅斯家，也就是艾伦家，穷味儿十足，对于塔特姑妈的鼻孔绝不会比院子里那堆粪肥更有吸引力。艾伦心里非常难受，不管怎么说，她总还是有点喜欢这座农庄。那是她对生活的全部理解。（如此说来，她肯定爱过她的双亲。他们，还有她，都无法和农庄分开。在那座回音很大的房子里，他们三个人形影不离，不论待在哪儿，都听得见相互的咳嗽声、呻吟声，甚至梦中的呓语。）

塔特·特里加斯基斯姑妈嫁了一个很有钱的人，不过很早就守了寡。她只看重她自己和钱财。（当然，还有她的宝贝儿子威尔。对海普姬不大喜欢，因为她是个姑娘。）对弟媳她一直看不起。对弟弟简直连看不起也谈不到。她认为他辱没了她。在她眼里，狄克（艾伦的父亲）是个“没出息货”，克拉拉（艾伦的母亲）是个“没用货”。（还能指望艾伦成为什么“货”呢？）后来，特里菲娜发现她可以

① 塔特：特里菲娜的昵称。

从另外一个郡，甚至可以说是从另外一个国家（肯特郡[①]，是那里吧？）对兄弟媳妇表示一点怜悯，并且以此为乐。一旦心血来潮，奥托林夫人就离开伦敦到格莱德威德。她的弟媳总是陪她一同前往。克拉拉·哈伯德是奥托林夫人的侍女，皮肤白皙，长得很漂亮，手的形状也好看，如果吹上点香粉再戴上女主人的手套。克拉拉·哈伯德和后来的丈夫是在彭赞斯看望一位共同的熟人时相识的。

塔特姑妈站到妈妈这边之后，经常说那是一个人可能碰到的最倒霉的事情——哈伯德小姐正呷着她的白葡萄酒，狄克·格拉雅斯走进来想白喝一杯酒。而克拉拉之所以年纪轻轻就命归黄泉，完全是因为这两个"粗鲁的家伙"给她增加了过重的负担。

塔特姑妈在这个问题上很不公平。艾伦知道，她自己虽然手背皲裂，但人并不粗鲁。事实上，妈妈病重之时，恐怕没有人比她更温柔了。她经常扶着她走下狭窄的楼梯，让她坐在窗户旁边晒太阳，观赏倒挂金钟。至于皲裂的手背和发红的面颊，一俟艾伦认识到应该为之羞愧，便开始用牛奶擦洗。她还按照海普姬在《女人最宝贵的财富》这本书里发现的偏方，用黄瓜瓤涂抹它们。可是艾伦的脸颊依然发红，直到后来才似乎自然而然柔和起来，在光线最好时呈现一种金棕色。（直到结婚当太太之后，她才真正变白——一天到晚待在客厅里，出去的时候坐有篷马车，睡得很晚，呵欠连天，把面颊上的血都给挤跑了。）

从某种意义上讲，艾伦·格拉雅斯是个顽皮的姑娘。爸爸希望有个男孩儿，一个勤俭的小伙子，能帮着干田里的活，对他自己的不善管理做一点补偿。可是老婆偏偏给他生了个壮实的丫头。他不

---

① 肯特郡（Kent）：英国英格兰东南部的郡，曾是中世纪的一个王国，故有此说，作者意在嘲讽特里菲娜。

大喜欢她,虽然让她干的活儿她都干得了,逢着赶集的日子,还能赶着马车把喝醉了的父亲从彭赞斯拉回家。

不喝酒的时候,他快快活活通情达理,她可以原谅他这个吊儿郎当的糊涂人。一喝醉,他就变得十分暴躁,满口脏话,蛮不讲理。有一次,他自己忘了关大门,却一脚把女儿踢倒在烂泥里。小时候,他在奶酪挤压机中挤坏了大拇指,指甲虽然没掉,但成了一个棕黄色的牛角似的东西。一看见那玩意儿,她心里就害怕。

波迪欧船长还在大声叫喊:“……我劝你……快下去。”他弯着腰,开始帮她从升降口的梯子下到客舱里去。“……罗克斯巴勒先生等你吃早饭呢……服务员正送……好胃口……”

一朵浪花扑面而来,罗克斯巴勒太太突然觉得一阵恶心,但她低下头控制住了自己的情绪。会不会是对船长那番令人沮丧的话有些反感?不管怎么说,罗克斯巴勒太太一步一个台阶回到了那间闷热的、现在已经变得让人恶心的、狭窄的小客舱。丈夫正在摸索着找他的靴子,嘴里不停地抱怨。

“终于如愿以偿了。听这吆喝的声音,我们已经在海上了。”他的鞋拔子找不着了。

等他终于穿好靴子直起腰,罗克斯巴勒先生便惊叫起来。“你知道你是副什么模样吗?你全身都湿透了!”

“是的。”钉在墙上的那面简陋的小镜子证实了这一点,“不过还没有湿透。一副狼狈相罢了。”

“你得赶快换衣服。可不能在路上得了急性风湿病弄得没法起床。”

罗克斯巴勒先生为自己担忧时,说话就是这种腔调。她知道这一点,于是情绪更加低落。

“我是要去换的。”她向他保证,但毫无热情。

她继续站在那儿,等丈夫穿好衣服,才磨蹭着向客厅走去。

她从头上扯下长围巾和帽子。这两样东西湿得不厉害,只是有点潮,看起来无精打采的。外面的衣服也都是这个样子。平常梳得干净利索的头发被海水里的盐分渍得失去了光泽,一缕一缕贴在面颊上。她睁着一双迷茫的、湿漉漉的眼睛对着那面粗陋的镜子,看到自己的皮肤斑斑驳驳,不由想起杜松子酒气弥漫之际,流落在街角徘徊不前的可怜人。

不过艾伦·罗克斯巴勒并没有长久地停留在这种氛围中。那一叶叶被狂风鼓起的白帆和汹涌的浪花又将她包围起来,带到“布利斯托尔少女号”的甲板上,带到更遥远的、黑魆魆的康沃尔海岸。

到了对这个世界开始愤愤不平的年龄,她觉得自己大概要在乱石遍地的山坡上,在坐落于农庄后面的那几幢摇摇欲坠的房屋旁,和粪堆、牛栏打一辈子交道。这里十分贫瘠。北面是石南丛生的荒野,连绵羊觅食也很困难。作为补偿,南边有几小块可以耕种的土地。在最少沮丧的日子里,她承认自己热爱这块土地。就她所知,只有这点土地一直被人们称为格拉雅斯的家产。这里有荆豆丛,夏天人可以蜷缩在里面乘凉,暴风刮来时,绵羊可以钻进去避风;还有许多岩石,上面枯萎的地方好像玫瑰花饰;陡峭的悬崖一直垂挂到嗡嗡作响的山洞口。艾伦不会拿这里的任何东西去交换她家南面那块肥沃的土地。那是她的特里加斯基斯堂兄妹居住的地方,也是特里菲娜姑妈引以为豪的地方。

有人声称听见过美人鱼在格拉雅斯农庄上游的海岸唱歌。爸爸爱讲些巫婆神汉、预兆象征的故事。对这些事情他自己将信将疑。他还唠叨过普利茅斯①那位亲切善良的女巫的故事。如果艾伦·格拉雅斯对这些故事深信不疑,那是因为她太孤寂了。除了偶尔去看看堂兄堂妹,就是陪病病歪歪、霜打了似的妈妈无精打采地闲聊,再就是和那位不是总能把握住自己的父亲做伴,她的生活几乎没有别的内容。她全身心地投入大自然,换个环境就不可能这么做。她得靠它维持生计,靠神话传说保持希望。(因此,不能说她是在婆婆的指点下启蒙信教的。那时她接受教义不过是形式而已。尽管老罗克斯巴勒太太笃信上帝。)

艾伦·格拉雅斯的希望是有朝一日神灵降临,与她同在。而且这个神应该像神话中所说的那样来自爱尔兰。白日梦里,她已经许配给国王为妻,又偏偏爱上了随从,结果两个人只好殉情。爸爸坚持说,他们曾经坐着船一直跑到廷塔杰尔。她从来没有到过廷塔杰尔那么远的地方,但很希望有朝一日能去见识见识。她仿佛看见在夕阳的余晖中,船头穿过夏日浓浓的绿意,驶入狭窄的港湾。

想入非非之际,艾伦觉得百无聊赖,但她不会向任何人讲这些奇异的幻想,包括海普姬·特里加斯基斯——她的堂妹和朋友。

不过,她对海普姬说了另外一件事,讲话时的那种过分的谨慎则是她那位当过侍女的妈妈精心培养起来的。"今年夏天,妈妈打算留个房客。别对塔特姑妈说。她会责怪我们的。"

海普姬把这件事向她母亲和盘托出并不奇怪。(她实在没有多少值得告诉她母亲的新闻。)她妈妈果真表示反对。特里菲娜姑妈是根据原则提出异议的。

---

① 普利茅斯(Plymouth):英国英格兰西南部濒英吉利海峡的港市。

“可怜的克拉拉！我从来就没有想过在我们格拉雅斯家的屋顶下留个房客。就好像我们是白铁匠或者泥瓦匠似的。”塔特姑妈全然忘记自己的父亲曾经是个沿街叫卖的小贩。

那时，妈妈的身体已经很糟。“不是一般的房客，”她气喘吁吁地说，“他跟夫人很熟，是一位有充分生活来源的绅士，只是身体不好。”妈妈擦了擦眼睛。“医生劝他来乡下换换空气，吃吃我们农家的粗茶淡饭，滋补滋补身体。”

塔特姑妈笑了起来。“我希望，克拉拉，你能知道如何从这位绅士的钱财中赚到你们应得的那份。因为我的弟弟对此肯定一窍不通。”

妈妈被人欺侮的时候不哭，只是默默地流泪。

塔特姑妈并没有动一点儿怜悯之心。“谁来照顾这位先生的起居呢？”

“我还能行能动，特里菲娜。艾伦身强力壮，她也愿意干活儿。”

塔特姑妈没有想到这种安排，她笑了笑表示难以置信。

“这点钱能帮我们一阵子忙，”妈妈大着胆子说，“再说有个人住在这儿，姑娘也会快活点儿。夫人写信说，他是一位很有学问的先生。她是让马夫送来这封信的。”

塔特姑妈闭上嘴巴，重新系了系帽子上的缎带，解开那三条标志她举足轻重、腰缠万贯的金链子，坐着那辆有顶子的二轮马车扬长而去。

房客还没来，艾伦就满心恐惧，干事笨手笨脚，而且动辄脸红。她打破了上菜的大盘子，不得不找锔碗儿的师傅给锔好。取盘子那天早晨，正好奥斯汀·罗克斯巴勒先生到达。他的行李给目击者留下深刻的印象。虽然由于一路颠簸，箱子弄脏了，也磨破了，但仍然散发着一股皮子味儿。她把行李放到他的房间抽身就走，留下他一个人直盯盯地望着窗外他不曾预料的新天地。这里的一切一定让他心生厌恶。不管怎么样反正他看起来闷闷不乐。当然，鞍马劳顿他一定很疲倦。

妈妈虽然跟这种文明人打过交道，但也很紧张。她记不起是不是给客人放好了毛巾和肥皂。母女俩共同努力做了一个兔肉馅饼，然后熬了胡萝卜汤，为了增加营养，还上了几片面包。

房客总是踟蹰不前——如果不是纯粹胆小的话——否则艾伦会继续惶恐不安。他的行为举止给了她勇气。可是借给他使用的客厅里高高堆起的那些书又夺走了她刚刚找到的自信。看到先前属于她的卧室的窗台上摆满了药瓶子，这种自信才又得以恢复。一旦克服了恐惧，那些药名和标签上的说明又让她心里充满了怜悯。

罗克斯巴勒先生犹豫了好一阵子，才问："格拉雅斯小姐，这周围有什么可以散步的好地方吗？（还从来没有人叫过她'格拉雅斯小姐'呢！）为了健康，我已经下决心出去散步了。"

"我们这儿四面八方都有散步的地方。（从来没有人向她请教过什么问题。）北面有大海。那儿当然更荒凉一些。还有教堂。南面有好几条风景秀丽的小路。有一座小教堂。您可以一直走到圣艾维斯，或者彭赞斯——如果有足够的体力的话。"她想了想又补充了这样一句。

然而罗克斯巴勒先生一副兴趣索然的样子。

以后，他事事靠她：提醒他按时吃药，告诉他天气冷热，让他及时增减衣服，逢着赶集的日子，艾伦赶着马车去彭赞斯的时候，还替他寄信。

"我的母亲动不动就着急。"他对她说。有一次还说："她非常惦记我的弟弟。他最近去范迪门地了。”

“是吗?”她假装很感兴趣。

她对范迪门地一无所知。她听人说过爱尔兰、美国和法国。但她并不真的相信除英国之外,横渡彼岸还会有别的什么东西。

这种空虚的感觉使她突然之间感到害怕。她怀着一时的冲动在心里背诵妈妈和波恩特①先生教给她的祈祷词。他们说,脱衣服之后背诵这些话是她的责任。

那天夜里她没有做梦。由于某种原因她激动得难以入睡。因为,就在这天,他借给她一本“带注解的《田园诗》”。她看着那本书的封面,就好像读书是最神圣的事。“不过大白天可不能看。”她提醒自己。

她戴一顶村姑常戴的粗糙的帽子,帽檐忽起忽落,罗克斯巴勒先生可以瞥见艾伦脸色黝黑,神情专注地干着农活。

她告诉他:“有两个小伙子应该来帮我们翻晒干草。不过永远别指望他们会来。”

“我能帮忙吗?”

“哦,”她回答道,“我想能吧。”话音刚落,又为自己的轻率羞得满脸通红。

后来,她正给切丽②挤奶,被他撞见了。她觉得很是尴尬。

“这是你的活儿?”

“我干一部分。”她用的劲儿太大,奶牛踢了一下,蹄子掠过奶桶。

他总是在她最不如意的时候跟她碰面。

---

① 波恩特:格拉雅斯家所在地区的牧师。

② 切丽:奶牛名。

有一次，她不得不拦住他，领他穿过院子往回走。“别从这儿走。”她劝他，本能告诉她，奥斯汀·罗克斯巴勒先生需要她的保护。

可他还是回头瞥了一眼，看见一头牛犊被按在地上，喉咙绷得紧紧的，准备挨刀子。

“他们在杀那头牛犊！”

“是的，”她只得承认（威尔来帮爸爸宰牛），“您别过去看，罗克斯巴勒先生。”

她不加思索，碰了碰他的手——不像有教养的女子所为——领他回到别人为他安排的那个宛若樊笼的生存所在。她后来才发现，死亡在那儿不过是“书本上的奇想”。

奥斯汀·罗克斯巴勒住下不久，她就得出结论，对于罗克斯巴勒先生来说，书本比周围的生活更加重要。

他给她大声朗读他称之为“第四乐章”的田园诗。“真遗憾，你不能欣赏原文，不过你可以从我借给你的那本注释读物中大致领略它的神韵。”

在他看来，诗歌就是一切，就是“乡村生活的自然美”。

“还有劳动，”他没有忘记补充这样一句，“可以说，劳动除了实际需要之外，还有更加神圣的作用。”

可是刚刚干了一早晨活儿，他就迫不及待地扔下耙子去挑手上的水泡。他还发现靴子后跟上粘了猪粪，更是皱着眉头。

威尔来艾伦家帮助干活，比方说帮忙宰了牛犊之后，总要留下来和他们一块儿吃点什么。他的母亲对这种习惯很不高兴。她总是试图从儿子脸上搜寻他干了什么坏事的蛛丝马迹，还从侄女脸上搜寻更加糟糕的“劣迹”。小时候，他们俩和海普姬经常在一块儿打闹着玩，直到塔特姑妈发现他们已经长成少男少女，不该再在一块儿玩一些小孩子的把戏。他们只是在圣诞节和新年,当着亲戚的面才互相亲吻。谁都知道,这是无可非议的。生日标志着走向成熟,自然更靠不住了。她过十五岁生日时,威尔无法掩饰跟她在一块儿的愉悦,溜到牛棚外面在她身上好一阵摸索。她是不是从中感受到快乐,艾伦不敢细想,因为特里菲娜姑妈突然出现在他们面前。

"如果你对艾伦行为不检,威尔,我会非常难过。记住,她是和你自己的妹妹一样的近亲。"

威尔变得郁郁寡欢,喜欢踢路上的石板,不再正眼看她。就连圣诞节也不吻她。直到一个非正式的场合,他突然把她紧紧抱在怀里。快乐淹没了艾伦,这一点她自己都感到吃惊。

这种事情再没有发生过。罗克斯巴勒先生的到来使她有了一种责任感。她必须看起来大方庄重干净利落,脑子里也经常琢磨着怎样才能做出美味的布丁。

宰牛犊那天,威尔向她打听:"那个老家伙一个人待在客厅干啥呢?"他大嚼着干面包片,英俊的脸变得很丑。

"他还不老,"艾伦·格拉雅斯提醒堂兄,"而且是一位学者,绅士。"

爸爸笑了起来,朝威尔眨了眨眼睛。"他让我们的姑娘把鼻子埋到书堆里去了。那种地方她的鼻子可从没进去过。"

艾伦到客厅去取罗克斯巴勒先生的盘子。

他好像正在等她,踱来踱去,一副焦急的样子。"艾伦,"他说(以前他从来没有这样直呼其名),"我不知道把药放在哪儿了。平常总是放在床边的五斗柜上。"

"哦,"她回答,飞红了双颊,"今天早晨还在柜子上放着,罗克斯巴勒先生。"

他飞快地瞥了艾伦一眼，惊讶自己怎么会忘了放药的地方。“是吗？是在柜子上放着吗？”他仍然板着面孔看她。

他是不是认为她拿走了在她看来毫无用处的东西？只有他才把这些药当作命根子。

卧室里，她把那个沉重的大理石面五斗柜搬开，发现药瓶紧贴护壁板，掉在柜子后头。

“在这儿呢！”她说，“我知道不会跑远。”

感激使他原谅了她可能犯的任何错误。

她拿着盘子走进厨房，看见爸爸和威尔都低头瞅着自个儿的盘子。两个人看起来正在生闷气。

客人待的时间太久，开始惹人讨厌。干草已经晒过堆好。树叶翻了过来，预示严寒将比往年来得早一些。

每逢冬天来临，妈妈总是眼泪汪汪。“再生个炉子！把木柴拿进来！”

罗克斯巴勒先生的脸色红润起来，散步的时间也越来越长。他头戴一顶粗花呢帽子，围着据他说是他妈妈给他织的毛围巾，甚至一直步行到圣艾维斯。不过回来的时候雇了一辆轻便旅行马车。

白天渐渐变短。有一次，姑娘说：“到现在为止，您一定把什么都看过了。”她马上意识到自己很怕听到他的回答。

“是的，”他说，“都看过了。不过现在只是走马观花，我还想更深入地了解一下。”

她为他难过：他的生活居然这样空虚，同时又这样复杂。

他正准备出去散步。她不想给他增加负担，也没有做什么准备（还系着围裙，便帽也没戴，更别说那种能系带子的户外软帽了），却发现自己已经陪着他一起出发了。路很不好走。因为他们是向荒凉的北方走的。灌木丛的树枝不时挂住他们的衣裳,那些树枝上尽是从绵羊身上撕扯下来的羊毛。

“有场风暴从威尔士刮过来了。”这并不是多么稀罕的事情,所以她的声音保持着往日的镇定。

罗克斯巴勒先生把脖子上的毛围巾往紧里围了围,像突然想到似的问道:“你觉得你穿得很合适吗? 就是说……你穿得够暖和吗?”由于在为她着想,他那双平素很温和的眼睛变得炯炯有神——不过,该不是又一次为自己着想吧?

“哦,够暖和的!”她笑了起来,双臂紧贴围裙抱在一起,“我们已经习惯这地方的天气了。”

他们穿过大路,跌跌撞撞,走向风暴。她本来打算陪他在院子外面走几步就作罢的。

他们满不在乎地向前走着,开始了满不在乎的谈话。

“对于曾经翻过瑞士山口进入意大利,甚至跨过英吉利海峡到达法兰西的人来说,这算不了什么!”罗克斯巴勒先生大声说。

“我没到过意大利,”她懒得再说自己也没跨过英吉利海峡,“我从来没出过我们这个郡,也没去过那头的普利茅斯。”她犹豫了一下,“我的理想是去看看廷塔杰尔。”

“那算什么理想! 廷塔杰尔简直就在你家门口。”

“我也说不清,罗克斯巴勒先生。我想,我们有的人生来就没有什么理想。”他们的谈话给了她很大的鼓舞。她仿佛在头顶那些汹涌翻滚、几欲炸裂开来的乌云间飞翔。

他们继续向前走,低着头,顶着风,根扎得很深的荆豆在大风中摇摇摆摆,流水般倒向他们。

罗克斯巴勒先生说,他们的行为太轻率了。不过眼下他还无法掩饰那种自鸣得意的口气。

“是啊，”她表示同意，“非淋个落汤鸡不可。”

艾伦虽然目光短浅，但她仍觉得自己比这个弯腰曲背、呆头呆脑的绅士年长得多、聪明得多。如果暴风雨真的劈头盖脸席卷而来，她有足够的体魄和乐观精神稳住旋转的大地，而他，这个可怜的男人最大的可能便是败下阵来。那些字典里的词汇和没用的知识派不上半点用场。

就在这时，风暴果然铺天盖地而来。如鞭的急雨抽打着荒凉的土地。他们吞咽下冰冷潮湿的空气。

罗克斯巴勒先生脚步踉跄。他大声喊道：“一个有理性的人居然做出这么愚蠢的事来！”她觉得他一脸苦相，弱不禁风，皮肤由粉红变成紫红。

“你病了吗？”她喊道，“罗克斯巴勒先生。”

尽管他没有回答，她觉得有权把自己的肩膀挪到罗克斯巴勒先生的腋下。这样她可以更好地助他一臂之力，领着他在风雨中前进。

“有点儿，”她听见罗克斯巴勒先生这样说，“我又有点儿头晕目眩，不过会好的。”

仿佛是天意，她平添了一股力量，足以应付眼前的局面——他简直像一个东摇西晃的酒鬼。她扶着他转了一个弯儿，风吹着他们的脊背，把她的头发吹到前面，和罗克斯巴勒先生围巾上的穗子缠结在一起，飘飘洒洒。

在一堵坍塌了的墙壁的避风处——这堵墙是用地里刨出来的扁石头砌成的——她把他安顿好，又用自己的身体护着他。他的手藏在毛线手套里面，冷冰冰的，没有一丝暖意，帽子已经歪到太阳穴边上,绅士尊严早已丧失殆尽。

她给他重新戴好帽子,极力鼓舞他:“你一定要鼓起勇气,罗克斯巴勒先生。您可以相信我,我会帮助您……”她差点脱口说出“活下去!”三个字,但她还是及时清醒过来,改口说:“回家……我会把炉子生好,然后给您吃热乎乎的饭——这一切都不会远的。”话说到最后却是那么软弱无力。

他们俩继续贴着那堵墙紧紧挤在一起。雨渐渐小了,风也许已经精疲力竭,也许有了更远的目标。他们用不着再全神贯注地竖起耳朵听对方大致在说些什么。

“你至少看见了我这副狼狈相。”他说。

“您是身体太差,力不从心。我的母亲就是这样的。”她极力安慰他,却安慰不了自己。她希望他精神矍铄,身强力壮,日暮时分,船头驶进海湾,他纵身一跃便能跳上海岸。(她是那么荒唐可笑,或者说罗曼蒂克。)

罗克斯巴勒先生说:“有的人在道德力量的鼓舞之下,就能克服身体条件带来的困难,巍然屹立。”

她觉得如果不是在道德方面循规蹈矩,罗克斯巴勒先生就什么也不是了。不过这种想法并没有给她什么安慰。

“您能站起来吗?”她问,“如果我拉您一把的话。”

他顺从地点点头,就好像她是他经常提到的母亲,而她可不想见那位老夫人。她宁肯看奥托林夫人从马车窗口探出脑袋指手画脚,或者在奥托林夫人以保护人身份光临她家时,看她沿花园小径缓步而行,对水杨梅和福禄考花品头论足。

在暴风雨过后的寂静中,他们穿过将沼泽地和农庄分隔开的大路。罗克斯巴勒先生说:“我很钦佩你这种坚强的性格。”

“天哪!”她窘得要命,嗓子几乎噎住了,“坚强……是的! 这是唯一属于我自己的东西。我必须靠力气吃饭。”

不一会儿他们便看见屋顶,然后是山坡那边的房子,摇摇欲坠的粮仓、棚屋,瘦骨伶仃的梨树和布拉斯李子树。两人的靴子上沾满泥巴。她在后门外面把泥刮净,并且示意他进门之前也刮刮干净。

除了罗克斯巴勒先生已经在服用的洋地黄药酒以外,希克斯大夫并没有给他这位病人再开什么烈性药。罗克斯巴勒先生卧床休息,艾伦劝妈妈来服侍他。因为妈妈对房客的身体状况和思想状况不太了解,不会过分担心他会“垮”在她的手里。

罗克斯巴勒先生刚刚恢复,就做出决定:“我该回家了,母亲要着急了。”

艾伦·格拉雅斯松了一口气,尽管她不愿意向爸爸和威尔承认这一点。她也不想承认他下榻的那间屋子(现在又成了她的卧室)还缭绕着一股药味儿。而且,她仍然能够分辨出客厅里那股明显的旧书的味道。他留下一瓶墨水,她把它据为己有。为什么要这样做,她自个儿也说不清楚。她拧开瓶盖,墨水的气味是那样真切。自从离开那所教给她可以为之夸耀的知识的女子学校,直到罗克斯巴勒先生来她家养病,她几乎没有闻过墨水味儿。现在,每当她嗅一嗅她所拥有的这个墨水瓶,她就感觉到一种微微的醉意,掺和着清醒和绝望。

“布利斯托尔少女号”颠簸向前,船身微微地震颤着。罗克斯巴勒先生从客厅里喊妻子,告诉她早饭已经送来,要是想吃就赶快过来。罗克斯巴勒太太稳住身子,按照丈夫的吩咐走了过去。

罗克斯巴勒先生正在喝茶,对那茶水显然很厌恶。"还是带霉味的破玩意儿,"他提醒妻子,"不过挺热。"

她知道,这茶比柴草棍子煮的热汤强不了多少。不过她还是宁愿和丈夫一起喝这美其名曰"茶"的玩意儿,而不去碰那块咸猪肉(肥多瘦少,令人作呕)。

她慢慢地呷着,双眼湿润,睁得老大。要不是周围的环境如此不同,他们很可能会觉得此刻是坐在切尔特南的"鸟唇居"。至少他们保持沉默这一点是和以前一样的,还有就是他打破沉默开口抱怨,或者像是要对她考察一番时的情形。

这天早晨,罗克斯巴勒先生说:"你看起来非同寻常的漂亮,艾伦。"她已懂得,一个在回避普通人乐趣的环境中长大的人说出这样的话也算是一种恭维。

这种恭维并不需要回答,但她嘟哝了一句:"都是老掉牙的东西。"她低下头扯了扯裙子。

"我劝你穿绿衣服完全正确。"

"我的姑妈经常说,女人穿绿衣服显得浅薄。"

"我发现你的姑妈不喜欢你打扮得漂亮一些。"

罗克斯巴勒先生继续打量妻子,目光中或许少了几分严厉,多了几分沉思。年轻时候他写过诗。他的诗句连他自己听起来也是雕琢多于灵感。等到加奈特和小斯塔夫德·梅瑞维尔骑马纵狗打猎的时候,奥斯汀已着手写一部长篇小说。不过写到第三章,笔下的人物已明显不听使唤。他把手稿付之一炬。看着手稿在火中焚毁,他与其说沮丧,不如说松了一口气。此后,他又去钻研古典文学,不过,不管表面上给人什么印象,奥斯汀·罗克斯巴勒实际上并不完全是书呆子。他的内心深处总有一种说不清道不明,却又持久不变的不安分——也许是一种创造力的冲动。

他不会画画。要不然定会为这位头戴村姑帽的农家女画一幅素描。或者画她在傍晚时,从沼泽地回来,赶着羊回羊栏的情形。回家之后,想起她这副模样,他开始疑惑自己是不是也恋爱了?如果他的恋情再强烈一些,最便当的办法是让她做自己的情妇。娶她为妻那简直是无法想象的事情。可是他仍然想着她的样子:站在倒挂金钟折射回来的光晕之中,使劲儿揉那盆放在擦得锃亮的桌上的生面团。或者两臂交叉放在浆得笔挺的围裙前面,穿过院子,为目的不明的差事跑腿。他当然需要一位情人。也许他确实爱她。他想起在秋天那场害得他大病一场的暴风雨中她所表现的力量和善良。

认识到艾伦·格拉雅斯不仅可以成为自己的妻子,还可以成为自己创作的艺术品时,罗克斯巴勒先生才隐约产生了可以和她结婚的念头。这很可能成为一项"工程",使他免受失败痛苦的折磨。用一块表面上毫无希望的材料,雕琢出一个美丽、迷人,不一定有多么高深的学问、但能为上流社会接受的伴侣。至于皲裂的双手,说话不讲究语法等等缺陷,自有补救的办法。而没有道德力量做基石,一切都无从谈起。

他的母亲每天晚上十点钟跟他道晚安,留下他一个人看书学习。这天晚上,奥斯汀·罗克斯巴勒非常激动,巴不得她快走。后来她终于吻了吻他。他听见她摸索着向楼上走去,最后头顶又传来缓慢沉重的响声。他急忙坐下写起信来。最初的激动已经平静,他在用词上仍然尽量小心谨慎。

亲爱的格拉雅斯太太:

十分愉快地回忆起去年夏天在您家里度过的那几周光阴。我想,倘能重复上次的体验,将是十分惬意的事情。如果那几个房间还不曾租给比我更加荣幸的人使用,我们能否说定,从六月初开始?

向格拉雅斯先生问好,并对您的女儿致以最美好的祝愿。上次造访期间,她对我十分关照,我深为感动。

希望早日收到您的回信,以便完成我的计划……

罗克斯巴勒先生确实及时收到了回信,虽然答复并不令人满意。

亲爱的罗克斯巴勒先生:

非常难过地告诉您,我的母亲已于今年一月去世。我的父亲觉得,既然无法为房客提供最好的服务,就不该再出租房屋。尤其是像您这样一位与众不同的客人。

我希望去年秋天以来,您的健康状况已有好转。感谢您对我们的好意。

永远尊敬您的 E.格拉雅斯

这次挫折使罗克斯巴勒先生十分沮丧,回忆往事,他的感情立刻充满真正的柔情——如果不是一种实实在在的情欲(他永远不长于此道)。那时候,他不知道除了做出答复以外还能做些什么,就像他现在仍在估量自己和这位已经是他妻子的人的关系一样。

“是的。”他又说。客厅被颠簸得歪歪扭扭,过了一会儿才又恢复了原来的形状。“我劝你穿绿衣服。因为你和许多女人不一样,你身上没有那种索然无味的东西。这也是你之所以吸引我的原因。”

他显然自鸣得意。而罗克斯巴勒太太懒洋洋地斜倚在客厅里一张老式椅子上,一条胳膊晃来晃去。这是贵妇人们喜欢做的动作。听到门把手咔嗒咔嗒的响声她松了一口气。

波迪欧船长表示,如果罗克斯巴勒夫妇允许,他想跟他们共进早餐。

船长生气勃勃地搓着一双手,发出一阵刺耳的摩擦声,在罗克斯巴勒先生这边也引起了相应的热情。“我一定要祝贺你,船长,你的身体这么棒。”

波迪欧船长怀着同样愉快的心情回敬道:“先生,您的太太才是我们应当祝贺的人——连主持早餐的时候也是这样迷人。”船长弯起一根手指,准备取他的茶杯,同时献上更多的殷勤。

罗克斯巴勒太太带着从婆婆那儿继承来的怀疑神色接受了船长的赞美。她给船长倒茶时没有表现出露骨的讨厌,那是因为一位头发灰白的长者有资格恭维别人,也因为这种笨拙的恭维使她想起已经过世的父亲在不那么粗鲁的时候也是这个样子。

罗克斯巴勒先生因为心里高兴,开始向波迪欧船长问长问短——包括他干的行当的技术问题,以及对于这次航行的前景和气候状况总的估计。对于这些问题,妻子连一句嘴也插不上,只好看着那只既让她迷惑又让她生厌的手向餐桌上硬邦邦的面包片发起进攻,至于那些橡皮筋似的咸猪肉更不在话下。

还是个小姑娘的时候,爸爸经常抚摸她的面颊,好像为了研究她皮肤的奥秘。她便感觉到他压坏了的大拇指上那个牛角似的东西刮擦着她的脸。

有一次，她再也不能忍受这种刮擦，便喊了起来："您怎么看不出我不想让人碰我？"说着把他一把推开。

好一阵子，他若有所思，闷闷不乐。不过这是必然的。羞愧告诉她，她心里的兴奋其实不亚于厌恶。结果，她变得更加思虑重重。碰到雨声淅沥的下午便意气消沉，忧心忡忡。

可怜的妈妈病魔缠身，无暇顾及这些事情。她死了以后，对两个还活着的人来说，失去她的痛苦还不及他们相依为伴的烦恼更折磨人。

与此同时，爸爸越来越把处理家里日常琐事的责任推给她，一天到晚靠掺水的烈酒来减轻心中的忧伤，更重要的是减轻那份一直吞噬他的沮丧。他总是天不亮就起床，上午一边喝酒，一边磨磨蹭蹭干点压根儿就没必要去干的活计。要是不出去转悠的话，就在厨房餐桌旁边坐整整一下午。他经常到一些莫名其妙的地方，除了说是为了活动活动身子骨，没有别的解释。

那年春天——一个非同寻常的严冬过后姗姗来迟的春天——爸爸让艾伦跟他一起去特里梅尼。他需要她帮助牵那头包莱士先生有意要买的小母牛。爸爸身穿他那套最好的黑白点相间的制服，赶着马车。她跑在后面手里攥着绳子，和不情愿离开故土的小母牛偎依在一起。那天冷雨蒙蒙，沟渠里肮脏的冰雪差不多已经消融。那头可怜的牲口被离家的痛苦折磨得直拉稀。它的"叛卖者"的手因为紧握绳索，很快就变成鲭鱼的颜色。比特①不时扬起头惨叫几声，扯紧艾伦手里的绳子。大车的颠簸，那头她一手养大的母牛喷

① 比特：小母牛的名字。

出来的熟悉的气味，从石头墙那面或者从刺人的树篱豁口看见的灰蒙蒙的大海都平添了一种悲凉感。这种感觉似乎会永久地影响艾伦·格拉雅斯。

到了特里梅尼之后，爸爸跳下大车从艾伦手里牵过小母牛，手颤抖着。她在肩膀上围了一条麻袋，说她就在车上待着。爸爸因为她不爱交际，或者因为她呆头呆脑，或者因为二者兼有，骂了她几句。然后牵着可爱的比特，迈着沉重的脚步向那座不太远的院落走去。

她坐在光溜溜的车底板上，觉得一个人待着很无聊。倘若能像爸爸那样随心所欲，想到哪儿就到哪儿，倘若对巫术的信仰足以鼓舞她将自己的想法付诸实施，艾伦或许会提起缰绳，赶着马车一直跑到廷特盖尔，或者更远一点的地方：车轮轧过卵石，一直驶进灰色的浪涛。

不一会儿，太阳出来了。她很为自己那些顽皮的想法内疚，也为自己导致了罗克斯巴勒先生错将信任寄托到不值得信任的人的身上而自责。

爸爸回来的时候，小母牛已经不见了。他估计得很对，包莱士先生不会拒绝一头骨架如此漂亮的牲口。爸爸的精神比刚才饱满了许多，因为口袋里装着现钱，还因为买主请他喝了一通。他老老实实承认自己喝多了酒，艾伦立刻从他手里接过缰绳。推掉赶车的重任后，他身子一歪，就势在车底板上躺下，两条腿打着亮闪闪的黑绑腿，靠在她旁边的座位上一个劲儿地抽搐。

他并没有睡着，反倒喊了起来：“你这个姑娘怎么回事儿？我从你的肩膀就能看出你又玩你那套鬼把戏呢！得了，你别让我再受罪了。我的苦已经受得太多了，艾伦。”

“得儿,驾!泰格尔[①]!”她用手里的缰绳打了一下马屁股。

马车咔嗒咔嗒响着没多久就回了家。把母羊关进围栏,暮色已经浓重,还没挤完奶,天已大黑。

她给他煎了一块糕饼,他推到一边,坐在那儿自斟自饮。有时候胳膊肘子够不着桌子,从桌边滑下来。

他说:“你总是恨我。我敢担保,你把我看作眼中钉肉中刺,恨不得把我扔到火里。”她用叉子把土豆弄碎,“我干吗要恨你呢?”

“因为我是你老子。”

她没吱声儿。

“你就是不恨我,也不爱我。”

她还是没吱声。

“你没有理由非得爱你的老子。可是也有一千条理由爱他。”

她觉得要是再在那儿待下去,非得吐出来不可,便连忙走了出去。这时,天又下起蒙蒙细雨,她在雨雾中踱来踱去。

她朝他那边瞥了一眼,看见他正坐在点着油灯的厨房中,抱着瓶子喝酒,周围是一堆没有刷洗的盘子。

她太累了,不管什么样的非难在等待她,也得硬着头皮回家。但他只是直勾勾地看着她,用一种缥缥缈缈、战战兢兢、和他平日里的气度大相径庭的声音说:“内莉[②]。”(他从来没有这样称呼过她。)“是你敲门了吗?还是什么兆头?”

他可能想向她这边走过来,可是绊了一下,摔倒在食品柜旁边。她还没来得及扶他一把,他已经爬起来走了。

发现自己独自一人待在一座寂静无声、不再亲切熟悉的房子

---

① 泰格尔:马的名字。

② 内莉(Nelly):艾伦的昵称。

里，而且，已经面目全非的父亲将使她不堪重负，她说不出是恐惧还是忧伤。

波迪欧船长狼吞虎咽吃了好多腌猪肉。肉太咸，他大口大口就着绿茶解渴。

“我绝不会拿这条结实的小帆船换任何一艘时髦的快速班轮，罗克斯巴勒先生。”

“再给您倒杯茶好吗？船长。”罗克斯巴勒太太还在凝视船长手上的皮肤，这皮肤和她父亲的皮肤完全一样。

她打了一个寒战。风暴已经在这条“结实的小帆船”上发现了漏洞。大海也不例外，一股很细的海水正从客厅地毯上流过。

波迪欧船长好像突然之间为自己那双手感到羞愧。这双皮肤皲裂的大手，由于艰苦的劳动和风吹雨打变得十分粗糙。风湿病又把它折磨得关节粗大，又僵又硬。

“小时候，”罗克斯巴勒先生俯身向前十分诚恳地说。妻子清楚，自我陶醉的时候，他就是这样一副神情。“因为身体太糟，生活中粗犷的欢乐我都没有尝到。潮湿的冬天对我的呼吸系统影响很大。从很小的时候起，我就穿着厚厚的毛线衣，那种出于善意的防护简直能把我憋死。”

如果妻子最初同意这种能把人“憋死”的防护，那是为了赢得婆婆的欢心。当时人们都劝老罗克斯巴勒太太，对体弱多病的奥斯汀这样地知冷知热是她的优点。像艾伦这样表现出献身精神的人，出身低贱，举止粗鲁都可以给予某种程度的原谅，或者不管怎么说，暂时可以视而不见。

作为新娘，这位少妇养成了给丈夫送热牛奶的习惯。她总是依照婆婆的吩咐,把牛奶上面的奶皮子小心翼翼地揭掉。奶皮子是最有营养的部分,她表示反对但并不坚持。他坦白地承认,一看见牛奶杯里那层皱皱巴巴的奶皮子就犯恶心。有一次,他让她把窗户关上的时候,解释说,自从在一位朋友家窗户大开的屋子里玩了一晚上惠斯特①,结果得了肺炎之后,一看到敞开的窗户就让他焦虑不安。她十分耐心地劝他,像这样温暖的傍晚,外面的空气只能使屋里更暖和。她不但没有听命于他,还把吊窗又往高开了几英寸。窗外,柔和的月光洒满草地,到大榆树上的"城堡"里栖息的乌鸦不时发出呱呱呱的叫声。从此,他不再执意反对她的主张。

"……后来,家里人就把我送到国外。"罗克斯巴勒先生继续说。讲到国外这一部分,他又往前凑了凑。"先到瑞士,后来到意大利。由一位家庭教师陪着。那家伙是个傻瓜,但他至少让我一个人留在屋里看书,或者随心所欲,想干什么就干什么,他自个儿却出去追女人。他追得好玄乎,在巴勒莫②有人要跟他决斗。结果我们不得不离开地中海东部沿海一带。"

毫无疑问,食欲得到满足以后,船长就想起了自己的责任,显得坐立不安。他又开始审视自己的双手,疑心它会冒犯敏感的贵妇人。与此同时,他一直在瞅空子想溜之大吉。

罗克斯巴勒太太打了个呵欠,她忘了应该掩饰一下才对。

"我虽然被送到国外,"罗克斯巴勒先生又说,"可是病还是在家里治好的。而且没怎么花钱。"

如果他半逗乐半懊恼地瞥了妻子一眼,那是因为她对他刚才的

---

① 惠斯特(Whist):一种四个人玩的牌戏,桥牌的前身。
② 巴勒莫(Palermo):意大利港市。

讲述无动于衷。她也不能分享他瞬息之间产生的幻觉——黄蜂向他们偷偷袭来,伴随着嗡嗡嗡的叫声,眼前升起一片黄绿色的光。她把一只手伸到他们那几个棉布口袋里,试她的梨已经熟到什么程度。大家忘了,艾伦,你知道的有多么多。她的回答:多么多?多么少才对呢,要不是她显得那样端庄淑静,他肯定要反驳一番。须知妻子的贤淑最对丈夫的胃口。

二位乘客显然只顾想自己的心事,波迪欧船长连忙抓住这个机会。"如果您能原谅,夫人,我要到我的岗位上去了,不用说,我已经吃饱喝足,精力充沛了。"

二位乘客并没有试图挽留这位在他们的生活和思想中越来越微不足道的人。船长巴不得赶快离开这儿,究竟是为了什么原因,他自个儿也做不出恰当的解释。

侍者收拾干净桌子之后,奥斯汀·罗克斯巴勒先生取出文具盒,抽出日记本(摩洛哥皮封面),挑了一支钢笔——虽然挑了半晌,或许还不喜欢——安顿下来开始写日记。

1836 年 5 月 15 日

他用的花体字花饰也许太潦草了。

乘坐着"布利斯托尔少女号"又开始了我们的航行。真是一条糟透了的船。从黎明开始,一直在可怕地颠簸。我小心谨慎,起得很晚,设法在船舱里站稳。可是艾伦大清早便冒险跑到甲板上,回来的时候简直成了落汤鸡。

> 去过相对而言比较富庶、辽阔无垠的范迪门地之后，再来这块殖民地，总觉得恐怕再不会有比这儿更空寂、更不友善的地方了，虽然我们只是走马观花，看了几眼。（艾伦一点儿也不同意我的看法，这是她那种爱幻想，或者说罗曼蒂克的禀性所致。）

罗克斯巴勒先生停下笔，有点希望妻子了解他的万千思绪。他本想仔细察看妻子的脸色，可是艾伦已经离开客厅回卧室去了。听得见她在那边走来走去，收拾房间。她喜欢这样度过早晨的时光，甚至亲自把铺位收拾整齐，以示对侍者的偏爱，或者像她丈夫怀疑的那样，是为了对自己背叛下层阶级的罪过表示忏悔。发现就剩下自己一个人以后，罗克斯巴勒先生越发放开手脚，大书特书起来。他咽下嘴里的苦涩，咬紧牙关，笔尖不时把纸划破。

> 哦，黑暗中永远分辨不出一位亲爱者的轮廓，或者理解你自己挑选的妻子！难怪怀疑、痛苦，乃至恐惧会存在。而探索这一切或许只能导致灾难。我不时成为自己痛苦的源泉。因为害怕最终的结果，必须克制理性的自我，不要一头扎进这深渊。能无视茫茫大海漫漫下午那过于浓重的暗影的人无疑是幸福的。早晨可以用家务琐事来填充，还有对于我们共同经历过的生活的回忆，但那反射一切的无尽头的下午和夜晚就不同了。

写到这儿，负疚或者恐惧又在罗克斯巴勒先生身上占了上风。他犹豫了一下，然后用墨水小心翼翼地把早饭后写的大部分内容全部涂掉。即使这样,他还不放心,直到把这一页纸终于划了个一塌糊涂,又朝四周瞥了一眼,这才伸手去取他那本“维吉尔”。

本来应该是无声的静谧不时被船壳板的吱嘎声、海浪的撞击声、遥远沉闷的雷声所打破。罗克斯巴勒太太在与客厅一墙之隔的小屋里做远航以来每天都要干的那些活计。如果还没有收拾中下铺的卧具,过一会儿会去整理的。此刻,她想让自己放松一会儿。因为伸不开腿,她只能侧着身子在一口箱子上坐下。她取出日记本。自从婆婆劝她养成写日记的习惯以来,她一直断断续续记着日记。

在海上

她的字已经大有长进,不过永远不会好到被人夸赞的地步(至少,亲爱的,没有人能否认它独具一格)。

刚才突然想起,有一次听见戴恩特雷先生和罗克斯巴勒先生谈论他的弟弟加奈特·罗克斯巴勒。戴恩特雷先生认为加·罗尽管仪表堂堂、精神饱满、前程远大,但是从出生那一刻起就是一个堕落的人。我尽管对他们这种评论不能完全理解,但着实大吃一惊,生怕别人背后也会指责我堕落。罗克斯巴勒先生、他的母亲,还有戴恩特雷太太都表示他们发现我礼貌周全、很会处世,并且向我保证他们会欢迎我、爱我。但是这并不妨碍他们看出我的不足之处。对于这种不足,我自己在 Z① 的最艰苦的日子里就有所察觉,而且至今一直不能忘记。这种感觉就像大拇指上扎的一根刺,一直刺痛着我的心。(老罗克斯巴勒太太要是知道,一定会指责我胡思乱想!)

今天早晨,我一大早就跑到甲板上,心里充满自由和纯真的快乐。海鸥盘旋而来,又盘旋而去。有一阵,我贪婪地吞咽着新鲜湿润的空气,感到头晕眼花。穿过浪花和雾气,远远地眺望那块辽阔的土地。然而一想起我将永远无法探索它的奥秘,心中便升起悲凉之感。波迪欧船长拼命想保护我。因为几乎听不见说话的声音,我想还因为实际上没有什么好说的,我们都傻乎乎地微笑着。好心的、和蔼的男人总让我感到内疚。也许这是因为我的血管里流淌着爸爸的血液。我颇有点自作多情。我想,和其他许多人不同,罗克斯巴勒先生并不烦扰我。我这样写肯定不是出自感激。丈夫可以变成妻子最愉悦的习惯之一。

她把日记本放到一边,不通风的小客舱让她头痛。过一会儿,必须把床铺整理好。现在她还是想先在下铺休息一会儿。船不停地颠簸,她有点头晕,也有点疲倦。

床铺上隐隐约约留下丈夫睡过的印迹。罗克斯巴勒太太躺在上面还算舒服,只是多少有点恶心。她晕晕乎乎,重新进入回忆的迷宫。

“不管什么时候,有不清楚的地方尽管问,我会尽最大的努力帮

① Z:指艾伦父母农庄所在地寨诺。

助你，亲爱的。”在这位“不像是真的”的儿媳妇赢得她的尊重和欢心之后，罗克斯巴勒太太这样保证。她的脖子软绵绵的、毫无生气，喝茶之后总会发出轻微的响声。她自斟自饮，从来不记倒了多少杯，结果总是喝得太多。

婆婆嗓子眼儿里这种咕噜咕噜的响声不但使艾伦最初的恐惧得以化解，而且唤起了她对这位已经失去自卫能力的老人的同情。

艾伦和奥斯汀·罗克斯巴勒结婚的时候，老罗克斯巴勒太太没有参加婚礼。因为太远了，多有不便，这实在是一件憾事。特里菲娜姑妈坚持要站在侄女身边，以显示姑娘不但出身于殷实人家，而且也是受人尊重的大家闺秀。那个令人头痛的、是否让父亲出面的问题十分及时地得到了解决——狄克已经因为酒精中毒而一命呜呼了。事实上——艾伦大吃一惊——正是狄克的死才使这场婚礼得以举行。可以说，恢复通信以后，罗克斯巴勒先生不失时机地把她抓到了手里。

塔特姑妈不能不暗示这一严酷的事实。艾伦在一片慌乱之中倒也乐意承认这一点。虽然这样，对从轿式马车上下来的面色苍白、两腿细长的陌生人似的爱人，她还是充满感激之情。和他一起来的是他的律师和朋友——奥布瑞·戴恩特雷先生。戴恩特雷先生是罗克斯巴勒家这边唯一前来参加婚礼并审查特里加斯基斯太太所提供的背景的傧相。如果他对目睹的一切尚且满意，他也几乎没有做出任何正式的表示。假设戴恩特雷先生是决斗场上罗克斯巴勒先生的帮手，他也不会比此刻更冷漠、更无情了（过分的紧张使得他在冷漠中微微颤抖）。

塔特姑妈的乐善好施从来都是有限度的。为了表示她的慷慨，她帮穷侄女选好了白缎子、白花边、一双缎子拖鞋、一双山羊皮手套。海普姬·特里加斯基斯是伴娘,穿玫瑰红裙子,和她的花容月貌倒很相配。新娘常在田里干活儿,在白礼服的映衬之下越发显得黝黑。

不过罗克斯巴勒先生看起来还是挺着迷。男傧相戴恩特雷先生相当放松地笑了几声。

艾伦希望自己别哭起来。她会像自己保证的那样真心真意爱丈夫,而不仅仅是出于感恩戴德。

罗克斯巴勒先生和母亲一起决定,过些日子再度蜜月。这样,新娘就可以尽快入门,养成大家都希望她养成的习惯。于是,艾伦·格拉雅斯从康沃尔那个贫瘠、闭塞的农庄一下子走进格罗斯特郡①一座豪华府第暂时挂起的帷幕。当时,他们家已经从温彻斯特的故居搬到切尔特南,希望奥斯汀先生的身体能得益于那里温暖的气候和上流社会的生活。

至少她很少有一个人待着的时候——循循善诱的婆婆和众多的仆人总是不离左右。最让艾伦·罗克斯巴勒不自在的是那位照料她起居的女仆。

"你应当把自己完全交给她照顾,"老罗克斯巴勒太太一边劝说,一边斜睨着她新娶回来的儿媳妇,"薇奇给你梳头,帮你穿衣服、脱衣服。"

"可我不习惯这种生活,"小罗克斯巴勒太太表示反对,"我该怎么称呼她? 薇奇?"

"如果这就是她的名字,你还怎么称呼她呢?"

"没什么尊称?"

---

① 格罗斯特郡(Gloucestershire):英国西南部的一个郡。

老太太宁愿对此置之不理。她觉得很窘,这个问题暴露了儿媳妇对人情世故一窍不通,或者说暴露了她的令人叹息的缺陷。因为老罗克斯巴勒太太知道这姑娘的妈妈曾经是奥托琳夫人的女仆。

薇奇是个喜欢整洁,但尖酸刻薄的老妇人。她按照规矩履行职责,而且一丝不苟。但她态度冷淡,对处处不完美的人充满轻蔑。

艾伦·罗克斯巴勒学会靠在椅子上让别人给她梳头。她还让仆人给她穿衣服、脱衣服。可是薇奇第一次跪下来从她腿上往下剥长筒袜的时候,她连忙伸出一只手阻止她。

“怎么了?夫人?我已经习惯做任何一位夫人希望做的事情了。”

“可我并不希望你替我脱袜子,我从来没有这样懒散过。而且我可受不了别人碰我的脚。我怕痒。”

她尽管咯咯咯地笑着想让女仆丢开替她脱袜子的念头,薇奇还是激动不起来。她侍候了一辈子人,似乎已经抑制了对于生活的感应。

是的,仆人们都瞧不起她,小罗克斯巴勒太太能感觉到这一点。他们怀疑她想要他们把她重新引入一个她已发誓抛弃的社会,而她自己未加充分考虑就随身带走了这个社会的秘密。

可是老罗克斯巴勒太太深信,这个诚实的、讨人喜欢的姑娘永远不会获准进入她的世界,虽然理论上可以这样说说。她的心开始为她悲伤。为了做一点补偿,老太太把一条红宝石项链和一个黄玉项圈送给儿媳妇。“这些东西迟早都是你的,为什么现在不受用一番?”

这是老太太给她的甜头。给她的苦差事是照着习字帖写字。因为婆婆认为一切都要从基本功开始练起。“……考虑到你的书法不能说是受过训练。”

于是，她开始一笔一画地学习写字。直到有一天，老太太在她的小学生没有觉察的时候看见她歪着脑袋、躬着肩膀，便意识到儿媳妇正在尽量回避这种练习带来的侮辱。于是，他们就跳过照猫画虎这一段，开始让她学习简单的抄写，还让她编制亚麻布、盘碗和家具的清单，尽管没有必要马上去做这种登记造册的工作。

然后，老罗克斯巴勒太太送给她这个日记本，作为培养自知之明的手段和自我修养的工具。

1821 年 8 月 20 日

从今天起，我就要在这个干净的本子上记日记了。我希望不要把它弄脏弄坏，因为这是他们给我的。我的生活在每一个方面都是新的开始——如果我能对他们做出让步，有时候也能对他们的胃口。我绝对不能抱怨。我什么都有了——房子除外，那是他们的。他的母亲住在另外一间厢房，但和我们一起吃饭。她非常善良。我的衣服满多，还有仆人——并不是都需要或者都理想。这些人你不跟他们说话，他们绝不会先开口，但也不总是有问必答。我有一匹西班牙产的小马。除此之外，罗克斯巴勒先生还送了我一对关在笼子里的金翅鸟。我还有一只名叫蒡普的哈巴狗。它非常快活，特别好玩。我经常穿着绿骑装出去骑马，虽然走不了多远——罗克斯巴勒先生不让我走远。我还自个儿赶着那匹矮种马拉的马车出去玩。要不就让车夫赶着带篷马车出去。我和罗克斯巴勒太太坐在车篷里。如果天气好就坐敞篷马车。朋友们向我们问安，大多数人和罗克斯巴勒太太年龄相仿。我们有时候还到一些阴森庄严的住宅做客，人家请我们喝葡萄酒，或者吃美味的尖口鲷。在那些陌生人家做客的时候，除非人家问我问题，我总是沉默寡言，生怕说出什么不得体的话来。不过毫无疑问，我很快就能学会一切的。他们给我书看——泰勒主教的《教义》，埃奇沃思[1]小姐的记述，还有罗克斯巴勒先生最喜欢的英文和拉丁文的田园诗。这些书我看不大懂，所以更多的时候是抱着书本坐在那儿盯着脚尖儿发愣，或者看那些想要透过棉布口袋叮梨子的黄蜂，或者看那只想衔住自个儿尾巴的小狗。我希望自己能到厨房去做果酱，能轻松愉快地做事，而不是头昏眼花地读书……

从小父母就鼓励她说真话。可是她发现真实的情况和人们的告诫或者教堂里的说教并不完全一致：既比之简单又比之复杂。

过去是父母，现在是丈夫和婆婆，对她都抱有过高的期望。而对于那些希望她做到的事情，他们自己并不准备示范，或者不知道如何示范。小时候，她为此感到苦恼和迷惑。长成一个大姑娘之后，她也开始接受这样一种观点：和任何别的事情一样，真理也包含了某种惯例和常规。作为一位年轻的妻子和夫人，她认为这种意识不仅是权宜之计，而且必须转化成永久的习惯。先前的“批评家”们很快就对她大加赞美。因为她已奉行他们早已习惯了的那些习俗。

道义上的认同并不成其为问题，艾伦·罗克斯巴勒也许希望自

---

① 玛利亚·埃奇沃思（Maria Edgeworth，1767—1849）：英国女小说家。

已大出风头。可是在这种情形之下,也只能是"偶尔露峥嵘"。有几次,她戴着红宝石项链或者黄玉项圈,扶着楼梯扶手懒洋洋下楼的时候,她能感觉到那些即使不是充满了冷冷的敌意,至少也是无动于衷的仆人表现出一种很不情愿的赞赏。一位女仆正要去给壁炉添煤,被她"照"得眼花缭乱,忘乎所以,居然扔了煤桶,跑到那扇钉了桌面呢的门后。还有一次,更让人尴尬,男管家抬起头直勾勾地看着她,脸上一副可以说是吃惊的表情。

"我吓着你了吗?帕金斯。"她问,一副温和的满不在乎的神情。她是从那些懂得如何更好地使用这种"满不在乎"的人那儿学来的。

"不,一点儿也不,夫人。我只是觉得您格外漂亮。"

尽管这也算是一种胜利,它毕竟无法减轻她受到的最痛楚的伤害。合乎上流社会口味的晚会只能变成痛苦折磨的背景。她一转身,人们就窃窃私语。有时候,从敞开的大门或者在一根圆柱、一个坛子的掩护下,听到的那些品头论足真能把她击垮。

"听说罗克斯巴勒家的门第很高。"如果这位来切尔特南造访的夫人眼没有蒙上一层薄翳,如果她那根用作装饰的秃鹳羽毛没有因为有所期待而轻轻颤抖,人们或许还看不出她想刺探点什么。

律师的妻子戴恩特雷夫人进一步证明,罗克斯巴勒先生出生于一个"富有的、令人尊敬的家庭"。

一位绅士嗓子眼儿咕咕噜噜响着,开始做说话的准备。

那位客人又拨弄了一下她那根秃鹳毛。"我听说,罗克斯巴勒太太出身相当卑贱。"

戴恩特雷太太沉吟片刻。"不过她的行为举止很不错。"出于对丈夫的当事人的友谊,她轻描淡写,为罗克斯巴勒太太辩护了几句。

"不管怎么说,"那位一直准备说话的绅士赶紧抓住这个机会,

“罗克斯巴勒家两代以前也不过是做小买卖的。”

戴恩特雷太太被友情激动得比任何时候都更勇敢，大声说：“可人家从来没有站过柜台。”

“他的弟弟呢？”

“哦，我不能替他打什么保票，”戴恩特雷太太叹了一口气，“关于加奈特·罗克斯巴勒先生，不管怎么说，我了解得很少。我们是不是先吃点冰激凌？”

罗克斯巴勒太太在那本正从德行变成邪恶的日记里写道：

> ……我希望看到我的丈夫完美无缺。我决不能让他受到伤害。我更能忍受痛苦，我要独自承担这些苦难。总的来说，女人更坚强，因为女人比男人机敏，尽管男人总是宣称他们见多识广。我们还学会了在痛苦面前麻木自己，从身体到心灵……

取悦丈夫，保护丈夫成了艾伦·罗克斯巴勒终生奋斗的目标：努力使丈夫的朋友们对自己认可，并且因此而赢得他的赞赏；以一种不露声色，不降低身份的方式向罗克斯巴勒母子表示她的感激。因为除此之外的任何举动都会使他们难堪。她很希望能以一种他们双方都可以接受的方式爱她的丈夫。对此，她不愿意承认，或者只是部分地承认。

正如她将要明白的那样，死亡对于罗克斯巴勒先生只是“书本上的奇想”，她发现他对于情欲的探索也有其合乎规范的限制。从她这方面讲，她盼望冲决这种限制，带着他在爱河中漂流而去，而不是屈从于他那种尽管不乏爱意，但犹犹豫豫、踟蹰不前的“正人君子”的做派。但她从来不敢这么做。“公羊”只是她从几乎全然忘记的过去发掘出来的一个词。那时候，她自己那几只不会抵抗的母羊温柔顺从，任性的蜜蜂在百里香和荆豆丛之间飞来飞去，麻鹬在薄暮时分婉转歌唱，獾在夜深人静时窃窃私语。只有一次，她以完全出于本能的热烈对那种刺激做出反应。可是在丈夫脸上看到的却是一种高深莫测的或者说是尝到什么苦东西的表情。于是她又戴上丈夫愿意让她戴的假面具。因为他是一个体面而又可怜的人，以后她也将永远约束自己，不把它摘掉。

结婚第二年，她有了身孕。

> ……我当然非常高兴，罗克斯巴勒先生更是喜出望外。他的弟弟加奈特没有孩子。作为长子如果能有个儿子传宗接代当然再好不过。（只要是儿子而不是让人失望的女儿！）他说，这孩子还能“为我们的谈话增加点色彩”。我可没想过我和他还需要一个“中间人”。可是看起来真是这样！

罗克斯巴勒太太从她那匹西班牙小马身上摔下来流产了。家里人不让她再骑花斑马，要想出去，必须坐别人替她赶的马车。罗克斯巴勒太太身穿紫罗兰色缎子长裙，披一条狭长的带穗黑披肩，看起来仍然楚楚动人，只是脸色有点苍白。就是那些知道这一系列不幸事件的人也不觉得她姿色稍减。她坐在带篷的马车或者轻便马车上朝跟她打招呼的熟人们点头致意，其殷勤程度决不超过她眼下的健康状况所允许的范围，大帽子上的羽毛只轻轻地颤动那么几下。

她在庭院里散步的时候，婆婆有时会陪伴她。自从这场悲剧发生之后，老罗克斯巴勒太太变得十分虚弱，挽着儿媳妇的胳膊，步履蹒跚，颤颤巍巍。“我觉得天气很冷，艾伦，”她喃喃着，“我们进屋去好吗?”

一个人的时候，少妇有时候会在这幢房子里走来走去，探索迄今为止她还未曾探究的阁楼和橱柜，心里充满了疑惑，不相信这些东西都将属于她，以至于怅然若失，焦躁不安。有一天傍晚，当榆树枝头的光亮开始隐没的时候，她用钻戒在阁楼的一扇窗玻璃上画来划去——她听人说过，钻戒能在玻璃上面写字。她用很粗的、参差不齐的笔画刻了一个“廷特盖尔”。过后又为自己的行为羞愧，甚至害怕。虽然丈夫和婆婆都不可能爬这么高，而那些有可能走进这个房间的人也不会把这个名字和他们的女主人的思想或者这个真实世界的任何部分联系起来。

两年以后，罗克斯巴勒太太又怀孕了。这次生下一个很不错的小男孩儿。遗憾的是他跟他们一块儿待的时间那么短，她甚至没来得及在日记里记下他夭折的情形。罗克斯巴勒太太和丈夫心照不宣，再也没有提起过这件事情。

祖母也没有总琢磨这事儿，只是有时候拐弯抹角说上几句。“奥斯汀从小就病病歪歪，加奈特可是个非常结实的小家伙。保姆给他洗完澡，他就坐到火炉铜围栏前面。哦，我至今还想得起火光照耀下他那副可爱的样子。非常健康，充满生命的活力！奥斯汀面黄肌瘦，后来又得了咳嗽病。那时候，我不允许自己胡思乱想。只要一想，就相信他一定会死。”

老太太那张雕花椅子旁边放着一张桌子，上面摆了一幅微型画像，画像四周用纯金的叶子和梨形珍珠围成一个花环。“你们瞧，”

只要有人来访,她就不止一次地请人家也来赞美这幅画像,“我的两个男孩儿。”

在奥斯汀那张灰黄色的脸和焦急的表情烘托之下,加奈特给人留下非常美好的印象:他的罩衫领口开得很大,好像要把肩膀全都露出来一样,嘴唇像刚刚洗过的樱桃,闪闪发光,栗色的头发由一位令人赞叹的保姆精心梳理,露出十分漂亮的前额。

“尽管上帝给过几次沉重的打击,”老太太经常唠唠叨叨地说,“我也不应该怨天尤人。奥斯汀总算没有夭折,他成了我唯一的安慰。唉,我们很快就要死了。不包括你,亲爱的,你可是太健康了。”说到这儿,一只软绵绵的、白皙的手摸摸索索握住一只有力得多的手。“加奈特等于死了。对于他的母亲或者别的任何人来说,一个生活在遥远的范迪门地的小伙子又有什么用处呢?”

有一次,艾伦深深地吸了一口气,大着胆子问:“加奈特·罗克斯巴勒先生为什么要移居范迪门地呢?”

母亲放松了警惕,真情脱口而出:“不是他要去。是奥斯汀、戴恩特雷先生和另外几个真正关心他的朋友出的主意。本来也不是他的过错。他生情倔强、刁顽,结交了一帮坏朋友。”讲到这儿,老太太一定突然想到,让一件本来应该掩盖起来的事情见更多的天日或许太鲁莽了一点。因为她喘了一口气,抽了抽鼻子,轻轻地拍了一下手掌,才做结论似的说:“他们说,在范迪门地生活也会得到报偿——那儿有一种非常奇妙的有袋动物。这是加奈特自己写信告诉我的。”

没过多久,老罗克斯巴勒太太就死了。正如大家预料的那样,儿子奥斯汀因为母亲的死悲痛欲绝。服丧期拖得很长,除了妻子外,谁都尽量远远地躲着他。她就像老太太的女儿(艾伦这样认为,到那时,别人也这样认为),当一锹锹无情的泥土洒落在棺材上的时候,痛哭流涕。丈夫却希望她能克制自己的悲痛。至少等一会儿再哭。因为她那张沾满泪水的红红的面孔让他又一次在大庭广众之下想起自己娶了一个农夫的女儿。而当时,他正庆幸已经把从前那个艾伦埋葬得比他的母亲还要深。(在这种不便公开的感情的支配之下,罗克斯巴勒先生往伦敦写了封信,定购一打手套,尺寸大小是他和艾伦·格拉雅斯结婚那年记在日记本背面的。)

罗克斯巴勒太太虽然心里劝自己在丈夫的铺位上休息一会儿,实际上很为这种沮丧的心境懊恼。船上下颠簸,塞满稻草的草荐窸窸窣窣响着。在这一切运动之中,她仍然是懒惰的核心。她毫无节制地打着呵欠。哦,此刻要是有切尔特南家里的鸭绒枕头和安着羽毛褥垫的床该有多好!不过希望归希望,并不妨碍她把脸更深地压到粗糙的枕套上。她就这样休息着,丈夫的脸颊也曾在这儿"缠绵不去"。周围仍然弥漫着睡乡的气息。这气息渗透了她的每一个毛孔,她的心渐渐平静下来。她向自己许诺,很快就起来收拾床铺,像任何一位女仆一样干得干净利索。不过现在还不到时候。现在她还得听任随风翱翔的思绪的安排。如果她打了一两个寒战又揉搓掉胳膊上的鸡皮疙瘩,是因为她知道,她将不情愿地被引入更深的深渊,并且不可避免地落入她最讨厌的陷阱。

"为什么?"他正陷入极度痛苦的沉思默想之中。

他们坐在"凯斯特莱尔号"三桅帆船甲板上面一个背风的暖洋洋的角落里。如果风就这样徐徐地吹,再有一天就能到霍巴特城了。

一定是温暖的天气和即将结束航行的前景欺骗了罗克斯巴勒先生,使他在回答妻子这个令人不快的问题时一反他平时的性格,坦率直言。“我兄弟被指控伪造签名。唉,连一点儿证据也没有!他们的指控是建立在怀疑而不是事实的基础之上。我对我的兄弟非常了解,深信他是无辜的。”罗克斯巴勒先生两只手手背对手背,放在瘦骨嶙峋的膝盖中间。他两腮凹陷,上下颚紧紧地咬着,似乎突然之间年长了许多。“可怜的加奈特,他一点儿也不坏!鲁莽,这倒是真的,而且风度翩翩,天生有一种魅力,谁见了都喜欢他。是一帮坏人使他误入歧途。”

“如果坏人使他误入歧途,你弟弟肯定觉得他们身上有某种吸引力,对吗?”如果多替丈夫想一想,她本来不该问这种问题。

罗克斯巴勒先生大声嚷嚷着为弟弟辩护:“他不是坏人!没有任何证据可以证明他有罪!”

不一会儿他们就收拾起书、毯子回到船舱。罗克斯巴勒太太一直待在那儿写日记,直到开晚饭的时候才搁笔。

> ……问了一个过分轻率的问题,得到痛苦不堪的回答。罗克斯巴勒先生很不高兴。不过,我总得弄个水落石出。真希望能消除自己对加奈特·罗克斯巴勒先生的恶感,以免做出对丈夫不利的事情。可是那个嘴唇红润的小男孩不时出现在我的眼前,目光炯炯的眼睛从母亲喜欢向客人炫耀的那张画像上凝视着人们,似乎决心放射出让人眼花缭乱的光芒。我能想象出这个小男孩儿长大之后那副风度翩翩的样子:充满嘲讽的双唇,因为自负而目光冷峻的蓝眼睛,还有我本来不应该让自己写下来的**未经证实**

的不诚实。我相信,我一直因为加奈特使哥哥相形见绌而憎恶他。他一定不能允许这种思想存在,因为亲爱的丈夫会因此而伤心。但我一定要保护他,不要把天真无邪的信任倾注到一个我相信不值得信任的人的身上。

吃晚饭的时候,罗克斯巴勒太太已经坚定了自己这种充满道德精神的决心。丈夫对此只能由衷地赞美。

第二天早晨,帆船横靠着霍巴特城码头停了下来,一座草木繁茂的大山兀然耸立在眼前。艾伦·罗克斯巴勒对于自己"武器库"里的"武器"一下子少了许多自信。她想起自己是农夫的女儿,嫁了一位体面的绅士。这些年来,她一直注意自己的言谈举止,学习遵守某些世人公认的道德箴言和社会规范。这些玩意儿和她的本性大都不一致,就像她极力模仿的意大利字体和她对于丈夫希望她坚持不懈谈下去的那些书所做的评论一样别别扭扭。可是和丈夫钟爱的弟弟相见实在是迄今为止在她所受折磨和考验中最为严峻的一次。这位"次等"绅士尚且存疑的名誉使得她心里生出一种期望:他或许是那位"头等绅士"的比较精巧的"变形"。

在这种情况下,罗克斯巴勒太太一直在客舱里磨磨蹭蹭:放好那顶十分朴素的帽子(一顶旧帽子,航行期间罗克斯巴勒先生一直要她戴这顶帽子),把毡制旅行提包拍打成先前的形状,把放衣服的皮箱锁好(她的日记本也放在里面)。这当儿,奥斯汀·罗克斯巴勒已经跑到甲板上,快活地,但也是心力交瘁地和弟弟重逢。

不能再拖延着不去见小叔子了。起初她糊里糊涂,没仔细打量加奈特·罗克斯巴勒。她只觉得那双充满怀疑的蓝眼睛炯炯有神,比微型画像上那个小男孩儿温柔、肤浅的凝视炽热许多。一只手异常坚硬,就像一位机械工人或者农夫的手。相比之下,他那身衣裳虽然算不上过分华丽,但也让人觉得价格昂贵,甚至很时髦。他弯下腰捡起掉在甲板上的一只皮手套时,艾伦看见他的亚麻布衬衫袖口一尘不染。

她把目光从他的手腕子上收回,听久别重逢的哥俩尖声尖气,不无造作的寒暄。加奈特·罗克斯巴勒对首次见面的嫂子问候几句后,两位绅士便十分礼貌地忽略了她的存在。

"你好吗?奥斯汀。看起来气色很好,老病号!"

"闲来无事,或者说是这漫长的航行给了我新的生命力,亲爱的。当然啰,我必须永远小心谨慎。你知道,我的心脏不大好。"

加奈特·罗克斯巴勒先生听了哥哥这番关于人会因为心脏不好而受罪的议论后,漫不经心地笑了笑——如果不是不以为然的话。

"哦,你,罗克斯巴勒夫人……叫艾伦,对吗?如果允许我这样称呼你的话……是不是不大舒服……或者,总而言之,有什么病?"他问道,似乎催促她快一点儿走过搭在码头和甲板中间那块并不算长的跳板。

"没有,"她回答道,他还在她身后走着,"只是因为没能早点儿到达目的地有点烦躁不安。"她非常高兴又听到靴底踩在沙子上面发出的吱吱咯咯的响声。因为这不只意味着她又一次站在结结实实的土地上,还因为她第一次和大地这种具有磨损力的接触或许可以冲淡那个冷漠无味、缺乏诚挚的回答。

可是那弟兄俩只顾忙着收拾东西,压根儿没有注意到她的话有什么欠妥之处。

"让牛车来运行李,随后就能赶到,"男主人告诉他们,"就是说,除了马上要用的东西都让牛车来拉。这些玩意儿可以放在马车上随身带着走。”

这辆马车除了车轮上面粘着泥巴，车身上溅了泥浆之外，到处漆得锃亮，掩饰了它造型的笨拙，使马车显得很漂亮，和它的主人十分相适。

在这次远航的枯燥无味的日子里，罗克斯巴勒先生曾经对妻子说：“其实压根儿就没有什么理由可怜加奈特。尽管我们的母亲总是为最心爱的儿子背井离乡——是的，我们应该现实地看问题——跑到范迪门地这样一个‘道德沦丧’、条件恶劣的地方而伤心。这一点当然可以理解。事实上，加奈特在这儿干得相当不错。他娶了一个比他大好多岁的有钱的寡妇。他的地位因此得到确立。他结婚不久，那女人就在一次事故中不幸丧生。这无疑是桩憾事，不过他至少继承了她的遗产，我推测他的收入相当可观。”

“加奈特・罗克斯巴勒太太是怎么死的？”

“在一场事故里丧生的。”奥斯汀回答时含含糊糊，因为他心里正想别的事情。

鳏夫赶着马车穿过霍巴特城。艾伦开始想象加奈特・罗克斯巴勒太太丧生的那场事故。

“你满意吗？”她意识到小叔子正在问她。

“满意什么？”

“我们这座整洁的小城。”

“是挺整洁，”她说，“而且充满了英格兰风情。我真无法相信，我正坐着马车穿过著名的充军之地。”

他笑了起来。“你很快就会相信的。不过用不着害怕或者觉得难堪——如果你跟奥斯汀一样容易伤感。当局为那些倒霉蛋儿安排了合适的工作,总的来说,他们都服服帖帖。"

听见弟弟"出言不逊",奥斯汀声称他从来没伤感过——几乎是从来没伤感过——弟兄俩又嘻嘻哈哈地说笑着,想起遥远的往事。

这种欢乐自然没有罗克斯巴勒太太的份儿,她便悠然自得地欣赏起那些朴素而又赏心悦目的房屋。不过它们那种总体上的质朴不时被一幢过分华丽的建筑所破坏。母鸡在大街上自由自在地走着,一头慢吞吞走着的奶牛的肋骨几乎擦过他们这辆马车的一个轮子。奶牛呼吸的气味,蹄子踩在地上的咚咚声,牛粪落下来的啪哒声,在艾伦心里唤起无限的思乡之情。如果不是那些可尊敬的市民拘谨的凝视和那些一定是他们的奴仆的毫不掩饰的愁容,她或许觉得自己正赶着格拉雅斯家的马车去城里赶集。

出城之后,他们乘着马车向这座岛屿的腹地奔去。弟兄俩一时默然无语。奥斯汀向弟弟十分详细地叙述了他自己按照古典派风格给母亲设计的墓碑,说得口干舌燥。加奈特叹了一口气,有点黯然神伤。不过艾伦觉得与其说加奈特是因为对母亲的过世哀伤,还不如说是因为对哥哥的絮叨厌烦,或许还因为想到自己的亲戚要在这里住很长一段时间而烦躁。

不管怎么说,他似乎已经把这位还没有任何迹象显示他要认真对待的嫂子忘到了脑后。倒不是她会欢迎他的"认真对待"。相反,她觉得自己比原先预料的还要不喜欢他。她——一个农夫的女儿,"伪造的贵妇人"——从他的身上辨认出一种粗鄙的、耽于肉欲的东西。也许这正是她所憎恶的。一个罗克斯巴勒家的公子居然既形象化了这一切,又让她想起这一切。一路无话,他手握缰绳赶着马车。她注意到他的手腕很粗,手套和袖口之间露出浓密的汗毛。她把头转了过去。此刻对他已经不只是一般的讨厌,而是憎恶。她所憎恶的不仅是这个男人,还有她自己的思想。她的丈夫和已故的婆婆从来不曾怀疑,她的灵魂深处会潜伏着这样一些玩意儿。

为了摆脱内心深处那个自我,她向一片旷野望去。她的注意力被加奈特·罗克斯巴勒称之为“倒霉蛋儿”的一群人吸引过去。这些流放犯分成两组,每组各推一辆手推车,车上装满采来的石头。全副武装的看守正在发号施令。因为离得太远,听不清他们在嚷嚷些什么。这群人刚从两道山坡之间的洼地爬上来。把车拉上山顶之后,现在开始刹着车闸下山。车前面的人脚跟使劲蹬着坡道,身体朝后仰着,顶住大车;车后面的人用尽平生力气拽着大车,以免一下子冲到山下。每一个人都仰面朝天,嘴唇半张,牙齿裸露,发出呜呜咽咽的声音;皮肤流淌着汗水,紧闭着的眼睛和发白的眼睑使得这些流放犯现出一种在瞎子脸上才能看到的不自然的安详。这种表情和他们因风吹日晒而变得黝黑的脸颊以及因为用力拉车而剧烈抽动的面孔,形成鲜明的对照。这一切使得他们好像远离了周围的生活。

罗克斯巴勒太太蓦地庆幸这些人的眼皮都往下垂着。在他们的马车翻过前面那道山梁之前,这些人可能不会看到她。少女时代受过的艰辛和屈辱使得她的同情之心油然而生。如果此刻他们大睁着眼睛,就一定认为这几位老爷、太太肉体上自在轻松,心灵深处安宁愉悦,并且毫无疑问会因此而十分憎恶他们。于是,罗克斯巴勒太太极力想避开流放犯的这种憎恶。

她握紧一双戴着手套的手,希望马走得更快一点。由于咬着嘴唇沉思默想,艾伦觉得两片嘴唇发麻发涩。两位旅伴又东拉西扯地聊起天儿来,而且都沉湎于往事的回忆,没有注意到这些辛苦劳作的流放犯。不一会儿,这群被当作牲畜使用的不幸的人们便消失在山脊那边了。

已经开垦出来的土地和尚未开垦的荒野相间,赶路的三个人坐着马车从两边景物中驶过。偶尔出现一座石头砌成的农舍或者围着土墙的茅屋。这些建筑与雄踞于它们之上的层层叠叠的树木相比简直微不足道。路坑坑洼洼难走极了。两匹健壮的马笨拙地向前移动。汗水把它们全身浸成黑色,只有马屁股和缰绳摩擦,溅起一点点白色的汗沫,落在黑油油的皮毛上面。车子不时把乘客们颠到一起,其剧烈程度让人觉得简直是在故意捉弄人。

罗克斯巴勒太太不管怎样缩着身子也无法避免撞到小叔子离她很近的肩膀上面。他突然回转头说:"如果一路顺风,吃晚饭的时候我们就到家了。到那会儿,"他笑着补充说,"咱俩就相当熟悉了,不管我们自个儿愿意不愿意。"他说这番话的时候就好像她的丈夫、他的哥哥不在旁边似的。

她虽然没有说什么话,但还是不由自主对小叔子微微一笑。因为从他的目光中,她又看到了微型画像上那个小男孩儿带有挑衅意味的坦率。她心里想,如果连这点友好也不肯表示,一定让人觉得自己生性古怪,或者因为被这兄弟俩冷落而生气。

不一会儿,天上下起蒙蒙细雨,细密的雨丝朝他们脸上飘洒过来。她的丈夫咳嗽着,摸了摸身上的外套。对他来说,这个季节就有点冷了。农庄的花园里,树木沉甸甸地挂满尚未成熟的果实。

加奈特·罗克斯巴勒为自己的马车没装车篷连连道歉。"这雨让你不舒服了吧?"他问她,没有问显然已经烦躁不安的哥哥。

"一点儿也不,"她回答道,"我早就习惯了。"

她好像又成了记忆中的那个艾伦·格拉雅斯,正赶着马车到彭赞斯赶集。倘若注意到她的微笑,罗克斯巴勒兄弟俩一定会发现其中不乏嘲弄。

不过,加奈特·罗克斯巴勒没发现,她朝丈夫身边靠了靠,握住他的一只手。她捏着那只手。他惊讶地看着她,心里纳闷她为什么做出这样一个举动。

他们继续艰难地前进。蒙蒙细雨已经被风吹到他们身后。淡淡的彩虹高悬在一块高低不平的燕麦地上空,贯穿了黑魆魆的树林的一个缺口。她能感觉到脸颊泛起红晕,不只因为寒冷,还因为每转一个弯,广袤的原野就向她展示出令人惊讶的秀美。她不能因为必须继续讨厌这位小叔子而破坏自己的好兴致。

"到了,"加奈特·罗克斯巴勒先生终于大声宣布,"这就是我的'美妙斋'。即使没赶上晚饭,开饭时间也没过多久。"

两匹马又渴又饿,径直朝旁边的一条甬道走去。加奈特勒紧缰绳,让它们在一扇白色旋转栅门旁边停下。这扇门装在篱笆上面,左右各有一株扁柏。篱笆是经过修剪的、枝繁叶茂的黄杨木,扁柏也修剪得整整齐齐,就像被砍了脑袋一样。所有这一切都使得所谓"美妙斋"有一种兵营气氛——如果不存在流放场所的特色的话。面对这近乎刻板的有条不紊,几乎所有新来的人都不会只看上一眼,就对它加以评论。尽管它看起来赏心悦目,而且建造的时候,首先是考虑到舒服,而不是摆样子,虽然那些继承者曾经对它做了大刀阔斧的改进。狭窄的门廊后面房屋不高,分布很广,它的主体穿过附设的房间和办公室,一直延伸到很深的内部。从嵌在房屋上的窗户可以看出楼上的房间紧紧巴巴,也许是供仆人居住的。

罗克斯巴勒太太觉得,如果命运让她在这儿扎根,如果这儿没有这位小叔子,她一定会喜欢这个"美妙斋"。

也许她这样想并不公正。也许她即使对什么也不爱,对谁也不爱,对这个地方却有一种真诚的爱恋。他把黄杨木篱笆和两株扁柏修剪得那么整齐,把栅栏门和房屋的木建部分油漆得那么漂亮,由此看来,他或许爱过那个跟他结婚的、在那场还没有解释清楚的事故中丧生的寡妇。

“还不下车吗?”他朝两位仿佛是聋了或者麻木了的乘客喊道。

他的牙齿闪闪发光,张开双臂准备把嫂子接下来。

可是罗克斯巴勒太太等丈夫先下,并且等他朝她这边转过脸来,然后抓住他伸过来的那只手。换个没有外人的场合,她总会把这只手放在自己的掌心里慢慢擦热。

“汪汪”地叫了两声的狗因为开始对两位客人发生兴趣而不再吠叫。它们嗅着罗克斯巴勒太太的裙子,大口大口吞咽下对她的非难。

两个穿着邋里邋遢的衣服,一副看破红尘神情的爱尔兰大汉笨手笨脚地从车座下面搬取行李。

两个女人站在门廊前面的台阶上等着迎接客人。和取行李的粗鲁汉子相比,她俩的长相还都不错。

“这是我的管家布莱南太太。”加奈特先生以一种自以为兴高采烈,实际上随随便便的架势,朝两个女人中年长的那位指了指。

这位管家已是中年,她似乎正因神经紧张而苦恼,学着罗克斯巴勒太太的样子微笑时,刚咧开嘴,双唇就颤抖起来。她的头发从一顶虽然干净但已压坏了的帽子下面披散下来,一副疯疯癫癫的样子。布莱南太太只给罗克斯巴勒太太留下一个模糊的印象,就好像雾里看花,水中望月一样。

“这位是霍莉,她的助手。”加奈特·罗克斯巴勒介绍这位姑娘时越发随随便便。

如果说布莱南太太年轻时长得很漂亮的话,这个小姑娘现在就楚楚动人。尽管她穿件很不合体的灰裙子,头上的帽子也松松垮垮。也许她生性勇敢,不过此刻因为见了生人,吓得要哭。当然也还因为男主人举止粗鲁,狗大声吠叫,急着吃草的马把车轮拖得吱吱嘎嘎直响,而爱尔兰大汉又在吆三喝四,催促它们使劲儿。

两位客人累得够呛,要不是应付场面的需要——听主人谈天说地,对他的观点表示赞赏,详细讲述一路的见闻,接受主人的款待——他们早就回自己的房间休息去了。结果一直折腾到傍晚,借故推掉晚饭之后,才终于可以相互慰藉一下了。可是罗克斯巴勒先生一口咬定他们那张大床上的单子太潮。她极力劝说,不是单子潮,而是天气冷的缘故。"潮就是潮。"他坚持自己的看法,说他的触觉永远不会欺骗他。他裹了一件外套,拿了两条旅行用的毯子,宣布要到沙发上过夜。罗克斯巴勒太太没有办法让他相信单子不潮,也没有办法再给他什么安慰甚至觉得连自己也无法得到安慰,只得独自躺在那两块"可疑的"单子中间睡觉。

直到第二天早晨,罗克斯巴勒太太才以一种平静的、自以为是的超然心情整理一下对"美妙斋"的第一印象。在他们的房间里吃过开得挺晚的早饭之后,她把某些印象记到日记里。阳光明媚,小鸟啁啾,她穿着那件宽松的平纹细布裙子,准备沉湎于她那平淡无奇的"坏习惯"里。

1835 年 11 月 4 日

昨天的旅行和到达之后的应酬把人累得够呛,直到现在才恢复过来。看见牛车拉着我们那几个沉重的箱子走进甬道,比什么都让我精神振奋。(除了这几个箱子外,还有我们的东道主在霍巴特城买的几样被他称为"没有必要又不可缺少的奢侈品”。)罗克斯巴勒先生因为得重新拿起他的书本而更加快活。我也因为手头用的都将是自个儿的东西而高兴。看来真要安顿在这荒凉之地了。

当加奈特·罗克斯巴勒先生这样满腔热忱的时候,我实在没有理由不领他的情。现在他出去忙农场的事了。如果我说我因此而高兴,那又是不知好歹了。我对他的讨厌毫无道理。看得出,我的罗克斯巴勒先生不会在“美妙斋”的生活中扮演积极的角色(绝不是因为他对弟弟缺乏钟爱之情)。他已经私下里悄悄对我说,当他向一位农夫的女儿求婚时,绵羊呀、奶牛呀看起来还有点可爱之处,可是在正常情况下(维吉尔书页上的情形除外),只能把它们打入令人讨厌的东西之列。如此说来,对这一切表示一种兴趣就成了我的责任。我没有理由不这样做。这里的原野既美丽又荒凉,加奈特的农庄显然十分兴旺。房子宽敞,摆满了出人意料、让人感到惬意舒适的生活用品。总之,与我们那座穷困、混乱的农场大相径庭。

据说,已故的加奈特·罗克斯巴勒太太的财产都是从她第一个丈夫那儿继承来的。餐厅里悬挂着加奈特太太和她的前夫多莫的画像。酒过三巡,罗克斯巴勒先生批评弟弟应当把这两幅画像取掉,省得老让人想起不愉快的往事。加奈特·罗克斯巴勒指出,作为财产,这两幅画本身就挺值钱——当然只是指框子。毫无疑问,这两个框子都是精工雕刻,而且镀了一层很厚的金子。至于框子里头的画可算不上赏心悦目。罗克斯巴勒(多莫)太太长了一副椭圆形的长脸,面色苍白、闪闪发光,像块猪油。她的嘴唇红得很不自然。也许是因为画这幅画的人想给她没有生气的肌肤增加一点活力。应当说,她是个阴郁而又精明的女人,那些气色极好的先生对她具有明显的吸引力。如果说加奈特·罗克斯巴勒容光焕发、血气方刚,已故的多莫先生则是脸颊红肿。他那双潮湿的眼睛里的表情我实在太熟悉了。加奈特也喜欢喝葡萄酒。这酒是用自家的葡萄酿造的。葡萄树是多莫先生在这里创业时栽种的。午餐时,我的平常总是饮食有度的丈夫在弟弟的劝诱下也喝了起来。他甚至提议干杯,结果把我弄得很是尴尬。私下里,这是正中下怀的事儿,可是当着加奈特·罗克斯巴勒的面,我就不好意思了。我太累了,只吃了几口特肥的烤鹅。这只鹅是他们为了庆祝兄弟团聚特意杀的。至于布丁我连动都没动。一到我觉得不失礼的时候,就赶快离席,留下弟兄俩大谈他们的童年和青年时代。

我决定在罗克斯巴勒先生吃完饭之前,设法和女管家建立点友谊。我发现她在那间石头砌的宽敞的厨房里擦洗盘子。那个姑娘正给她帮忙。布莱南太太人很不错,不过照我看,精神上受尽了磨难。她已经告诉我好几次,她和她的丈夫都是自由移民。她的丈夫(一个打釉工人)死了之后她不得不出来找工作,最后离开霍巴特城给多莫先生和多莫太太当厨子。她说那两口子对她很好。对任何人她都想找出优点,不像我,尽看人家的坏处。一定要以布莱南太太为榜样。尽管跟她相处和跟许多别人相处一个样,我们了解得更多的是她的语言而非思想。比方说,我就不信她认为现在的主人什么都好。可是她死也不会把心里的真实想法说出来。那位名叫霍莉的姑娘出去把剩菜剩饭倒给狗吃的时候,布莱南太太又一次告诉我,她是自由移民,霍莉姑娘是因为偷东西,从老家流放到这儿的。她在被指派①之前,已经服过一段时间刑。我的小叔子雇的那二十多个人都是指派给他的犯人。吃饭的时候,他管他们叫恶棍。我想,他们或许真是这样一些歹人。

让我纳闷的是,加奈特·罗克斯巴勒身上有多少恶棍的成分?在我自己身上又有多少?我知道必要的时候我会撒谎,还经常做出被品行端正的人视为虚伪的事情。但是我这个人即使并非尽善尽美(只有我最亲爱的丈夫才是尽善尽美),也绝对谈不上太坏。真不知道距离跨越这条分界线的那一点有多远。我很想和这些"歹徒"聊一聊,满足我自己的好奇心。不过恐怕很难如愿。

我趁霍莉还在院子里,向布莱南太太打听女主人到底是在一场什么样的事故里丧生的。她变得非常不安,一个劲儿地说,过去的事情最好不要再提。可是事实上她好像一直等待这个一吐为快的机会——男主人如何赶着二轮马车带着妻子沿山路疾驰,结果翻了马车,折断了老婆的脖颈!

晚些时候。

① 指派(assign):从1788年开始的很长一段时间内,澳大利亚是英帝国的海外流放地。由于流放地劳动力奇缺,流放犯又在总人口中占压倒性的优势,流放地统治者就制定各种政策利用犯人劳动。指派制度就是比较著名的一项政策。具体做法是将服过一段时间刑的,甚至刚到流放地的犯人指派给当地比较富有的文武官员、商人、牧场主等等。这项制度与同时期英国国内管理犯人的措施相比有其进步性。但雇主对指派给他的犯人几乎拥有生杀予夺的权利。

我一定要把思想集中到与上面提到的这一切无关的事情上来。集中到安排我们下榻的这间很舒服的屋子里。这间屋子旁边是一个小小的化妆室。现在我就在这个小屋里写日记。罗克斯巴勒先生到书房去了。不过他只读他自己带来的书。有几捆书他已经打开(维吉尔经常让我嫉妒)。天气很暖和,不过充满了暴风雨的威胁。我的窗户外面是一座果园:有杏树、李子树。极目远眺,庄稼开始成熟。果园旁边是菜园,中间是一道次年结果的木莓做成的篱笆墙。蜜蜂飞过果园,飞向更加富饶的牧场。我听见小鸟在啁啾,有一只(金翅鸟?)栖息在我窗外的一棵山楂树上。它那婉转的歌声使我想到,满足和伤感这二者之间的界限其实也很模糊……

穿好衣服之后,罗克斯巴勒太太想在午饭之前出去散散步。她先去找丈夫,问他愿不愿意跟自己同去。

“你难道认为还有别的什么事情比我眼下正做的事儿更重要吗?”他说话的口气,从金丝眼镜后头看人的神情都显出一副脾气很坏的样子。

然后,他似乎变得理智了一点,眼角堆起一些鱼尾纹。因为他明白,必须原谅她打断自己。“谢谢,我不想去,亲爱的艾伦。”两个人又言归于好了。

离开书房,从那幢房子穿过去的时候,她竟然鬼使神差般地走进了厨房(出身卑贱的烙印又一次表现出来),等她意识到这一点已经为时太晚。她看见霍莉正在贮藏室从麻袋里往木箱子里倒腾土豆,或者说恶狠狠地往里扔土豆。这姑娘对手头无法忍受的单调沉闷的活计显然厌烦已极。有的土豆远远地滚在箱子外面的石板地上。还没洗的土豆荡起一团团微红的、细细的尘土。

艾伦打了个喷嚏。霍莉姑娘的鼻子又红又肿,也许因为打过喷嚏,也许因为一直在哭。

“因为什么不高兴了,霍莉?”罗克斯巴勒太太小心翼翼地问。

姑娘吸了吸鼻涕,有点肿胀的、紫红色的嘴唇颤动着干脆哭了起来。“什么也不因为!”她哽咽着说。

意识到霍莉说的“什么也不因为”就是“什么都因为”,这位年长一点的女人后悔自己问错了话,很想补救一番。“千万不要自寻烦恼,”她更加不明智地劝说道,“你迟早都会找个老实人结婚,并且得到幸福的。”

结果越说越糟,那姑娘号啕大哭起来。“结婚不是我这号人的事儿! 即使是,也得跟那种老丑八怪,或者更糟!”这么嚷嚷着,她把一个芽眼很多的土豆使劲向门口扔去。

就像对于完全绝望的人没有解毒的良药一样,霍莉根本不听别人劝解,罗克斯巴勒太太只得离她而去。她站了一下,在台阶边儿上站稳,准备到院子那面去。要不是一位富人的任性改变了她的命运,她自个儿和霍莉的命运完全一样——从洗碗碟的女仆变成辛劳的妻子。当奥斯汀·罗克斯巴勒根据道义和理性的原则爱上她的时候,几乎就是任性。逝去的岁月已经证明了这一点。

院子里洒满阳光,把几只母鸡和三只白花火鸡晒得昏昏欲睡。在这明媚阳光的照耀之下,对于罪恶任何细微的感觉都是不合情理的。可是看见两个手里拿着斧子不劈木柴而是懒洋洋地站在柴堆旁边的流放犯,她却手足无措起来。其中一个把手举到面盆似的扣在头上的帽子旁边向她致意,另一个理也不理她。他们压低嗓门儿议论着，嘁嘁喳喳的声音一直跟在她的背后，越发让她尴尬。听不清那两个家伙的评论——如果是评论的话——而且母鸡的喋喋不休、火鸡的咕咕嘎嘎盖过了他们的说话声。不知道为什么，她心里生出一种自惭形秽的感觉。当然不是因为衣裳：她戴一顶极其普通的旧帽子，穿一条很旧的散步时才穿的裙子。

直到走进辽阔的田野，她才恢复了心里的安宁。一边是已经开垦出来的土地，还没有围上篱笆，只是用垛起来的圆木筑成一道简单的围墙。为了防备羊群、牛马糟蹋庄稼，农田和牧场之间也用圆木分隔开来。另一边是森林，对那些试图探索它处于被动状态的奥秘的人们，既无欢迎之意，也不拒之门外。艾伦本想进去，但眼下碧绿的牧场，正在啃食青草、肚子圆滚滚的羊羔都对她有更大的吸引力。

没走多远，那条路就分成两条岔道。她选择了比较窄的那条。这条小路像一根缎带穿过山腰那片茂密的森林。不一会儿，她就置身于树木幽暗的包围之中。路更难走，阳光劈斩着浓密的树叶，显得苍白、刺目。因为爬坡，她累得上气不接下气，解开帽带，脱下已经成了累赘的大衣，直埋怨靴底太薄，不能保护两只脚免受石头的磕碰。

一条小路，或者更准确地说，一条隧道吸引她走了进去。脚下几乎都是苔藓、地衣。她艰难地跋涉，吸着另外一种水土制造出来的空气。森林里，残留的树桩有的像海绵一样松软，有的则像铁甲一样坚硬。低矮的灌木丛挂满了寄生的花儿。那白色的花朵一串一串，就像新娘的婚纱。巨大的蕨用它柔软的叶轻抚着她，她也伸出手轻轻地抚摸枝枝杈杈间棕黄色的绒毛。

她那样迷恋这片森林，竟然在一小块阳光斑驳、树影婆娑的空地上坐了下来，一边休息一边欣赏周围的景色，虽然屁股下面是腐烂的树叶和树皮，但她全然不管是否潮湿，是否有蜘蛛。摘下那顶多余的帽子，拢了拢压平的头发，她觉得自己和艾伦·罗克斯巴勒，甚至和艾伦·格拉雅斯之间的距离都是那样遥远。

那令人惬意的凉爽，让人有点厌恶的枯枝败叶的气味，以及她自己心灵深处的某种信念，团结在一起揪扯她，起初以一种不露声色的狡诈，接着以一种无法抗拒的坚定。在等待船头靠岸的港湾，她也许会在充满喜庆的、被切割了的大海的海底不断漫游。然后，他朝她弯下腰来。她伸出手触摸红润的面颊上刚长出来的胡茬。他们如此协调的酱紫色的嘴巴紧紧地吻在一起，情感的潮水奔涌、猛涨，然后退了回去。她注意到他的美中不足：他的下嘴唇有一个十分明显的凹痕。反感淹没了她感觉到的吸引。泪水正一滴滴落下，温热、粘腻。她意识到那不是她的眼泪。霍莉姑娘手里拿着一把刀，满脸悲伤或者愤怒。你吓不住我，霍莉，我不是你要杀的人。姑娘喃喃地说，她并不想再坐一次监狱。她手里拿着一把刀是准备挖土豆的芽眼。

罗克斯巴勒太太醒了过来，梦中的情景憋得她很难受。她的两只靴子从裙子下面伸出来，样子十分可笑。阳光织成的灿烂的网已经从她刚才睡过的林中空地收起，把她留在黑魆魆的、充满敌意的灌木丛中。她抓着帽带，拎起帽子，连想也没想应该先拍掉身上的树枝、树叶，就急匆匆走过幽暗的通道，回到先前那条路上。太阳已经从这里隐没，一种无法控制的力量主宰着她向山下走去。她的脚脖子在踢一块石头的时候扭了一下，她的呼吸听起来充满了恼怒而不是沮丧。

回到这块已经开垦出来的土地，看到正在啃食青草的绵羊，却无法弥合已经变得模糊不清的梦境，这确实令人气恼。

其实不只是气恼，还是一种惊慌。她听见嘚嘚的蹄声由远而近，从身后传来。她快步向前走着，希望头顶翻滚着的乌云能使这位骑手相信，她之所以这样慌慌张张是因为害怕天要下雨。

马离她只有几码的时候，响起一个男人的声音："你要是想试一试的话，我可以把你拉上来，骑在我身后的鞍褥上。要是愿意，骑在马鞍前桥也行。"

"谢谢，罗克斯巴勒先生，"她回答道，连头也没回，"那太不雅观了。"

这时马已经走到她的身边，加奈特·罗克斯巴勒从马背上弯下腰，拂掉挂在她背上的几片树叶。她看起来一定挺吓人，头发蓬乱，帽带缠在手指上，帽子晃来晃去。

他没有多加评论，只是说："我想你并不信任我，艾伦。"那腔调让人觉得他是在挖苦人。

"我看不出为什么要不信任你。"她气喘吁吁，说话有点吃力，而且满脸通红。因为她一直在想，刚才走过的那条山路或许正是翻了马车、折断加奈特·罗克斯巴勒太太脖颈的地方。

"我喜欢步行。"她对他说，为这场很难算作谈话的谈话增加点"佐料"。

"你也骑马吗？"

"骑。不过自从从马背上摔下一次以后，罗克斯巴勒先生就再也不让我骑马了。"

"只摔过一次？一个人如果不至少摔上七次，就算不上一个好骑手。"

她觉得自己拙嘴笨舌，没法向他解释第一次从马背上摔下来，就导致了严重的后果。

“如果我那个老太太似的哥哥同意的话，我有一匹小黑母马，可以让你骑，而且保证绝对安全。女士们不管谁，只要骑过一次，都会对它大加赞赏。”

罗克斯巴勒太太又红了脸，因为她一时冲动，很想问问是不是好多女士都骑过这匹小黑马。

这时，狂风拔地而起，天下起雨来。

“你瞧，”他大声喊，胯下的马兜着圈子跳了起来，“你听我的话，上来就好了。”

“哦，快到家了！”她气喘吁吁地说，脸颊被冷雨抽打着，裙子兜满了风。

她快步跑进院子里可以藏身的棚屋。那两名流放犯为了在主人面前表功，发疯似的劈那堆木柴，直到大雨如注才提着斧子跑进库房。

奥斯汀·罗克斯巴勒先生还在书房的壁炉前面舒舒服服地坐着看书。为了防寒，布莱南太太给他生着了火。

“你湿透了。”他对妻子说，那口气就好像这完全是他意料之中的事情。

“用不了多久你也会湿透的！”她回答道。

他没想起应该把窗户关上。大雨滂沱，正把密集的雨丝射到屋里。

她吻了吻他的前额，换衣裳去了。

早上，罗克斯巴勒太太又开始慢吞吞地写她的日记。自从出来旅行，她越来越喜欢记日记，简直把这个习惯看成最大的享受。

……真恨我自己,居然想不起那个撩人的梦。现在它只变成一种模模糊糊的感觉。没和罗克斯巴勒先生提起这件事,因为他也许觉得我荒唐可笑,或者不可理喻。

换衣裳的时候,霍莉来了。给我当佣人将是这姑娘的职责之一。这是布莱南太太的决定。霍莉已经不再哭丧着脸了。她像先前一样漂亮,容光焕发。如果我能使她不腼腆、不羞涩,她也很喜欢说说笑笑。我把我那条带花纹的府绸裙子和一对镶在镀金叶子上的石榴石耳环送给她。霍莉非常激动,跪下来吻着我的手,泪水潸然而下,落在我的手背上。她说她从来没有过这么漂亮的东西。要不是不再喜欢那条旧裙子,要不是想起塔特姑妈过去常说这对耳环把我打扮得"很浅薄",我一定会更快乐一点。可怜的霍莉不会知道这些。她耳朵上挂着一串葡萄似的石榴石,就像一个漂亮的吉卜赛女郎。

吃午饭的时候,加奈特·罗克斯巴勒先生又提起小黑马的事。他不是个"半途而废"的人。我的好丈夫打了个呵欠说,如果我自个儿愿意并且那匹小母马不是匹爱撒野的劣马,当然可以骑骑。加奈特说,那匹马已经有一阵子没人骑了,而且草料吃得太多。为了保险,他要先骑着在山里遛几次。准备上床睡觉的时候,我问罗克斯巴勒先生,难道他不怕我再摔下来吗?他开玩笑说,我已经跟了他这么多年,不再有多大价值了。

夜里,楼上传来沉重的脚步声、闷声闷气的说话声,偶尔还有一阵阵笑声。早晨我对罗克斯巴勒先生提起这事儿,他声称什么也没有听见。真怪,平常他总是诉苦,说自己晚上睡不好觉。我忍不住指出这一事实。他说,这话不假。他连需要的一半也没睡够,可是有时候也会打个瞌睡,所以我怀疑听见什么声音的时候,正是他打瞌睡的时候。

布莱南太太送来早饭时,我又提起夜里听见的响动。我说,起初我怕是哪儿的逃犯或者土匪破门而入呢!布莱南听了好像比平常还要紧张。她说,夜里她牙疼得厉害,只顾找镇痛片,压根儿就没听见什么响声。

她没回来收拾杯盘碗盏,而是让霍莉来干这活儿。我又问了一遍霍莉。问她这屋子是不是闹鬼,也许我是听见鬼说话了。霍莉听了满脸放光,不过很快又忸怩起来。她说,她从来没有在这儿碰见过鬼。昨晚,她穿上我送给她的那条漂亮裙子上楼让布莱南太太欣赏。两个人倒是嘻嘻哈哈了一番。她们开玩笑说,霍莉这么一打扮俨然一副大家闺秀的样子,真不知道该找个什么样的丈夫才配得上,完全是闹着玩罢了。我对此可没有兴趣。

吃过早饭,穿好衣服之后,罗克斯巴勒先生突然提出一个让他的妻子大吃一惊的问题:"艾伦,你说我们应该待多久,才能从这'美妙斋'堂而皇之地逃走呢?"

罗克斯巴勒太太觉得自己简直是中了埋伏。"为了让你和多年未见的弟弟团聚,我们是什么时候出来的?圣诞节还没到呢!"

"唔,哦……是的……是的。"罗克斯巴勒先生晃着脑袋,拖着脚走来走去。

满腹的话儿和一种类似高耸的乳峰——和可尊敬的丈夫一起

生活的这许多岁月并没有使她更丰满——箍在胸衣里的感觉使艾伦·罗克斯巴勒感到压抑。她立刻从对一种得意的、受人宠爱的中年时代的预感中退缩回来——到那时候(如果能活到那时候的话)可尊敬的丈夫很可能已经撒手归西,留下她过寡妇的日子。

这天早晨晚些时候,她正坐在屋子里做针线活儿(这是她有时候强迫自己去尽的令人讨厌的义务),听见院子里一阵喧闹。她抬起头向窗外瞥了一眼,看见加奈特·罗克斯巴勒骑着一匹黑马。她估计这就是小叔子要让她骑的那匹小母马。它浑身是汗,鼻孔大张着,现出粉红的颜色。罗克斯巴勒太太想,加奈特一定骑着它在山里奔跑过。显然,骑这匹马也将要成为她更难避免的、被迫去尽的义务。

几天之后的一个傍晚,她正给两位绅士倒茶,小叔子直截了当地宣布:“你的坐骑已经让我给调教好了。如果你想试一试,随时都可以。”

奥斯汀·罗克斯巴勒先生先前表示同意妻子骑马就不是真心实意,而是冷嘲热讽。现在听了弟弟的话,立刻着急了:“你不能自己骑,艾伦!我不想让你一个人骑着马瞎逛。等什么时候加奈特出去办事儿,你跟他一块儿去。”谁都会觉得弟弟加奈特把他戏称为“老太太”一点儿也不错。

罗克斯巴勒太太搅着茶里的砂糖,没有明确表态。

可是第二天早晨,她让霍莉姑娘告诉加奈特·罗克斯巴勒,如果不太耽误他的事儿,她想今天早晨和他一块儿骑马出去。

她知道,肯定会耽误他的时间。因为她穿衣服的时候磨磨蹭蹭,她希望自己能改变主意,或者加奈特·罗克斯巴勒已经一个人扬长而去。

霍莉似乎养成了一种习惯,又绷着脸生闷气。“哦。”问她问题的时候她就叹气,再问就像平常一样回答“没啥”。

然后她说:“那是匹漂亮的小马。如果你不用鞭子抽它,不用靴刺踢它,它很温顺。”

“唔……你知道?”

“罗克斯巴勒先生允许我骑它。他教我骑马。他说别人不骑的时候,作为娱乐,我可以骑着玩儿。”

罗克斯巴勒太太正了正帽子。想到自己要重新回到马背上,她的手不由得颤抖起来。

“常有人骑它吗?”

“哦,不。只是阿斯匹诺尔太太骑骑——她来这儿的时候。”

“阿斯匹诺尔太太?”

“医生的妻子。”

“她常来这儿吗?”

姑娘回答道:“不常来。”她举起镜子让太太看是不是穿戴整齐了。

罗克斯巴勒太太头戴硬顶帽,从紧紧围着的面纱望过去,一定英姿飒爽——如果她愿意让自己来证实这一点的话。可惜她的思想早已跑得很远很远,甚至忘了和丈夫告别。

院子里,那位在加奈特家干活儿的流放犯拉着马站在一块上马石旁边,充当马夫的角色。小母马朝那位预料中的女主人的方向急速地翻了一下白眼,但它看起来是一匹温驯的马。加奈特·罗克斯巴勒先生已经跨上一匹壮实的栗色花斑马。他的脸上挂着一丝明朗的微笑,很难看出是表示赞许还是略有责备之意。

他们出发的时候很顺利,那匹小母马只跳了几下,便老老实实接受了骑手的触摸,也许它已经感觉到这是一双颇有经验的手。因为少女时代的艾伦·格拉雅斯在去田里干那些繁重的农活儿的路上,经常骑着她的那匹满身粗毛、不备鞍子的康沃尔小马玩。后来,在切尔特南的山坡上,她又骑着马,做那种更为高雅、漫无目的的“远征”。

加奈特·罗克斯巴勒先生也许对他的同伴骑马的姿势颇为赞赏。他斜着眼睛瞅了她一两眼,还看了看她淡绿色裙子宽松的下摆,不过并没有做任何评论。

“它叫什么名字?”罗克斯巴勒太太问。她想,她那干巴巴的声音足以和这个淡而无味的问题保持一致。

他觉得给马取名字没有什么必要,不过有人管这匹小母马叫默利①。罗克斯巴勒太太纳闷它究竟是哪一只山鸟。

没走多远,他突然举起胳膊,充满激情地挥动着,就好像要拥抱眼前这辽阔的土地。“你说,走遍世界还能找到比这儿更肥美的牧场吗?”

“我还没有走遍全世界呢。”

“哦,天哪! 和我哥哥一样枯燥无味。这不过是一种说话的艺术罢了。我的意思是,从你的经验出发……”他意味深长地看着她。

他有一千条理由知道哥哥是从一个农庄把她娶来的。于是,她毫不犹豫地告诉他:“我们那块土地非常贫瘠——一年四季被海风吹着,和这样肥美的土地无法相比。不过尽管贫瘠,我还是非常喜欢它。”

让她感到自卑似乎满足了他的某种欲望。

---

① 默利(Merle):原意指一种欧洲产的山鸟,故有下文。

他相当温柔地说:"我并不想伤害你的感情。"

她对这话可不敢完全相信。

再往前一点儿,艾伦看见一群肥壮的羊羔在一块色彩鲜明的红花草地上吃草。她正要表达心里的喜悦,加奈特·罗克斯巴勒——起初他没有看见这群羊——扯开嗓门儿,叫骂起来:"真他妈的混蛋羊倌!不过,对于这些从都柏林①和伦敦街头来的地痞流氓,你能指望什么呢!"

那群羊已经把圆木垒成的篱笆拱开一个口子。加奈特虽然高声叫骂,却没有羊倌跑来赶羊,只得用靴刺踢着马冲过去,赶羊群回头,并且很快让它们从缺口跳回去。然后翻身下马,把三四根圆木拖回到原处,修好被羊拱开的篱笆墙。那几根木头虽然算不上特别重,枝枝杈杈也已经砍掉,但歪七扭八,粗糙笨重得很。

艾伦也掉转马头向那堵篱笆墙跑去,看见鲜血正从他的一只手的手背上汩汩流出。他满脸怒气,因为用力衬衫已被汗水浸湿。

旷野里一片寂静,只有他气喘吁吁的声音和现在已经老老实实待在那儿的羊羔偶尔发出的咳嗽声。艾伦拿定主意不打破这寂静。

还是在一片寂静之中,加奈特·罗克斯巴勒翻身上马,和艾伦一起向不远处那座小山包上一片已经被人砍伐过的灌木丛跑去。艾伦看见在那灰蒙蒙的树木之中,有一座小棚屋,几乎很难和周围的景物区别开来。

主人又叫骂起来,两个奴仆踉踉跄跄地从树枝做成的屋顶下面跑了出来。"懒鬼!"他骂道,"要是那些羊羔得了气胀病,你们后悔也来不及了!难道你们认为我雇你们就是为了让你们一大早就灌

① 都柏林(Dublin):爱尔兰首都。

黄汤吗？我要不是心软得像面条，非得施点私刑，主持主持公道不可。现在，快照料羊群去！”

两个羊倌醉眼惺忪，磕磕绊绊，向他们的羊群跑去，罗克斯巴勒太太闻见一股朗姆酒味儿。如果眼前的一切少给她一份反感，她可能会更加为记忆中的情形而忧伤。她并不同情这两个玩忽职守、令人讨厌的“恶棍”，但是他们的主人不加控制的怒火也让她生厌。他在他们经过他面前的时候，举起鞭子照他们的肩膀每人抽了一鞭。

他总算消了气，两个人骑着马继续向前走，尽管她感觉到没有明确的目标。加奈特·罗克斯巴勒闷闷地想着心事。

艾伦看到苍蝇已经开始聚集到加奈特手背上那道渗出血来的伤口上。在眼下的环境与氛围里，她似乎因此而感到一种慰藉。“你有干净手帕吗？”她问，“我给你包上伤口。我的手帕太小，派不上用场。”

他说没有，并且开始十分认真地吮手上的伤口。那副专心致志的样子使她在加奈特的身上看到他哥哥疑病症的影子。

直到把手放到马鞍桥上，他才用一种故作轻松的语调说：“你对我不会有好印象的，艾伦。”

她正要否认——其实是否认她自己真实的感情——他又说道：“我想，你从来也没有认为我与你有任何投合之处。”他哈哈哈地笑道：“早在我们相互认识之前你就对我有了成见。”

他说的全是实话，所以越发让人难以忍受。

小黑马挨了一鞭嘶鸣着，尥了个蹶子。“你净胡说八道。”罗克斯巴勒太太说，那口气很难让人相信这是真话。

“而且并不准备考虑我所经历过的一切，如果他们还没有教给你相信那是真的。”

“哦,你的妻子!我想,你一定经常想起那可怕的一幕!”

“哪一幕?”

“怎么……如果你要问……我是说翻车那一幕。”

他们默默地骑着马。后来,加奈特·罗克斯巴勒靠近艾伦的那只脚无意识地抽搐了一下,靴子踢到她裙子下面的马镫上。

“不是翻车,”他已经决定把真相告诉她,“我拐弯的时候速度太快,那个不幸的女人从车上甩了下去。”

罗克斯巴勒太太不知道应该报以更大的同情,还是应该减少几分怜悯。这个话题一旦和盘托出,她就手足无措。

“不管怎样,”她说,“总是一场悲剧。”她希望就此结束这个话题。

他们向前走了一会儿。

“在你看来,我没有感到孤独。”

她本想相信他的话,负疚之心也会使她相信这一点。可是她的目光无意之中落到他那只抓着缰绳的手腕子上。就像从霍巴特城坐着马车回家的那天一样,一种厌恶感从她心中升起。

“我很惊讶,”她说,“你这样的年纪,为什么不再结婚?”她虽然比他还年轻,但是尽可以以一个已婚女人的特权劝告丧偶的小叔子再婚。

他不无苦涩地哼了哼鼻子。“结婚不一定就能排遣心中的孤独。理想的伴侣大部分都让些幸运儿在跳舞的时候拐走了。”

这话简直充满了诗意,而且出自加奈特·罗克斯巴勒之口,确实使她心里泛起同情的涟漪。

于是,她说:“现在该轮到你不相信了,不过我确实很为你难过。”与此同时,她发现自己直挺挺地坐在马背上,听凭小黑马的颠簸。

他们一定是从另外一条路上绕回来的,因为从这儿看得见加奈特的庄园半隐半现于他们脚下的那条山谷,宛若一幅生动逼真、质朴无华的图画。

加奈特·罗克斯巴勒弯腰从一株草上揪一把结满草籽的穗子。“不管怎么说,圣诞节很快就要到了。到那时候,你也该熟悉这个环境了,艾伦。”

“你这人,”她大声说,“对人总有偏见。”

他咧着嘴笑了笑,扔掉揉碎的草籽。“我已经邀了几位朋友来和我们一块儿玩。亲爱的老奥斯汀一定不会放过这个机会,他将会就范迪门地道德、美学、科学等方面的发展情况向阿斯匹诺尔医生盘根究底地询问一番的。至于你嘛,我希望你能喜欢医生的妻子。玛奇·阿斯匹诺尔是个活泼、有趣的年轻女人。当然,倒不是霍巴特城所有的人都欣赏她。”

一般来说,罗克斯巴勒太太对预料之中的“欣赏”不以为然。“这就是那条河吗?”她问,用手里的马鞭指了指。

他不无尖刻地看着她。“怎么……哦,是的。这就是德文特河,在庄园那边。”他脸上是一副觉得别人在逃避他的表情。她不由得回转头,在那表情从他脸上消失之前瞥了一眼。

“溜达这趟真不错,”她说,“不过,我想回家了,向罗克斯巴勒先生讲讲这一路的见闻。”

他们骑着马走进院子,还是先前那个木偶似的仆人正等着把他们的马牵走。

这天夜里,她睡得很香。半夜时分醒来过一次,发现面颊和枕头上沾满泪水。她明白自己梦见了他们那场不幸,她的第二个夭折的孩子。那个可怜的小东西,他们从来没有再提起过。她很高兴罗克斯巴勒先生正在她旁边打鼾。如果丈夫问起她为什么流泪,一定更觉痛苦。感谢清新的空气和白天的鞍马劳顿,她很快又进入了甜蜜的梦乡。

没多久,罗克斯巴勒太太在日记里做了如下的记录:

1835年圣诞节　　范迪门地"美妙斋"

……与我们所熟悉的东西相比简直相去甚远。我几乎无法认真对待这一切。眼下倒是"温良恭俭让",但是一种狂放无羁似乎正在准备向我们袭来。没有迹象显示这里会发生什么令人高兴的事情。不管怎么说,大多数可怜的人都是流放犯,除了一醉方休外,他们还有什么别的快乐可以指望呢?我很想和他们说说话。可是和他们之间总有一条鸿沟,我已经忘了拉家常的艺术。

罗克斯巴勒先生吻了我一下。他说今年忘了给我准备圣诞礼物。我对他说,我们相互之间拥有对方,无须送什么礼物。尽管我已经送了他一个书签。

加奈特·罗克斯巴勒还没有醒酒。从昨天晚上起我对这一点就不再惊奇。

圣诞节前夜,阿斯匹诺尔夫妇从霍巴特城来到加奈特的庄园。节日期间,我得受制于他们了。我也不知道为什么要怨天尤人。无论从哪方面讲,他们都和蔼可亲——至少阿斯匹诺尔医生是这样。他就是在"老家"被人们称作可靠的乡村医生的那种人。对他的妻子我还吃不太准。她左眉毛上面有颗黑痣。我发现自己总盯着那颗痣看。

离开那几位还在喝酒的先生之后，她说："我希望你就叫我'玛奇'。我相信我们会成为要好的朋友。"我没有爽爽快快表态，而是嘟哝了几句什么。对此，她怎么理解都可以。阿斯匹诺尔太太明白我的意思，她并不难为情，因为她认为自己也好别人也罢就该如此行事。她开始喋喋不休，谈起城里的朋友，还一定要让我到她家多住些日子，和这些人都认识一下。她说，这些朋友有的"非常可爱"，大多数"滑稽可笑"，不过她还暗示，她并不因此而小看他们。我说，只要我的丈夫同意，我一定去访问她。在这个问题上，我们又一次心照不宣。她问我弹不弹钢琴，唱不唱歌。我说都能来一点儿，但从不在大庭广众之下表演。只是心情不好的时候，一个人哼哼几句。她在一架多莫夫妇购置的钢琴前面坐下，弹了几支曲子，试了一下嗓子，准备给几位先生演唱。

阿斯匹诺尔太太还算漂亮。每逢做出些活泼愉快的动作，黑色的卷发就满头乱颤。而这种动作在她身上很少有停下来的时候。她的帽子上净是法国花边，还有"勿忘我"。她的礼服已经是几年前的样式（在范迪门地这并不稀奇），领口开得很低，显露出胸部优美的线条。紧身腰围上缀着许多小蝴蝶结。阿斯匹诺尔太太告诉我，这衣服的料子是那不勒斯的名牌，花了一大笔钱才买来的。

那几位先生大喝其酒的时候，"音乐家"和我呵欠连天脸都变白了。直到听众们回到客厅，阿斯匹诺尔太太的面颊才又泛起红光。罗克斯巴勒先生很想和阿斯匹诺尔医生聊天儿，从中得到一点医疗保健的忠告，可惜这位先生喝多了酒。说出话来言不达意。加奈特·罗克斯巴勒斜倚在钢琴上,全神贯注地听着,不一会儿,“音乐家”便只为他一个人演奏了。要不是生怕“玛奇”以为我是因为不想给客人们倒茶才溜号的话,我早就离开他们了。

不过我后来还是出去透了透气,遛了一圈儿。一弯新月挂在天上,朦胧的夜色中,河流像一条银色的锁链盘绕在辽远的天边。在家乡的时候(对于我来说,那块土地比之父母和家庭更适合我归属),我经常希望自己和周围的景物融合在一起,不是在死后,而是在充满生命力的时候。这儿也一样,尽管有一位需要我感恩戴德,并且相依为命的丈夫,我还是觉得大自然对于我比任何人都更亲切。理智和接触得太晚以至于使我坐立不安的书本所给予我的那一点点知识都告诉我这种想法是错误的。可是我的本能渴望更深层次的东西,我在死前也许体会不到这些东西。

“美妙斋”的圣诞之夜就是这个样子。如果没有意识到音乐已经停止,茫茫的夜空和无垠的田野除了一只鸟啼鸣之外,万籁俱寂,我或许会对自己性格中不近人情的这个侧面生出厌恶之感。我回屋的时候,听见从与那只夜半啼鸣的小鸟相反的方向,传来闷声闷气的说话声。虽然月光如水,我还是看不出说话人是谁,而且他们在黄杨木篱笆墙那边。我的心咚咚咚地跳着,在高低不平的院子里快步走着,一只脚踩在一个很瓷实的母牛蹄印里差点儿跌了一跤。后来我听见树篱那边有个女人在笑,声音略带沙哑,让我一下子就想起阿斯匹诺尔太太那副嗓子。接着就听见她说:“哦,不,你会弄坏我的裙子! 别,加奈特!”他摸摸索索搜寻什么的时候(我当然没能亲眼看见,但肯定是这样),那笑声更响了。他咕咕哝哝地说:“玛奇!”一遍又一遍,就像他所讨厌的那两个醉鬼羊倌一样。“明天就是圣诞节了。”“我们回屋去不好吗?”阿斯匹诺尔太太问。“你嫂子会觉得我们出去的时间太长了。她会不高兴的。我觉得她这人连一点儿热情也没有。冷冰冰的,一副道学家的样子。”加奈特·罗克斯巴勒很可能一直在干呕。“艾伦就是道德!”“那么,我们……进屋去,好吗?”阿斯匹诺尔太太叹了一口气。他们从相互纠缠之中分开的时候,我听见一个就像男人坚硬的手掌从一块石头表面愤怒地滑下来的声音。

要不是霍莉端来茶具,我不得不招呼大家喝茶,我真想马上离开客厅。终于回到我们的房间之后,我拿不定主意应不应该告诉罗克斯巴勒先生这桩事情,应该告诉多少。最后还是只字未提,虽然没有亲眼看见,但多多少少感觉到在黄杨木篱笆墙那面肯定发生了风流事儿。

现在已经是圣诞节了……

起床并且吃过早饭以后,加奈特·罗克斯巴勒让布莱南太太传过话,一会儿马车就来,拉他们去教堂。罗克斯巴勒太太用一种可以说是冷淡的口气向丈夫转达了这个意思。

“我们一辈子不都是这么循规蹈矩行事吗?”奥斯汀·罗克斯巴勒问妻子。

她回答说:“是的。”

“那么，我要求你——不管你是否愿意——赶快穿戴，做好准备，免得加奈特的朋友们生气。”

罗克斯巴勒太太只得服从丈夫的命令。

马车赶到旋转栅门旁边。这辆车很大，虽然没有车篷，在乡下也算讲究了。东道主脸色难看，闷闷不乐。不过为尽地主之谊，把女宾们都扶到中间的座位上。两位丈夫背朝车夫，坐在各自的妻子对面。

阿斯匹诺尔太太只顾忙着弄衣服袖子，还怕坐在敞篷马车里把头上那顶插着羽毛的帽子弄坏，看都没看加奈特·罗克斯巴勒。他的嫂子不由得朝他那个方向瞥了一眼。不过也只看见一次，因为他已经爬上车，坐到女人们看不见的地方了。

那些信奉清教的流放犯已经提前出发步行两三英里去教堂。她注意到不在此列的犯人正在院子里懒洋洋地走来走去，典型的爱尔兰人脸上一副毫不掩饰的、准备滥饮狂欢的表情。那两个女人站在门廊下面，满脸阴郁，看着这帮阔佬离家去教堂，一定回想起她们最后一次吃圣饼时舌头上面的那种感觉。

一路上什么事情也没有发生，只是过桥的时候，阿斯匹诺尔太太的帽子差点儿被风刮掉。

加奈特·罗克斯巴勒大概是教区委员，到教堂之后就离开大家尽他的义务去了。前去礼拜的人群都看着他的同伴们，特别是从老家来的两位亲戚。教堂宽敞，但是很冷，有一种阴森恐怖的感觉。他们进去的时候，流放犯们已经在后面坐好。加奈特·罗克斯巴勒一行被领到前面最引人注目的座位上。对于这种安排，阿斯匹诺尔太太显然十分满意。不过，今天是圣诞节，他们这一行人不可避免地要分开坐。医生和他的妻子挤进前面那排，正好在罗克斯巴勒夫妇前面。艾伦右面紧挨过道的地方给加奈特留了个位子。阿斯匹诺尔太太做出一副非常虔诚的样子,双手合十,跪在那儿全神贯注地祈祷,插了羽毛的帽子向一边稍稍倾斜。罗克斯巴勒太太注意观察着。今天早晨,她没有心思祈祷,脑子里只有一个念头:有没有勇气向丈夫建议换换座位。

这座朴实无华的教堂没有什么东西会激怒那些把装饰看作罪恶并且和天主教教义相悖的人。唯一具有审美价值的是插在一对瓶颈细长的铜花瓶里的那些扎得太紧,插得太直的百合和玫瑰。这两个花瓶一边一个摆在领圣餐的桌子上。围绕中间的拱门悬挂着一条缎带,上面用金线绣一行大字:神圣的万军之主,至上的耶和华,神威无比的上帝。

罗克斯巴勒太太正在想为什么这些经文一点儿也不对她的胃口,小叔子过来坐到她旁边。她觉得他好像朝自己笑了一下,不过因为想给他腾出更大的地方只顾忙着往丈夫那边挤,没怎么看清。即使这样,加奈特·罗克斯巴勒还是好像要把她完全淹没。他俯身向前做祈祷的时候,她听见他的衣服在肩膀上撕破了针脚。他向后靠了靠,在座位上坐好,她觉得他的大腿无法逃避,简直压到了她的裙子里面。

罗克斯巴勒太太朝丈夫瞥了一眼,他像平常那样满脸严肃,正襟危坐,直视前方,等待仪式开始。他尽管几乎是个没有信仰的人,但是出于对母亲的尊敬,以及他自己对生身父亲的潜心研究,对基督教的活动也还能勉强应酬一下。他的妻子并不想知道信仰在哪里结束,原则又从哪里承袭。但是她知道自己的局限和丈夫可以信赖的天性。她很想紧紧握住丈夫的手,以显示他们是这个无法理解的大千世界坚实的核心。

人们在万圣节[①]表现的热情,只有圣诞节才可比美。坐在后面的流放犯高唱圣歌,就好像不这样引吭高歌就不能表现他们心中最诚挚、最美好的感情。当“天使军”横扫千军,战胜魔鬼的时候,罗克斯巴勒太太又因为不愿意接受挂在拱门上方那条缎带上的经文而烦恼。然而,当她属于胜利者这一方的时候,她实在没理由怨天尤人。

在这样的心境之下,她对加奈特 · 罗克斯巴勒还算好听的男中音特别敏感。她意识到,现在他完全可能在为她唱歌,尽管他在圣诞前夜没给那位活泼有余的玛奇 · 阿斯匹诺尔唱。罗克斯巴勒太太烦躁不安,呆呆地坐在小叔子为她安排的这个座位上,心猿意马。那天他们一块儿骑马出去时,因为修圆木堆成的篱笆加奈特弄破了手,现在手背上的痂还清晰可见。也许她会病倒在教堂,但那也无济于事,因为加奈特肯定会把她抱出去。

事实上,倒是阿斯匹诺尔太太在唱倒数第二首圣歌的时候觉得身上不舒服。不过同样于事无补。她的当医生的丈夫扶着她一直走到门廊。罗克斯巴勒太太不知道是否应当跟他们一块儿出去给她的朋友一点只有女人相互之间才能给予的道义上的抚慰。(借此也可以从加奈特 · 罗克斯巴勒大腿的挤压下解放出来。)可是她又不愿意这样解脱自己。

不管怎么说,一切都结束了。不只是神父颤巍巍的布道,还有那只火鸡(为了过节,他们专门杀了一只白火鸡)和霍莉所受的折磨——那只盘子简直是被她扔到餐桌上的。盘子里盛着布莱南太太做的烤布丁(“要把我最后一根眼睫燎光了!”)。院子对面库房里

---

① 万圣节(All Saints' Day):天主教的一个节日,在 11 月 1 日。

的欢饮也已经结束。(摔坏一个家伙,请医生去了。)布莱南太太走到门口,那张月亮一样白皙的脸在熟悉的灰白色的水雾中,闪烁着不常见的红光。她一定重新想过并打消了原来的意图,因为她很快就不知去向了。

罗克斯巴勒太太怀着某种程度的满意和重新恢复的镇定,写了如下的日记:

> 1835 年 12 月 29 日
>
> 阿斯匹诺尔夫妇已经走了两天。我们的生活又陷入单调和宁静。我并不怨天尤人,也不能说是在懒洋洋地混日子。如果我们还要在范迪门地待下去——就连罗克斯巴勒先生也看不出为啥要这样做——我可不希望发生太多令人不快的怪事。
>
> 阿斯匹诺尔太太再三说,希望我能到她那儿多住些日子。我也表示,能让这兄弟俩单独在一起回忆回忆他们青年时代的趣事实在是再好不过的事情了。就这样我们在一种友好的气氛中分手了,实际上谁也不指望还有再见面的一天。
>
> 罗克斯巴勒先生和医生似乎建立了一种命运和地域都使其成熟的友谊。他们一定为能在这样短短的几天之内相互交换了那么多有用的知识而心满意足。
>
> 至于加奈特·罗克斯巴勒先生,如果没有圣诞之夜我无意中听到的那一幕,如果不是因为加奈特本人的疏忽而使我昨天又有所发现,我一定会认为他对阿斯匹诺尔夫妇的离去毫无遗憾。事情是这样的:我想给戴恩特雷太太写

封信,可是没有信纸。罗克斯巴勒先生也帮不了我的忙。当时我的小叔子正在旁边,他说道:"我桌上那个盒子里有信纸,艾伦。"我按照他的指点去取纸。他说的那个盒子我以前就见过,相当漂亮,用杉木做成,上面镶嵌着龟背做的精美图案,小抽屉上面的把手是铜的,四个角也镶着漂亮的铜饰件。我打开那个盒子,发现里面有许多信纸,如果还需要什么写东西用的文具也应有尽有。我在取信纸的时候,只发现一个和写信无关的东西:一个用粉红色缎带做成的小小的蝴蝶结。这个蝴蝶结原先一定缝缀在某位妇人的裙子上!我发现自己像狗似的嗅着这个中看不中用的东西,但是说不出究竟是什么香水的味道,鼻翼间只缭绕着它曾经衬托过的那个女人身上淡淡的香气。

我回到房间,罗克斯巴勒先生正在看一本关于范迪门地拓荒和移民的记录。他抬起头,问我:"找到信纸没有?"我回答说,找到了。可是因为刚才发生的这一切,我已经连一点儿写信的兴趣也没有了。头也隐隐作痛,我只是烦躁不安地转着那个地球仪,寻找可以逃离这个非常可恨的地方的航线……

没多久,加奈特·罗克斯巴勒对艾伦说:"看起来你并不想骑那匹小马玩,我本以为它会博得你的欢心呢!"好几次他邀请她跟他一起出去,告诉她一路可能会相当有趣。

丈夫怂恿她:"你要是愿意,就和他去吧,艾伦。我希望,不要因为考虑我,你就整天待在家哪儿也不去。"

她回答不是因为丈夫的缘故,她只是不愿意骑着马漫无目的地瞎逛。

“但是加奈特到他的领地监工，目的够明确的了。你跟他一块儿去自然不会是漫无目的。”

她不知道要是她发起歇斯底里，他会做出怎样的反应。

相反，她心里生出一种怜悯和自责。她走过去吻了吻他那枯瘦的面颊。“但愿我能让每一个人满意——包括我自己。”

罗克斯巴勒先生希望她不要变得反复无常。

姑娘时代，艾伦·格拉雅斯徒步到过一次圣海安井。在此之前她虽然听说过这个地方，但是因为离家好几英里远一直没能成行。她顶着在这个地区来说可以算作灼热的太阳走了整整一上午，荆棘挂破了长筒袜，划破了皮肉，直到鲜血流出。她依然在一天最热的时候走着，几乎连一个人也没有看见，只有嚼着青草的母牛直勾勾地看着她。她在黑魆魆的矮树丛中，找到了一口井（更准确地说，是个池塘）。人们告诉她，那就是圣海安井。井水墨绿，她把两条胳膊伸进去的时候，彻骨的寒气使她不由得倒吸了一口凉气。不久，她为自己面临的艰难处境哭了起来。也许谁也不可能解释她为什么这样艰难，艾伦·格拉雅斯更不能：没有什么特别的罪过，只有对于她迟早都要面对的邪恶的预感。不一会儿，鼓起勇气之后，她就抓着一根粗树枝，和衣跳进水里。等到浑身浸透之后，冰冷的水把她刺得连气也喘不过来，所有的意念都被吓跑了，只想着赶快逃回到实实在在的泥土上。她抓着那根树枝，引体向上回到岸上。阳光明媚，她在草地上坐了一会儿，不哭了，也许在微笑。因为她用手指梳理头发的时候，觉得面颊上的皮肤划出一道笑纹，就像钻进蜘蛛网一样。

许多年来，她第一次想起这件事情，那种将要面对邪恶的预感曾经困扰了她好几个月。可是后来什么事情也没有发生。也许因为井水里的浸泡驱除了邪恶的威胁。然而,“美妙斋”的这个早晨,凶兆似乎格外明晰,她好像听见皮鞭的脆响和手枪射击的声音。好多年以来,或者更准确地说,自从接受婆婆的训练以来,她一直认为信仰基督使她获得了抵御邪恶的力量。可是到了圣诞节这一天,她又突然满腹狐疑,就连天使军的战车穿过石头拱门,走向必定的胜利,也没能消除心中的疑云。此外,身处异国他乡,那些令人阴郁的荒诞故事虽然曾经驱散过康沃尔少女艾伦的恐惧,却无法让此刻的罗克斯巴勒太太得到安全的保障。

相反,她正面对着自己脆弱的影像。屋子里光线昏暗,那影像从镜子里向她游来。她纳闷,周围的人们是否能注意到她正发生的变化。

不过谁也没有。他们面带微笑从她身边走过,或者因为熟悉,看也没看就走了过去。这天早晨,房里传来盛布丁的盆子相互碰撞的声音,院子里火鸡一阵阵叫着,仿佛被人拨弄着的弹拨乐器。懒洋洋的男人们清着喉咙,罗克斯巴勒先生教给布莱南太太如何用番泻叶煎汤。他希望这药能治他的便秘。

听见加奈特·罗克斯巴勒骑着马出去巡查他的农庄,罗克斯巴勒太太马上把霍莉喊来说:“你去告诉蒂姆,给我备一下那匹马,好吗?今天天气这样好,我一定得出去走走。”

“可是,夫人,加奈特先生已经走了。罗克斯巴勒先生允许您一个人骑马出去吗?”

罗克斯巴勒太太忍着没有回答这个在有教养的太太小姐看来纯属无礼的问题。姑娘按照她的吩咐找人备马去了。

霍莉回来的时候,女主人正等着这位临时的女仆替她穿好那套绿色骑装,把面纱从颈背后面系好。

尽管霍莉没有注意到,但从镜子里面可以看出,罗克斯巴勒太太的脸不自然地拉得很长。她脸色苍白,嘴唇很薄。在面纱的笼罩下,她伸出舌头舔了舔嘴唇。

霍莉自己心中也有烦恼,对任何人表露感情都不会注意。她只是说:“但愿那匹小母马不要太欢实了,夫人,这几天您一直没有用它,可它草料吃得挺多。”

罗克斯巴勒太太含含糊糊回答了一句什么,便匆匆忙忙从屋子里走到院子里。她也想起那天被达普尔摔下去而流产的事情。不过她现在至少不必害怕流产,谁也无权责备她办事莽撞,不负责任。

走到院子里,她听见罗克斯巴勒先生还在厨房大谈番泻叶的妙用。她和丈夫之间那种缺乏爱情的怜悯又在她心底十分艰难地升起。

她急匆匆地走过去,把霍莉一个人留在台阶上。

“哦,夫人,您一定要当心!”姑娘喊道,好像突然卷进这场“是非”之中。

罗克斯巴勒太太走到马厩边,她的坐骑已经备好。马夫轻轻拍打着它那油光水滑的屁股,让它安静下来。小母马侧着脑袋,长嘶一声。蒂姆脸上露出一丝微笑,不过没有抬起淡得几乎看不见的眼睫毛。那模样就好像觉得自己是罗克斯巴勒太太的同谋。

罗克斯巴勒太太在马鞍上坐好之后,用马鞭轻轻地打了一下小母马的肩胛骨,默利像摇木马似的跳了起来,不过只跳了几步,就和骑手重新建立了理解和信任。它弓着脖子放了个屁,便完全听从主人的差遣了。

如果默利觉得它可以完全由骑手随意支配,罗克斯巴勒太太也还得拿主意是往水流湍急、两岸白杨茂密的大河去，还是往山脚那片平展展的牧场去。

听见从大河的方向传来几声叫喊，她才拿定主意。她听不出喊话的内容，但是从那声调之中听出是加奈特·罗克斯巴勒发出的一些命令。默利快乐地嘶叫着，鼓舞即将与它同行的伙伴。另外那匹马——今天是匹铁青马，不是那匹栗色花斑马——长啸一声，迈开细碎的步伐跑了出来。

罗克斯巴勒太太纵马疾驰，田野晃动着一闪而过。此刻的心境不允许罗克斯巴勒太太彬彬有礼地与小叔子结伴而行。如果她靴子上有刺马针——罗克斯巴勒先生从来不允许她戴刺马针——她总会踢着马肚子，更快地奔跑。现在她只能在马的肩胛和腹肋抽三四鞭。

天真无邪的小母马也许从来没有面对过如此的激情。它满怀自由的希望风驰电掣般地奔跑起来，跑到一个三岔路口的时候，向那条崎岖的山路奔去。

如果换一个比较安宁的环境，罗克斯巴勒太太自己或许也会选这条路。她从来没有对付过脱缰的马。最初的兴奋变成干涩的上气不接下气的焦急。小母马脖颈的肌肉绷得紧紧的，脑袋一会儿垂向地面，一会儿在缰绳允许的范围内向空中高扬。骑手先是试探性地，后来便拼命勒紧缰绳。在她的记忆之中，马的嘴巴像天鹅绒一样柔软。马蹄叩击山路松软的路面，碎石在他们四周飞溅。蹄声的回响使罗克斯巴勒夫人无法辨别加奈特·罗克斯巴勒是否还骑着他那匹结实的铁青马跟在后面。

后来，小母马跑到罗克斯巴勒太太来这儿访问的第二天走过的那条小路或者通道上。它像一朵飞云飘进树林，蹄子踩在落叶和苔藓上发出沉闷的响声。有时候,树枝咔嚓一声折断落了下来,让人心里一阵冷麻。而那些从树上垂下来的生气勃勃的树枝则逼迫骑手充满希望地伏在马的鬃毛上面。

罗克斯巴勒太太一定闭上了眼睛。突然阳光斑斑驳驳洒在眼皮子上面,她睁开眼睛,看见小母马已经把她带到那片林中空地。上一次她就在这儿躺了一小会儿,打了个盹,还做了一个难解的梦。就像那次她被那个梦吓了一跳一样,此刻可怕的东西正等待着她。小路旁边有什么玩意儿把马吓得引颈长嘶,举起前蹄朝旁边猛地一闪。

骑手不是被马甩下来的,而是从马鞍和马镫上滑落下来的。她挣扎着让一只脚先着地,然后伸开四肢摔倒在那松软得不可思议的枯枝败叶之上。

一只刺猬钻进灰白水龙骨和其他更加难以名状的草木之中。小母马暴跳着跑到丛林深处,接下去便是一片寂静。

冷汗在衣服和皮肤之间流淌,艾伦·罗克斯巴勒发现自己在呜咽。她躺在那儿,不时从地上抓起一把腐败的树叶。脚脖子一定在落地的时候扭了一下,一跳一跳地痛,不过她觉得不会有什么危险。每一次痉挛的间隙,疼痛都稍稍减轻。四周一片静谧,使她陷入一种伤残者的满足之中。

她还没来得及好好享受一下这种满足,就听见从小母马刚才带她来的那条小路上传来沉闷的马蹄声。那声音越来越大,不一会儿就看见铁青马的胸脯和骑手为了躲避耷拉下来的树枝紧紧贴在马脖子上的脑袋。

骑手还没看见他的"猎物"。铁青马喷着响鼻,一定已经看见那个仿佛是绿色大鸟的东西。它正拍打着一只受了伤的翅膀,躲到灰白水龙骨里比较安全的地方。

“天哪,艾伦!你摔坏了吗?”加奈特·罗克斯巴勒简直不敢相信他们终于在这儿相遇,连声音也颤抖着。

与此同时,从小母马刚才跑走的方向传来了颤抖的马嘶声,过了一会儿,默利迈着细碎的步子,心怀歉疚,鬼鬼祟祟地跑了回来。它先用鼻子碰了碰铁青马的嚼子,然后抚弄它的肩胛。两匹马站在那儿快乐地嘶叫着。

加奈特·罗克斯巴勒翻身下马,一时间拿不定主意应该先拴好马还是先去扶起哥哥的妻子。看见两匹马因为刚才这一场奔跑累得精疲力竭,他决定还是先去拴马。因为很容易就能把它们捉住,并且拴到相距几码远的小树上。倒是艾伦更难对付。

既不能躲藏又不能抗拒,她已经转过身靠在一株尚未成熟的灰白水龙骨的树干站着。她不看他,而是闷闷不乐地朝别处张望。

“你是中了什么邪,”他问道,“一个人骑马疯跑?”

“什么邪也没中。我只是想一个人出来逛逛,享受享受自从来到‘美妙斋’就被剥夺了的自由。”她或许会再补充一句,“即使不是时时处处被剥夺。”

“真是对不起。”他说,一点儿谦恭之意也没有。然后变得更加就事论事,“你摔着没有?”

“压根儿就不是摔下来的。我是在马受惊的时候,从鞍子上跳下来的。也许扭伤了脚脖子,我想扭得很轻。”

他向她走过去。万籁俱寂,只有两匹马抖动马嚼子的声音。她本想硬着头皮不去看她的“救星”,可是顺着胸脯——因为刚才的危机,暴露得太多了点儿——瞥过去的时候,目光却不由得落到正走过来的小叔子身上。

加奈特·罗克斯巴勒看起来既决断又茫然。就好像闲暇之时他一直在考虑要采取的行动此刻却迎着他飞跑过来,这种挑战也许使他失去了勇气。

他走到她身边,在枯枝败叶的褥垫上跪下。“亲爱的艾伦,你疼吗?”按照他们的关系,表示这种同情,并无过分之处,可是那双撩起她的骑装,摸索着要替她脱靴子的手又让她反感。

别的还在其次,倒是她自己那双网眼长筒袜使得她拒绝小叔子的好意。“别!多谢!多谢!不要紧……加奈特。”

她这样直呼其名使他放纵了对自己的克制。“哦!艾伦!艾伦!”到此刻,如果激情没有更断然地占据他的身心,他或许会摇尾乞怜了。

她之所以并不害怕是因为心里明白,在这件事情上,自己有能力控制局面。她好像听见自己在吃吃地笑,直到轻蔑(对他们俩的轻蔑)压抑了那笑声。

她好像又成了那只受了轻伤面目可憎的绿色的大鸟。他那双汗毛很重的大手分开一片片被蹂躏过且又折磨人的羽毛,尽情地爱抚她的胸脯。直到在这分开、合拢,合拢、分开的过程中,她好像变成绿色的大海,激起朵朵浪花威胁着要吞下这条胆敢冒犯她的充满人情味儿的小船。

在最后的呼啸声中大海毁灭了小船。

然而被毁灭的到底是谁?想象之中,她仿佛看见一个被谋杀了的女人这样躺着,一堆凌乱的衣衫,一条光溜溜的大腿有一半埋在树叶里,胸衣敞开一个口子。可是眼下那牺牲者是个男人,她支撑着她死沉死沉的身体,直到他从被拖进去的深渊发出一声叹息或者呻吟。不过这是他自己的选择。如果知道这一连串事情,真正的牺牲者应该是奥斯汀·罗克斯巴勒。到目前为止,他们三个人之中,她是受痛苦最少的一个。因为当她的嘴从那张热烈地吻着它的嘴巴下面挣开,眼巴巴地望着头顶轻轻摇曳的灰白水龙骨的叶子时,它们将一种温馨的湿润喷洒到她那放纵的肌肤上。她又一次闭上眼睛,领受自己一定等待了一生的感官之乐,不管她鼓动这种欲望时的环境多么不为人世所容忍。

不过这只是一时的冲动。

加奈特·罗克斯巴勒还趴在她的身上,手指抚弄着她的头发,面颊机械地蹭着她的面颊。但是他的身体突然出现的一种紧张使她感觉到他要责备她了。

“哦,天哪!你让我们俩都做了些什么?艾伦!”

她宁愿过一会儿再责备自个儿。“我从马背上摔了下来,头脑不完全清醒的时候,让你占了便宜。”听到这几句辩解,她自己也觉得苍白无力、一派谎言,不过她不得不赶快从这愈来愈让人讨厌的困境中逃脱。

他用一只肘子支撑着身体,直愣愣地看着她,因为傲慢和疑惑一双眼睛蒙上了薄翳。“如果你那阵儿头脑不清醒,我们永远不会知道你头脑清醒时是副啥模样了!”他这样宣称,哈哈大笑起来。

她不得不在他嘲弄的目光下去完成那些单调的、无聊俗气的动作:重新整理好撕开的衣服,把头发盘好,戴好面纱和那顶滚到灰白水龙骨里的帽子。

只有戴好面纱之后,她才觉得受到了某种程度的保护——在加奈特·罗克斯巴勒的目光之下,如果不是在她对自我的审视之中。

虽然脚脖子很痛,动作也很笨拙,但她必须蹒跚着尽可能远离这个男人。在她看来,他并非诱奸者,而是她挑选来揣摩自己一心想探索的人生奥秘的工具。

她走到那株拴默利的小树旁边。小母马现在已经又变得服服帖帖。她解开缰绳,借助一截半朽的圆木,爬上马背。

加奈特·罗克斯巴勒坐了起来,一双手在两只膝盖中间晃来晃去。"我们成了一对这么出色的情人,艾伦。难道你不愿意承认这一点吗?"

她只会承认情欲得到了令人心惊却又前所未有的满足。

"至少你该等等我。"他喊道,尽管并不指望她会听从他的忠告,"我们应当一块儿骑着马堂而皇之地回家。别像一对可怜巴巴的通奸者从相反的方向偷偷摸摸地溜回去。"

假使他下定决心不让她忘掉这一切,她或许会向他表明,这种谨慎多么没有必要。她觉得永远不会消除对于她自己和加奈特的厌恶。

默利不需要它的主人吆三喝四地指示方向。它缓步走过那条林中小径,然后走上大路。优雅的步态,直挺挺的耳朵都让人觉得它对更难控制的激情持一种宽容的态度,倘若这激情消耗殆尽,也没有必要后悔。

不过骑在它背上的人心里充满了悔恨。她痛恨那树木繁茂、高深莫测的山岭,水草丰美的牧场和牧场上一心一意啃食青草的牛马和羊群。还有"美妙斋"这个名字。不管是什么东西参与了唤起这种倾向的大合唱,她都不允许它们进入她最深层次的意识之中。

大路平坦,"美妙斋"遥遥在望。要不是突然之间变得惊慌失措,她或许又要生气,究竟因为什么尚不得知。

骑马人的苦恼一定传递给了小母马。它虽然没有受到任何形式的催促,还是小心翼翼地慢跑起来。很快就跑过这一段不长的路程。

布莱南太太在院子里。她一反常态,迈着大步走来走去,皱着眉头不时望望天空,就好像要有一场暴风雨来临,或者会有什么意外的发现。然后满怀希望向大门口走去,好像企盼中的救星会突然出现。

看见罗克斯巴勒太太,她吓了一跳,惊叫:"哦,天哪! 怎么回事?"这也是罗克斯巴勒太太同时提出的问题。

为了打破沉默的僵局,艾伦·罗克斯巴勒补充道:"是我的丈夫出事了吗?"

"哦,夫人,是的!"这句话似乎等了好久,现在终于结结巴巴地说出来,"罗克斯巴勒先生又病了。不过他吩咐,您回来以后不要太着急。蒂姆赶着马车进城里接阿斯匹诺尔医生去了。不过,您也知道,他们不会马上就来的。千万别着急,罗克斯巴勒先生再三吩咐我一定不让您着急!"

罗克斯巴勒太太在那块上马石旁边翻身下马。"想必你没把他一个人留在屋里吧?"

布莱南太太一双手裹在围裙里。"有霍莉姑娘陪他呢。我出来等您,顺便透口气。我的神经简直脆弱得无法再在病人的屋子里多待一会儿!"

罗克斯巴勒太太忘了应当跛着脚走路,脚一触地脚脖子又疼痛难忍。

"哦,您怎么了? 夫人。"女管家带着哭腔说。

"没什么。只是扭了一下脚脖子。"罗克斯巴勒太太解释说,尽可能快并且尽可能自然地穿过庭院走进那幢房子。

她扔下的那匹马拖着缰绳向马厩跑去。它嘶叫着,四处嗅着找燕麦。惹得那几匹捷足先登的马儿一起造起反来,差点儿把马厩踢个底儿朝天。

罗克斯巴勒太太一阵风似的跑进病房,她表现出的权威和毫无矫揉造作的关心给霍莉留下了深刻的印象。表示爱怜的话絮絮叨叨直往上涌,要不是对她自己的怨恨及时制止了她,这些话肯定会流溢出来。

至少隐隐作痛的脚脖子迫使她在床边跪下。她很快抓住罗克斯巴勒先生的一只手。这手依然是一个令人惊诧的源泉:贴在她面颊上的简直是一包嶙嶙瘦骨,和隐藏在薄薄的皮肉后面的弯弯曲曲的血管。

"已经没事儿了,艾伦,我现在觉得很好。根据以往的经验,不会再发生什么可怕的事情……直到下次再发作。阿斯匹诺尔医生来了以后会把他的意见告诉我们。"

"我要是在家就好了!"泪水从她紧紧按在面颊上的那只老手的指间涌出。

"你骑马去了。很好,但愿能对你有点好处。我们都需要依照各自不同的性情有各自的娱乐。"

女主人进屋以后,霍莉姑娘就走了。奥斯汀·罗克斯巴勒半靠一摞枕头躺着。他脸上那些经常绷着的或者说是看起来气冲冲的皱纹已经放松,一副宁静安详的样子,面颊甚至有了血色。要不是脸上那精疲力尽的神态,他看起来健康如常。

只是在她抽出手的时候,他才变得紧张起来,抱怨道:"你为什么一定要离开我呢？艾伦。"

"去换掉这身骑装。"

他接受了这个令人讨厌的理由之后,说道:"我盼望我们两个人一起度过不受任何人打扰的漫漫长夜。”

看起来由于已经从痛苦之中解脱——毫无疑问还有恐惧——他似乎下定决心要给他们这对已经结婚多年的老夫老妻涂上一层求婚时才有的温柔色彩。

她回转身掩饰她的不快——如果不是掩饰她的一瘸一拐。

“你这是怎么了?”罗克斯巴勒先生忙问。

“我的马躲一只刺猬,我摔下来的时候扭了脚脖子。”

“啊!”他喘了一口粗气,不过没有再说什么,“要不然你就完好无损了。”

她躲进化妆室松了一口气,然后换了一件宽松的睡袍,好像以此表明这个晚上她就守在丈夫的病房,哪儿也不去了。

罗克斯巴勒太太坐在床边,丈夫东拉西扯地说话,或者打瞌睡。她揉着麻木的脚,为了使丈夫满意随便敷衍他几句。她有生以来第一次因为负罪感而希望在瞬息之间完全结束过去,以便在一片茫然与或许永远无法实现的幸福之中创造一个崭新的开端。

罗克斯巴勒先生声称想喝点清汤,布莱南太太送来一盘。她说主人要她代致亲切的问候,还说等大伙儿都吃完饭,要来看望哥哥。“我已经在餐厅给您摆好了餐具,夫人,如果您想用餐的话。”

罗克斯巴勒太太说她一点儿胃口也没有,而且再不想把丈夫一个人留在屋里。后来,在布莱南太太再三劝说下吃了几口用托盘端过来的鸡胸脯肉。如果她可以对人声称自己是病人,那确是很适合她的心情。然而她只是把脚脖子扭了一下。

加奈特·罗克斯巴勒敲门的时候,一定听见了艾伦匆匆忙忙逃进化妆室时把托盘里的东西弄得叮咣乱响的声音。兄弟俩的谈话她一个字也听不见。一方面因为门关得很紧,她有点充耳不闻,另一方面因为她不停地瞅着镜子里面的自己。

加奈特走了之后,等了好长时间阿斯匹诺尔医生也没有来。幸亏病人的情绪出人意料的好,否则简直叫人无法忍受。

她给他念了一会儿托马斯·布朗爵士[①]的作品。他打断她:“你的声音变得好听极了,艾伦。谁能想到康沃尔一位粗鲁的农家姑娘能变得如此完美!”

罗克斯巴勒先生的夸赞比他表现出轻蔑更让妻子尴尬。她说:“粗鲁倒是真的,完美可不敢当。”

“我用‘粗鲁’这个字眼儿的时候,可不是故意贬低你,我亲爱的。越是粗鲁才越能重新铸造。”他用手背爱抚她的面颊,“不管怎么说,这种变化在一个女人身上是可以形成的。我想,这个道理不适用于男人。男人太刚直太死板了。女人都像一块柔软的蜡,很容易受到别人的影响。”他捏了捏她的面颊,因为自己说出这番聪明话高兴得大笑起来。要不是听到有人正向他们的房间走来,他真想把她搂到怀里。

阿斯匹诺尔医生终于来了。因为走了远路临行前又喝了点白兰地——也许路上还在喝——他醉眼惺忪。听了关于罗克斯巴勒先生病情的详细介绍以后,医生心不在焉地检查了一下,开了一点洋地黄酊剂。这药他箱子里就有。他还郑重其事地宣布,病人还有好多年要活。阿斯匹诺尔属于这样一种医生:他相信应当用鼓励病人忘记病痛的办法使他快活,省下力气好交医药费。

正事儿结束了。医生又喝加水白兰地(罗克斯巴勒先生也陪了他一杯),对罗克斯巴勒太太的容貌恭维了一番。

---

① 托马斯·布朗(Sir Thomas Browne,1605—1682):英国医师,作家。

“对了,我的妻子让我向你表示最亲切的问候。她希望你能按照先前的约定访问我们。”

“也许比她预想的还要更快些。”罗克斯巴勒太太热情地说,要是以前,她或许不会把这种热情用到阿斯匹诺尔太太身上。

事实上,她脑子里突然闪过一个念头,或者说灵机一动想出一个主意,她的心因为充满了希望而激烈地跳动起来。

尽管大家都知道医生要在这儿过夜,好让他的马休息一下,罗克斯巴勒太太还是一直跟到走廊,不失时机地提出她的想法。

“医生,我刚才之所以说,比她预想的还要更快些,是因为依我的意见,只要能在霍巴特找到住处,我们马上就离开‘美妙斋’。我怕……”罗克斯巴勒太太看起来确实心烦意乱、凄婉动人,“我的丈夫这副弱不禁风的样子,也许又会突然发病。而且下次再犯病或许会是致命的。倘若住到城里,一旦有事儿,马上就能得到您的帮助。待在‘美妙斋’,我可就束手无策了。”

阿斯匹诺尔医生紧紧地握了一下她的手,带了几分酒意亲切地微笑着。

“住宿条件简陋一点也无所谓,干净就行。”她急匆匆地说,“我是为了让罗克斯巴勒先生在远航之前恢复一下体力。”

“这件事交给我办好了,亲爱的罗克斯巴勒太太。”医生保证,“只是加奈特会非常失望。”

“毫无疑问,”她承认,“不过,我敢肯定他对哥哥手足情深,不至于为了他个人的快乐让哥哥做出牺牲。”

医生表示同意她的看法。

弄好病房里的夜明灯,按照惯例吻了吻丈夫的额头(这一次,他出人意外地噘起嘴在一片昏暗中寻找她的唇),罗克斯巴勒太太退回到化妆室。霍莉姑娘已经在长沙发上给她铺好了卧具。她太累了,非常感谢霍莉为她做的这一切。不过还没有累得忘了婆婆教给她的应尽的责任——以老罗克斯巴勒太太的方式向上帝祈祷。

小罗克斯巴勒太太在这张临时凑合的床铺前跪下,十分不舒服,也许因为她的膝盖瘦骨嶙峋,也许是地毯上撒了玻璃碴。更糟的是她总觉得自己跪在一块装了枯枝败叶的祷垫上面。

"艾伦?"罗克斯巴勒先生在卧室里喊,"你在做祈祷吗?"

她回答是的。不过声音太低,他也许压根儿就没有听见。

她把双手绞得更紧了,两只眼睛直往眼窝里深陷下去。她渴望看见老罗克斯巴勒太太的上帝,哪怕只是一束稍纵即逝的亮光。也许是因为她出身卑微,在魔鬼和上帝这二者之中,她更相信前者的存在。因此,今晚的祈祷她简直不知所云,四肢瑟瑟发抖。

罗克斯巴勒先生又喊了起来:"我没有做祈祷的心情。我太累了……烦躁不安。没法集中精力做什么祈祷。"他的声音拖长着,接下去是一大串呵欠。

罗克斯巴勒太太在沙发上躺好,但毫无睡意,尽管她小心翼翼不去想任何有可能证明她堕落的事情,脑子里的种种想法却化作眼泪汩汩流出。湿漉漉的枕头越发使她难以入睡。

一定过了好长时间,因为连枕套都又干了。罗克斯巴勒先生又喊了起来:"你还醒着吗? 艾伦。我怎么也睡不着。你过来好吗? 这张床空荡荡的,我希望能感觉到你就睡在我身边。"

她只能服从有病的丈夫突然生出的怪念头。"我过去你就更睡不着了,"她警告说,"我们俩翻来覆去,互相干扰,谁也睡不成。"

"我想好好地安慰安慰你,"他说,"你受了那么多苦——嫁给我这样一个病恹恹的家伙。"

当罗克斯巴勒先生开始表示他的爱情的时候，她觉得浑身疼痛，而精神上的痛苦更甚。也许这天遭受的病痛之苦融化了他从理论上认为自己应该感觉到的柔情，直到此刻才找到表示这种情感的办法。

罗克斯巴勒太太被痛苦折磨着。她能想象出来与之交换的只有感激。而这种感激很快又变成悔恨的沙砾。

“哦，不！”她表示反对。“求求你！我怕，”她呻吟着来回摇晃脑袋，“你或许又会犯病。”

可是罗克斯巴勒先生还是那么文雅地表示他的执拗——既然他已被激情鼓舞，他觉得让自己的爱给她留下无论多深的痕迹也不会过分。

最后，罗克斯巴勒太太只好躺下，把丈夫虚弱的身体搂过去，接受了他这份近乎奇迹的馈赠。

经过一个回想起来比他们俩的预想少了许多痛苦的夜晚，她不由得想起是否应当把自己那个从“美妙斋”搬到霍巴特城的计划告诉丈夫，却发现自己不由自主地讲了起来。

罗克斯巴勒先生的回答实在出人意料。“很好。我完全同意。我想这样做会伤加奈特的心，可这是没办法的事儿。我一直讨厌这幢房子。我敢担保这儿还游荡着多莫夫妇的灵魂。我听见他们在我的头顶走来走去。记得刚来这儿的时候，你也说听见楼上有响动。”

罗克斯巴勒太太不想跟丈夫谈神论鬼，她的话题更加实际：“我看由你出面和你弟弟谈我们离开这儿的打算更好。”

“可以……是的。”罗克斯巴勒先生若有所思地说，“不过要是你跟他谈效果可能更好。他会因为这桩事记恨哥哥一辈子的，但是不能谴责一位为丈夫的健康而担忧的通情达理的嫂子。”他的决定使他心里充满了自我欣赏的严肃认真。

可是罗克斯巴勒太太又犹豫起来。“要不先等一下再说，”她说，“等到医生给我们找到住处再跟他谈也不晚。”

丈夫卧床休息的时候，躲避小叔子比较容易。可是奥斯汀·罗克斯巴勒终于躺腻了。他每天上午起床，在屋子里颤颤巍巍地走来走去。下午又躺着休息。两个人的晚餐送到房间。自从奥斯汀生病之后，一直这样。

后来，罗克斯巴勒先生终于下决心说：“你应当到餐厅和他一块儿吃饭，艾伦。要不然他会生气，而且觉得你对丈夫这种无微不至的关心有点儿华而不实了。”

“如果你希望这样，我照办就是了。”她说。

果园里飘零的树叶给人一种萧瑟感。如果飞来飞去的小鸟叽叽喳喳的叫声使她快乐得轻轻颤抖的话，一群匆匆飞过的乌鸦的聒噪又让她的兴致一落千丈。丈夫向她发布命令的这天早晨，她听见从牧场那边传来一阵枪响和一声惨叫。是人的叫声还是野兽的叫声很难分辨。她把窗户关上。后来才意识到关窗毫无意义，既阻挡不了枪声，又平息不了她心中的不安。

回到餐厅吃晚饭的时候，天气很冷。修剪得十分整齐的扁柏和黄杨树篱上方凝聚着一团白色的亮光。壁炉里，两三块树根毕剥作响，火烧得挺旺。即使这样，她还是庆幸自己披了那条图案呈树叶状的带穗子的披肩。她把垂在胸前的两角拉紧，后来想了一下又慢慢松开。等加奈特·罗克斯巴勒来吃饭的时候，她瞥了一眼墙上挂着的多莫·罗克斯巴勒太太的照片，不知道她眼睛里的表情是凶狠还是怜悯。

男主人来了，正如她想象的那样，漫不经心，兴趣索然，十分冷淡。自从上次见面，他的五官、嘴唇好像粗糙了许多，当然这种变化可能是生气引起的。

“久违了，我都快不认识你了，艾伦。”他说着大步流星走到壁炉旁边坐下。

他声音沙哑，好像为了和艾伦见面，专门喝了一杯酒壮胆。

“我的丈夫，”她回答道，“是个需要特别照顾的病人。”

“我当然不会嫉妒哥哥得到一位忠心耿耿的妻子无微不至的关怀。”

这时，霍莉端上盛汤的陶瓷大盘，这便足可以驱除屋子里尴尬的气氛。霍莉姑娘把汤盘放到餐桌首席，以便主人分汤受用。

“罗克斯巴勒太太会分汤。”他说。

罗克斯巴勒太太按照吩咐去做。水蒸气把眼睛弄得潮湿。霍莉眼睛四周也红红的，而且不知怎的失去了先前的光彩。罗克斯巴勒太太觉得从那不成样的灰色长袍下面，看得出一个比以前丰满了的形体。“美妙斋”有血有肉的灵魂们正经受着多莫太太讥诮与嘲讽的挑战。于是罗克斯巴勒太太垂下一双眼睛。

汤上漂浮着的油花肯定会倒丈夫的胃口。“是不是……”话刚出口，烫了一下腭和喉咙，只好先把汤咽进肚里。“逃跑的犯人，”她又说，“他们能不能活下来，最终得到自由？”

“他们逃不了多久。”加奈特·罗克斯巴勒带着明显的赞成口气回答道，“这些人要么在逃跑的过程中被开枪打死，要么很快被抓回来严加惩处或者加刑。极个别逃犯躲进丛林成了土匪，但往往也被抓回来。抓到以后就吊死在公路旁边示众。”

这些情况她早就想象到了，但仍然希望加奈特会告诉她有时自由也能从抽象的概念变成现实。

霍莉撤下汤盘,又端上一条做得特别好的鱼。罗克斯巴勒先生若无其事地分着鱼。

客人被骨头卡了一下。“这是什么?罗克斯巴勒先生。”

“什么?哦,你是说鱼。我想是鳎目鲈。是的,是鳎目鲈。”

他叹了一口气又吃,吃了一口又叹气。霍莉拿来了蜡烛。

“今天早晨,”罗克斯巴勒太太大着胆子说,“我听见枪响……还有那么一声惨叫。现在那叫声好像还在我耳边回荡。是不是哪个可怜虫终于解脱了他的痛苦?不管送他上西天的人是出于仁慈还是完全相反的动机。”

加奈特·罗克斯巴勒用力咀嚼,吐出一小块鱼皮。“是那匹小母马……默利……它把自个儿伤得那么厉害,再留着它已经没有什么实际意义了。我们不能养匹啥也干不了的瘸马。”他的嘴巴停止咀嚼,一动不动,前额看起来便格外的大。那双让她那么讨厌的手——鬼迷心窍虽只一刹却让她心驰神往——好像要把他的刀叉从盘子上扔过去。

她把自己的刀叉放到一块儿,从椅子旁边站起身来。

“听我说,”他几乎是大声嚷嚷着说,“除了我们自己,怪谁呢?艾伦。”她从椅子旁边站起来之后,他就跳起来,绕到桌子那边,冲到她的面前。“我听说你们准备离开这儿,扔下我们发臭发烂也不管了。”

与其说他是握住她的手,不如说他是在寻求压根儿没有希望找到的无形的支持。

她抽出手,说道:“我不能为自己的软弱或者无知找什么借口。我还没有学会足够的本领来帮助我自己,更不要说关照别人了。”

她没有再抬起头看他就离开了餐厅。

奥斯汀・罗克斯巴勒先生看到妻子脸色苍白,非常着急。“你病了,艾伦?”

实际上她的心情很复杂:厌恶、气愤、绝望混杂在一起。一方面为那匹被杀死的可怜的小马伤心——她只能把这种行为解释成一种经过深思熟虑的残酷——另一方面,为那些被流放到这个岛屿上的犯人而难过。而他们自己也不幸来到这个岛上。

“那些可怜的流放犯简直没有什么希望!”她不能让自己提到那匹小马。她觉得对于它的死,她自己负有责任。

奥斯汀・罗克斯巴勒本来会用道德解释一番,安慰妻子,但这意味着和被他视为报应与正义的原则背道而驰。

所以他没这么做。早晨,他建议出去野游,好使艾伦的精神得以恢复。这天阳光明媚,万里无云,他吩咐套一辆轻便二轮马车,还建议他们赶着马车一块儿出去。

奥斯汀・罗克斯巴勒赶车时也正襟危坐,腰板挺直,他极少摸缰绳。不过这次短途旅行让他那么快乐,艾伦也就不坚持自己去赶了。

他们沿河边那条大路走。像金币一样的杨树叶已经开始飘落在草地上。鱼儿不时跃出水面,或者像人的思想一样沉浮,咬啮着斑斑驳驳的河水。

“我们一定要经常到户外活动,艾伦,”罗克斯巴勒先生说,“等我们回家之后——在切尔特南。”

他对小的过失试图补偿而对大的疏忽一无所知使得早晨明媚的阳光越发充满了危险。她只能像他一样直挺挺地坐着。换个环境,她或许会摆出一副更舒服更放纵的姿势。

回家以后,仆人送上一封阿斯匹诺尔医生差人送来的信。她从良心的自责中得到某种程度的解脱。站在门廊前面的台阶上,罗克斯巴勒夫妇一块儿读这封信。此刻,他们终于获得了一种可以共同分担的负疚之感。

医生告诉他们,有一位伊姆珀太太守寡之后因为生活窘迫,同意把三个房间出租给他的朋友,他颇为谨慎地补充,那幢房子有点寒酸,不过位置很好,周围的邻居都是令人尊敬的人物。

罗克斯巴勒太太喜出望外。她的丈夫则立刻表现出非常焦急的样子——如果不是百分之一百的惊慌的话。“现在我们不得不告诉他了,”他说,“你出面和他谈谈好吗?”

“用不着,”她回答,“他知道!”说着哈哈大笑起来。换个人,罗克斯巴勒先生会觉得这是歇斯底里大发作。

“谁会告诉他呢?”

“我可不知道。”这话不完全对。“既然他已经知道,我也不想深究了。”她尽管觉得一种愤懑正在心底升腾,可还是笑个不停,直到进屋之后,才控制住自己。

罗克斯巴勒太太好长时间没有心情记日记了,直到搬到霍巴特城,才重新拿起笔来。

3 月 24 日　　霍巴特城

……这幢房子这么小,屋子也窄得要命。要不是已经习惯了船上那种人稠地窄的环境,一定更憋得难受。还应该说,要不是为了从“美妙斋”的阴影下逃脱,从而获得心灵的安宁,我们可能会觉得处处束手束脚。因此,我要热爱“炮台岬”这幢小房子。出于相似的原因,罗克斯巴勒先生也心甘情愿地忽略了它的不足。我们使用前面两个房间，一间是餐厅，另一间是客厅——或者按照房东喜欢的说法是“起居室”。卧室和这间屋子相连。这样安排自有妙处，倘有我不想见的客人来访，就可以马上溜进去暂避一时。伊姆珀太太是个娇小、开朗的女人，心眼儿很好。她的丈夫活着的时候是阿瑟港卫戍部队的一位军官，作为随军家属，她曾经在那儿待了好几年。问到阿瑟港，她总是大谈那儿的环境多么优美。作为流放犯的充军之地，她说，许多事情都是那些喜欢寻找生活中耸人听闻的故事的人们有意夸张的结果。伊姆珀太太爽朗得不允许任何阴影闯入她的生活。我问她，埋葬丈夫之后，她有没有想到再回老家。提到这事儿，这样一个总是非常快活的人看上去确实有点黯然神伤。她说，一个女人很难养成对重大问题做出决定的习惯。过一会儿她又快活起来，说她很喜欢霍巴特城。为了不使自己的生活毫无意义，她给那些大家闺秀开课，教她们女红。

3月26日

罗克斯巴勒先生的身体一天好似一天，他已经谈到如果能弄到一间舱房，就离开这儿回家。有人告诉我们，这个月底或下个月初可望有一条船起航。如果这种说法变成事实那简直太棒了！阿斯匹诺尔医生说，我看起来“萎靡不振”，给我开了一剂补药，我吃这药只是哄哄他们罢了。我不得不承认，我的精神确实不好，但不是什么补药能解决得了的。每天，风从山上刮下来，沿着大街呼啸。

街上空荡荡的，愈来愈近的脚步声就像慢慢滚过来的闷雷让人惊惶。谢天谢地，到现在为止，加奈特·罗克斯巴勒一直没有打搅我们。只是派人送来了一只煺了毛的鹅和四瓶“美妙斋”酿的酒。想起到他家第一个晚上吃鹅的情景，我连碰都不想碰这只鹅。我的借口是觉得自己有胆汁病。罗克斯巴勒先生饱餐了一顿，打那以后一直责骂自己对弟弟忘恩负义。

这天下午，罗克斯巴勒太太出去配几粒纽扣，结果一无所获。回来的时候，看见一辆像是从马车行租来的带篷的马车停在门口。

她急匆匆走过前厅，正想躲进卧室，女房东从那间“正式的”起居室里跑出来，冲到她的面前。

“哦，罗克斯巴勒太太！”伊姆珀太太吃吃地笑着，比往常还要快活，“我们的朋友阿斯匹诺尔太太来看您来了。您不在的时候，我给她倒了一杯白葡萄酒，还端出一碟我自己做的玉米面小糕饼。现在您可以跟她一块儿聊聊了。我生怕您不能及时赶回来，错过这次老友重逢的机会。”

这一次躲不开了，即使有这样的念头也会被房东的热情完全打消。

罗克斯巴勒太太走进客厅，看见阿斯匹诺尔太太坐在窗口。她一定从那儿观察到了她的朋友从山包上面下来，一直走回到这幢房子的情景。想到自己不曾掩饰的思想暴露在阿斯匹诺尔太太的凝视之下，罗克斯巴勒太太很是恼火。如果能够选择，她宁愿在医生的妻子面前戴一个铁打的面具。

阿斯匹诺尔太太一副无精打采的样子，也许是白葡萄酒的作用。她从嘴唇上面擦掉几粒玉米面糕饼渣儿。“我几乎不想再等你了，”她说，“不是不能等——天知道我还有什么可干的事情。是我那位医生，如果欠马车行的车钱太多，他就大发雷霆。他囊中羞涩，买不起车供妻子使用。”

他们自己对医生的依赖使得罗克斯巴勒太太不知该如何答话。“我再给你倒一杯酒好吗？”她说，没话找话。

阿斯匹诺尔太太接受了她的好意。因为她的女主人不会知道这已经是她喝的第三杯酒了。“霍巴特人就爱酗酒！”她边说边叹气，然后又咯咯咯地笑了起来，“啊，亲爱的，你不会明白！你属于另外一个世界，来这儿只是蜻蜓点水，刚能湿个脚趾头。”

“在这儿也好，在家也罢，我的生活没有多大的区别。当然，在家有一大摊子事需要我去处理，发号施令，还有罗克斯巴勒先生的朋友，需要招待。不过这也绝对算不上什么消遣。我的意思并不是愿意用更紧张、更热烈的生活去换我的平静与安宁。”

阿斯匹诺尔太太垂下眼帘，呷了一口酒。“俯首帖耳，容易满足的人总是幸运的。”

罗克斯巴勒太太脸涨得通红。“难道像我这样性格的人就值得这样责备吗？”

阿斯匹诺尔太太眨了眨眼睛，好像她说这话的目的就是为了看破什么人。“加奈特·罗克斯巴勒来看过你们吗？”

“离开‘美妙斋’后，我们就没有再看见他。他和我的丈夫通过信差保持联系。加奈特·罗克斯巴勒先生非常慷慨，经常送好吃的来，要不然我们的菜肴就很单调了。”

“听说你们搬到城里住，我很惊讶，”阿斯匹诺尔太太说，“他们兄弟俩这么手足情深。他又把你，我亲爱的，夸到了天上！”

罗克斯巴勒太太觉得她的手在颤抖,更糟糕的是,一滴白葡萄酒洒在她的膝盖上轻轻颤动。“我觉得我这个人一点儿也不对我这位小叔子的胃口。我们几乎在所有问题上都没有一致的看法。我太文静了。而他更喜欢那种活泼开朗的女人。”她极力掩饰对自己的笨拙而生的懊恼,把注意力转移到裙子上那一滴酒渍,掏出手帕使劲擦了起来。

“你这个人至少可以说处事非常谨慎,我亲爱的。”如果说阿斯匹诺尔太太脸上的微笑和大多数情形一样和蔼可亲,她的目光却是阴沉沉的。“而这正是你的魅力之所在。像加奈特·罗克斯巴勒这样的男人就喜欢喜新厌旧。”

罗克斯巴勒太太窘得要命,不知如何是好,只能让阿斯匹诺尔太太吃块玉米糕饼。阿斯匹诺尔太太摇手拒绝。

她脑袋朝一边偏着,用一种死乞白赖的腔调说:“你能跟我们一块儿去参加一个晚会吗?”

“我的丈夫不喜欢闹哄哄的场面。”

“毫无疑问,就是喜欢,健康状况也不允许他参加这种活动。可我怂恿的是你,艾伦。即便让个医生跟着,也不能说是怂恿。就是罗克斯巴勒先生自己也会同意。”

“谢谢你,想得这么周到,阿斯匹诺尔太太。不过,我们这次访问南半球,罗克斯巴勒先生让我带来的衣服,几乎没有一件能穿着参加这种社交活动。”

“哦,衣服!”阿斯匹诺尔太太说道,也许想让人知道她已经对衣服无所谓了。可是立刻发现其中的错误,马上改变策略。“至少你会满意地看到,我在那种场合仍然穿平常穿的破衣烂衫。而你,我亲爱的,具有一种性格的力量——我想应该这样说——这种力量使你即使披一条羊毛披肩也能引人注目。至少加奈特·罗克斯巴勒这样看。”

这种含沙射影使罗克斯巴勒太太痛苦得皱起眉头。“如果我的小叔子也参加你说的这次聚会,我更不能接受你的邀请了。”

阿斯匹诺尔太太俯身向前,把手指轻轻放到一个手腕子上面。(她是不是给病人把脉?)“你太敏感了,我最亲爱的艾伦!照这样儿,简直别活了。”

客人站起来,按照自己规定的发型,弄了弄发卷儿。“那我只好自个儿去了——跟我的医生一块儿——穿着我的破衣烂衫——为你的缺席而懊恼——尽管和可怜的加奈特相比,我的懊恼简直算不了什么。”

她的朋友此行的目的显然是为她拉皮条。罗克斯巴勒太太很受刺激,便说:“你那件粉红色折裙子给我留下的印象永远难忘。”

“哪件粉红色裙子?”阿斯匹诺尔太太不高兴地回了一句。

“圣诞节穿的那件。”

“我那件旧粉裙子?它可真成破烂了。你见过不久,我就把它送仆人穿了。你怎么会记着我那条粉裙子?”

“你穿上那条裙子非常迷人。胸衣上那些缎子蝴蝶结装饰得非常精巧。”

“全城人都知道我这条裙子。所以我渐渐讨厌它了。”往事的回忆使阿斯匹诺尔太太的声音变得沙哑。

几乎就在此刻,前厅里响起伊姆珀太太和奥斯汀·罗克斯巴勒的说话声。“要是她在,我就不进去了。”罗克斯巴勒先生虽然压低了嗓门儿,声音却不小,“我躺一会儿,休息休息,等我妻子把她打发走再说。”

这天晚上，等感情的波澜平息之后，他的妻子在日记里这样写着：

> 不论从别人身上发现虚伪多么令人不快，也不会比从自己身上看到这种品质更使人痛苦。更糟的是，被阿斯匹诺尔太太“逼”到这步田地，在她这样一面粗俗不堪的镜子里照见了自己！然而，这事儿就在我将尽最大努力把它淡忘的一次访问中发生了。而现在，我却正在记录这一切！

罗克斯巴勒太太看了一遍刚才写下的日记，想弄明白自己的思想落在纸上之后，是否太不隐讳，审视的结果觉得并非如此。不过心里明白，她与阿斯匹诺尔太太共有的人性之恶将一直困扰她。她试图用这样一种解释来安慰自己：如果她被某人所吸引，是因为某种魔鬼般的力量压倒了她天性中对恶的嫌弃。

她并没有因此而得到慰藉，便把这本言不由衷、无关痛痒的日记又锁了起来。

有一天，罗克斯巴勒太太在情绪最低的时候，戴上帽子，系好帽带，大着胆子走上北风萧萧的大街。她对丈夫说要出去散散步，心里明白根本不可能劝他陪自己同去。她在大街上无人保护，踽踽独行。她漫无目的地走着，只有一个模模糊糊的念头——想从自己纷乱的思绪中逃脱。不只是模模糊糊，而是一片空虚。从以往的经验她能意识到这一点。因为她想起，那天她让他们给那匹小母马备鞍子的时候，她就是为了从愤懑的思绪和“美妙斋”充满压迫感的生活中逃脱。她纵马驰骋，结果是证实了一种因为在心灵里埋藏太深便认为不曾存在的期望。

因此，在这个冷风嗖嗖的下午，她怯生生地走着，风吹打着，大团大团的乌云威胁着，大山统辖着人们在城里种种放肆的企图，还有那条以大海为归宿的灰蒙蒙的大河。

正如女房东所说：“女人很难养成做出重大决定的习惯。”艾伦·罗克斯巴勒边走边纳闷，除了接受丈夫的求婚和在另外一个场合，为自己从不敢承认的欲望所左右以外，这辈子她到底做出过什么重要决定呢？

大街已经变成小巷。在小巷又渐渐变成石头小路的地方，罗克斯巴勒太太停下脚步，摸索着想在一株树上靠一下。她靠在树上，抱着胳膊，好像要呕吐。树皮粗糙的树干在某种程度上给了她慰藉，直到她完全恢复了对外部世界的感知，尽管悲凉与凄婉还在她心中留下蛛丝马迹。她知道自己痛苦的根源在于没能把那两个孩子拉扯大。更让她伤心的是，丈夫自己从来不提这些事情。

在风的裹挟下她向前走着，裙子哗啦哗啦地飘动。她极力劝慰自己，像刚才给她提供了避难所的大树一样，丈夫支持她自己意愿中的信念。可是正如她是完全出于被动被风吹到大树身边一样，她是出于被动投入丈夫怀抱中的。那株树正好伫立在她眼前的小路上。而一个失去亲人后手足无措的村野姑娘，在一片荒原踽踽独行的时候，也无法拒绝罗克斯巴勒先生的好意。

她又被拉回到那块林中空地。阳光斑斑驳驳，弥漫着霉菌和腐烂了的树叶的气味。在这里，她的意愿龇开丑陋的牙齿第一次显示了自己的存在。

罗克斯巴勒太太彻底绝望了。她大张着嘴巴，风灌进喉咙，呛得气也喘不过来，一时间连耳朵都好像聋了。

她蹒跚着向前走，走到哪儿才算到头，心里没谱。而这时，她本来可以坐在壁炉旁边看书，或者在眼下是他们的家的一尘不染的小屋里做做针线活儿。

沿着小路走到一个拐弯的地方，她注意到沙果树丛里躺着一个人，活像扔在那儿的一堆破衣服。那衣服很旧，泛着绿色，让人想起霉臭味儿和裹在里面的那个躯体。她加快脚步，想赶快从这个令人讨厌的场景中走开。可是那堆衣服突然坐了起来。罗克斯巴勒太太看出那衣服尚可为一个生灵蔽体，还没到被扔掉的地步。

而且包裹在这堆衣服里的男人，正龇着齿缝很宽的牙齿朝她微笑。他一脸雀斑和麻子，眼睛的颜色很浅，没有睫毛，看她的时候，探询的目光中燃烧着冷漠与仇恨，这与他脸上的笑容极不相称。一只手粗糙得像什么动物的壳，拍打着刚才他在草丛中横躺竖卧压出来的痕迹。

她看出他正跟她说话，可是，风立刻把他的话吹得无影无踪，罗克斯巴勒太太听不出他究竟说了些什么。

那人意识到了这一点，又做了一番努力，直到他扯开嗓门儿，喊出来的话才时断时续传到她耳朵里："……明明有个兔子窝……"他的话被风吞没，"……一只兔子孤零零地躺着就不合情理了……"风又把他的话吹了过来。

如果不是漫无目的地散步，如果那个人没有站起身来，她或许会回转身沿着这条小路往回走。而沿着这条小路前进，会使她走进荆豆的迷宫。于是她顺着山坡往上爬，从那儿看得见一排排房屋的屋顶，还有希望找到她丢弃在身后的秩序井然的大街。

她听见跟在她身后的那个男人已经从起初"温文尔雅"的"求偶"——那时候他还拿兔子打比方，颇有诗意——变得野性勃发，满口脏话："我要让你们看看……你们这种小姐太太……能引诱我们干出啥事儿………我们这些人只能半夜里看着别人解馋……"

罗克斯巴勒太太拔腿就跑。她感觉到那人的手指已经抓到她的脊背,另外一只手抓住她的一只手腕。就在她拼命奔逃的时候,一下子被那人扭得转过身来。黑乎乎的指甲揪扯着她胸脯上的一枚胸针。她直盯盯地望着那张被酒精烧红了的面皮上的麻点和毛孔,一股朗姆酒的气味扑面而来。

她终于从歹徒手里挣脱,在乱石丛中笨拙地奔跑、攀登。如果他的污言秽语使她害怕,至少那已经成为往事的记忆。现在更让她害怕的是他急促的喘息声就在耳边。

"哦,听我说,"那人突然打破沉默喊了起来,"你要是杀了人,会满意吗?从呱呱落地起,命运就引着我们走到这步田地。"

对于艾伦·罗克斯巴勒,她简直无法想象他们俩在这荒山野岭、乱石丛中奔来跑去究竟是干什么。也许倒在地上任凭那双树枝般粗糙的大手往死里掐她,鹰爪般的指甲咬啮她的喉咙更合情理。然而就在这时,她抬起头,看见前面有条大路,一辆马车正在路上奔驰,两匹马拉着马车,结实的胸肌、健壮的腰腿和耳朵与鼻翼间表现出来的惊慌很不相称。

她跌跌撞撞,精疲力竭,就像要倒在草地上的一头困兽。一位绅士模样的人从赶车人的座位上跳下来,手里提着马鞭,向他们飞跑过来。

她惊慌失措,狼狈不堪,这时才认出那人是谁。

他用鞭子柄狠打那个企图加害于艾伦的家伙。那人不需要什么劝说,拔腿就跑。他在乱石丛中蹦蹦跳跳,眨眼之间便钻进矮树丛,破旧的起绒粗呢制服被风吹得飘了起来,帽子也丢得无影无踪。

加奈特·罗克斯巴勒喘了一口气,抻了抻他那件深绿色布面、带皮领子的外套。

“你又惹麻烦了,艾伦。记住,这儿是范迪门地。这个地方糟透了,凭你自己的努力,改变不了它的面貌。”

因为紧张,她说不出话来,这使得她免于对小叔子的话做出什么答复。她跟着他爬上那道山坡,向马车和那两匹受惊的马走去。

她拍了拍其中一匹结实的矮脚马,手放在马脖子上,表示心中的感激。

加奈特·罗克斯巴勒解释说,他是到巴戈达德赶集,回家的路上顺便去看望哥哥和嫂子。

他边说边抽了一下马脖子。艾伦坐在他旁边的皮革座子上,精疲力竭,满脸谦恭。她觉得他手中的马鞭一定比他的语言还要少几分怨恨。因为那两匹马对他的鞭笞毫无怨气,相反,一个个轻松愉快,喜气洋洋。

“这么长时间没有见面,”她在座位上轻轻挪动了一下,“罗克斯巴勒先生见了你一定非常高兴。”

她注意到他们又重新进入那个芸芸众生的世界。绅士们在妻子的陪伴下赶着马车回家。“美妙斋”的加奈特·罗克斯巴勒先生挥动手里的马鞭,向熟人们致意。女人们直勾勾地望着他那位身份不明的伴侣。

“我不可能谢你。”她用试探的口气说。

他吃了一惊,耸了耸肩。“我没接受过感谢,我只接受别人的好意。”

他们赶着马车从大街上走过,车轮吱吱嘎嘎地响着。

“这个岛上大部分人都感染了一种疾病。”(她以前也听到过这种说法,哦,天哪,是丈夫说的。)“你,艾伦,尽管只是来这儿做客,也已经有了这种疾病的症状。我不愿意让善良的哥哥知道。可是愿意继续教导你。在这件事情上你表现得相当聪颖——至少有一次已经显示了你的能力。”

她不想动脑子理解他说的这番话，只是坐在那儿瞅自己那双柔顺的手。加奈特的声音继续敲打着她。

“如果你能克服你的谨慎，咱俩真可以堂而皇之地去下地狱。”

她说：“我希望通过我的丈夫——一个正直体面的人，赎清我的罪过。就连深爱着他的你也必须承认这一点。”她停了一下又补充道：“我祈祷他永远不要有什么理由为我们的婚姻感到后悔。”

马儿绷紧缰绳拉着马车向山坡上面艾伦和奥斯汀·罗克斯巴勒暂住的那幢狭窄的房子驶去。为了避免她所感觉到的加奈特对她的轻蔑，她开始打听她的朋友霍莉。

“霍莉又被送回到女犯工厂去了，为了一些我不想深究的原因。”他说。

她仿佛又听见那匹小母马的哀鸣。因为小叔子不高兴，它断送了性命成了另外一个牺牲品。愤怒和恐惧在艾伦·罗克斯巴勒心中冲撞，当然还有一种宽慰感——她，三者中最微不足道的一个尚有一席护身之地。

马车已经驶到大门口。加奈特·罗克斯巴勒挽着她的手把她送下车。但是他并没有进屋去问候哥哥。

罗克斯巴勒太太没有催促他去完成最初的意图。后来，她也没有在丈夫切开盘里的熟羊肉的时候把自己最近碰到的令人特别难受的情形告诉他。

她只是在日记里做了如下的记载：

4 月 6 日

我一个人到海岬散步。在一片昏暗中——至少可以说山雨欲来——山岭与江河十分壮丽。发生了一件不愉快的事情,不过我不想在这里详述。唯一让我振奋的是我明白了这样一个道理:我在自己身上发现的坏东西不管有多坏,和在另一个人身上发现的恶相比也只能是"小巫见大巫"。我不是指作为动物的人的本能的凶残,而是指能掐会算的人的处心积虑的坏。我说"别人"是指另外一个人(不是不谙世事的少女时代的我在薄暮时分的高原沼泽地上所想象的魔鬼)。

真幸运,我有一个亲爱的丈夫,他就是善良的化身。

吃晚饭的时候,罗克斯巴勒先生觉得羊肉没有煮烂,并为此十分气恼。我说也许是刀子太钝的缘故。他同意我的想法。事实上,我确实没有说错。今天晚上我们俩在一起过得平平淡淡。我很高兴这样。

真想请阿斯匹诺尔医生来。觉得头晕,浑身难受。不过,没什么病他能够对症下药的。

晚些时候。

真是奇迹!我们正要上床睡觉的时候,亲爱的阿斯匹诺尔医生来了。他带来一个好消息,一条横帆双桅船(我想是叫"布利斯托尔少女号")已经停泊在港湾。这条船是从英格兰开来的,很快就要返航。到达新加坡之前,这条船只装底货,然后取道好望角,返回英格兰!好心的医生正和轮船公司代理人商谈给我们安排一个舱房。尽管他说这条货船没有接待乘客、包吃包住的先例。罗克斯巴勒先生和我做完祈祷,相互亲吻。我们高兴得真想跳舞!

啊，上帝！我对你的感激之情难于言表，我也不会停止忏悔我的缺点……

这一天，就像他们在霍巴特经历过的许多日子一样。灰蒙蒙的天空上面，只有几抹湛蓝。罗克斯巴勒夫妇听代理人说船主急于起航，因为风向正好可以把船平平安安地送到悉尼。于是他们早早地登上“布利斯托尔少女号”。阿斯匹诺尔医生陪伴他们上船。他的夫人因为身体不适未能前来送行。

罗克斯巴勒太太因为兴奋而有点慌乱。她把箱子数了一遍又一遍。因为罗克斯巴勒先生的书箱一下子找不着，十分焦急。舱房虽然狭窄，但也没有什么可抱怨的。船上闹哄哄的，一片起航前的忙乱，已经被耽搁许久的旅客却很是兴奋。

波迪欧船长是一位挺不错的、头脑简单的海员，对于这两位即将乘他的船的客人，几乎没做什么自我介绍。就在这时，罗克斯巴勒先生好像身上的疼痛发作一样大声叫喊着，离开他们那一小伙人。

“我们在这儿！亲爱的弟弟！我怕得罪了你呢！尽管给你送了信儿，还是怕你不来。现在谢天谢地，我们可以免受良心责备，心安理得地走了。”

加奈特·罗克斯巴勒走过跳板，登上甲板。他面带微笑，那神情似乎在说，他对哥哥这种做法并不怎么相信。他走过来以一种在这个圈子里举足轻重的人士特有的架势和熟人们逐一握手，可是走到嫂子面前却停下脚步，面无表情地鞠了一躬。或许只有艾伦自己才知道这其中的讽刺意味。

“如果你一定要让自己背上良心的包袱，我也没有办法。”他回答道,不过并不完全是针对哥哥。

“任何计划,任何行动都是根据我的身体状况决定的。不过在接受了你的好意和款待之后,真怕你认为我们这样匆匆离去是忘恩负义。”

加奈特叹了口气。“什么都没有破裂!”他的嫂子看得很清楚,他的哥哥是多么让他生厌,“除了一种亲密的关系……这种关系,我想,一旦命运和距离在它头上做了文章,就很难得以弥合了。”

他望着罗克斯巴勒太太,与其说希望得到她对这种论调的首肯,还不如说将他所说的破裂的责任归咎于她。

对于她来说,眼下的情形变得无法忍受。尽管她几乎不能直视他的面孔,但她别无选择。阿斯匹诺尔医生、波迪欧船长,即使她的丈夫也帮不了一点点忙。他们的感叹、告诫,或者以精辟的格言、平凡的话语所作的、娓娓动听的劝说都无济于事。这里写到的一幕只有加奈特·罗克斯巴勒和她自己才能表演。

在这个喧闹而又清冷的早晨,他在她的目光之下同时显示出自己最佳的和最糟的形象。身穿他去救她那天就已穿着的那件紧身皮领绿外套,他身材颀长,线条优雅,这使得他在这个尚不开化的殖民地不论走到哪儿都引人注目。那种偏狭,甚至傲慢的做派——今天更加显眼——表明他自己对此十分清楚。至于他那张脸,由于大清早就赶着马车前来送行,越发显得容光焕发。她尽量不让自己看他那张脸。现在想起来真让人目瞪口呆——他的面颊曾经那样热烈地摩擦过她的面颊。埋藏在她心灵深处的性欲曾经浮游到表面和他更为赤裸的淫欲缠结在一起。

罗克斯巴勒太太在这种有失体统的思绪的重压下神情恍惚,抓住一根绳子稳了稳身子。

“你不舒服吗?”他问道,并没有表现出特别的关心。

“谢谢,我的身体一直很好。”

然后她的语气缓和下来。因为只有这样才不与习俗常规和眼下这种场合相悖。“景色不是很美吗?像一幅水彩画!”她说,“在范迪门地几乎每一处风景都是一幅水彩画。”

他说他还不曾注意到她利用这种得天独厚的条件画过什么水彩画。

“我这个人没有什么才能。”她回答道。

现在是丈夫来救她了,或者说是来打那最后一棒了。“加奈特,亲爱的。”奥斯汀·罗克斯巴勒开始用一种仿佛许多往事涌上心头的颇为动情的声调说话。这声调使得他听起来像个老太太——爱嫉妒的老太太。“我半夜醒来,加奈特,想起我们还是十几岁的小男孩儿时,有一次你从马上摔下来。人们把你抬回家。你脸色苍白,我以为你死了。我吓得浑身冰凉,简直无法想象,没有你我该怎么活。”

加奈特有点粗鲁地拍了拍哥哥的肩膀,试图打破沉闷的气氛。“现在我们不都在这儿吗?都快快乐乐地活着,而且是各过各的日子。”

不过奥斯汀·罗克斯巴勒并不轻易放弃他的这份怀旧与伤感。“你还记得老保姆海伊斯吗?她像我一样地惊恐不安。而且,你醒过来以后,她让我们喝甘草水,她自己喝了点酒。”

加奈特·罗克斯巴勒垂着眼帘,凝视着甲板,他一定噘着嘴唇吹了一个泡泡,但很快又吸了回去。“我记得那碗甘草水,简直像毒药。”

兄弟俩哈哈大笑起来,太阳从缎带般的一缕缕的浓云背后钻出。

波迪欧船长宣布,很快就得让前来送行的朋友们上岸了。

“老保姆呢?”

“她当然已经死了,活了很大年纪。”

“我记得她经常让我们摸着她的甲状腺肿块儿玩儿,对于我们来说那可是一桩乐事。”

罗克斯巴勒太太明白这种场合没她的份,便向船舱走去。直到要离开的一刹,她都在厌恶周围的景色。而此刻在突然间主宰一切的太阳的重压之下,这景色迸裂成许多明亮的碎片。在升降口的梯子上,她觉得两条腿很软,面颊发潮。她用手套背面擦了擦。弟兄俩的说话,声音时高时低地从头顶传来。这声音缭绕缠结,就像激情在一次难忘的拥抱时立刻迸发。

罗克斯巴勒先生把那间临时凑合成的简陋的小舱室拉开一个门缝,站在门口瞥了妻子一眼。他的脸色比平常还要苍白,因为这是从悉尼出来的第一天,他还不习惯船上的生活,有点晕船。

“你觉得不舒服吗? 艾伦。”罗克斯巴勒先生问,声音里有一种恼怒,其实他并不是成心这样。

“没什么。只是船颠簸得太厉害。很快就会过去的。”

她笑了笑,不过自己也能感觉到笑得很不自然。她立刻爬了起来,打算离开这堆皱巴巴的被单。她一定一直在一个深渊里挣扎,向上浮游,因为她喉咙的筋腱看上去一目了然,嘴巴绷得很紧,嘴唇显得很薄。在这一全过程之中,笨拙和努力使她看起来很丑。

“没什么,”她赶紧补充了一句,“我先把床铺收拾好,要不然斯珀吉恩看了又该不高兴了。你先去看你的书好吗? 我一会儿就去。”

罗克斯巴勒先生转身向客厅走去。她意识到他其实并没有看她,他一直在审视他自己内心深处涌动着的思想。

这天晚些时候,风浪似乎小了一些,他们决定到甲板上走一走。虽然风浪已经减小,但他们还是很难像平常一样逍遥自在,因为船晃来晃去,甲板上闹哄哄的,不一会儿她就不得不放开丈夫的胳膊。各走各的并不比两个人挽着胳膊走艰难多少。云已经变得稀薄,太阳像一只苍白的圆盘,只有最明亮的时候才能完全显现出它的模样,其他时候似乎是在乳白色的流云中漂浮。罗克斯巴勒太太将眼前飘动的头发拢到脑后。后来,身体恢复平衡之后,又从嘴里吐出一缕头发。不过此时此刻谁也没有心思去注意这些。罗克斯巴勒先生把自己裹得严严实实。他跑到前头勘察了一番,回来之后,现炒现卖给她大讲辅助帆的好处。

“如果风稍稍转向,”他说,打了个踉跄,“我们就可以升起辅助帆。我可以向你担保。”他补充道:“再没有比辅助帆全都升起的帆船更让人心旷神怡的了。”罗克斯巴勒先生颇为自己又积累了几个在他自己的生活领域永远派不上用场的技术方面的词汇而高兴。

苍白的太阳把大海映照得像玻璃一样透明。帆船犁开沸腾着的冰冷的海水,在身后留下长长的垄沟。犁起的泡沫又落入垄沟,很快便被海水吞没。现在离海岸已经很远,海鸥的叫声听得不再真切了。远远望去,陆地还是一片铅灰色,或者暗灰蓝色,而她却希望还能看到葱茏的树木织成的蓝色云烟。

这当儿,水手们忙忙碌碌,各司其职,这使得他们忽略了一个女人的存在:水手的长裤一直卷到腿肚,粗大的脚趾上汗毛像猪鬃一样竖起。一个男孩向船舷吃力地走去。他把一些土豆皮和发灰的油脂倒进大海。这些玩意儿将成为百折不挠地随着帆船翱翔的海鸥们的美味佳肴。一位“替补队员”从二副皮尔切先生手里接过舵轮。皮尔切是个瘦削而结实的家伙,虽然刚刚三十出头,面颊上却布满了皱纹。他从罗克斯巴勒夫妇身边走过的时候连忙低下头。他们彼此还没有说过话。也许永远也不会说。水手们虽然有名有姓,可是不少人永远只能是在海上辛勤劳作的无名之辈。

罗克斯巴勒太太一路蹒跚,两只脚替换着稳住身子。她十分夸张地呼吸,好像为了表现心中的赞赏,脸上不时露出一丝微笑,虽然只是做给自己看的。她喜欢听船帆在海风中的喧嚣。

她发现丈夫站在船尾,凝视航船留下的尾波,凝视飞溅着的星星点点的泡沫。那渐渐合拢并且最终消失的尾波当然比航船在辽阔的海面犁开的一条深谷中巨大、透明的坟丘般的波浪向两边裂开的景色更能给人慰藉。罗克斯巴勒先生肯定一直在辨认这条船在大海里留下的轨迹,或者他自己思想的轨迹。

他越来越焦躁不安,看见她正朝他这边张望,便大喊起来:“我要下去了。很快就该吃饭了。”他看起来又在发脾气。不过脸上的表情让人觉得那是精神上而非肉体上的痛苦。

“你觉得不舒服吗?”现在该她问这个问题了。不过她只是急于帮助丈夫——这是他们俩爱情的基础。

他的回答被风吞没。他已经走到升降口扶梯上了。她孤零零地站在那儿,直到膀大腰圆十分健壮但却十分腼腆的康特尼先生从身边走过。

“罗克斯巴勒先生不大舒服,是吗?”看起来是别人的虚弱使他获得了勇气。

“他只是闲着无聊。我的丈夫是个闲不住的人。脑子里总得想点儿什么才行。"

康特尼先生听得莫名其妙，只好走开。

过了一小会儿，罗克斯巴勒夫妇吃了一点咸猪肉。他们小心翼翼地把上面那层肥油切掉了。一切都很平淡。

晚上，他们早早地上床歇息。

罗克斯巴勒太太解开发髻，让满头秀发泻入静谧的大海。男人们的叫喊声也已经归于沉寂。做过祈祷之后——这是一项同时履行的义务，出于习惯表面上看起来充满了自信——他拥抱了她，虽然艾伦觉得他心不在焉。不过这是常事儿，她并不多加计较。罗克斯巴勒太太躺在上铺，听着丈夫的鼾声，很快就进入梦乡。

第四章

这是帆船在大海中行驶的第五天。奥斯汀·罗克斯巴勒在甲板上待的时间仍然很长。这一点,连他自己也不曾想到。海鸥在晴朗的天空中飞翔,大海波涛汹涌,自从离开悉尼,还有哪儿的海水比这儿蓝得更柔和。海风徐徐地吹,对他们的航行颇为有利。上午,风稍稍转向,从东南吹来,波迪欧船长的船员们在低一点的桅杆和中桅上都升起了风帆。欣赏白帆升起后的壮丽景象是奥斯汀·罗克斯巴勒之所以流连忘返的部分原因。他怎么也看不够白帆蜂拥而上的极其美丽的景象,便带着一丝仿佛拥有这一切的微笑,凝视那些帆具,他把这一切当作真正开始航海生活的标志。他对风帆基本功能之外的作用一无所知,不过这些辅助帆将他总是犹疑不决的精神引向一个充满诗意的境界。于是他大摇大摆地走来走去,斜纹布外套被风吹开,呼啦呼啦地飘拂。或者停下脚步,微笑着凝望湛蓝的、被阳光模糊了的天空,还不时瞥一眼那些忙忙碌碌的船员。这些人并没有觉得一位多余的绅士和他们自己的职业活动有什么联系。

罗克斯巴勒先生没有因此踟蹰不前。他已经神经过敏到了熟人们无法忍受的地步。对于陌生人,特别是那些缺乏教育,或者社会底层的陌生人,他就像裹了一张厚厚的犀牛皮一样令人费解。他会用手杖啪地打一下自己的腿,朝那些他不能苟同的"倒霉蛋儿",或者对他的价值毫无兴趣的人们龇开满嘴黄牙。

就这样,他迈着沉重的脚步在甲板上走来走去,对那些漫不经心的船员皱着眉头。他在生活中观察到了许多事物——美好的或者不如人意的——并且被这些事物深深地吸引。如果他的感觉器官不被无用的知识和所谓的道德规范所阻塞,他或许会创造性地运用这一切。他经常保持一种姿态或者因为某一个念头激动得发抖,就好像要把一缕光投射到这个念头上面,使之永远成为耸人听闻的一部分。然而过后他又生气、发怒,有时候甚至为自己的自以为是而羞愧。有一次,他看见妻子戴着一个黄玉项圈从楼梯上走下。这个项圈过去是母亲的。他的心怦然一动,决定请约翰爵士来给妻子画像,并且第二天就写了一封邀请信。不过结果还是令人失望。对于这一点,其实在妻子在楼梯上出现的那一刹,他就有所察觉。因为他知道,这位戴着黄玉项圈的妇人并不是妻子最真实的写照。不过虽然这样,谁看了都说这幅画儿和妻子极像。他们对纯金的镜框赞叹不已,对丈夫财富的物化充满敬意。

妻子现在在哪儿,罗克斯巴勒先生心中无数。他虽然没有停止自己的思绪,但却不时向甲板四周张望,一方面出于一种责任感,一方面因为喜欢她,尽管恼怒还是在他脸上留下了深深的痕迹。

他这样转悠的时候,注意到康特尼先生从船艏楼走下来,在做索圈的地方停下来看了一会儿。水手长先前派了几个年轻船员来干这活计。罗克斯巴勒先生从那条附随大船的二桅小船背后看大副在桅杆林立的甲板上择路而行时所表现出的行家里手的气派,和他自己那种迷了路的感觉形成鲜明的对照。他对康特尼先生的到来既期待又担心。对于水手长来说,和他那些对航海业略知一二的同行谈论海上事宜可谓轻车熟路。但罗克斯巴勒先生似乎永远不会被这种同舟共济的集体接纳,因为他连基本的手势都没有学会。不过,他仍然渴望能够和水手长谈论对于他来说是深奥莫测的话题。倘若怀着一种更为慵懒、冷漠的心境,他就会看到,当外部世界的人们依照正常秩序,用人类流畅的语言交流思想、互通信息的时候,他却将自己封锁在那幽居独处的小天地。

康特尼先生走过来,搓着一双手,这个动作也许是为了在这位高贵、博学的先生面前保护自己而做出来的。“有这股风吹着,罗克斯巴勒先生,没等您习惯船上的生活,我们就可以在新加坡靠岸了。”康特尼先生说,与其说是为了鼓励他的乘客,不如说是为了安慰他自己。

罗克斯巴勒先生本来会因此满脸通红,可是眼下他脸色灰黄倒使他不至于显出一副傻样儿。他想起小时候,比他活跃的弟弟学会打很简单的缩帆结之后,又教他怎样打。当时,他接受了弟弟的示范,感激和喜悦的心情无法形容。现在看到大副那双也许是故意装作真诚的眼睛,真想请他也教自己打一打那些特别复杂的结。

然而,罗克斯巴勒先生问的却是:“你戴表了吗?康特尼先生。”说完这话才意识到倘若在上流社会的圈子里,他说话不会这样随便。

大副没有答话,而是掏出一只有点旧了的银表,表面虽然没有主人那张脸大,但像那张脸一样地坦白、一览无余。罗克斯巴勒先生连连道谢,直到那只表装进哔叽制服的口袋里,才意识到他还没看清楚到底是几点。

现在纠正错误已经为时过晚,大副已经以一种块头很大又生性腼腆的人经常运用的夸张了的一本正经从他身边走开。想到他的愚笨仍然只是自己心中的秘密,罗克斯巴勒先生松了一口气。

船破浪前进,似乎生来就是为了轻松自在地在海上航行。罗克斯巴勒先生又恢复了孤独,恢复了他的自命不凡。不被人们纷繁复杂的交往,或者他自己性格中令人迷惑不解的东西所威胁的时候,他的思想总是奇迹般地自由翱翔。

从很小的时候开始,保姆、家庭女教师、老师都劝他不要闹脾气,也不要做任何"血气方刚"的事情。他们是按照母亲的嘱咐这样做的。她害怕这两种倾向会损害儿子本来就十分娇弱的身体。书倒是鼓励阅读——如果内容健康,情调高雅。用坚固的生活的建筑把孩子们包围起来是母亲的目标。"你不会希望我们生活在稀奇古怪,华而不实的家具堆里——那种一碰就倒的细高的玩意儿——对吗?"她以这种方式表示了自己的轻蔑,以期给大儿子留下深刻的印象。小伙子则具体化了她所描述的恐惧。接下去,她又指出,他必须用那些坚不可摧的东西来武装自己的思想。然而,她远非实利主义,他还是个孩子的时候,她就让他深刻认识到自己在道德上的责任。这种认识的结果是,他在等待自己做父亲时一直忧心忡忡。

如果说无法接续香火、传宗接代仅仅使得他在这个问题上谨言缄口,对于夙愿难偿的祖母却是一个沉重的打击——她认识到自己年事已高。她本来会坐在那儿大发牢骚:"我们原指望一位康沃尔姑娘的体质不会是这副样子。"但是她已经喜欢上这个儿媳妇了——要不是溺爱儿子,养成了放纵他的习惯,她一定不同意这门亲事。此外,老罗克斯巴勒太太是个心地善良的女人。年纪大了以后,福音派宗教会的特点使得她花了许多时间散发《圣经》、保护孤儿。为了获得从事慈善事业的才能,她还每天额外做两次祈祷,星期日三次,患感冒的时候除外。虽然乐善好施,但并不妨碍她直到离开人世的那个夜晚额头上还留着刘海。那些早已不时兴的小发鬈是她可尊敬的一生中唯一轻佻的标志。她颇受人尊敬,可是一想起某些熟人至今念念不忘她的公公曾经做过小买卖,就格外伤心。

家庭的历史不可避免地给婆媳之间的关系带来某种程度的复杂性。她已经挑中一位牧师的妹妹给奥斯汀做媳妇。她认为那女子身上某种成熟而又温厚的东西不会损害儿子的健康,除了谈到和抽象的罪恶有关系的事情,从她嘴里绝不会吐出“肉欲”这个字眼儿。倘若和儿媳妇有关,她就把“肉欲”说成“健康”。如果她能和某位亲近的人商量一下这桩事儿,如果她能依靠一下她的小儿子,事情的结果可能就不是这个样子了。可惜,小儿子很早就耽于声色口腹之乐,很早就干那些比纵欲更糟糕的事情,最后不得不尽可能快、尽可能无声无息地把他打发走。

因为还是个小男孩儿的时候,人们就教导奥斯汀要控制自己的感情,而且他很快就心甘情愿地接受了这种约束——生怕他的“导师”把感情再诊断成另外一种“病症”——所以只有他的妻子猜出,弟弟被迫背井离乡,使他觉得痛苦无比,好像失去了左膀右臂。洗过澡后,在育儿室的炉火前面十分轻快地擦干身子的时候,弟弟的皮肤那样光洁,至今仍在奥斯汀的眼前闪烁。他记得有一次做了一个梦,梦见坐在那个铜栏杆做的十分古怪的火炉围栏前头,看见加奈特跳过栏杆,站在炭火中间高兴得又叫又闹,身上披挂着火一样燃烧的羽毛。他从梦中惊醒,出了一身冷汗,心里明白,加奈特身上确实有一种火一样炽热的东西。奥斯汀自己并不是没有这样的火焰,而是用灰把它封死了。他不想让它以别的形式出现。哦,绝不!

但他赞赏那火焰自由自在地跃动。

正如他所见,母亲和弟弟是他生活中相对的两极。他相信,这两极在妻子的身上已经统一成一体。责任感并不妨碍她的朱唇像熟透了的梨那样温馨,他从来没有吻过弟弟的唇,或者他已经不记得有过这样的经历。加奈特身上只有一股混合着律师的文书、契约和像柠檬的马鞭草的淡淡的令人忧伤的气味。她鼓励大儿子到花园里栽花种草。他去了,虽然并没有真正做过什么事情,因为照料那座花园的花匠太多了。园艺学对他很有吸引力。当然,对于他来说,用拉丁文书写的植物名称、已经干了的标本远比那些活生生的植物更有吸引力。因为那些书本上的东西与他已经缩减了的"法定"的课程距离并不太远。作为象征性的"劳动锻炼"和对母亲一片苦心的回报,他常割一两株杂草,耙一耙潮湿的泥土,翻起一团颜色像肉一样的蚯蚓。这种劳动支撑着他战胜与弟弟别离的痛苦。母亲走下台阶,把一只手搭在这个尚且活跃在自己身边的儿子的肩上。他们站在一株欧楂树下,踩着落在地上的果子,脚下升起一股浓烈的腐臭。经受第二次与亲人生离死别的痛苦后,罗克斯巴勒太太很爱谈她第一次经历的痛苦,那是和奥斯汀的父亲诀别。对于这位父亲,奥斯汀几乎没有什么记忆,他也很少有思念他的欲望。

摆脱家族的责任感与先人的羁绊——即使还没能摆脱他们留下的魂魄——奥斯汀·罗克斯巴勒独自一人站在押上了自己性命的这棵不同的大树下,想竭力快活起来。不知名的男人们的声音从绳索与白帆之间飘然而下。他看不见那些人,不过并不觉得这有多大的关系。他对不熟悉的人怀有更大的信心。当然妻子是例外。想起妻子,他的火就一阵一阵地往上冒。艾伦会上哪儿去呢?她是一个让人觉得可以依靠的人。她很快就学会给他倒一杯浓淡适宜、对他胃口的茶,然后,再从吊在一盏小酒精灯上的银壶里往茶钵里续水。

那些高高在上、只闻其声不见其人的水手们的声音和海鸥漫不经心、悠然自得的鸣叫一起飘荡着。

“要是谁掉下来就糟了!”罗克斯巴勒先生大声说。

他仰面朝天,凝望片片白帆。不管谁碰上他都会看见他敞开着自己的嘴巴和思想。他并不是特意想着那些水手,而是出于本能触动了自己的思想。他喘气的时候,嗓子眼儿里咯咯咯地响着,就好像刚从沉沉的睡梦中走出。

“有一次出海的时候,一个小伙子从那上面掉了下来。”说话人是二副皮尔切。离开霍巴特城后,罗克斯巴勒先生几乎没和他说过话。可是现在,他们十分荣幸地碰到了一起。

“是吗?”罗克斯巴勒先生不会一下子就被他引诱得谈天说地。

他们已经迎面走到一起,站在舷墙旁边。风企图吹掉这位乘客的帽子。大海翻滚着层层波浪,好像正准备展现迄今为止一直隐藏着的另外一副面孔。

“是吗?”罗克斯巴勒先生这么快重复了一句,听起来很不自然。

“可怜的哈里!除了从半空中掉下来,你还能想到发生了别的什么事情吗?水手长忘了往裹尸布里再放点东西,好让他沉到海底。”

“这么说,他是葬身于大海里了?”

“还能葬到哪儿呢!葬个把人,海可是够大的了。”

罗克斯巴勒先生和皮尔切先生一起站在舷墙旁边向大海望去。

皮尔切笑了起来,“人嘛,不是被鲨鱼吞了,就是被蛆虫吃掉。”

罗克斯巴勒先生同意他的说法,看起来他也只能表示这种同意。

依照他们俩现在站的位置,不转过头就看不见皮尔切先生。不过,没有必要非得看他那副尊容。他知道皮尔切瘦削而结实的身材,他脸色发青,年龄很难估计。罗克斯巴勒先生不喜欢他那张嘴巴。嘴唇很薄,和自己的差不了多少。

罗克斯巴勒先生晃了一下脑袋,努力从那种病态的思索中挣脱。从前,他的母亲和保姆海伊斯不允许他沉湎于这种冥思苦想之中。为了寻找更能给人以安全感的景物,他向陆地望去,看见一直灰蒙蒙像一块铅板似的海岸此刻笼罩在一片乳白色的光晕之中。一轮看不见的太阳用光的宝剑劈斩着大地。不过只一会儿,那武器又装回剑鞘,进攻的目标也躲到了云雾之中。

"阳光会玩出多少奇怪而又漂亮的把戏!"罗克斯巴勒话刚出口又后悔不迭。不过这毫无必要。皮尔切看起来压根儿就没注意他说了些什么。

"进去过吗?"奥斯汀·罗克斯巴勒想起应当问他点儿什么。

"哪儿?"

"内地。"

"没有!"

二副是另外一个活动范围的人。他继续凝视着海水,脸上那副轻蔑的表情仿佛融进那让他着迷的什么东西里面去了。

"就是给钱,我也不会去的。"皮尔切先生说,"没什么好看的。"

另一方面,他好像暗示,大海才是他所有喜好之所在。

"只有些肮脏的黑鬼,"他补充道,"还有几个可怜的身穿横条囚衣,从一个鬼地方逃到另一个鬼地方的叫花子。那是他们查出来的罪犯。世道就这么不公平!我们当中有多少人干了坏事却从来没人知道!”

皮尔切先生朝他的活动范围唾了一口唾沫。风把那唾沫丝儿拉成了透明的弓。

“这当然是一个可以讨论的问题。”罗克斯巴勒先生说。

“这是千真万确的事实!”二副一边十分激动地说,一边朝陆地的方向眺望着。“如果我因为自己的所作所为,或者因为别人的所作所为——你知道这种事儿是可能发生的——披枷戴锁送到这儿,我也要想办法加入那些逃亡者的行列。我要把这块土地的一切牢记在心里,就像背您的任何一本书一样,罗克斯巴勒先生,也许还能学到比书本更多的东西。”

乘客罗克斯巴勒先生非常惊讶,一位几乎是素不相识的人居然跟他意气相投。

“毫无疑问,与文学相比,亲身经历过的事情能给人留下更深刻的印象。”

“特别是当斑斑血泪都印在你脊背上的时候。”

罗克斯巴勒先生咂着嘴角的几根唇髭,吃惊地向后退了一步。

“他们抓不住我。”皮尔切先生继续说,“即使抓住了,也关不长。当自由受到威胁的时候,没有哪一条海鳗比我更擅长逃跑的了。”他笑了起来,“这就是我跑到海上的原因。人在海上更自由。他可以自由自在地呼吸。不过我就是在那儿——在该死的丛林里也不会心甘情愿地被窒息而死,如果我被流放到那儿的话。”

恰在这时,他们头顶的像大树一样的船帆颤动着发出哗啦哗啦的响声。二副似乎突然想起了他的职责。

“还有什么事吗?”他微笑着,这在他简直是破天荒的事,然后匆匆忙忙走开了。

他把罗克斯巴勒先生一个人留在那儿，还给他留下了这样一个印象：他的嘴巴两边各有一条垂直的疤痕。这当然只是风吹雨打的结果，但是奥斯汀·罗克斯巴勒不由得把这刀刻般的皱纹和刚才那场令人心绪不安的谈话联系到一起："海鳗"闪闪发光，还在水里扭动。不过那水太深，他不敢跟上去。在这个活动范围，他本来可以更加自如，可是他的一双手因为在可恶的灌木丛里开路已变得十分粗糙。他的指甲像二副的指甲一样长短不齐，指甲缝里净是污垢。

这时候一位送信的小伙计跑过来，把他从很难驾驭的思绪之中解脱出来。他松了一口气。

"先生，罗克斯巴勒太太让我来问您，是不是有什么事情把您耽搁在这儿了。"

他认出小伙计是在厨房里帮忙的那个男孩儿。他当然还有许多别的活计要干，包括经常帮斯珀吉恩往餐厅里端菜。平常他干什么都乐呵呵，干脆利索，眼下的差事却使他换了一副神气，虽然不能说温柔得像个淑女，但也一本正经，规规矩矩。也许他是模仿那位差遣他的人的态度。

"耽搁？"绅士激动地说，"怎么会耽搁呢？难道坐船旅行的时候还会有耽搁你的事儿？现在有的是时间，不存在被耽搁的可能！"他看起来真的生气了。

"您出去这么长时间，她很着急。"小伙子解释道，他闷闷不乐，就好像他又碰上这样的场合——本以为对方可以理解自己，可人家偏偏不买你的账，这便弄得他情绪十分低落。

罗克斯巴勒先生本来要继续发牢骚，但是小伙子已经从这不受欢迎的尴尬境地中退出，在大桅下面的绳索与木板间十分熟练地左跳右蹦，走向船艄楼。

罗克斯巴勒先生虽然颇有点进退两难，最后还是屈尊向甲板那边走去。走进客厅的时候，他发现妻子正忙着缝什么东西，他知道她并不喜欢这种消遣。他尊敬的，甚至喜爱的人这样费心劳神，越发让他生起气来。

他皱着眉头嘟嘟囔囔地说："我希望你不要在这样昏暗的光线下缝东西，这太费眼睛了。"

她抬起头，嫣然一笑。对于他眼下的心境这笑容未免太甜蜜了点儿。"缝纫这玩意儿熟练后摸索着也能干。"

他俩都知道，她的情况并非如此。

罗克斯巴勒先生没脱外套就坐了下来，给人一种他不会在这里坐多长时间的感觉。他开始东寻西找想发现个什么东西盯着瞧瞧，碰巧看见那朵形状像起绒草的花。这朵花已经褪色、枯萎，早该扔到外面去了。

"玩得好吗？"她问道。

"什么东西能玩得好？"

"我怎么知道你干什么来着？"

"是啊！你怎么能知道！我也不知道！"

他们默默地坐着。

过了一会儿，罗克斯巴勒先生渐渐心平气和下来，说道："我和二副聊了一会儿。"

"聊什么呢？"

"漫无边际。"他又瞪了一眼那朵枯萎的花儿。

罗克斯巴勒太太做她的针线活儿。

"我的意思是，"他说，"我几乎想不起都说了些什么，而且即使想得起来，也很难用语言来表达。"

事实上,二副提到的事情让他深感不安,他真希望把刚才谈过的话都忘到九霄云外。

罗克斯巴勒太太以一种因顺从而生的冷漠继续缝手里的东西。这种冷漠终于起了作用。

“是谈那块遥远的土地,”他被迫承认,“定居地以外的地方。囚犯……”他十分果断地强迫自己把什么都说出来。“囚犯常常逃跑。在丛林深处一藏就是好几年。他们极力避开有人烟的地方,受尽了艰辛。不过和他们逃脱的囚犯生活相比,这苦难还更容易忍受一点儿。”

他的一只手掠过面颊,发现自己正为或许经历过的什么事情冒汗。他意识到,为了这桩事情,他可以把二副刚才说过的那几句话渲染个没完没了。

罗克斯巴勒太太的额头出现了几条皱纹。在范迪门地看到那些囚犯时,她确实对他们报以深深的同情,而且很为他们难过了一阵子。但是在他们自己的生活——不管是切尔特南他们家客厅里锦缎窗帘背后举行的种种堂而皇之的典礼,还是在这条通风良好的小船上面的一个小角落里临时凑合而成但又不失家庭气息的栖身场所——和整个社会生活之间还有一条鸿沟需要架设一座桥梁。他们俩其实谁也不曾受过皮鞭的鞭挞,不过是按照各自的想象相互折磨罢了。但她相信,如果有人要求她,她也会忍受所有这些,甚至更多的苦难。

她真是思绪万千!她感到惭愧,同时又觉得很受鼓舞。她站起身来,没完没了地收拾他们那间小小的客舱,就好像这是一个四处走动的借口。如果她是婆婆,她一定会为那些必须受鞭打的人向主耶稣祈祷。可是她自己的性格如此,使她没办法充满信心地祈祷。

她的祈祷词绝大多数情况下都是些顺手扔到一片黑暗中的、不抱希望的废话。

罗克斯巴勒太太瞥了丈夫一眼,想弄明白他是不是猜着了她的心思。可是奥斯汀·罗克斯巴勒只顾想他自己的事情,全然没有注意妻子的思想变化——也许他从来都是这个样子。

他们把不愉快的心情丢到脑后,度过一个快乐、平静的夜晚。他们在昏暗的光线下吃晚饭,直到船长叫人点起蜡烛。一同用餐的不仅有波迪欧船长,康特尼先生也露了面。看上去又是皮尔切先生值班。罗克斯巴勒夫妇都想起二副还没有受到过他们的款待。

船的摇摆和她喝的那几口茶使得罗克斯巴勒太太打了个呵欠,或者是因为船长讲的那个故事的缘故。

快吃完饭的时候,波迪欧船长把话题从大海扯到陆地——对于他这可是少有的事情——讲一个马车夫和他的马的故事。为了庆贺这件"少有的事情",这位令人尊敬的水手特别强调每一个细节,有时候甚至用手掌拍着桌子。康特尼先生恰恰相反,弓着腰坐在那儿一言不发,看着船长的座位。他在粗硬的、狗毛似的头发上抹了不少润发香脂,也许他事先就明白,有船长在场,他还是免开尊口,而且正是以这种方式他或许才能表现自己。

从斯科尔乘车快到旅途终点的时候,波迪欧船长在诺威奇碰到他的故事的主人公。"……突然那匹马开始打趔趄。我坐着两轮轻便马车追了他们好一阵子,总怀疑那匹马的步态不大自然,直到它突然倒了下去!"船长使劲拍了一下桌子,震得上面的玻璃杯晃个不停,发出叮咣的响声。

自从午前和皮尔切谈话以来,罗克斯巴勒先生一直渴望听些稀奇古怪的事情,这个关于车夫的马的硬编出来的故事完全倒了他的胃口。

“它倒在车辕中间，”波迪欧船长继续说，“马车夫开始用缰绳抽那头可怜的畜生。”

罗克斯巴勒先生或许从来没碰见过比他更讨厌的人。他的上司正在因为讲述冗长乏味的故事而自食其果，但康特尼先生没有能力保护上司，只好把两只肩膀耸得更高，抽得更紧。

“不怕你们笑话，我骂他了。”波迪欧船长转过脸望着罗克斯巴勒太太。她脸上挂着一丝什么时候都挂着的微笑。“因为我发现那辆大车正在刹车。马车夫醉得一塌糊涂。”

罗克斯巴勒太太想，波迪欧船长大概也已经醉得一塌糊涂，但是她还是很优雅地昂着头，虽然她本来是要打出一连串极力忍着的呵欠。她觉得这一串呵欠在她嗓子眼儿里膨胀，她好像看见那是一只被杀了的母鸡内脏里一串没生出来的软蛋。

她瞥了丈夫一眼。她很想让他看见自己对软蛋的幻觉，但是他很可能会对此不满，就好像看见她因为掏鸡膨手上粘了鸡肚子里的脏东西一样。

“‘车闸，伙计！’我大声喊着。”船长在表演。

在罗克斯巴勒太太看来，她平淡无奇的一生一直在听男人们讲故事，并且微笑着鼓励他们讲下去。看见那男孩端着一盘苹果进来才松了一口气。苹果是在悉尼时拿上船的，尽管泛着潮红，已经变得皱皱巴巴。男孩子一双眼睛似乎沉湎于一种她无法解释的无声的判断之中，但是这并不妨碍她希望以某种清白无辜的方式和他结成同谋。她不知道要是她已把自己的儿子抚养成人，她是否能和他无所不谈。因此，她渴望得到这个手里端着一盘子发蔫的苹果、头发剪得短短的小伙子的信任，不也是一件自然而然的事情吗？

“那匹马躺在路上,我骑在它的头上。”船长对罗克斯巴勒先生解释说。

后者点点头,但是朝他妻子的方向张望着。她的头颅是这言词的海洋中唯一的现实,或者就此而言,也是生活中唯一的现实。它不时摇曳闪烁,然后平平稳稳地燃烧,就像任何一支蜡烛的火苗。结果她的丈夫悔恨自己不该在这天早些时候无端发火,而且担心他也许还没有来得及表露心中的爱意,他们中的一位就已仙逝,这些想法让他难以自持。

在这种情形之下,船长的故事简直要把罗克斯巴勒先生逼疯了。“那匹倒霉的马到底怎么样了?”

“嘿,那家伙给它卸下鞍具,然后我就站起身来。那匹马也憋足劲儿站了起来。它不停地颤抖。”

罗克斯巴勒先生因为懊恼和徒劳无益的爱也颤抖起来。

船身在航行中越发倾斜,把吃饭的人团团包围的似乎是摇曳不定的亮光而不是木头墙壁。

康特尼先生说了声“请原谅”就退了出去。

等到台布撤走、船长也告退之后,罗克斯巴勒先生对自己能否学会用简单朴素的语言和妻子说话充满怀疑。

他们继续在那张苫了一块石榴红长毛绒的桌子旁边坐着。罗克斯巴勒太太劝丈夫跟她玩皮克牌①。他俩都不喜欢玩牌,现在却玩了起来。

罗克斯巴勒太太终于把牌推开,大笑起来。她把两只手十指交叉放在脑袋后面,胳膊肘从袖口尖尖地露了出来。“船长的故事好

---

① 皮克牌:一种两人对玩的纸牌游戏。

听吗?”

罗克斯巴勒先生一边把散乱的牌收拾起来一边嘟哝。

“你觉得,”她问道,“他为什么要讲这些呢?”

“人们为什么要说话呢? 多半只是为了热闹。”

此后他们又不吱声了。她抿上嘴巴,他真想一反常态热烈地吻那两片嘴唇。可是这也许太粗鲁了,会让她大吃一惊。

他们准备上床睡觉的时候,船以一种古怪的、仿佛是自我毁灭的动作震颤着。

罗克斯巴勒太太心想她永远无法入睡。他睡着了吗? 她倾听着,她摸了摸脸,感到自己变瘦了。这天夜里她不想睡,可是最后一定是睡着了,不知道从一种什么样的环境中漂流而过,头发在身后被风吹起,或者正在飘拂,脸极力做出一副深信不疑的表情。她突然被抽了一下,原来是她的头发变成了一根绳子。我会,我必须忍受这一切,因为这是我唯一的目的。她吻他的手。吻了又吻。低头看面目不清的他。突然,因为霍巴特城的木匠造船技术太差,或者故意没有装好,船的横梁开始下滑。它要戳穿我丈夫的心脏。它要嵌入那蜡黄的、总让人不相信会是肌肤的皮肉之中。啊,啊! 绝望中一张嘴鼓成鸡蛋的形状。

罗克斯巴勒太太低头看了看下铺。她的丈夫坐在铺边,低着头晃荡着两条腿。她认出他头顶黑发间那个旋儿。在最可怕的情况下,这个旋儿就是识别他的标志。

“怎么了? 亲爱的。”由于惊恐她的声音听起来很沙哑。

她已经从上铺往下爬,因为着急显得笨手笨脚,头发在这个颇为紧张的过程中也碍手碍脚。

“痛,艾伦! 哦,天哪,从来没有这么痛过!”

她立刻去找那个装洋地黄制剂的小瓶子,在一指高的水里滴几滴让他喝下去。她在他的脚边跪下,给他搓膝盖。现在她至少可以做点什么,防止别人说三道四指责她。她将用自己健壮的体魄和抵抗力给他以鼓舞。她一边跪着,一边决心要他接受她不得不给予他的一切。

“我不要你受苦,”她大声说,“相信我吧,亲爱的。”

“哦,我还不会很快就死呢!”罗克斯巴勒先生从牙缝里挤出这样一句话。他苦笑着,因为那把“老虎钳”还挤压着神经。

但妻子的爱抚使他的痛苦减少了许多。他闭上一双眼睛,母亲为了减轻他咳嗽不止的痛苦、关心他的幸福而发号施令的声音又萦绕在耳边。

现在,世界已经收缩到它的核心,或者收缩到大海中心小小的光环之中。在这个光环里,两个人的灵魂暂时融合,共同的恐惧将他们凝结成一股抗拒邪恶的力量。

罗克斯巴勒太太刚觉得可以放心地离开丈夫,便披上斗篷,拿定主意去看看能不能弄到点牛奶。她让他靠着枕头躺好,从他脸上的表情和胸脯有规律的起伏可以看出他一定是在打瞌睡,或者说精疲力竭之后的那番轻松至少让他很惬意。

她自己也累得精疲力竭,爬上甲板的时候她意识到这一点,但是她眼下的心境使夜色更显壮丽:她几乎是醉意朦胧地蹒跚着,头顶的船帆在她迎风飘拂的头发间急促地沉重地喘息着。船虽然起伏不定,但月亮时隐时现,不时射下缕缕清辉,船也就成了坚固的雕塑。

罗克斯巴勒太太向厨房走去,一阵刺耳的、跟大海与船帆的喧嚣极不协调的鼾声引导着她走下最后几级台阶。这是厨师兼乘务员斯珀吉恩。他在他“神圣的办公室”的地板上铺了一块毯子,正酣然大睡。

“我的丈夫生病了。”在向他要一点他们从悉尼带来的牛奶之前,她这样解释道。

斯珀吉恩摸索着找到火柴点上灯,灯光把他照得有点晕晕乎乎。“你还挺走运,”他气咻咻地说,“要是明天晚上,大概连给吃奶的孩子润润喉咙的东西也没有了。牛奶喝光了。如果还没到那地步的话也快了。”他把鼻子伸进一个黑色的罐子。

她耐着性子等待着,断定会有足够的牛奶给她的病人喝。斯珀吉恩似乎已经全然忘记此时此地应有的礼仪,不停地嘟哝着:“病了,是吗?我还以为是贵人晕船呢!”

罗克斯巴勒太太太累了,不想答话,假装什么也没有听见。他在半死不活的火上热牛奶,厨房中弥漫着睡意和烟火,一片沉闷。

牛奶热好之后,她好一阵道谢,斯珀吉恩洋洋自得,因为自己给了她恩惠满脸堆笑,还瞥了一眼她手上的结婚戒指,或者看起来像是这样。

“就这么点儿了。”他宣布,“夫人!”然后笑着加了一句:“换了别的女士,我可不会这么做。”

罗克斯巴勒太太不知道自己到底喜欢不喜欢斯珀吉恩。但是不管喜欢与否,她可得赶紧脱身。因为走得匆忙,牛奶轻轻晃荡。手捧着那个油腻腻的碗觉得热乎乎的。她因为办成这件事激动得气喘吁吁。她不允许这位乘务长用心不明的言语,或者这天夜晚帆船的颠簸使自己惊惶失措。

她回到舱房的时候,蜡烛已经烧得很短了。罗克斯巴勒先生睁开眼睛打量着她,就好像清点她的每一个“零件”是否还在。

“我给你弄回点热牛奶。”她说。

平静的心情或许使他忘记提醒她他讨厌烧开的牛奶上面那层奶皮。

她先往一个有条裂缝的杯子里倒了一大半牛奶，然后扶他坐起来，一只胳膊搂着他的腰。

“喝吧。”她劝他。

他把嘴伸到杯子里，她贪婪地看着，直到看见一条细细的奶皮挂在他的下嘴唇上晃悠。好了，她想，他至少已把疼痛忘记了。她想起父亲给母羊接产之后，坐在厨房里从一只杯子里呷热牛奶的情形。爸爸喜欢把面包泡在牛奶里吃。在她不得不最大限度地利用仅有的一点粮食多做出一点食物的时候，他跟她一样贪嘴。

但是罗克斯巴勒先生嘴唇上那条胡须似的奶皮在轻轻地颤动。她正要替他擦一擦，看见他把那层奶皮吮到了嘴里。

他们俩一块儿在大海的怀抱里这样摇来晃去。她的一双眼睛搜寻着这个做工粗糙的上下铺上的裂缝和节疤。这时，她多么想坐在门阶上吃新烘烤的，浸透了甜丝丝、热乎乎的牛奶的面包。还是个小姑娘的时候，爸爸经常给她喝这样的牛奶。他皲裂的手似乎从来没有长好过，大拇指上那个牛角似的东西总让她反感，有时候甚至让她害怕。

她一定打了个瞌睡，因为丈夫的身体往下滑了一些，她手里的杯子也在倾斜。

奥斯汀·罗克斯巴勒的身体似乎恢复到了对周围的一切可以接受的水平。他睡得很轻，呻吟了一两次，不是因为哪儿痛，而是因为大张着的嘴巴太干。他闭上嘴巴湿润了一下。张开，闭上，吸一口气，又设法把嘴弄湿。她惊讶地发现自己竟能如此平静地注视着他的面颊摩擦她的一个乳房。这个乳房从乳罩里面露出来，他那不停颤动着的嘴巴有一两次似乎要衔住乳房中间的乳头。

她又安安静静地躺了一会儿，后来因为羞于自己的丰腴，她把睡衣穿好，爬回到自己的铺位。

第五章

自从过上海上生活，微风、船的颠簸、船帆神秘的排列组合让人心平气和。几乎没有什么东西能说服两位乘客，日子不是人们为他们自己的方便而创造的。时间，以及它的同谋者空间——现在因为水天一色而更难捉摸——从来没有像现在这样配合默契。到第七天，当船无声无息地钻入大雾之中的时候，人们更强烈地感觉到天地万物合而为一，无边无垠。如果不是所有航海者都有这种感觉，至少罗克斯巴勒太太确实这样认为。

疾病发作之后，她的丈夫又在铺位上休息了一整天，第三天早晨，似乎仍然浑身不适，不想起床。

“起雾了，”她一边照着镜子穿御寒的衣服，一边说，“太浓了，哦，太浓了！”

她低低的、闷声闷气的声音让人觉得大雾弥漫是最理想的生存环境。罗克斯巴勒先生闭上眼睛。他喜欢被人这样悉心照料。没有什么医务人员照顾，波迪欧船长经常来看他，坐在铺位边儿挖空心思想些劝慰他的话。但真正心里有数的还是艾伦。她的声音冲淡了忧虑，把他包裹在自得其乐的层层雾气中，任何含糊可疑的东西都不可能升腾起来，给他造成危险。

她站在那儿照镜子，那个模模糊糊的映像让人觉得雾气已经通过舱口和升降口扶梯漫进舱房。这一切远非至善至美，但却使她在他的眼睛里更加神秘。

“我要到甲板上去，”她说，“吸口新鲜空气。只去一小会儿。”作为安慰，她补充道。

也许她想拥抱他一下，可是转念一想，只是伸出手指摸了摸他的面颊。照他眼下的心境，这种迅速收敛的触摸比大胆明显的表露更让他激动不已。（此外，他有一次曾开玩笑似的坦白：接吻把嘴巴搞得黏糊糊的。）

罗克斯巴勒太太到了甲板上面。由于她想一会儿就回舱房，她的期望变得越发强烈。她的手指以抚摸丈夫面颊时的那种犹豫和柔情抚摸着周围的事物。幸亏手指冰凉，否则这些动作也许会显得很狂热。她一上来就出声地大口吸入旋卷着的浓雾。那雾气冲进她的嘴巴，钻进她的肺腑，像一团白色的羽毛噎得她喘不过气来，然后在她脸前或者桅杆上分开、聚合。她并没有被这浓雾迷住视线，她的眼睛也许像宝石一样切断了环绕过来的缕缕雾气。

有一阵，某种更具影响力的东西对浓重的大雾产生了作用，大雾的帐幔被撕开一个口子，露出远方的陆地：陡峭的山脊包蕴着阴沉而又刻板的险恶。如果它不像一块蓝宝石那样闪闪发光，看到它的人一定会觉得大煞风景。大雾弥合，封锁了那昙花一现的景致，但艾伦·罗克斯巴勒继续久久地眺望，等待某种迹象，然而什么也没有再次出现。

她终于向前走了起来。从舵手身边经过的时候，她揣摩了一下对方脸上的表情，就决计不去理会他。船艏楼的雾特别浓。她什么也看不清，连呼吸都感到困难，如果某种危险的迹象没有刺激她的官能，她或许会退下来。

于是，她继续在浓雾中曲曲弯弯地行进，不时抓住一根绳子或者一块木板保持身体平衡（她虽然胆子很大，还是喜欢它们诚实可靠的质地）。她差点儿被什么东西绊倒，后来才看出原来是个小伙子，正坐在起锚机的小棚子里，虽然看起来自得其乐，但浑身都已让雾气打湿。

“啊，”她喊了起来，“是你！”原来是那个有时候在开饭时给斯珀吉恩打下手的小伙子。

小伙子没刚才那么自在了，咕咕哝哝不知道说了句什么。他在吃从悉尼带来的已经起皱、但还很甜的苹果。这苹果能存放好长时间。为了给予自己一些道义的支持他又咬了一大口，坐在那儿咀嚼。那声音听起来更像马儿吃草。

罗克斯巴勒太太也许有点胆怯，不过还是硬着头皮说：“我很高兴找到了你。”

他抬起头，眼里的不信任——如果不是害怕的话——在加深。因为到此刻为止。他一直只是接受她的命令，或者当他拿走用过的碟子时，让她默默地瞥上一眼。

“做伴儿。”她试着解释。

小伙子显然越发疑虑重重。

“为什么？”他嘴里正嚼着苹果，含混不清地说，“你害怕吗？”她或许一直想要得到从来没人教导他应该给予别人的东西。

“不。”她回答道，用靴子尖碰了碰一个笼子，里面卧着两只紧紧挤在一起的母鸡。“除了我，别人都有事干。这雾真美，我很想和手头没活儿干的人一块儿看看。”

“雾就是雾嘛。”小伙子抽了抽鼻子，或者说他肯定是抽了一下鼻子，因为他立刻用拿苹果的手的手背擦起了鼻子。

从她这方面讲，小伙子的逻辑使她退回到孩提时代。就在小伙子出于本能挪动着四肢要站起来，然后离开她以维护自己男子汉的尊严时，她在他身边跪了下来。

她自然而然就讲起从小就说的土话。她请求道：“俺就不能和你在一起待一会儿？”

这简直太奇怪了，一位夫人会说土话。小伙子又背靠起锚机坐好，也许有点畏缩，他伸出一只胳膊，放在一根山核桃木横杆上保持身体的平衡，或者保护他自己。

“我又不是船长。”他说。

由于生活未能从她的本性中驱除天真无邪，她很希望他能接纳她。作为一个小姑娘——她已经又一次变成这样的小姑娘，毫无疑问这只是瞬息之间的事——她或许会用什么珍贵的东西贿赂他。可是此刻她没有任何东西可以给他。

“你叫什么名字来着？”她很有礼貌地问。

“奥斯瓦尔德·迪格南姆。”小伙子回答道，而且变得活跃起来，拥有一个标签似乎给了他勇气。

与此同时，艾伦·罗克斯巴勒想起了她的地位、智慧和应该拥有的尊严。“你为什么要来海上干活儿呢？奥斯瓦尔德。”她问道，不是不友善，而是正儿八经地问。

“在这儿能混口饱饭吃。”

“这倒是。”她表示同意，“不过，没有别的原因了吗？”

“不知道，”然后他又说，“和任何别的活计一样，这种生活能让你活下去。”

新鲜空气已经开始注入他到目前为止一直佝偻着的胸脯。一团绒毛似的雾气在他的上嘴唇轻轻颤动。雾的蠕动,这艘与世隔绝的船的奋力挣扎,天地万物都在膨胀的感觉终于使他们变得亲近起来。

小伙子既已开口便无所不谈。“男人在海上能攒点钱。”

“你攒钱干什么?”

她应该知道,这一点至关重要。

“买一只雪貂。”

“噢? 俺不记得见没见过雪貂。也许见过一次,去寨诺的时候。没错。有些吉卜赛人带着一只。”

她扬着头,头顶的索具上水珠跳动着,颤抖着,有时候还往下掉。

小伙子又变得闷闷不乐。他或许把自己暴露得太多了。“动物可以做伴。”他噘着嘴唇聊以自慰。

“可不是,”她表示同意,“我养过一条巴哥犬。”

什么人的两只光脚丫从甲板上咚咚咚地走着,似乎要摧毁他的这个隐蔽之处,但是又走了过去。

“那条巴哥犬后来怎么样了?”

“死了。”

悲凉的海风终于把他们弄得精湿。她能够感觉到她的头发散成一缕缕糟糕透顶的卷须。

他说:“我从来没养过狗。”

“等我们回家以后我送你一条。我还要给你买只雪貂,奥斯瓦尔德。”

她说得太快了,似乎是为了防止她和被她保护的这个小伙子之间的猜疑不断加剧。承诺和祈祷一样,也可以是敲诈勒索时所做的一种努力。

这时,大雾中传来一阵钟声,这声音由高向低飘落下来,直到最终落入无尽的空虚。

“这是怎么回事儿?”她问道。

“瞭望台在报讯儿。”

“有危险吗?”

“和平常一样,没什么大不了的。”他把那个吮了半天的苹果核扔掉。

她肯定是自讨苦吃,但到底招来多少轻蔑她不愿细想。

“我该回我丈夫那儿去了,”她下决心说,“如果我在外头待的时间太长,我想,他会怀疑我被风吹到海里去了。他一着急就爱生气。”

“是吗?”小伙子觉得此事索然无味。

她站起身时,他抬头看着她,显然在极力想象一种永远都不属于他的经验范围之内的情形。

她离开他,小伙子的脸起初变得模糊不清,后来完全消失在浓雾之中。有时候,她艰难地向上爬,有时候踉踉跄跄,迈着细碎的步子横着走,一副醉态。她把胳膊肘子放在那条漂亮的、带穗子的围巾下面紧紧抱着,用这种方式在奥斯瓦尔德・迪格南姆消失于其中的茫茫大雾之中保持她肉体上的自我,而她的思想和头发像海草一样漂流无定。但是准备通过升降口扶梯的时候,罗克斯巴勒太太还是很用心地整理了一下头发,抹掉嘴唇上最后一丝醉意。

这天下午过得很简单。两位乘客出于习惯睡了午觉,醒来之后便等仆人来叫他们去吃饭。

“我们都要成猪肝了。”罗克斯巴勒太太预言。

她的丈夫没有回答,因为这不是那种有问必答的话,特别是像他们这种有条不紊的婚姻。坐在铺位边儿上准备穿靴子的时候,他觉得无法摆脱那些像垃圾一样把婚姻弄得杂乱无章的废话。

这时,事件发生的先后次序突然残忍地挣脱了他的控制。一阵剧烈的碰撞声响了起来,接着是一片碾碎摩擦的声音。

立刻,一阵缓慢而又无情的骚动在他们周围发生了。一个纽扣钩和一把椅子从很高的地方落到他们身上。罗克斯巴勒太太一直站在镜子前头,拿着一把梳子梳理松散的头发,现在一下子撞到丈夫的胸口上,又和他一起撞到舱房的墙壁上,掉进墙壁和他们的铺位组成的槽子里。在最初的惊慌中,他们相互揪扯着好像在和地心的引力搏斗。罗克斯巴勒太太似乎变得半是女人半是飞禽,贴着丈夫的耳朵直喘粗气。他觉得她的牙齿一定磕破了他的面颊。但是客厅里传来的器皿的碎裂声把他可能对她产生的气恼全都驱散了。

然后,从头顶传来一阵杂沓的脚步声。

"康特尼先生,先生!康特——尼先生?"

"天哪!"大雾中隐隐约约传来第二个人的呻吟,"你没看见我们触礁了吗?一块暗礁!再清楚不过了,伙计!"

"我们的船要翻了!"

"……用不着告诉我……"

就这样,男人们海鸥般的叫声在外部空间轻轻回荡。

罗克斯巴勒先生注意到他的两条腿从妻子的裙子下面伸了出来,他的胸脯则在抗议她的重压。

"你听见了吗?艾伦。"他用苍老的声音问道,"我们触礁了!"

"哦,亲爱的!我刚才站立不稳,我把你撞痛了吧?"

他没心思想这些。"我们必须镇定,保持头脑冷静。"

他决心不感情用事，但又没法不感觉到他的声音听起来是那么苍白无力，他在任何场合发号施令都是这样。不过别人似乎没有注意到这一点。

“是的。”她表示同意，不再在他耳边喘息，凌乱的衣服已经从他身上扯起，尽管他们仍然被束缚在墙壁和铺位形成的那个槽子里。

“我们必须想办法到甲板上去。”罗克斯巴勒先生决定。

“……我没伤着你?”她坚持要弄明白这一点，然后把他那只冰凉的手放到她那双比较温暖的手里。

他觉得这一切毫无必要，“现在可不是多愁善感的时候，艾伦。”

不过，开始讲求实际的是她，她开始了那一系列逃出舱房所必需的稀奇古怪的动作。

“夫人? 罗克斯巴勒太太?”

她吃力地抬起头，看见奥斯瓦尔德·迪格南姆正从一个说不清的角度向下盯着他们。他紧紧贴着那扇不停摆动的门的侧壁，眼球稍稍有点突出。

“夫人，波迪欧船长说，”他喊道，由于门夹了手指，他把后半句话咽进肚子里，等到从疼痛中缓过劲儿来才又喊道，“二位必须马上来，这是老头子的命令!”

尽管眼下的危机和被门夹疼了的手指暂时使他成了一个女孩子气的小男孩儿，但他的权威感不允许他觉得难为情。

“我们被牢牢地卡在这儿了，”这个报讯的人告诉他们，“不过会设法把它从礁石间弄出来的。”

罗克斯巴勒太太本人被眼下的局面搞得茫然不知所措，又被那张本来应当是豪华府第屋顶上的小天使才会有的甜甜的、乳白色的面孔弄得神魂颠倒，费了好大力气才回答道:“是的，奥斯瓦尔德。

我们会做好准备,爬上甲板的。”

她向丈夫伸出一只手。尽管好多年没人鼓励这只手去干活儿,它仍然出人意料地有力、敏捷。他感谢妻子这只手,她则庆幸有这个证实自己的机会。

奥斯瓦尔德·迪格南姆在他们集中精力往舱房外面爬的时候消失了。

罗克斯巴勒先生开始向挂他的外套的挂钩爬去,他的妻子也向那个毡制旅行包慢慢爬过去,却想不出该收拾些什么。相反,她摸索着拿起皮子做的小衣箱。那里面锁着她的一些比较值钱或者比较贴身的东西,比如珠宝首饰、日记、假发和她从来没有用过的医生开的嗅盐。然后像个贼似的又往里胡乱塞进几样东西。

“尽可能穿得暖和一点。”她毫无必要地劝告丈夫。

罗克斯巴勒先生已经穿上外套,戴上帽子,正把那条她按照他的规格织的已经用了几个秋天的特长羊毛围巾往脖子上绕了绕。

她把披肩往紧里系了系,就是梅瑞维尔太太在悉尼赞不绝口的那条绿披肩,然后一把抓起斗篷。

她的呼吸正在变成绝望的哼哼,就好像有病的是她而不是她的丈夫。

“别着急,”他求她,“这都是为了预防不测。我怀疑危险不会像看起来那么严重,即使确实严重,”他清了清喉咙,“船也不会马上就四分五裂——他们总会先放下几条救生的小船。”他要尽最大的努力坚持到底,把某种逻辑强加给不合理的状态。

她用她认为是比较坚定的动作系好帽子。“好了吧?”她苦笑着说,不过这完全是做给他看的。

他们开始在已经倾斜的舱房的地板上攀登,一只手提着唯一的一件行李，另外一只手抓着家具或者舱房里别的设备支撑身体。爬出房门之后，他们又以同样的办法爬过曾经是大客厅的房间。他们俩谁也不愿意向对方承认船已经漏水，然而徐徐流进、轻轻跳荡的海水就在眼前，俨然是大海的对照——一块长毛绒桌布无力抵挡的不断渗透进来的黑色糖浆。那天下午他们从悉尼湾带回来的那朵形状像起绒草的小花因为太轻而且早已枯萎还没有被海水吞没。

直到爬到升降口扶梯跟前，罗克斯巴勒夫妇才允许自己认真考虑可能面临的危险。到目前为止，他们的气恼还没有什么深刻的内涵。他比她火气更大，这当然也是可以理解的。不过也只是因为他们有规律的日常生活被这样粗暴地打断，因为他们不得不根据已经倾斜的帆船的角度调整举止姿势。可是现在，冷风突然从头顶倾泻下来，目标就是他们毫无防御能力的身体，而且在穿透更深的地方。他们的灵魂在这突然袭击面前，充满恐惧地退缩着，如果可能，一定会把自己包裹起来，躲进一个柔软的、可以相互保护的球里。因为没有这种可能，这对男女只好紧贴着一堵墙站着，当他们最后一次——也许是第一次？——和精神的危难境地搏斗的时候，骨头在呻吟，似乎快要断裂。

艾伦·罗克斯巴勒把丈夫紧紧地挤靠在墙上，脸颊磨蹭着他的脸颊——以前她可从来不敢这样做——“告诉我，就这一次，”她用命令的口吻说，“我没有让你感到过痛苦吧？”

他拼命挣扎，从来没有想到过自己有这么大的力气。“啊——艾伦，现在可不是提这种傻问题的时候。”他的声音从最深处传到表面，消失在仿佛是干芦苇的沙沙声中。

在扶梯脚边的一片昏暗之中，他知道她的眼睛正凝视着他，他也向她凝视。眼下，他们都被包容在同一个明亮的水泡里。这个水泡受周围环境的威胁,随时都会破灭。

垮下来的是她。眼泪泉涌般流出。

他本来想拉她上去,帮助她抵御那致命的危险,那危险就是她本人。“你千万不能害怕,”他用命令的口吻说,“至少在我们弄清事情的原委之前不要害怕。”

“我不是为我自己害怕,”她哭着说,“是为你,还有我的孩子。”

“孩子?”

“哦,是的。我本来不想为这事儿给你增加麻烦。可是要想避免已经不再可能了。”

“我最亲爱的、最亲爱的艾伦!”他在黑暗中摸索着找她的脸,将她的沮丧和他感觉到正从自己心中奔涌而出的爱意结合到一起。“我们的孩子是我们活下去的最好的理由。”

在他病魔缠身时给予他依靠的这个躯体为什么会经常麻木不仁,日益柔弱苍白,只有愚钝和自我陶醉才可能阻碍他究其原因,而且他发现自己日益渴望这个躯体能不离左右。现在悔悟因渴望而生,也因渴望越发强烈,越发让人觉得火烧火燎。

最终还是她先恢复了理智。她开始表示不满,并且扮演起平常的保护人角色。“我们在浪费时间!你先走,罗克斯巴勒先生,我带着提包跟在后面。你一定要当心——比什么时候都要当心——现在我们要面临一场严峻的考验——不要劳累过度。”

他们挣扎着往上爬的时候,他好像出于报复似的发出一连串调子特低的警告。“艾伦,冷静点儿!就像我以前对你说过的那样,特别是在你又有了其他的责任时。除此之外,如果你太激动不安,惹人注意,他们会看出你一直在哭鼻子的。”

就这样他们终于爬上已经像山坡一样倾斜的甲板。尽管没有具体商量过,两个人还是一块儿提着那个皮衣箱。他们站在那儿振作起精神面对这条已经倾斜的大船。触礁这事使他们大失体统,更别提丢弃了这么多财产。

自从登上"布利斯托尔少女号"以后,罗克斯巴勒先生和太太还从来没有像现在这样笨拙、愚蠢和多余。那些有能力应付眼下严峻局面的人们在甲板上迈着沉重的脚步或者打着手势忙他们自己的事情,没有注意他们也就不足为怪了。这使两位乘客觉得,他们必须为自己的无知付出代价。他们谦恭地微笑着,准备接受应得的赏罚。

尽管康特尼先生一派应付危急场面的大将风度,但有一阵还是对他们表示了同情。他的上衣没扣扣子,嘴巴因为大喊大叫松松垮垮地耷拉着。他用一双大手比画着,说明他们的船怎样突然撞在一座半圆形的珊瑚礁上。

如果他们愿意看一看,裂缝就在那儿,闪着灰白、暗绿的微光,一条漂亮的泡沫花边正被撕成更多的碎屑。

康特尼先生的看法是,谁也没有责任,只怪这场大雾。他们一直只按每小时五海里的速度前进。他对此深信不疑,连着重复了好几遍。

大雾渐渐消散,好像要把它充满讽刺意味的杰作彻底暴露在人们跟前。触礁的船转了一圈儿,露出侧舷躺在海面上。

"顶着风开,"康特尼先生对两位乘客大声叫喊,"能把它救出来!"

罗克斯巴勒夫妇即使对大副的话茫然不知所云,心里还是充满感激。他们想继续保持希望,但是在这位具有丰富实践经验的大副面前,他们连任何与外行的建议沾点边的话都不敢说。

在他这方面,康特尼先生尽管是个和蔼可亲的好心人,但还是觉得对两位乘客已经尽了自己的责任,拿定主意至少要让他们从他眼前走开。“我劝您先找个地方避一避,罗克斯巴勒太太,到海图室或者厨房去。”

估计他本人也属于被邀请之列,这位夫人的丈夫陪她走过甲板,到她碰巧选择去的任何避难所。康特尼先生已经一瘸一拐地走了,要是在船身保持水平的情况下,他也许会狠狠跺上几脚。奥斯汀·罗克斯巴勒对别人表示的道德批评非同寻常地敏感,他不知道大副是不是从一开始就隐藏着一种下等阶层的成员对地位比他们高的人经常怀有的轻蔑。他还是暂且把这个理论束之高阁,准备在更合适的时候,做进一步的考察。眼下,这事儿还无从谈起,只能跟在妻子后面去找个安全的地方。

他们向前走着,在陆地上走惯了的腿摇摇晃晃,抓着手边随便什么东西保持身体平衡。船舷那边,变幻莫测的大海此刻宛若一块乳白色的流动的玉,拍打着昏昏欲睡的珊瑚礁。珊瑚礁并不那么被动,不是用满嘴的牙齿咬上一口,就是用捆绑着的四肢从下面猛冲过去。大海有时候也掀不起多大的波浪。

罗克斯巴勒太太拿定主意在向前走的时候不朝大海的方向张望。如果问她为什么去厨房而不到海图室,她唯一的理由大概就是在他们乘坐着轻轻喘息的帆船穿过还不曾怀有敌意的大海时,她曾经去过厨房。而现在大海死板地、固执地躺在他们脚下,抱怨着或者颤抖着。桅杆高处,一个水手荡来荡去,浑身结实的肌肉和筋腱扭曲着,迎风咧着嘴,在一叶叶白帆间搏击。罗克斯巴勒太太在下面的甲板上战战兢兢地走着,当这个被艰难的环境压扁了的潘奇①从眼前消失的时候,她感到一阵欣慰——如果没有从她思想中消失

① 潘奇(Punch):英国木偶戏 *Punch and Judy* 中的主角,驼背,鼻长而钩,Judy 是他的妻子,常和他吵架。

的话——说实话,他或许会在她的梦中再现。

想起丈夫,她回过头瞥了一两次,喊他,鼓励他。“我们实际上已经到了。”她对他说,不管他能不能听到她的声音。

她发现自己出于习惯正在微笑,她很高兴看不见自己。眼下,她的微笑唯一的意义大概就是一种自以为是的、更不用说是反常的表现。

他们来到厨房。以前这儿不过是随意装点在甲板上的一个凸出物,现在却像一个歪歪斜斜的鸡笼兔舍。他们跌跌撞撞走了进去,走进那让人感到慰藉的沉闷中,以及意料之中的一片狼藉的杯盘碗盏、厨房用具。在对面那堵墙壁和已经倾斜的地板形成的夹角里躺着压扁的锅、炊具上烟垢形成的薄而硬的壳,和一定是客厅里全套餐具打碎之后的白瓷片。在这一切之上,弥漫着冷灰和油脂的气味。

“我就在这儿待着。”艾伦·罗克斯巴勒宣布,似乎这地方仍然授予她随心所欲支配一切的权利。

厨房里有一张固定的桌子,桌子后面是一张同样无法移动的长椅。她挤进去在长椅上坐下,把那只皮衣箱也放了上去。(如果在以后的旅行中她能单独掌管这只箱子,那是因为她认为这是自然而然的事情,或者说是她所希望的事情。)

奥斯汀·罗克斯巴勒紧挨着她在长椅上非常不自然地安顿下来之后,很有点不知所措,便大声说:“……不知道我能不能帮他们点忙。”

罗克斯巴勒太太没有回答。理由很简单,她已经游离于现实之外,甚至丈夫对她也鞭长莫及。而保护他本来是她自愿承担的使命。她想做祈祷,可是发现做祈祷所必需的词汇和心情已经荡然无存。她精神上疲惫不堪，无力清理这些残骸，此外，她或许永远无法使那个原本就不像看起来那么整洁的精神柜橱恢复秩序。对这种可能性她望而却步。

于是，她把两条胳膊放在肚子上，开始考虑另外一种责任。在过去的五个月里，这个孩子的存在一直是她的秘密负担。

大海愈发暴虐，发疯似的摇晃着“布利斯托尔少女号”。浪花和挣断了的绳索一起抽打着甲板，由于绳索比较结实，抽打起来也就更为凶狠，厨房的墙壁扭曲着，轻轻震颤着。

直到船长喊了一声，躲在里面的人才意识到后者已经出现在门口。“你们好吗？”

紧接着，波迪欧船长莫名其妙、心不在焉地笑出了声。从公务的角度看他站在门口关照的这两个人是他的乘客，而不是先前贸然喜欢现在又后悔收留的宠物。如果他们是两只鸽子、两只小白鼠，或者是两条蚕——那是最简单的事——他一定会弃之不管而且没有丝毫良心上的不安。

罗克斯巴勒先生和太太让波迪欧船长放心，他们正处在最佳精神状态。

他们从栖息之地看这位将他们置于自己卵翼之下的汉子，希望他拥有无穷的智慧和超人的力量，尽管他酷似他们的同类中一个换毛蜕皮的老者，喉结在肮脏的领子上方颤动，青紫的肌肤附着在清晰可见的嶙峋瘦骨之上，一双幻想破灭的眼睛，下垂的眼睑和眼角积着一层盐垢。

波迪欧船长勇敢地面对他们的审视。“我们有两条结实的小船，万不得已时，船员就会把它们放下去。”他不止一次回头扫视，然后用拖长的声调肯定自己的说法，“眼下水位太高。”

然后，他离开他们，不是去指挥下一步的行动，而是为了避开——可以这样怀疑——这两位自然而然就成了他属下的乘客。实际上，波迪欧船长和他的下属，或者说多余的宠物——他的乘客，处于同样难堪的境地。尽管谁也不愿意承认事实真相。

罗克斯巴勒夫妇满面愁容，待在他们的栖息之地，互相鼓舞着，时不时断言风暴总会减弱。突然，罗克斯巴勒先生无比沮丧地发现：

"我的那本埃尔泽菲尔家族出版的书！我记不清了，不过可能忘在舱房里了，或者更有可能忘在客厅里了。"

"你的什么？"

"我的那本'维吉尔'。"

"哦？"她的声音提到一个充满疑惑的高度，几乎显露出她自己的看法：尽管由于丈夫和婆婆的灌输，她对书籍怀有一种敬意，但它们不过是另外一种摆设，和桌椅板凳等家什不同的是，书籍并不是生活中不可缺少的。

不幸的是，罗克斯巴勒先生心烦意乱，没有注意到妻子有可能离经叛道的任何蛛丝马迹。他已经站起身来，显然是准备证明自己对信仰的矢志不渝，而不是表现他对书籍的尊重。

"你不是真的要回去吧？"她的声音本来应该更富情调，不过由于可以理解的原因已经变得很虚弱。

"从他们说的情况看，现在还没有什么危险。"

"啊，不，不。没必要回去。没必要为一本书冒这个险！"不管最终的结果怎样，反正她话已出口。而眼下，一个处于绝望之中的女人有气无力的声音非但不能留住她的丈夫，相反只能促使他更加坚决地前去实现自己的意图。

他离开她之后,她叹了一口气,正式表示了不满,然后把凌乱不堪的东西收拾整齐。罗克斯巴勒太太心中暗暗高兴。一个人坐在这儿简直是最大的奢侈,可以不再扮演那个她一直扮演着的、目前看来在最近几个月中她愈发投入的"多面人"的角色——忠实的妻子、不知疲倦的护士、勇敢的女人。还有就是待产的妇女。但是她的身体告诉她,这个孩子是她最真实的一部分,孩子的存在是不容置疑的事实,因此她没有把它写进日记,免得它与那些杜撰的思想、做作的言行、虚伪的感情为伍。正如她决不把另外一个更让人痛心疾首的事实——她自己作为一个顺从的通奸者一事写进那本日记一样。

如果她不曾觉得满足,如果她不是在讲求真实的环境中长大,那么她也许不会那么超然:她在某种程度上还是个乡村姑娘,皲裂的双手交叉着放在膝盖上,在落日的余晖中,坐在金雀花和豆荚掩映的岩石上。按照事情发展的一般顺序,有人会来向这位农夫的女儿求婚,让她怀上孩子,再带她去教堂成婚,就是这样的先后次序。

罗克斯巴勒太太在她的凳子上挪动了一下。在思绪中翱翔的她在真实与现实之间无所适从,痛苦不堪。她的导师们打破事情的一般顺序,将她诱拐走以后马上就诚心诚意地企图把他们认为思想的东西强加给这个农夫的女儿。罗克斯巴勒太太心里想,如果只是从一个短语的语气、一个词汇的短缺看,她会不会在日记中把自己表现得太直率了?这种可能性和她的孩子,还有她并没有完全放弃的欲望一起,搅得她的心阵阵发痛。

她打开衣箱,这是消磨时间的好借口,趁天还亮着,附带地使自己的良心平静下来。她翻着罗克斯巴勒先生的文件、信件、他的日记、一份自传的片段。("艾伦,使人的一生丰富多彩的是思想而不是行动。也就是因为这个原因——谁知道呢——有朝一日我会在思想方面硕果累累。”)她记得离开舱房前,她把这些东西胡乱抓起放进衣箱。她在那个丝绒小包里摸索着,那里面有几样她准备航行中用的不大值钱的首饰,她又翻了翻那些私人文件,却没有找到她要找的东西。她这样乱翻的时候,找到那本日记、阅读里面的文字、证实自己所记录的一切没有涉及不堪入目的真相这一点变得越来越重要。她的呼吸越来越粗重。在她的心目之中,已被毁坏的客厅里积满了海水,她看到那本用精美羊皮纸包着的日记本漂浮在倾斜晃荡的水中。她的丈夫把那本书抢救出来。他这么做冒着自己失去平衡,而且最后她会彻底丧失心理平衡的危险——如果这战利品还没有落到某位船员手中,或者更大可能是落到皮尔切先生手中的话。

当二副出现在她想象中时,她不再觉得风暴正在这条触礁的帆船四周怒吼。很明显这位让人难以捉摸、举止拘束、把待人处世的城府都掩藏在一双无神的眼睛之后的皮尔切,早就以其行为和外表表明,他注定要成为毁灭她的工具。在那本日记所暗示和公然揭露的一切的武装下,他将不再沉默,两边嘴角的皱纹会像刚刚愈合的伤口一样重新裂开。

在厨房昏暗的光线下,她几乎击退了那种既使人信服又没有道理的幻觉。因为她的思想没有理由转到皮尔切身上,虽然她怀疑他对她持轻蔑的态度,同时也怀疑倘若他们在类似的光线下,在寨诺的大路上相遇,作为两个同样遮遮掩掩、诡计多端的人,他们或许会打一声招呼。

罗克斯巴勒太太绞着一双手坐在那儿。这双手太柔弱了,无法排遣她的思想。她觉得筋疲力尽。她既希望又不希望罗克斯巴勒先生回来,他也许正脸朝下漂浮在舱底的污水里。

她的思想膨胀成滚滚巨浪。我最亲爱的丈夫……她自己那本令人遗憾的日记不在手头,是不是应该趁着光线还亮的时候,读读他的日记消磨时间呢?她又打开衣箱。箱子还残留着昂贵的皮子固有的那股香气。英国人就以此为武装,抵御他们长途旅行的劳顿。她在包里摸索着,手指在日记本有纹的纸张之间滑动着,犹豫不决。她会不会发现自己照着镜子瞅着一个无论多少先天的狡诈和后天的自欺欺人都无法消除的印象?

不管丈夫认为她的记述是真实的还是充满理想色彩的,她想起那一切不由得轻轻抽泣起来。她认为自己鼓不起勇气揭开这幅画像的面纱。但是在罗克斯巴勒先生回来之前,还有一点可能。因为这要命的光线,不舒服的姿势,穿得歪歪斜斜的衣服都在怂恿她弄清最糟糕的情形。

奥斯汀·罗克斯巴勒踏上了回客厅的路程,心里很清楚要找回一本书,即使是一本埃尔泽菲尔家族出版的书也是十分愚蠢的行为。然而这并非固执。他得向妻子、向全船的工作人员证明自己。走出厨房的时候,他看见几个船员正用水泵抽水。从他们的叫骂声中他断定他们干得并不成功。他们抱怨船太倾斜无法抽水,全然不考虑眼下处境凶险,人已经像石雕一样无能为力。

然后,发生了一件让人大为惊异的事,而且,由于奥斯汀·罗克斯巴勒历来就是以一个局外人的身份观察周围的事物,这事就越发让人难以置信。后桅就在他的眼前带着所有的依附物开始往下塌。后桅折断了,砸得甲板砰砰直响,绳索连根扯断。帆从桅杆上飘然而下,像一片片肮脏的破布在波峰浪谷间翻腾。

有几个船员把这位挡了他们路的乘客推开,急匆匆地去修理那些根本就无法修好的东西,或者去清理那些可能碍手碍脚的垃圾。

奥斯汀·罗克斯巴勒在想回去之后是否应该把刚才目睹的一幕告诉妻子。他决定只字不提。这是出于对她的感情的尊重,而不是因为他的秘密已经使他觉得自己更加豁达,更加勇敢,更加举足轻重。于是,他增强了信心,继续前去完成自己这项疑虑重重的使命。

暮色渐浓。黑色的云朵威胁着要发射早已上膛的子弹。愈来愈深沉的大海对它未来的俘虏发出充满仇恨的喧嚣。陆地无疑已经在什么地方藏了起来,它不时给人以希望,等待人们去重新发现它。但是罗克斯巴勒先生没有朝陆地的方向瞥过一眼。在令人生厌这点上,那里和充满报复心的大海可谓半斤八两。

到升降口盖边的时候,他已经是手足并用,匍匐前进了,这倒并不完全因为胆小,是直觉在支配他这么做:扫荡船尾的浪花抽打着他的嘴巴和眼睛。他把吞咽下去的大部分海水吐出来之后,又向那个水的世界望去。这时他摸索着,试图在他已经不再熟悉的梯子上找到一个立足点。

他们先前那间虽然气闷但尚可忍受的屋子里一片昏暗,海水还在不断上涨。在风暴的喧嚣声中,四周船舱里积水的响声也清晰可闻。当小船摩擦着搁浅的龙骨不断摇晃时,水便拍打着,发出哗啦哗啦的响声。

罗克斯巴勒先生在一片昏暗中吃力地盯着那些破破烂烂的东西,寻找他的书。突然,在他脚边涌动的污水中漂来了“我的维吉尔!”。他弯下腰,以一种令人赞叹的诡秘和敏捷,像抓一条禁止捕捞的鱼一样,捞起那本书。书滑溜溜的,差点儿又掉到水里,不过他还是一把抓住,终于稳稳当当拿到手里。罗克斯巴勒先生向自己许愿,等带着他的“维吉尔”再回到切尔特南家里的书房之后,一定坐在炉火熊熊的壁炉旁边,好好回忆回忆自己这次勇敢的冒险。

从昏暗的船舱回到甲板上之后,他又一次看见后桅的残骸,越发下定决心不向妻子提起这件事。他把书藏到怀里,这样就能避开那些也许不会欣赏他此行目的的人的眼睛。

但是谁也没有注意到罗克斯巴勒先生。

丈夫不在身边比他在身边的时候更让她意识到他的存在。罗克斯巴勒太太坐在那儿,手指像书签一样插在他那本日记里,不知道在机会到来时,她能不能鼓起勇气翻开日记读一读。她渴望听到他对她爱的表白,但又觉得没有力量面对他的任何怀疑——如果看到这种怀疑的话。

发现光线太暗,即使她愿意,也无法看清任何字眼,她终于摆脱窘境。于是她满怀感激,摇摇晃晃地站起来,身子向已经成为一溜斜坡的船体倾斜着,对陆地的渴望代替了阅读丈夫完好无损的爱的愿望。陆地就在那里,宛若一块马蹄铁;它并不遥远,但对人类的七情六欲,对这条破船的甲板上那看起来像是赏心悦目的白色潮水的东西都麻木不仁。

罗克斯巴勒太太吃力地挪到舷墙边,然后紧紧抓住舷墙,睁大眼睛发呆。她大张着嘴巴,像一只从一条船的波尾觅食杂鱼迟钝而又贪婪的海鸥。忽然,她尖叫了一声,低下头,朝“布利斯托尔少女号”周围汹涌着的黑色波涛干呕了一阵。

她至少从身体的不适和无望中解放出来,但是眼泪还是为一位丈夫的偶像潸潸流下。她已经放弃了要求他的爱的权利——如果他对此一无所知,这是按照她自己的良心所做的抉择。听到他微弱的呼唤的也是她的良心——他的声音越过光线日益暗淡、现在或许已经灌满了水的客厅中污水的潺潺流动声断断续续地飘了过来。

罗克斯巴勒太太虽然内心十分困窘,也真切地看到后桅杆已经折断。她模模糊糊拿定主意不和丈夫谈论这件事情——如果他回来的话。因为他确实正在往回走。他只顾想着桅杆的残骸和扯断的绳索,还没有看见她。她挤进厨房的墙壁和那张起点保护作用的桌子之间的时候,由于宽慰,心中的歉疚没有再升起,反倒突然消失了。既然他走开时,她是待在关好的衣箱旁边,那么他回来时也该在那里找到她。

罗克斯巴勒先生重新拿到他的埃尔泽菲尔家族出版的"维吉尔"非常兴奋。(机会一到,他最盼望做的事情就是重读《农事诗》[①]。)他坐在边缘尖尖的长凳上,为了安全起见把书紧贴肚子放着。这件被水泡了的、任何人看见都觉得讨厌的战利品,在他的触摸下却是一个他所熟悉热爱的物品,它使他对自己的存在感到放心。

他紧紧抱着他那本书,罗克斯巴勒太太坐在他身边,想起有人曾经给过她一个玩具娃娃。她用几块干净的手帕包着它。那是她的孩子。她爱它,它的脑袋被大车的轮子压成碎瓷片之后,她哭得好伤心。

于是他们十分不安地准备度过夜晚,在夜幕低垂之时,突然传来一声闷雷似的巨响。同时,像有一对巨大的翅膀扇在两位乘客脸上,他们没有和对方说话却不约而同地站起身,蹒跚着跑上甲板,冲进那一片寂静之中。透过刺痛眼皮的雨水,罗克斯巴勒夫妇看见主

---

① 《农事诗》(*The Georgics*):古罗马诗人维吉尔所作的田园诗。

桅和上面挂着的风帆已经倒在左舷靠近船尾的地方。船员们七手八脚揪扯缠结在一起晃荡个不停的帆桁和绳索。第二斜桅像一支折断的铅笔倚靠在那里。

罗克斯巴勒夫妇不知道这场混乱会怎样摆布他们，只是相互搀扶着站在那里，听任大雨把他们淋得透湿。冷雨如注，穿透了最后一缕动荡不安的暮色。船尽管静止不动，但看起来似乎已经被吸进沿岸都是红树的漆黑的港湾——如果不是落入夜的魔爪的话。

波迪欧船长的身影在这覆灭的时刻兀然耸立着，要不是他的声音和态度让人觉得他此刻的出现简直毫无必要，他一定会给人们留下更加阴郁的印象。

“哦，这条船完了。”他宣布道，但声音那么小，与其说是讲给别人听，还不如说是对自己说。

他打了个呵欠，他那被海水侵蚀了的皮肤反而不再紧张。一度令人难忘的身板儿在衣服的包裹之下放纵地吱吱嘎嘎响着，使他感到无比欣慰的是，一种他一辈子都没怎么料想到的遭遇终于使他获得了解放。

虽然这样，对他的乘客，他还负有责任。“皮尔切设法放舢板去了，”他为那两双听惯了文明话的耳朵精心选择着词汇，“可是大海太……”他的声音被风雨吞没了，他重新说了一遍他们才听见“狂暴”两个字。

罗克斯巴勒夫妇只能接受他的意见。之后，波迪欧船长以极大的耐心相当客气自然地向他们解释：“我们就像一窝搁浅的海鸥蛋。”他把他们轻轻地推回到厨房，一双大手显出一副无可奈何无能为力的样子。“黎明时分，”他说，由于他提供的信息，他那鞋楦头一般的面孔给了他们一点慰藉，“我们再试试看……毫无疑问我们会碰上好运气。”

黎明——他们心中最惨淡的概念在重重黑暗中垂落到他们眼前。罗克斯巴勒夫妇无法入睡，也许背靠背坐在那张歪歪斜斜有棱有角的长椅上稍稍打了个盹。在这种没有规律充满恐惧的生活的压迫下，他们的肠胃已经不再是他们身体结构的组成部分，因此他们也不存在饥饿的问题。他们更加渴望的是稍纵即逝的梦幻。

有一次，罗克斯巴勒太太几乎拼出了这个不可捉摸的单词："加，哪，德?"她的嘴唇艰难地挣扎着，但是最终还是没有成功。

有一阵子，他把她抱在怀里。他们紧紧依偎在一起，以一种丝绸般的悠然时开时合飘忽无定，如果珊瑚般的牙齿不曾磕碰，他们就会完全融在一起，他们在下沉，沉没。

罗克斯巴勒先生从某桩令人不快的争执中醒过来，发现妻子正抱着他。他快要失去平衡了。

"你还好吗?"罗克斯巴勒太太问。

这种情况之下还有什么别的可能呢，她的问题听起来有几分荒诞不经。

于是他们又打起瞌睡。

波迪欧船长所说的黎明不知不觉爬进厨房，在他们的脸上涂抹下肮脏的暗影，并且从黑暗的角落抽出一股从先前的煤炭中分离出来的冷灰的气味。

当罗克斯巴勒夫妇终于醒过来的时候，外面人声喧闹，海水飞溅。期望和睡眠重新塑造了被暮色蹂躏过的面孔，驱除了比较明显的恐惧。她咬着嘴唇坐在那儿，为了利用重新恢复的视觉，大睁着一双黯淡无光的眼睛。他又在某种程度上恢复了青年时代的郁闷，乌青的眼皮沉重地低垂着，在疾病的纠缠下，五官呈现出一种不自然的完美，几乎失去了生命的光彩。然而他们喘着粗气跳了起来。他们往上爬着，口中还念念有词。

后半夜，风暴已经渐渐平息，但是这条触礁搁浅的帆船附近，海浪还是焦躁不安地翻滚着。海鸥在头顶盘旋尖叫着，但那声音充满寒意。

罗克斯巴勒太太走进这个清冷苍白水天相接的世界，头顶盘旋着那些神秘的灰蓝色的海鸥。跨过已经升高变形的厨房门槛时，她提起裙子，露出靴子和脚踝相接的部分。丈夫跟在身后。尽管唇髭和下巴上面的胡子没有梳理，他脸上仍然戴着睡眠还给他的那副年轻完美的面具。如果上天赐予他们一群观众，其年高德劭的成员们也许会因为罗克斯巴勒夫妇身上那些瑕不掩瑜、几乎达到纯真精神境界的东西激动得发抖，但是，每个人——不管其理解力如何——都把注意力投到了别处。

看起来第一缕晨曦升起时那条大艇就已下水。它靠一条绳索和大船连在一起，在水面上东撞西碰，上下跳荡。

人声嘈杂，有一个声音特别高。

“你要把我们压扁了，”不管这事是谁负责的，皮尔切先生都在大加责难，“我们有一半的人都要完蛋。”

批评显然是针对大副。因为在这片已经压低的喧嚷声中站着康特尼先生，他皱着眉头一声不响，似乎已经凝固了。

“到了这份儿上，谁还在乎抽签决定命运?”皮尔切先生全然不管自己是个副手，继续朝眼前的一片空旷大发雷霆，好像那是他上司的替身。“我不想留下来为那些生来就交好运的人挥手送行。”拴在船尾的大艇在海水中发疯似的跳荡，皮尔切先生也许受了感染越发慷慨激昂起来。

别人也带着忧郁的情绪出谋划策。平常一双双肌肉发达、团结一致的大手这天早晨却很难合作。

这时人们看见波迪欧船长一边系扣子一边从海图室的残骸中往外走,所剩无几的头发都在飞扬。如果夜幕降临时,罗克斯巴勒夫妇觉得船长已经放弃他的指挥权,那么习惯正驱使他在这可能产生致命后果的危险时刻担负起这份责任。他踉踉跄跄,就像一个梦游者走进一场噩梦的核心。到达那里之后,他用一种平静、苍老但训练有素的声音发号施令,让人把那条大艇从水中弄起来,就好像这是可能办到的事情。但是他非这样做不可。为了使人们期待他创造的奇迹出现,他自己也伸出手去助一臂之力。

奇迹几乎发生了。这条怪诞的大艇的船头翘了起来,整个船身也露出水面可是又扑通一声落入水中。水花四起、溅在他们淌着汗水的脸上。有一刹那,大海浅绿色的脸庞上嘴唇撇了一下,珊瑚礁的巨齿啃噬着大艇。人们奋力搏击,大艇第二次从水中升起,它悬垂在一双双缠结在一起的手中。人们手指苍白,身体抽搐变形,如果必要,他们也许会用自己的内脏拴牢这条大艇。

大艇任性地僵持着,它的"追求者"们的肌肉仿佛要撕裂,肺仿佛要在备受折磨的肋骨后面爆炸。然后,它猛地升到一个谁都不曾指望的高度。又停了一会儿,死沉的艇身几乎要把一半的船员累死。它摇摇晃晃继续上升,事实上是在海空航行,然后轻轻擦过大船的舷墙,冲上颤动的甲板。

折腾完毕后,好几个船员毫不掩饰四肢和面孔的颤抖。他们喋喋不休地谈着,有一个膀大腰圆的家伙从人群中走开,在甲板上坐下,两手抱着脑袋,双脚呈八字形摆开,就像巨大的黄颜色的爪子,支撑他在已经倾斜的甲板上坐稳。

大艇终于失而复得了。

整整一个早晨直到午前，人们都忙着修理这条有毛病的船。粮食储备工作在水手长的监督下进行。罗克斯巴勒先生加入了小伙子们传递东西的行列。他们从船舱下面搬上一桶桶的咸牛肉、咸猪肉和已经发霉的大块面包，以及装在小颈大瓶里的淡水，武装舢板同时为大艇补充储藏的物品——因为匆忙，急于下水，大艇装的东西不够。或者说，罗克斯巴勒先生在做出这些帮忙的动作时，思绪万千宛若潮水涨落。甲板下面，那永无休止几乎是悄无声息地拍打着船体的波浪让他想起许多他在年轻时躺卧过的寂然无声的房屋。那时他在夜光中辗转反侧，毫无睡意，早在亲身经历之前，他那焦躁发热的感官就已体会了船只遇难的种种恐惧。

罗克斯巴勒先生显得很平静，事实上他确实觉得很平静，因为他不习惯的体力劳动清除了他那些更为难缠的古怪念头。相反，他周围有几位身强力壮的船员正为即将面对的一切浑身颤抖，尽管他们极力想笑一笑。他看见他们短粗而强壮的脖子上起了一层鸡皮疙瘩。

将近中午，他又回到妻子身边，她正斜倚在舷墙上，一只结实的手遮挡着阳光，向远方凝望。她瞥了他一眼。他惊讶地注意到，岁月的风风雨雨已在她的眼角和嘴角磨蚀出细细的皱纹。

“你必须找个地方坐下来歇一歇。”他下命令似的说，“这一片喧闹会把你累垮的。”

他是不是想甩掉她呢？

她看着他，两个人心照不宣，他只有在迫不得已的时候才会离开她。

她伸出一只手，碰了碰他的袖子，坦白道：“我想我们不再有资格做决定了。”

他们俩也许都经受了风吹雨打，或者说都成熟了，而且没有停留在肤浅的表面。摇摆不定的阳光晒干了他们脸上的盐分，他们的思想也因此显得越发难以捉摸。罗克斯巴勒太太的手上最惹人注目的是那几个戒指，上面结了薄薄的一层盐垢和灰粉，她是为了安全才戴这几个戒指的。戒指并不算多（新婚的兴奋与激动过后，她就没怎么积攒宝石戒指），但是现在它们闪烁着那么不自然的光彩。

“你戴它们干吗？”他问。

“为什么不戴？难道我应该把它们扔进大海？”

两个人一起笑了起来。对命运的近乎冷漠的感觉暂时主宰着他们的肉体。罗克斯巴勒太太斜倚舷墙的姿势不无邋遢懒散的派头。她那顶小竹篮似的帽子已不再对称，裙边上好几英寸的针脚已经脱落，结果裙子像一个环状物吊在腰间摇摇欲坠岌岌可危。如果说奥斯汀·罗克斯巴勒的模样端正得多，那是因为他趁两个人大笑的时机，在她身上短促地却是美滋滋地靠了一会儿，好像那里只有他们俩，或者他们是在一片黑暗之中。

她终于叹了一口气，心情十分烦躁。“你说我们能脱险吗？”那口气好像在担心马车夫的迟钝会耽误他们去参加她所组织的一次野餐。

“他们能对付的！”虽然奥斯汀·罗克斯巴勒愤世嫉俗又墨守成规，即使此时此刻也不愿意承认这一点，但他对工人阶级还是充满了信心。

斯珀吉恩送饭的时候神情最为阴郁。现在他又给他们送来一点食物还有一句不无警告的话。“给你们点东西嚼嚼。”他喃喃着说。

罗克斯巴勒先生一边接过一块硬邦邦的饼干和一两片裹着一圈灰色脂肪的牛肉,一边说他连一点胃口也没有。

出于另外一种习惯,罗克斯巴勒太太或许一直打算促使斯珀吉恩重新接受他们在客厅里的那种女主人和男仆的关系,但是这位乘务长好像对此一无所知,很快便走了。

有的船员因为饿得要命也因为害怕很快就没有东西可吃,急匆匆地往嘴里塞着食物。另外一些人一边修理那条大艇,一边不顾一切地狼吞虎咽,即使站在那儿旁观的人也经常在还用不着的时候,就递过去一件工具,或者以近乎夸张的认真轮流搅拌那口熬补船缝时起主要作用的焦油沥青的锅。还有一两个人支撑着沉重的眼皮微笑着,似乎被吸进去的柏油的气味麻醉了,或者被那只不停转动的漆黑的“眼珠”催眠了,对未来的一切都麻木不仁。

罗克斯巴勒夫妇一边在旁观看,等待,一边按照斯珀吉恩的叮嘱吃了起来。尽管罗克斯巴勒太太在咽下一口散发着恶臭的肥肉时直反胃,而且他们的牙缝里塞着瘦肉的碎屑,但是咀嚼的动作使他们惊慌的灵魂得以平静。饼干比肉更苦涩,但是啃起来,吮起来还算方便,嚼成没有味道的面糊后沿食道“顺流而下”,在已经苏醒的胃里刺激起一种伤感的满足。

下午,船员们结束了修补那条破艇的工作。他们用铅皮、皮革和破毯子堵住漏洞,然后在上面涂了许多沥青。直到下午五点以后,大艇和舢板才离开大船的残骸下水。皮尔切先生负责那条小舢板,跟他同船的有水手长、四个水手,还有另外一个小伙子。波迪欧船长上了那条大艇,同船的有大副,乘务长斯珀吉恩,一个木匠,五位水手,小伙计奥斯瓦尔德·迪格南姆,再加上两位乘客。两条船离开“布利斯托尔少女号”时,幸存者们谁也无法相信这一切是真的。他们迷惑不解的目光似乎表达了这样一种心情。他们要么紧紧地、愤怒地闭着嘴巴,要么耷拉着嘴唇,一副受了伤害、无可奈何的样子。

也许在所有这些人当中,罗克斯巴勒太太最为伤感。她就这样被逐出那间狭小的舱房,那间她当作久居之地并以自己的心情、思想和占有的企图大加装点的清冷的客厅。现在她甚至无法想象那张她曾经在上面睡觉的粗糙的草垫和那面常常令人难以置信地浮现出她那张面孔的模糊不清、斑斑驳驳的镜子。

不管怎么说,他们都上了大艇和舢板。康特尼先生用他的象限仪做了一番计算,确定了一条向大陆行驶的航线——估计要向西航行 30 英里。

"再见了,'布里斯托尔少女号'!"大艇上一位船员憋足劲大声喊道。

他立刻咳嗽着大笑起来,露出残缺不全的黄牙,牙床很宽没有血色,脖子上的筋腱像防波堤一样凸现着。

罗克斯巴勒太太决心不把脑袋转过去,虽然她那么留恋那条他们正在抛弃的破船。

两条相互匹敌的小船上的船员们当着这两位上等人的面,粗鲁地对喊起来。那种喉音很粗、男人特有的铿锵有力的声音似乎给了他们勇气。

"沃平①见,纳特!"舢板上一个汉子喊道。"还沃平见呢,见面前我们早就死在其他鬼地方了。"一位到此刻为止一直沉默不语的小伙子回答道。

---

① 沃平(Wapping):伦敦的一个工业区。

“是呀。”他旁边一个头发灰白的老家伙吸了吸狮子鼻里的鼻涕，说，“还想入非非呢，我们已是叫天天不应喊地地不灵啦！”

此后船员们便又陷入沉闷。不管这样吵吵嚷嚷是为了掩饰他们内心柔弱的情感，还是为了让一位受他们控制的贵夫人大吃一惊，目的都没达到。因为这位夫人没有表露出任何耳背的迹象，却继续目光犀利地注视着环绕他们的空旷的大海，显出一种近乎夸张的兴趣。

如果艾伦·格拉雅斯憎恶他们的污言秽语，那是为了罗克斯巴勒先生的缘故——感情敏感的他或许会被触怒，或者他还会怀疑她爱听这种“男人的粗话”。不过看起来他没听见或者根本就听不懂他们都说了些什么。很快他们就全神贯注地投入到更为急切的事务中了。

离开那条大船的残骸时大海似乎还平静，可是过了一会儿海浪就以一种越来越凶猛的力量冲击着小船，一块巨大的冰糖布丁似的云彩向他们飘了过来，带着明显的、险恶的用心。太阳气势磅礴，金光闪闪，暴风雨的预兆和入夜的迹象交错混杂难以分辨。这一切和落难者中的胆怯者形成鲜明对比。朝“布利斯托尔少女号”的方向张望的人都看到了大船庞大的身躯，都会因为他们正在抛弃它而受到良心的谴责。这条船虽然倾侧于礁石之上，却仍然坚守阵地，就是在大海扬起白色巨臂，并沿船头猛地砸下来的时候也还是没有动摇。

罗克斯巴勒太太一直受人训导要培养克制能力，所以在目睹了那条船的类似于死亡的缓慢过程后，她觉得很难为此痛哭；然而，如果她还是当年那个艾伦·格拉雅斯，她也许早就哭肿了眼。不过，罗克斯巴勒太太最终还是轻声啜泣起来。她希望男人们，尤其是罗克斯巴勒先生,谁也不要看见她在哭鼻子。

“夫人,您瞧!您的围巾耷拉到船舷那边,已经被海水浸透了!”是奥斯瓦尔德·迪格南姆的声音。她注意到上船以后,他已经悄悄凑了过来,而且越凑越近。

“哦,”她叹了一口气,“围巾。”她朝男孩微笑着,就好像她正是男孩期望的仁慈的保护人。

她本来是把围巾缠在胳膊上的,此刻她早已把它忘了个一干二净。她忙把围巾揪过来,拧干被海水浸湿的穗子。

“谢谢,奥斯瓦尔德。不过,我纳闷你在这种时候还会注意到它。”

小伙子因为不解其意,又怕损害他们之间的微妙关系,所以没有回答罗克斯巴勒太太的问题。

风吹着两条船在充满凶险的航线上前进。

罗克斯巴勒太太意识到水已经从鞋底渗入,浸湿了靴面。

“罗克斯巴勒先生,”她问道,“你的脚包好了吗?”

船员们坐在那儿用一种近乎傲慢、近乎梦幻的怀疑凝视着两位乘客。

“包好了。”他向她保证,同时龇着牙试图像平常一样微笑一下。

太阳在沉入大海的最后时刻放射出耀眼的光芒。这便为奥斯汀提供了闭上眼睛的借口,他至少可以将妻子对他的明显的关心排除在外。他无法排除的是波迪欧船长的身影,于是又重新睁开眼睛。这个已经外强中干的人——他们已经将自己完全置于他的控制之下——是否仍然拥有危难之际必需的智慧和自尊?船长沉浸在损失大船的切肤之痛中难以自拔,他坐在那儿对着水平线咧嘴傻笑,直到后来突然摘掉帽子,掏出一把梳子,开始梳那几缕残存的头发。

似乎突然发生了什么了不起的大事，罗克斯巴勒太太一边用肘子碰丈夫的肋骨，一边在她坐着的那个狭窄的空间里扭来扭去。“罗克斯巴勒先生，”她喊道，尽管他就坐在身边，“我们的包呢？”她摸索着，或者说是用那双已被海水浸湿的脚朝四周探寻应该放在那里的衣箱。

他慢吞吞地回答说：“我想，我忘了。不过，艾伦，要它还有什么用呢？”他是指那本所谓的“传记”的片段，那本“牢骚满腹”的日记。（他那本埃尔泽菲尔家族出版的“维吉尔”紧贴胸口十分安全地扣在外套里面。）

罗克斯巴勒先生又一次咧嘴露出了牙齿。

“哦，天哪！”她毫不掩饰地哭喊起来，不管她这样是否当众出丑，他都会因此而感到痛惜。“那个包！我们就那么点儿东西！”

那个小伙子像个情人似的凝视着她，总也看不够。

“艾伦！艾伦！”罗克斯巴勒先生哄着她。

听他们说话的人都不解其意，更不用说波迪欧船长，他的一双眼睛注视着漫漫远方，或者说注视着前面那条劈波斩浪的舢板。

罗克斯巴勒先生已经抓住妻子的手，把自己的手指和妻子的绞在一起，使得她手上的戒指都要嵌入皮肉。小伙子对此产生了浓厚的兴趣，直愣愣地看着，直到夜幕在他们的头顶降落。

第六章

不但水手,就连他们当中那两位不谙航海的人也清楚地意识到,大艇几乎经不起什么风浪。临时凑合的帆就像一只鸟折断的翅膀起不了多大的作用。因为没有舵只好用一只桨来代替。当第一个黎明降临,他们还睡意蒙眬的时候,就连最乐观的人也无法忽视这样一个事实:他们这条船漏水了。因此,往外舀水成了这天的重要工作。那些被分配去担此重任的人干得挺卖劲,倒不是出于热心,而是怀着用这种单调的劳动麻醉自己的思想和希望。罗克斯巴勒夫妇为能参加这种强迫性劳动而感到高兴。罗克斯巴勒先生甚至发明了一种舀水的好办法。他先给妻子示范,后来居然还向船员们介绍起来。(艾伦·格拉雅斯只是一个劲儿往外舀水,弯腰曲背,脑袋几乎碰着了膝盖,没多久,舒服惯了的脊背就开始疼痛了。)

船上的人开始喜欢罗克斯巴勒夫妇了,或者说总那么轻蔑,时间长了他们也受不了。

按照人类和航海的标准,进程都是忽快忽慢。难以捉摸的"猫掌风"戏弄着临时凑成的帆,帆便和人们毫无保证的希望一起时而鼓胀,时而颤动,时而塌陷。人的力量是波迪欧船长唯一的依靠,划桨的胳膊肌肉凸起,关节脆响,划船的人出于对一位女士的尊重,尽量克制着自己不让脏话出口。

即使偶然有一两个脏字儿从船员们劳累过度的嘴皮子里迸出来,那在罗克斯巴勒太太听起来也算不了什么,这只是自从离开她出生的乡村之后渐渐忘却了的语言。罗克斯巴勒太太在默想着她给人们造成的虚假印象,这些人包括粗鲁的水手、温文尔雅的老相识,甚至她亲爱的丈夫,还有那个她宁愿不想的人。倘若关在一间四壁围绕的小屋里,她也许会继续苦思冥想折磨自己,推测在她体内播下的那粒种子的性格,不知他将承袭她好的一面还是坏的一面,他会长得像谁?此刻,在这辽阔的大海上,看到那条舢板的遭遇,她越发沮丧。心灰意冷之时,她甚至对波迪欧船长不满起来,怪他怎么偏偏挑了这样一条破船。

快到中午的时候,由于皮尔切先生动了恻隐之心,两条船之间的距离明显缩短,波迪欧船长站起来,一只手扶着临时竖起来的桅杆,另外一只手朝那条舢板上的船长打着手势。好一阵大声叫喊之后,他们开始了夹杂着许多两位乘客似懂非懂的行话的讨论。罗克斯巴勒先生对那些水手熟练的操作技巧和他们在技术方面表现出的奇迹暗自产生了敬佩,对艾伦的沮丧和悲观不以为然。最后她还是接受了他的意见,这样至少可以使她不再反感他们滔滔不绝而又难以听懂的讨论。他们讨论时她把注意力集中到开了锅似的直冒水泡的海面上,想起她以妻子和夫人的身份得到的那个玻璃门挡,看着它躺在"鸟唇居"晨室的地毯上,她曾得到许多纯真的乐趣。

"你得拖着我们走了。"波迪欧船长朝他的二副喊道。

罗克斯巴勒太太尽管感觉到二副对这一决定并不情愿,但还是准备接受船长的命令。而她,被那个绿色门挡的想象搞得非常快活,继续让它在脑海里、在船舷外面起伏翻滚的海水中萦绕盘桓。那时候,有一个名叫马蒂 · 索默顿的姑娘,短暂地服侍过她。她曾在用托盘端一杯甘露酒时被那个门挡绊倒。马蒂似乎不止一次地在端着托盘时被绊倒。她承认这是不可避免的事情,而且总是在上楼时,下楼时从不这样。

艾伦 · 格拉雅斯在阳光中、在她仍然游离其外的海景中眯起眼睛。她心里明白,应该对那位女仆报以更多的同情。因为她也曾经端着一个铁皮托盘给房客送过晚饭,在那种书籍和药瓶子组合成的高雅氛围里,紧张得差点儿摔了那个盘子。她在记忆和海水的漩涡中陷得愈深,便觉得自己那时候其实连个女仆都不如:她不过是妈妈手下的苦力,爸爸不付报酬的短工。

看见两条船已经靠得很近,她的神思才回到海面上。大艇上的一位船员扔出一条缆绳,皮尔切先生接住了。

波迪欧船长仍然直挺挺地站着,什么事情也没做。他一只手扶着桅杆,咧着嘴笑着,试图克制一种还不准备接受的道德上的痛苦。因为皮尔切的脑袋正偏在一个能专心摆弄那条缆绳的角度上,别人根本无法观察他脸上的皱纹。这皱纹深得就像画出来的黑线,在他能看见二副那张脸的时候,奥斯汀 · 罗克斯巴勒突然有了一种特别想和皮尔切接近的愿望——与其说后者身上有什么的确有裨益的闪光鼓舞了他,还不如说对后者的嫌恶驱动了他。他很想博得这个令人讨厌的家伙的欢心,但是觉得这种愿望很难实现。

拴好缆绳之后,那家伙低着头,抿着嘴,脸上露出不易觉察的微笑,一望而知,想说个笑话。但是幽默却与皮尔切无缘,他只好转过身继续对那条舢板发号施令。

他们继续挣扎着前进。

由于完全置于别人的控制之下，既没有用以消遣的书可读，又没有针线活儿可做，罗克斯巴勒夫妇只有埋头想自己的心事，甚至连谈话的慰藉也或多或少被剥夺了。因为他们俩都感觉到，他们说的那种陌生的话语是多余的，只会让船员们憎恨。于是，他们只说些无懈可击、无关痛痒的废话，比如："瞧，罗克斯巴勒先生，那不是一只信天翁吗？"或者，"一定到中午了，艾伦，你说是吗？从太阳的位置就能看出。"

谁也不能责备他们不好好表现自己，但是罗克斯巴勒太太自己心里清楚，正是在四周一片寂静时她才无所顾忌，想入非非。在静默时，她才能沉湎于、甚至炫耀她的与众不同。她强烈地感觉到这一点是在她离开"布里斯托尔少女号"熟悉的甲板，爬上大艇的时候。当时他们扶着她跨过船舷，她的一只脚摸索着踩在绳梯上，她吊在那里晃来晃去，宛若一捆让人难以置信的衣服。她怀着的那个宝贝孩子使她变得孱弱和可怜，而在平常的情况下，即使别人不知道，她心里也很清楚自己实际上非常健壮。因而，吊在这无形的牢狱之中也是件可怕的事情。那几个好心的、粗犷的男人伸出有力的手去扶她，结果却松开了她。她在绳梯上荡来荡去，不时碰在船帮上，她已经完全听从命运和把她的裙子吹得鼓鼓囊囊的海风的安排了。她似乎已经成了一口无言的钟，倘若愿意鸣奏，就会发出悲凉的丁零声。别的男人站在下面仰起脸瞪着眼睛看她的脚脖子。一个家伙把她接了下去，脸涨得通红。她两只脚刚触到结实的船板便动作麻利地隐藏了那个使他害羞的地方。在此之前她那双漂亮的、亮光闪闪的带扣靴子一直让她感到自豪。这双靴子是一两年前她去伦敦时买的。

她发现在分配给他们的极其有限的空间中他们只能摆出两种

姿势,一天以后,她仍然保持着其中的一种姿势,只要稍微动一下,脚趾就能感觉到水在靴子里嘎吱嘎吱地响着,这成了一种不乏悲凉色彩的消遣。在她没轮上舀水的时候,一片安眠药的药劲儿那么大,看见一股血从她手上的一个伤口汩汩流出也没能驱散她的睡意。她坐在那儿看人们使出浑身力气划船,甚至最粗壮的手腕子一张一弛,交替划着船桨也有一种粗犷的美。他们的动作有时整齐划一,有时乱了阵脚。她仿佛看见他们紧挨着坐在大车上(如果是过节的日子,就坐一辆二轮有顶马车)颠簸。她父亲的手以独特的方式挥动着马鞭。她终于跨过划船人的腿向前走去。当大家的眼睛再看她的时候,她垂下积着污垢的眼睑把双手放到紧身背心上,然后匆匆上路寻求帮助。要是她能不受干扰自然而然地成熟该有多好,反正她已经继承了同样皲裂的皮肤,罗克斯巴勒太太看着她的一双手,注意到自己正在回归自然,而且进程并不缓慢。

这次航海简直成了环球航行,到达海岸即使不是一场神话,也是非常遥远的事情。这期间最活跃的是男孩奥斯瓦尔德,他一会儿舀水,一会儿划桨,但是最后心里总有一个念头,坐到那个不像贵妇更像神灵的人的脚边去。他这样蹲好以后,便全神贯注地看她放在腿上的那双手。

他看到的并不是那双手现在的样子——像男人的手那样粗糙、肮脏,而是他记忆之中的那双纤纤细手,像白色雾海中嬉戏的两条光滑的令人目眩的鱼,只是隐藏着等待被人重新发现。他甚至被那双手触摸过,但当手上的珠宝向他靠近时,他却不由得战栗起来,特别是那枚镶着一窝奇特的像正在凝结的暗红色血块一样闪闪发光的钻石戒指。由于记忆中的那枚戒指,而不是套在肮脏手指上的那个“赝品”,他本来就已经发烫的面颊烧得更厉害了。

“你干得不比任何一个大男人差，奥斯瓦尔德。”罗克斯巴勒太太觉得自己是一个脑子迟钝的女人，说话时带着相应的善意。

她的心情那么冷漠，简直懒得撩起唇边的一丝头发，或者拂去掉在胸前的面包渣。即使她漠不关心地瞥了一眼，那灰色的、有的甚至已经发绿的面包渣掉在她隆起的胸脯之上，似乎也并没有什么不自然的。由于慵懒得自得其乐，她的不修边幅似乎有了合理的借口，同时她对那些划船的人以及蹲在她脚边的那个男孩的凝视不加拒绝——至少在道德上如此——也有了理由。

也许还是这种慵懒加深了她的信仰——不是对上帝，她对上帝的信奉从不拘泥于形式；也不是对她出生的那个乡村更具魅力的众神；而是对那条脐带似的连着大艇和舢板的缆绳。不，支配她去信仰那条不牢固的绳索的不只是精神与肉体力量的衰退，而是生命本身。

“你会把我们带到陆地的，”她对男孩儿说，因为他离她很近，“我们会找到淡水、帽贝、滨螺。噢，是的，这一点，我敢肯定。”

她排除了打开贝壳时割破手的可能性，已经能够体会牡蛎滑下食道的感觉。

他们在向前航行——如果的确在前进的话——有时是扯起帆比较顺利地行驶，但更多的时候是靠人力划着桨颠簸向前。这当儿，她看到了男人们紧绷着的脸庞上最轻微的抽搐、最不显眼的痉挛，以及本质上的丑陋——如果她同时也看到了他们在一阵劳累之后浑身是汗、无所顾忌地休息时那种全身放松的美。

只有在这样的时候，在她完全沉湎于她每天的“例行公事”时，奥斯瓦尔德才敢仔细研究她那张脸。他试图在那层盐垢和先前的皮肤的残痕下面探究，重建一种既真实又缥缈的美。他在一个浓雾弥漫的下午第一次发现了这种美,以后再也没有看到这种他明知道存在的——即使只能在梦幻或者浓雾之中存在的——完美。

罗克斯巴勒太太被他看得喊了起来:“你可真爱搜寻人家的思想!你想发现什么呢?”说完之后又为自己的轻率而后悔,因为小伙子已经羞得满脸通红。

一位无意之中听到这番话的水手私自闯入了本来应该仍然属于他们俩的世界。这使小伙子越发局促不安。水手说:“这个小家伙会盯得人家浑身不自在,自个儿倒满不在乎。”

纯粹是出于好脾气再加上感觉迟钝,那人踢了奥斯瓦尔德一脚。男孩因为被他最尊敬的人出卖绷着脸很不高兴。他坐在那儿把装着所有财产的帆布包抱在怀里,无法逃避出卖他的人,因为水手的膝盖和多毛的小腿像夹子一样挤压着他。

下午下起蒙蒙细雨,雨水把每一张脸,特别是罗克斯巴勒太太那张脸洗刷出了原来的样子。为了达到纯朴得愿意俯身前去抚摸男孩那张圆脸的地步,她干什么都愿意。男孩已经不像刚才那样倚在她身边了。

一阵雷声滚过,她希望这雷声能盖过她的说话声不让别人听见。她想重新恢复她和男孩的友好关系。“奥斯瓦尔德,我刚才是想起了我们那天说过的雪貂的事儿!你还记得吗?”

看起来他好像已经记不得了,要不然就是不想去回忆这事。于是她只好一个人想象雪貂那双小小的红眼睛在康沃尔的荆豆和豆荚丛中搜索、寻找那些要倒霉的兔子。

于是她又往后坐了坐,任凭雨水把自己浇湿。邪恶的雨朝他们倾泻而下似乎是自然而然的事。她已彻底向冷雨屈服。

罗克斯巴勒先生自从断定不可避免的命运已经无法改变以后

便把身子坐得笔直。他紧挨妻子坐在右舷,不管必要与否一直用一只被责任感麻木了的胳膊保护着她。要不是已被阳光和污垢弄黑,罗克斯巴勒先生细长的手指在紧紧扶住船舷时本来会像是被漂白过一般的。

“还舒服吗? 艾伦。”他已经养成问询的习惯,就好像这也是必要的。

对于奥斯汀·罗克斯巴勒来说,真正的需要是放在怀里的那本让人觉得很不方便的诗集。沉甸甸的分量和书的边角成了他唯一的安慰。他可以在一个荒无人烟的小岛上找到树荫,坐下来品尝“维吉尔”带来的快乐。

这是罗克斯巴勒先生心里暗暗存着的希望。健康状况不佳、长期便秘造成的动辄恼怒的脾气,甚至嫉妒都已经不再折磨他了。他告诉自己他不大会嫉妒一个男孩,无论后者多么遮遮掩掩。因为自从妻子经过绳梯上的一阵晃荡消失在船舷那边之后,他就猜到了男孩心中的秘密。奥斯瓦尔德·迪格南姆在等着轮到他下那条小船的时候,站在那儿眉头紧皱,克制着心中的感情,紧张地抚弄着藏在背后的八宝箱似的有束带的帆布口袋。在船员中他最婆婆妈妈,怎么也舍不得和装在那个束带用深红色麻线搓成的帆布袋里的杂七杂八的东西分手。使罗克斯巴勒先生感到满意的是他终于瞒过水手长的眼睛把它偷偷带了出来。他自己也藏着一本书,这就使得他对那一袋子秘密采取赞同的态度,同时当男孩因为他所崇拜的人已经下到那条船上,脸上浮现出难以捉摸的神情时,他也听之任之。

阴沉沉的天空下面,一页白帆无力地垂着,啪啦、啪啦地响着,船桨在桨架上发出的吱嘎声越来越大,有人朝船舷外面吐了一口唾沫,唾沫落在海面上,好像嗞嗞作响,然后被海水吞没。由于他们的思想不知转移到脑袋的哪个角落，划桨人的脸似乎一直在睡梦中旋转着。奥斯汀·罗克斯巴勒大着胆子苦思冥想弟弟加奈特身上表现出来的阳刚之美。保姆海伊斯在靠近火炉围栏的地板上放了一个坐浴的浴盆。他站起来，白皙的皮肉被火炉射出来的火光映成金色。如果在来世，奥斯汀即使傻到喝醉酒的地步，同样的情景也会栩栩如生地出现在他的眼前。在这样的时刻，他那起伏不停的喉咙简直把他噎得喘不过气来。现在，在这条无遮无拦的小船上，罗克斯巴勒先生也许被雨水灌得有些醉了。因为，他显然在大口大口地吞咽冷雨。

当然，他从来都拒绝用超出审美情趣范围的语言来评价某种欲望。因此，他把注意力集中到保护妻子的那条发麻的胳膊上，由于肚子里怀着他们的孩子，她的价值已经陡增。他觉得他爱她。因为他从来没有能够爱过任何别人，除了想象之中的童年时的兄弟。他们浑身精湿，紧紧偎依在一起，真正“血肉相连”。他一直讨厌这种措辞，认为是低级趣味，直到不可理喻的、反复无常的大自然赋予它一种已成为他依托的现实色彩。

罗克斯巴勒夫妇偎依在一起轻轻摇晃着。她开列了一张反映他们共同生活内容的清单：不是摆满韦奇伍德[①]陶瓷的珍品橱（她特别讨厌黑颜色的瓷器），不是表面光滑倒映着排列整齐的鼻烟盒和香醋盒的切宾代尔[②]式家具，也不是约翰爵士给她画的俗艳的肖像。她开列的是梨花纷飞的花雨，藏在成熟的梨里的黄蜂，一个孩子的坟墓，以及她把暖床器塞到床单中间之后，病人渐渐暖和过来

---

① 韦奇伍德（Wedgwood）：原为商标名现在一般用以指代英国一种有白色浮雕的蓝底精致陶瓷。

② 切宾代尔（Chippendale，1718—1779）：英国家具师，其家具以优美的轮廓和华丽的装饰为特点。

的窄窄的脚丫。

罗克斯巴勒太太被雨水洗刷着，懒洋洋地靠在丈夫身上，不时打个瞌睡，一直与流水为伴。她的保护人仍然十分警惕地、直挺挺地坐着看那些划船的人们。微风鼓满船帆，他们就趁机收回船桨，为了缓和一时的懈怠气氛他们抠着粗硬的手上长着的老茧，偶尔还朝船舷外面吐一口带着已经嚼得没了味道的烟草的唾沫。

不言而喻，一切都是不可避免的单调乏味。一位船员会突然把一条无所事事的腿抬起来搁到另一条腿的膝盖上，这远非他特有的姿势，倒恰如其分地表现了他的恼怒。罗克斯巴勒太太肆无忌惮地打呵欠，懒得再用一只手堵住嘴巴。她的丈夫也不想硬忍着不放屁了。不过因为眼下没有发生什么大事，他们都还觉得宽慰。

奥斯汀·罗克斯巴勒在这样保持着警惕的时候，似乎想起了所有那些他一直没有开始的或者尚未结束的工作——在他最需要表达自己思想感情的时候，憋在嘴里说不出来的支离破碎的句子，趁还有时间下决心遵循苦行主义原则，热爱所有的人，向上帝感恩，完成他那本七零八碎的自传，学习梵文、阿拉伯语、希伯来语、俄语。

至于罗克斯巴勒太太，她说不准任何此类事情曾经在她身上发生过，但是一切还是会合谋把她打下去再践踏一番。

波迪欧船长比任何人都更全神贯注地想自己的心事，而且看起来好像已经老了许多。“这是唯一的一次，”大家听见他说，“它要是沉下去就更好了。这样我们就不会留下它孤立无援地搁在那里。它要是先沉了，就谁也不会感到内疚了。”

对于他那条触礁搁浅的船的想象不但在船长的心灵深处产生了震动，而且对他肉体的其他易受痛苦折磨的部分也有影响，比如他的指关节，他总在摆弄的小疙瘩，那个弄得他畏缩不前、喃喃自语、一有可能就变换姿势的后背。

“啊，亲爱的，”他叹了一口气，“我们至少做了些补救的工作。”他伸出长满舌苔的舌头舔了舔结了一层盐垢的嘴唇，“除了别的用途之外，有个铅锤放在嘴里多多少少可以解解渴。”

由于帆船触礁加上他自己的各项功能都在衰退，他已落到别人对他只有好意的模糊地位。因此，他不得不满足于说些鼓舞船员的话。后者要么对他漠然视之，要么拿他开开玩笑，就好像他成了他们的包袱——一个年老力衰的父亲，或者思想简单的孩子。

“俺跟您讲过，不要自讨苦吃，”有一位船员劝告说，“发愁可没多大意思。”

如果有人吃吃地笑了起来，那是出于一种毫无实际意义的积德行善的愿望，并没什么恶意。船长不是没有听见，就是因为当其他一切都不中用时，即兴而生的预言、道德的戒律以及残缺不全的宗教信仰鼓舞了他。

“留神听我讲过的预言，”苦难使他越发喜欢唠唠叨叨重复自己说过的话，“应急的帆涨满了风，又有上帝做我们的靠山，今天傍晚我们肯定能登陆。”

“光有风是不能够的，这话没错，”一个家伙咕哝着说，“不过，风早就转到别的地儿去了，跟我空肚子里放的屁似的。”

波迪欧船长皱了皱眉头，“有位女士在这儿坐着呢！”他提醒道。

如果他们忘了这一点，那是因为对于眼下的困境，她和他们一样。

那位水手的话至少提醒船长他所肩负的重任。因此他开始按照习惯行使尚存的那点权威：他愿意负责口粮配给。

“罗克斯巴勒太太，”他大声喊道，“该吃她那份儿发霉的面包和咸肉了。”因为出血的牙龈和瞪着的眼睛,他的命令不太容易让人接受。他在划船人中间嘎吱嘎吱地一步一步慢慢挪动着向她走过去。僵硬的腿迈过船员们坐着的木板时,差点儿栽了个跟头。他稀里哗啦淌过让舀水的人觉得力不从心的舱底污水,把他的贡品放到她那双戴着钻戒的手中。

“再给罗克斯巴勒太太一口水喝。不过要在嘴里好好地漱一漱,亲爱的。漱一漱,解解嘴巴的干渴。在嘴里多含一会儿。这样就能让它多起点作用。”

事实上康特尼先生现在已在指挥大艇。他满脸阴郁,怒目而视,无法把目光从舢板主人的身上移开。实际上,每一个人都开始发现他的邻居在某种程度上令人讨厌。虽然罗克斯巴勒太太没有胃口,但还是把发了霉的面包塞进嘴里。她生怕自己忍耐不住,朝一个可怜巴巴的老头叫喊起来,然而就是被面包堵着也还是有可能在无言之中发泄一番。船长这边则怀疑自己一向觉得女人丑陋,只有船才给人以美感和安慰。他自己的妻子一向不过是以一种相对而言比较愚笨粗野的方式对他俯首听命而已。

第四天傍晚,罗克斯巴勒太太从白日梦中惊醒,恍恍惚惚好像听见有人在叫喊。听见这叫喊声的伙伴们很快就分辨出它的意思。舢板上的人毫无疑问已经看见了陆地。极目望去确有一条细细的海岸线。色渐浓只有到第二天早晨才能弄清他们的运气到底怎么样。但是波迪欧船长提议从他们用一个坛子装着的很少量的朗姆酒中分出一些给大家喝。

听到铁皮杯子在石头一样的嘴唇上碰撞出来的声音,罗克斯巴勒太太拿定主意,如果朗姆酒轮到她的时候还没有喝光,她一定拒绝她应该喝的那口。一阵晚风把一股臭气向她这边吹来时,爸爸的呼吸让她无法忍受。她极力忍耐着,不让胃里那点东西吐出来。但是酒香使每一个人还没沾酒的边儿就兴高采烈。光是关于酒精的理论就够振奋人心的了。等着喝酒的时候,有的人开始哼歌儿或者口中念念有词,嘟哝几句什么。有一个年轻人用身居荒漠和公海,被苦乐相间的思绪所左右时他那个阶层特有的高亢而又充满渴望的声音唱起一首歌:

哦,我在叶欧维尔采集玫瑰,
采集红红的、红红的玫瑰,
放在我真心相爱的爱人手中。
哦,我的姑娘会告诉我,
或者默默让我抚摸她的面颊,
然后我会心甘情愿去死,
死在红红的、红红的玫瑰花床上……

他的激情终于被泡沫飞溅的朗姆酒浇灭。

小伙子充满热情的歌声、他那首歌所表现的浓烈的感情和酒的醇香融合在一起,使得罗克斯巴勒太太没沾酒就有几分醉意,这也是不得已的事。可是她的丈夫并没有把铁皮杯子递给她,却把它端起来毫不犹豫地一饮而尽。这时,她下定决心不要再冒险做出任何轻率的举动。

“哈哈!”他爆发出一种半是大笑半是咳嗽的声音,“度数太高了!”大家看到几滴酒珠从他的唇髭下面喷射出来。

那一刻大多数水手都大笑起来,不是出于敌意,而是出于一种手足之情。成了外人的倒是这位妇女,因为她没有表露她是否已经承认丈夫刚刚加入的这一同盟。

但是罗克斯巴勒先生又出人意料地转入另外一个话题。他讲起年轻时候,在杜瓦讷内过的那一夜。“……我喝了太多的朗姆酒,面朝下跌倒在地上。我第一次喝那酒是一伙喜欢吵吵嚷嚷的布列塔尼渔民怂恿的。”

现在这一伙同伴中有好几个人都承认在大海那边他也曾喝得酩酊大醉,在圣玛丽、波尔佩罗、道利什,或者别的什么地方有过许多这样的夜晚。

罗克斯巴勒先生的一双眼睛因为喝了朗姆酒并回忆了往事而闪闪发光,由于有人分享这种体验他更加陶醉。

他的妻子惊讶地发现,他居然有这样一种天性。而为了讨好他的母亲,她过分殷勤地娇惯他或许压制了这种天性。他则毫无疑问把妻子看成自己精心创造的一碰即碎的工艺品,如果她认识到创造者的瑕疵和越轨之举,工艺品上面的釉彩就会碎裂。

泪水迷住罗克斯巴勒太太的眼睛。要不是意识到波迪欧船长又在那个铁杯子里倒了些酒,并且把那黑乎乎的、令人讨厌的东西送到她鼻子底下,她或许会因为看到他们相互之间居然一直像陌生人一样而垮下来的(这种状况也许会一直维持下去,直到死神夺去他们中间某一个人的生命)。离她最近的一个船员已经在船底的污水中跪了下来,举起一双手,好像准备在一场仪式中帮点什么忙。所有的人都在等这位夫人喝酒。

“罗克斯巴勒太太。”船长压低嗓门,用一种谦恭的声音请她喝酒。

大家都在看她。

“不,”罗克斯巴勒太太开口说话了,而且做出一个要推开那个散发着臭味的杯子的动作,“我滴酒不沾……哦,我!”她在厌恶中吃吃地笑着。

“艾伦,”她的丈夫说话时发出啧啧啧的声音,“出于对船长的尊敬,你至少要呷一小口,还因为,”他想了想又补充道,“全能之神把我们平平安安送上陆地。”

在那亵渎神明的一瞬间,她的脑海里升起一种幻觉,仿佛看见全能之神正在玩弄一条鱼,被鱼钩钩住的肿胀的唇正是她的,然后,她说道:“哦,天哪!你们都跟我作对。”她接过那个铁杯子,就好像那是一只银子做的圣餐杯,而且尽管直犯恶心,还是低头喝了下去。

“这,”奥斯汀·罗克斯巴勒朝他的“会众”们使了个眼色说,“才是地道的康沃尔郡人!”

丈夫居然出卖他自己的创造物——即使是在朗姆酒的影响之下——也还是让她脸红,让她大口把酒吞下。她所体会的不是罪恶的减缓,而是一团火在漫延。她既惊讶又后悔自己居然能咽下那么多酒——几乎喝到杯底朝天。

她把杯子还回去的时候,感到血液在血管里奔流,流到手指尖,流到被海水泡涨了的脚趾,尽管她身上最充满生命活力的部分——她的肚子,仍然出奇地冰冷,不为所动。

她的伙伴们对他们这位女士所表现的真诚“叹为观止”,然后又都东张西望起来。

有一个人问道:“我们那块乐土现在在哪儿呢?”

“我想还在它该在的地儿。”

罗克斯巴勒太太重新懒洋洋地靠到丈夫胸前。在她看来,这话即使够不上无可辩驳,也是唯一理想的答复。

至少夜幕已经降临,她觉得她的深蓝色的头发也在随之遁入梦乡的汪洋。当那梦幻从她的躯体飘逸而出的时候，她向自己保证：醒来的时候，我们就会发现已经到达海岸，一切都将从头开始。

如她所认定的那样，他们总算有了停泊之地，不过和先前的估计有些差距。

皮尔切先生在又一个大雾弥漫的黎明喊道："不是海岸，是一片沙洲或者一座小岛。要是能找到合适的地方，我们是不是先靠岸再说，先生？"

波迪欧船长觉得皮尔切在跟他商量这事儿，颇有点受宠若惊，便接受了这个建议。康特尼先生却满脸阴郁，闷闷不乐，小舢板的主人回头朝他们咧嘴笑了一下。

他的嘲笑——如果是嘲笑的话——使得罗克斯巴勒太太抬起手摸了摸头发，结果发现她的帽子没了。她侧着身子东张西望，好一阵折腾，还是没有找到。

"怎么了？艾伦。"她的丈夫焦急地问。

"没什么。"她回答道。

看来他并没有注意到她潮湿的头发乱七八糟地披散着，这让她感到宽慰。他仍然睡眼惺忪，而且因为被迫以一种极不规则的姿势度过这一夜，浑身僵硬。她一时冲动，伸手去取衣箱，想趁这个机会拿她的梳子和镜子，后来才想起那只箱子早就丢了。

到现在，几乎任何意外事件都可以接受了。发现坐在齐小腿深的海水里，罗克斯巴勒太太也并不惊慌。最近几个小时之内，船舱里的海水上涨了好几英寸。他们断断续续地往外舀水，不是因为成效不大，就是因为干这活儿的人都在想登陆的那个地方。罗克斯巴勒太太也终于坐了下来，去体味、欣赏那乳白色的暖意和被驯服了的海水的质地。

与此相反,波浪滚滚而来,野兽一般凶猛地拍打着礁石,看不出会有什么间隔的时候。舢板拖着那条添麻烦的大艇绕着一座珊瑚岬石寻找停泊之地时,找到的不是一个海湾而是一个平静的、不受海浪冲击的椭圆形水隈,那道弧线像瓷土一样洁白。

皮尔切先生一贯身先士卒,此刻,涉水走过温和了许多的、尽管在有的人看来还充满凶险的碎浪,很快就站在岸上朝大伙儿比画着打手势。有几个水手学着他的榜样,跳进大海,扑嗵扑嗵地拍打着浪花,等到雪白的泡沫不再没过胸口时,相互追逐起来。一踏上陆地,人们便开始拖那两条船,一边骂骂咧咧抱怨珊瑚礁扎裂了迄今为止还不曾弄破的脚。

罗克斯巴勒先生学着船员们的样子从船上跳了下去,被海水旋卷着差点儿跌倒。在那一刻她什么忙也帮不了,因为这个脆弱的游戏棒一样的人不再是她的丈夫。而且不管怎么说她自己也已经身不由己,因为那个汗毛很重的水手长正不顾她的意愿把她抱过船舷上缘。

“别管我……行不?”当她向四周扑打着希望找到一样实实在在的东西帮助她拒绝这种她的婆婆肯定不会赞同的“退场”方式时,她的一个自我这样规劝她。

她什么也没有找到,像从树枝上被人捉去一条毛毛虫似的被水手长从船里拖了出来。

“嚯——呀,嚯——呀!嚯呀!”船员们把船拖上海滩时,相互鼓励着。

有一会儿罗克斯巴勒太太从水手长的怀抱里挣脱出来,结果刚在水里踉踉跄跄走了几步,靴子就在一定是珊瑚礁的石头上绊住了,她便在那里倒了下去。她站起来时,水手长又把她揽在怀里,这回她不像一个女人倒像一只落汤鸡,所幸的是咯咯咯的笑声除了她那位沉默不语的救助者谁也没有听见。

把两条船拖上沙滩许久之后,船员们还在咒骂把他们的脚割破的血色珊瑚礁。罗克斯巴勒太太在水手长充满豪气的努力之下也终于踏上陆地。她看见由于自己的愚蠢她那双秀气的靴子(光亮皮面布靴帮)已经被切割得无法再修补了。

罗克斯巴勒先生因为在这个让人慌乱的时刻在浪花中经历了一场搏击仍然兴奋不已。他红光满面做着深呼吸。“谁能想到这会成为可能!”后来他想起妻子,走过去搂住她。“艾伦,你或许受到了伤害!”他很真诚,对此她并不怀疑。

“没有,”她让他放心,同时按照人家教给她的礼仪,郑重其事地加了一句,“谢谢,罗克斯巴勒先生。”

这群落难的人很快就发现,用“陆地”这个字眼儿来形容他们现在栖身的这座礁石实在是太夸大其词了,尽管如果能找到合适的材料,这片由磨成粉末的珊瑚积聚而成的海滩可以为他们在空闲时修补大艇提供一个场地。这里植被稀疏,更没有什么绿荫。罗克斯巴勒先生希望看到并在其中重新体会阅读《农事诗》的快乐的满目葱郁的田园风光更无从谈起。有点遮盖的地方长着的都是各种粗拉的、大海咬啮过的灰色玩意儿:被风折磨的铁丝一样坚硬的灌木丛,灰绿色的鳞片状地衣和一种发苦的野菜。看见这野菜,那些在布里斯托尔海峡和诺福克沿海长大的人们不无留恋地回想起家乡妇女们在海水退潮之后,从泥地里收获的海蓬子。

这座小岛大部分地方都很平坦,珊瑚石向东北方向渐渐隆起,只有在那个角落,渴望隐居的人才有可能获得新生。那儿的灌木比较稠密,也比较高,但是在面临强劲的海风时便畏缩得连一般人的大小都不到。没有一个地方能够集中起足够的树木为想要闭门思过的人们提供一个庇荫之地。

即使这样,出于身体和精神上的原因,从两条船上下来的人立刻四散开来。过去被他们低估了的自由不但慰藉了每一个人,还让他们茫然不知所措。人们迈开细长的、仿佛用针缝起来的腿(有的人大概天生一条腿长一条腿短,要不然就是因为企图在倾斜的船上站稳两腿变得畸形)朝相反的方向走去。他们的嘴巴因为绝望,或者因为口渴变得干扁。有的人眨巴着眼睛,试图把仍然栩栩如生闪现在他们脑海里的经历排除掉。此刻对所有的人来说压倒一切的冲动就是摆脱别人。

由于波迪欧船长对于自己权威的重新感知,他们停下了脚步。他开始像发表演说似的强调指出,他们是因为需要而不是为了取乐才把船拖上岸的,养精蓄锐一完毕,他们首要的任务便是修船。

船员们都听着,道理很简单,他们无路可逃。

“还要再储备点食物——如果周围有什么可吃的东西的话。”船长语气坚定,声音很高,很干,就像兜满风的帆在轻轻震颤。“如果真是那样的话,”他警告说,“要记住,我们是一个整体,我们的责任是分享一切。”

罗克斯巴勒太太听着这个耿直的老人的讲话,心里充满伤感。她怀疑正直、崇高的人必定比别人更频繁地蒙受痛苦,更容易心力交瘁;而且不会因此就不继续挺身而出去承受不幸与痛苦。想到这儿她开始找她的丈夫,他一定已经前去找寻他这样的个性梦寐以求的隐蔽场所。

奥斯汀・罗克斯巴勒解完已经延期的、很不通畅,而且像预料中那么痛苦的大便,心中十分痛快,便漫无目的地游逛起来。他踢着坚硬的不毛之地，只是为了重新感受一下那混沌初开的土地所带来的纯朴的快感。他边走边解开直冒热气的外套的纽扣，拥抱阳光和轻风，然后脱下外套搭在胳膊上。穿上也好，脱掉也罢，他的外套看起来像人类大多数需要一样都不相宜。人类行为的细节在这荒岛上只能成为笑柄。他告诉自己不要一意孤行做徒劳无益的事情，也因此克制了把那本被水浸泡了的埃尔泽维尔家族出版的诗集一页一页翻开，让太阳把它们晒干的冲动。他继续在一座雕像已被搬撤一空的公园里信步穿行。

小岛的最南端被切削成一道狭窄的、像刀片一样锋利的珊瑚岬脊。与之相对抗的水流用锯齿獠牙永不停息地啃噬着它。奥斯汀·罗克斯巴勒虽然已经非常憎恨大海，还是被这荒凉的海岬深深吸引了，因为后者的冷漠和贫瘠和他自己的性格有诸多相似之处（如果他愿意承认这一点的话——有时候他愿意）。头顶，从无限辽远的苍穹传来的看不见的海鸟的叫声让人听着觉得越发空幻，越发不祥。海浪因为向珊瑚礁发起进攻，样子格外凶猛狠毒。一个大概是海胆的东西一定已经死了。一道白光威胁着要揭露人性最为隐秘的角落。罗克斯巴勒先生的一切都暴露无遗。向小岛这端走去的时候，他感觉到他身上财富和地位的装饰、伦理道德的尊严与知识分子的抱负都已经被无情地剥夺殆尽。而这种无情原本就是为那些自命不凡或者尚未意识到自己矫揉造作的人准备的。现在他甚至不无心悸地怀疑忠贞的妻子对于他也无足轻重，至于他们那个尚未出生的孩子不过是对一个并不存在的事物所作的注脚。

于是这位孤独的探索者咬着牙，小心翼翼地吸着狂暴的风，明显地出着汗。他之所以一直备受折磨也许是因为牙疼而不是因为眼下自尊面临着堪称纯粹的存在或者虚无的东西的挑战。

到达目的地之后,罗克斯巴勒先生发现他有点太想当然了。为了完成殉道的最后几个步骤,他本来或许会在渐渐缩小的珊瑚岬上树一座道德的祭坛。现在却发现乘务长斯珀吉恩正四仰八叉躺在地上,好像要把他那嶙峋的瘦骨交给海风去分解。没有比这更让人吃惊、更大煞风景的事了。

"喂,斯珀吉恩!"他硬着头皮和那家伙打了个招呼,"你捷足先登了。"

乘务长动也没动,只是喊了一声:"什么?"他十分憔悴,脸泛着油灰一样的颜色,下巴上稀稀拉拉长着几缕胡子。

"我的意思是,"闯进来的人继续说,"我一点儿也没想到还会有人来这个几乎又变成汪洋大海的地方。莫非我们刚逃脱的大海对你还有这么大的吸引力?"

"你自己呢?"斯珀吉恩反问道。

看起来眼下的情形确实已把他们划入同一个类别,但是罗克斯巴勒先生拒绝接受这一点。

"啊,不!"斯珀吉恩的脑袋慢慢地摩擦着被海水碾碎的珊瑚。这些碎珊瑚下一步就要分化成沙土。"咱哪还是什么'人'。谁也不会责备咱说这话。躺在这儿的不过是一个皮囊。一把骨头,一两个臭屁。我不会打扰您多长时间的,先生。"

"你病了吗?"罗克斯巴勒先生感到责无旁贷便这样问道。

他已经拿着那本珍贵的书,在这个讨厌透顶的家伙旁边的一块石头上坐下。

"没病,"乘务长回答道,"看样子俺的日子快过完了。"

他坐起来,慢慢转动脖颈。他的同伴总觉得那脖颈会发出嘎吱嘎吱的响声。

“哦,”他一边说,一边分开头发把颈背上方的一个部位露出来,“俺要是没长疖子,可真有鬼了。这是最糟糕的兆头。海疖子。看见了吗?”

罗克斯巴勒先生不想看那玩意儿。

“那么摸一摸吧。”斯珀吉恩邀请道。

罗克斯巴勒先生拿定主意不去摸它。

斯珀吉恩继续揉他的颈背。“今儿个早上俺就知道俺没救了,哪种病也没有海疖子厉害,这玩意儿一下子就能把人折腾得没命的。”

面对着这个可怜的人,奥斯汀·罗克斯巴勒又一次意识到,他对生命的体验,和他对死亡的态度一样,一直是一种极其肤浅的认识。不过虽然如此,他还得以统治阶级一员的身份行事,因为在别人面前他仍然必须装模作样,尽管他最近颇有点大彻大悟。

“高兴点儿,老伙计!”他鼓励他,声音里回荡着某位已被他忘却的导师的腔调,“难道你不觉得……我的意思是……应该为你的夫人想想?”

这份打头阵的劝告只能使乘务长越发闷闷不乐。“俺要是有个老婆就好了。”他喃喃地说。

“从来没有?”他的同伴问道。

“没有,”斯珀吉恩说,“或者还没到时候呢,不过那有什么要紧?光棍一条睡得更踏实。一张床容不下那么多脚趾甲。”

罗克斯巴勒先生的高颧骨微微泛起红潮。“婚姻,”他建议道,“不完全是肉体的结合。我至少不愿意这么认为。”

“不是这样的话,男人养条狗也就成了。有一阵我也养过。”斯珀吉恩回忆道。

“什么品种?”尽管他并不喜欢狗,罗克斯巴勒先生对这个把他们的谈话引向更安全的道路的机会还是十分欢迎。

“不知道它具体是什么品种。只不过是一条狗罢了。它总是蹲在那儿瞅着俺。俺呢,就瞅着它。俺们俩没有什么见不得人的事儿。”

“一头忠实的动物对人的热爱最让人满足了。”罗克斯巴勒先生承认。他发现自己一定是第一次碰到了难题,说话结巴起来,“可是……从道……道德上讲,这和一个忠心耿耿的女人的爱是无法相提并论的。”

“这俺就不懂了,”乘务长回答道,“俺生来就不属于大讲道德的阶级。”

如果罗克斯巴勒先生没有听见,那是因为他心里充满了歉疚之感。因为在许多情况下,他爬上自己那条怀疑一切的、胡思乱想的小舟,却扔下别人落水淹死不管不顾。他的头发在他身后飘着,就好像真是在水面上,而不是在他的思想深处。

他振作了一下精神,对他的朋友说:“盐水能消毒。有人这样说过。”他清了一下喉咙,“你试着用盐水擦过吗?”

“擦什么?”

“当然是擦疖子了!”罗克斯巴勒先生为自己的灵感洋洋得意,决心忽略另外一个人的愚钝。

“长上这玩意儿,一点儿办法也没有了。”斯珀吉恩十分轻蔑地哼了哼鼻子,或许不等他的同伴意识到什么,就已经提高了他的社会地位。

“可是要是不试一下谁知道呢,我的老伙计?上天赐予我们的纠正错误的能力本来就是要付诸实践的。”

罗克斯巴勒先生本来会很费一番口舌解释他是怎样得到这个听起来既神秘又有理有据的药方的，但是斯珀吉恩由于天生愚昧无知，看起来越发闷闷不乐。

乘务长坐在那儿看这个愚蠢的绅士出于一片好意沿着珊瑚礁的坡道向大海走去。一朵浪花扑面而来，罗克斯巴勒先生弯下腰，把手伸进大海。

等这位“医师”回到病人身边，他手里捧着的水已经没有多少了。

“解开！快！长疖子那块儿！”罗克斯巴勒先生大声喊道，他心里的信仰之火一经点燃便熊熊燃烧起来。

因为生性消沉，斯珀吉恩并没有表现出什么激动，只是伸长脖颈去接受盐水的功效。

罗克斯巴勒先生先前并不想碰那个疖子，现在却不得不碰它了，要不然那点少得可怜的水就漏光了。于是他动手干了起来，一开始小心翼翼，因为感到恶心，一副愁眉苦脸的样子，所幸他的病人没有看见这一切。他用僵硬、瘦削的手指擦洗着，直到这种动作开始让人——当然不见得是病人，毫无疑问是“医生”——感到舒心。

踏上这座荒岛以后，奥斯汀·罗克斯巴勒先生还是第一次意识到血液在他的血管里奔流。由于感激，他心潮澎湃，以至于激动到应受谴责的地步。他感激的不只是这个起媒体作用的、令人讨厌的乘务长斯珀吉恩，还有他那位不在身边的妻子和他们尚未出生的奇迹一般的孩子。

他甚至仔细看了看那个乘务长断言会变成疖子的发红的肿块。

“我把你弄疼了吗？斯珀吉恩。”

“是的。”

这个理由足以结束他的治疗了。此后,他们肩并肩坐着休息了一会儿,然后罗克斯巴勒先生第二次灵感突发。

“你知道用什么吗?肥皂!”

“肥皂?干吗?”

“要是能弄点肥皂就好了。”

“为了补那条该死的大艇,他们带了点儿肥皂。”

“可是还得有点儿砂糖。”

“俺有点砂糖……要是没化了的话……那是为了把俺的那份朗姆酒弄甜。”

“众所周知,肥皂加糖,辛普森,有化淤的功能。”

乘务长本来不大想迎合一位偏执的绅士一时的怪念头,但是,眼下有人做伴儿总能轻松点儿,不管这个人在常人眼里多么不受欢迎。一想到人们的非难、盐水的擦洗、肥皂加砂糖做成的泥敷剂的模样以及一种世人不能容忍的友情的刺激,斯珀吉恩便浑身直起鸡皮疙瘩。

奥斯汀・罗克斯巴勒则因为他的灵感激动得发抖。事实上,这一切都应当归功于老保姆海伊斯。弟弟加奈特被一个生了锈的铁钉子划破胳膊之后她曾经用这种办法吸伤口里的脓。

由于她自己的需要得到了满足,丈夫又不见踪影,罗克斯巴勒太太就去找他。与此同时,她无法否认她体会到一种幽居独处的美妙乐趣,尽管被海水浸透了的衣衫紧紧裹在身上,靴子割得尽是口子,乱蓬蓬的头发缠结在一起,怎么也不听管来。她看起来一定像个蹑手蹑脚在丛林穿行的邋遢女人。她怀疑她那双秀气的靴子一定就是特里菲娜姨妈说的那种“中看不中用的东西”。她这样溜达的时候,太阳向她大献殷勤,风尽管还很强劲,但不像在大海时那样充满复仇的心理。它们温暖地烘干她身上的衣服,同时在做这些善举的时候,似乎把她装进一个蒸发着水汽的大袋子里。因此,她很可能正在记忆中故乡荒原的某个宜人的早晨漫步而行,只是荆豆和豆荚已被更加野蛮地揪扯着她的灌木丛所代替。饥饿的藤蔓为没有戒备的脚踝撒下了罗网,蜥蜴和石头相处得更为和睦。

但是,她终于为她的孩子感到满足,而且充满希望——他不但能经得起不再是命中注定要毁灭的航行中各种具体的艰难困苦的考验,而且经得起那些会对他的五官品头论足的人们道德的裁决。她祈祷,不管自己身上有什么缺点,这孩子都只能是他们俩的,与别的任何人都无关。

她在一道相对而言比较陡峭的坡上放慢脚步,吃力地气喘吁吁地走着。天气的变化告诉她,她已经来到这座小岛最容易受到风雨侵袭的一面。狂风猛烈地吹着她,她的头发在空中飘扬,衣服兜满了风,她被风吹得在摇晃不停但对风吹雨打已比较习惯的灌木丛里直打转。她本来想马上转身回去,但是一个仿佛是鸟叫的声音变成了人的呼喊。她朝下张望石岬伸向大海的地方,看见一个人正挥动着胳膊吸引她的注意。那人又朝她叫喊起来——她听出是奥斯瓦尔德·迪格南姆的声音。她慢慢地向他那边爬下去,为了躲避扑面而来的大风,她很不自然地侧着身子走着,但毫无用处。也许因为恐惧突然涌上心头,也许因为一想到这种要求不高、只能给寂寞增添几分祝福的伙伴关系,她的心里便翻腾起喜悦的浪花,她不由得打了几个趔趄。

奥斯瓦尔德被风吹着,很快就来到她的面前,还带来一身的水汽。他张开一只紧握着的手,把一团乱七八糟的虾蟹之类的东西送到了她的面前。这些玩意儿一定是从它们的藏身之地弄来的。

“这是给您的,罗克斯巴勒太太。”他气喘吁吁,声音几乎像个女孩子。

“哦,可是船长说过,找到的东西应该大伙儿分着吃。”她答话时一副说教的口气。

“谁会知道呢?”男孩问,“要是您不来,我自个儿就都吃了,别的人也都是这样。”

由于他那天生白嫩的皮肤已在航海中变得红肿,听了罗克斯巴勒太太这番并不全是责难的话,他便越发显得义愤填膺。

“是啊,”她叹了一口气,“我想,我们大家都很虚弱。”不过她没再添一句“我是最虚弱的”,因为他还是个孩子。

她克服了最初那种想要呕吐的感觉,从奥斯瓦尔德的手心里抓过那团还在微微颤抖的缺胳膊少腿的虾蟹一口吞了下去。使她惊恐的是,有些壳和肉一起咽了下去,另外一些碎屑她用舌头卷住吐了出来。她感觉到唾液在下巴上流淌。

这回轮到奥斯瓦尔德·迪格南姆微笑着表示他的愉快和赞许。

她从那张微微颤动,有点畏缩,正在观察她的面孔看出,他又坠入了爱河。她真想捧起他那颗充满激情的脑袋,就像她曾在茫茫大海上在一个大雾弥漫的下午抵不住那份诱惑对这颗无精打采的头颅百般爱抚一样。

她没这么做,相反,以一种他或许早已料到的死板的俗套喃喃地说:“谢谢你,奥斯瓦尔德,你确实是我的朋友。我希望你永远能这样。”她说这话的时候,觉得肚子里的孩子动了动,好像在对某种感情联系做出反应。

奥斯瓦尔德陷得更深了。凝结在眉毛上的一颗颗盐粒明显地变成了一滴滴水珠,她眼看着它们落到他的面颊上。

"那儿还有呢,罗克斯巴勒太太,"尽管舌根肿胀,他还是在说话,"您要是能等一会儿,我再去给您弄点儿。"

他又跑回到石岬边缘,她等待着他再来进贡。也许任何别的人,甚至她的丈夫都不会这样恭维她,所以她只能报之以微笑,至于是因为虚荣得到了满足还是因为心里的柔情得到了抚慰,都不是眼下需要考虑的问题。

奥斯瓦尔德一到水边就开始用一块石头敲珊瑚礁。看见他蹲在那儿的小小的身影,她把自己的身体箍得更紧了。如果他真是她的儿子,而不是一个小情人,她一定会把他喊回来,在这种情况之下,她继续看着,由于说不清是感到快乐还是觉得焦急,两片嘴唇半张着。突然大海涨潮了——现在在她看来,以一种只是暂时中止的威力汹涌而来——一下子把他从本来就很不牢靠地蹲在上面的岩石边卷了下去。

奥斯瓦尔德被波浪冲走了,充其量不过是人类的一个牺牲品,从最坏的意义上讲则是一件再也没有什么用处的物品。他仍然和命运抗争着,时而浮出水面,时而被波浪吞没。他紧紧握着一双拳头,胳膊几次伸出水面,嘴唇翕动着,抗议天赋特权的深不可测,直到大海用一个透明的塞子堵住他的嘴巴。尽管他还被涡穴间奔腾翻滚的浪花旋卷着,甩打着,她心里清楚她永远不会再见到他了,除非他的阴魂被强制着走出她那已经有太多鬼魂出没的记忆。

在她的衣服、肉体,以及各种无形的危险的摆布下,艾伦·格拉雅斯喊叫着跑向水边,一个腾空而起的浪头把她赶了回去,她站在那儿徒劳地饮泣,但很快便用拳头堵上了嘴巴。她比什么时候都清楚地认识到,除了屈服,别无选择。

但是依照人类在理性思维告诉他们条件对他们不利时都要遵循的惯例,她已经回转身去找人救那孩子了。她拼命奔跑,攀援,脚步不稳,手里大把大把地抓着野草;她步履蹒跚,跌倒再爬起来,一瘸一拐走完最后一段路,终于回到船员们正在有条不紊地修船的地方。

船员们正用肥皂、油脂和杂草的混合物堵大艇上面的缝,听到她的叫喊声都有点迷惑不解。有三四个人似乎意识到发生了什么事情,但是他们当中只有两个人对罗克斯巴勒太太的哀求做出反应,跟康特尼先生一块儿去找奥斯瓦尔德。别人不想听到也不想知道这件事。由于他们已经承受的一切和他们也许还要继续经受的苦难,奥斯瓦尔德・迪格南姆这个人已经从人们的意识中消失了。登上男孩失踪的那座石岬后,前来救援的人在岬顶无精打采地走来走去,一边眯缝着眼睛在海面上搜寻,一边嘟嘟哝哝念叨着什么。只有罗克斯巴勒太太知道不幸已经发生,但是又无法说服这些昏头涨脑的——如果不是不愿相信她的——船员,更不用说怂恿他们去做她自己都不知道是什么的事情。

她痛苦不堪,而且觉得很不舒服,所以能独自待在船员们用船帆临时为她搭起来的一个篷子里休息便感到心满意足。粗糙的帆布和蚂蚁的气味,还有飞来飞去的苍蝇都没有对她产生丝毫的影响,她一定打了个盹,做伴的是她鼓胀的肚子,还有她那些死去的孩子的幽灵。她甚至没有想起,已经有好几个小时没有看见她的丈夫了。

给大艇捻缝的工作正在进行,虽然与大副自作主张的指挥并不完全一致,但与后者,而且时断时续地与波迪欧船长那些超然的希望反倒能够齐头并进。就在这时,罗克斯巴勒先生和斯珀吉恩向正忙碌着的人们走了过来。由于分享着秘密,两人脸上的表情让人想起带着虚张声势的假面回家的满心内疚的醉鬼。手头有更要紧的活计的人们没理会他们,也没有告诉他们奥斯瓦尔德·迪格南姆的死讯,虽然他是乘务长的小帮手,也是罗克斯巴勒太太悲伤不已的原因。水手们更加卖力地埋头工作,康特尼先生则加倍努力施加他那多余的权威。至于波迪欧船长,因为要寻找一条上苍很可能不会赐予他们的生路,脑子重新开动起来。

“无论如何,我要是和船一起沉没了该多好。但上帝不会对我的成绩视而不见。或者说上帝会这样?”这个可怜的老人站着审视毫无反应的海面,眼睛让人想起早已没有活气的鲻鱼。

罗克斯巴勒先生和斯珀吉恩继续为他们的秘密使命微笑着。趁大家都在全神贯注地忙碌,很容易搞到一点珍贵的肥皂,同时斯珀吉恩弄来了他偷偷藏起来的砂糖。接着他们退到离宿营地较远的安全可靠的地方,继续他们自己的更为机密的“仪式”。

奥斯汀·罗克斯巴勒正把肥皂和砂糖和在一起捏成一个柔韧的小球。他那么入迷,似乎在给那块生着蛆、出着汗的脏地方施法术。

斯珀吉恩完全惊呆了。“咱们咋能使这玩意儿不从俺的脖子上掉下来?”

“等着吧!”

当这药被揉成一种令人恶心的黏稠状的东西时,“医师”把它放在病人手里,然后摸索着揪出他那件质地优良的亚麻衬衣的后襟,从那上面响亮有力地扯下一条。看到一位绅士竟有这样的举动,乘务长惊得大张着嘴,粗重地呼吸着。罗克斯巴勒先生把“药”敷到乘务长颈背已经发炎的肿块上,然后用那条亚麻布在脖子上绕了好几圈,把那个地方包扎起来。他一边这么做一边叹着气。他已经逐渐喜欢上斯珀吉恩的疖子,因为这玩意儿使他有机会发现自己身上起码有一种值得称赞的美德。

他们一起坐了一会儿,彼此似看非看。斯珀吉恩垂下眼睛,以掩饰那即将流溢出来的感激之情。

"嗯,等着瞧吧,老伙计!"罗克斯巴勒先生用一个正恢复其正常精神状态和社会地位的人特有的轻快愉悦的声音说道。

说完,他呵欠连天,牙龈和长牙都露了出来。他觉着他的下巴几乎脱臼。他想象呵欠打得太厉害很可能会造成这种后果。因此他踉踉跄跄站起来,想起已经好几个小时没有看见他的妻子了。

一到宿营地,人们指指画画,让他到临时凑合成的帐篷里去,并且告诉他,罗克斯巴勒太太正在那里休息。

她岂止是在休息。他掀起松松垮垮的帆布门帘,准备向妻子讲述那个疖子的故事以及他在其中扮演的角色——虽然不包括故事最深层次上的含义,而且微妙的神秘直觉本来也会阻止他透露有关他的内心秘密的。但她似乎已在酣睡,而且似乎睡得很沉,他便有点愠怒地在她旁边躺下。

突然罗克斯巴勒太太惊恐地翻身坐起,大声喊道:"都赖俺!要不然他咋会去呢?"她仍然闭着双眼,一条向外甩的胳膊打在丈夫脸上。

罗克斯巴勒先生疼得浑身一抖,身子畏缩了一下;由于鼻子也受了打击,还打了个喷嚏。"求求你,艾伦!"他抗议道,"很明显你做了个噩梦,但我为什么要跟着受罪?"

"不,"她坐着浑身发抖,知觉在慢慢恢复,"我没法控制自己。"

由于她那个有声有色的梦,船舱服务员的死亡成了一项重大的损失,在她心中唤起一种共鸣的需求和被爱的渴望。这激励她向这个唯一的和她亲近到会对她的悲哀做出反应的人倾诉那个伤心的故事;如果水流把他们吞没了,他们一定会因为彼此的爱恋获得新生,增强力量,走出深渊。

要不是她已经看出罗克斯巴勒先生并不情愿,她本来会希望事情这样发展的。虽然他正从她给他的那一记有失尊严的耳光中恢复过来,但他似乎已经退回到他们两人的感情联系中最遥远的角落;他躺在那里,脸上挂着勉强可以觉察的笑容,因为什么她无从知晓。不管怎么样,这不是告诉他奥斯瓦尔德死讯的时候。

相反,她依偎在他身上,把嘴巴凑到他半张的双唇间,低声说道:"你知道我不会故意伤害你的。"然后,他伸出双臂拥抱她,她则轻轻摇晃,爱抚着他,这似乎正是他所希望的事情,而她因男孩的死亡而生的忧伤也暂时得到了缓和。

帆布帐篷里的光线越来越暗了,罗克斯巴勒先生呼吸粗重地酣睡着。外面,男人们正在讨论第二天早晨的计划——有波迪欧船长和康特尼先生的声音,还有不那么频繁响起的皮尔切先生的嗓门。船长的意见是朝大陆方向行驶,登陆后向莫顿湾进发,其间,考虑到大艇几乎经不起什么风浪,同时需要经常补充有限的淡水,他们应该自始至终不远离海岸线。

康特尼先生很干脆地同意了,皮尔切先生比较犹豫。

大家请他陈述他有哪些保留时,他回答道:"我同意——嗯——任何——合乎情理的——建议,再说水和任何东西同样重要。"他的回答也是合情合理的,但罗克斯巴勒太太觉得,因为某种原因,他的话很让人灰心丧气。

虽然男人们应该计划未来——这点至关重要，但他们进行商议时特有的男高音开始让她感到厌烦，尤其是有关水的谈论加剧了难以忍受的干渴，而这正在成为她自己这方面日益迫切的难题。

她站起身，全然忘了帐篷的高度，结果又被迫双膝跪下，手足并用地从开口处爬出来，头发在面孔周围一缕一缕地垂下来，她那条沉重的裙子则拖在身后，宛若巨型蜥蜴身后拖着的尾巴，在沙地上留下一道深深的印痕。围坐在海图旁的男人们神情专注地研究着计划，似乎并没有人发现一个匍匐而行的女人。

直起身后罗克斯巴勒太太在头发的掩护下很得体地从他们旁边经过，朝两条小船的方向走去。这里也一样，一群四仰八叉躺在沙滩上的水手根本没有注意她；他们一边忧郁地把一块块厚实的珊瑚扔向大海，一边低声交谈着，不时突然提高嗓门说起老家和食物。

罗克斯巴勒太太没有引起注意就走了过去，因为光线逐渐暗淡却仍然在一些物体的表面徘徊不去，结果使这些物体都夸张变形，比如上面铺着那张破烂地图的多孔的巨型珊瑚枝，他们那两条在正常情况下就结构松散、弱不禁风的小船。光的幻觉把后者变成一对愁眉苦脸的废船，与此相一致，同样的调整过程把灌木丛挪近了许多，突出了像垃圾一样扔在那里的碎贝壳被海水冲蚀过的颜色，深化了皮尔切先生脸上的皱纹，并把人的注意力引向一个水手脚趾上一撮撮的汗毛。她浑身邋遢地悄悄溜走时想象自己这副模样肯定像毛发蓬乱、不干好事、专做叼回猎物勾当的猎犬或水獚。

在两条船周围仔细嗅探时，她觉得是直觉在引导自己狡诈行事。她觉得这么做并不完全是出于自私（她确实是想为那个依赖她的不讲实际的人取点水），但根据波迪欧船长的准则，这种行为仍然属于不能允许之列。于是她鬼鬼祟祟地从堵船缝的人们抛弃在艇上的用具中找到了她需要的东西。她把小杯藏在披肩下,又蹑手蹑脚地往回走去。

到处都有鸟儿颤巍巍地从灌木丛中飞出来。有一只鸟用草在沙地的一个洞穴中筑了巢,它在里面张开嘴巴嘶嘶嘶地叫着表示它不欢迎的态度。再往前走,她发现有个鸟巢是空的,便在旁边双膝跪下。她弄碎一只鸟蛋,里面是正在腐烂的胚胎。她难受得几乎要干呕。她步履蹒跚,不断踩着裙边。

她相信是由于神灵的指点她来到了一个浅碟形凹石边,里面的水在闪着光。她尝了一下,觉得水是甜的,便赶忙把披肩浸到里面,然后把水拧到那只铁皮杯子中,自己只是吮着把水从凹石中吸走的羊毛穗子。再往前走,她又发现在其他水潭中也有少得可怜的点滴的水,便用同样的办法把水弄到杯子中。

她正站着若有所思地吮披肩穗子,突然听见身后响起一阵脚步声,同时有人开始说话。

"罗克斯巴勒太太要干什么?"

她没回头就知道来人是皮尔切先生。别的人谁也不会向与自己不大投合的对象表示这么大的轻蔑。

她转身面对他时,根本没有想隐藏那只已装了半杯水的杯子。皮尔切先生的直觉肯定已经告诉他这只杯子的来龙去脉。

"贵人们在为自己搜刮掠夺,嗯?"他一看到杯子便这样评论。

"如果我只是为丈夫——他身体很弱——弄半杯雨水,那肯定不会伤害任何人吧?"

"像你老公那样的人,整天没事干,完全可以美滋滋地胡思乱想。"

他伸手夺过杯子一饮而尽。

“对你们俩我都是这个看法,”他把杯子还给她,“任何人都有和你们一样的权利。”

“如果那是你的感觉的话,”她让了一步,而她那个康沃尔的自我则挣扎着竭力不让自己发作,“你必须遵守你的准则。我想这些准则也是我的,而雨水可以供任何人自由享用——如果有人愿意这么做的话。”

“那么你可以再给我弄一杯水——不管你想不想这么做。”

“我不是你的仆人。”

“如果我们不被蛆虫或鲨鱼吃掉,你也许会是的。没几个仆人只有一个主人。”

“你在生活中受过什么伤害,使你如此急怨别人?”

“不是怨恨——是实在——在你们这号人看来根本不存在的东西我都见过。”

“你这么说也纯粹是在想象,”罗克斯巴勒太太说,“比如我的情况就不完全像你想象的那样。我知道也理解艰辛,而且能处之泰然。虽然我已远离艰苦生活,但我仍然记得冬天里一块小夹饼就是一种奢侈享受的那些夜晚。”

“那么,我想象你以前是个讨他欢心的仆人也没错吧?”皮尔切先生从来没有像此刻这样充满恶意,令人作呕。

“我从来不是任何人的奴仆。如果罗克斯巴勒先生请我做他的妻子,我相信那是因为他爱我。在某种程度上,我是出于感激,但我是自觉自愿侍候一个我所尊敬……并且热爱的人的!”她补充说。

他们的谈话和她卑微的,因而就是不真实的过去有关。在这个意义上交谈,便很可能是“想象的”。他们这么忙着说话时,阴影已把人们团团笼罩。现在,一轮明月正在升起,仿佛她婆婆喜欢插在花瓶里的奖章一般的单瓣缎花属植物,因为这种花非常可靠,而且不需要人们进一步照管它。对于那些既没有研究过其面容又不懂其特色的人来说,此刻的月亮附在元气丧尽的天空上,也许算得上晶莹透明了。

罗克斯巴勒太太觉得自己已经战胜了对手便准备脱身。“我丈夫在等我。”

但她意识到二副的眼睛正像她那双拿着空杯的手一样在闪闪发光。

他指着她的戒指说:“可以给我一个吗?”

“你为什么要这玩意儿?”

“留个纪念呗!”他大笑道,脸上一副尴尬的神情。

“也许我们永远没有苏醒之日! 即使有,你难道还想记住这个噩梦?”

“我不是能生活在梦中的人,要是有一点东西作依靠,将来碰到什么麻烦也好有条活路。”他一边说一边俯身拨弄那一窝石榴石。

“拿去吧!”她说,“它们对我不再有什么用途,因为这一点,我从来没有觉得它们真是我的。”

她伸出手,而他简直是一把将戒指撸了下来,然后戴在一个小指上。他对着光端详这个戒指时,那些石榴石冲他直冒怒火。

“现在你也可以算作有产阶级的一员了。”她逃开时告诉他。

在她回营地去塞一口发臭的咸猪肉的路途中,她的裙子扫过珊瑚礁,擦过灌木丛,一直与她紧紧相伴。

黎明前的微光中,罗克斯巴勒夫妇被一阵人声和帆布抖动的声音惊醒了。他们发现栖身的帐篷正在被人拆除。忙碌着的人们对他们并无恶意,有个人甚至因为他们给“房客”造成种种不便而表示歉意。

“水手长会骂我们的，”他解释说，“要是船长做完祈祷我们还没有把东西收起来的话。”

罗克斯巴勒先生因为水手开的这个玩笑开怀大笑起来，然后在脑子里记上一笔，要在合适的时候代他们所有人向造物主致意。自从有了做祈祷的最迫切的需要之后，他很惭愧地意识到，他已经放弃了祈祷的习惯。但妻子的祈祷中无疑有他一份。他一直怀疑，由于女人们努力想和上帝建立一种比较亲近又富于感情的关系，她们做祈祷时就容易得多。那么情况真是这样吗？人到底能对什么事情有把握呢？

这番沉思默想过后他心里十分烦躁。“艾伦，你要是不起来，就会惹起他们对我们的反感。事实上，他们本来也不会有好脾气。”

“对。”她睡意蒙眬地咕哝着，却无法在弥漫于睡和醒之间的那一片回味无穷的蒙蒙灰色中让自己振作起来。即使万军之主耶和华因为她的懒散飞驰而去弃他们不顾，她也振作不起来。“对。”她重复道，声音尖了些，接着动作过于迅速地坐了起来，心里纳闷在即将开始的一天该穿什么衣服。后来才意识到她已经没有什么可选择的了。

要不是她自己昏昏沉沉的脑子，也许还有皮尔切先生那副鄙夷不屑的表情都在反对她这么做，她至少会询问一下罗克斯巴勒先生的健康。她的身孕已经“居高临下”，使她对别人的关心显得无足轻重。

“要不要扶你一下？”罗克斯巴勒先生做出一副宽宏大量的样子。

她很感激他把她拉了起来；他们面对面站着，她吻了他一下。

天色仍然很暗,虽然可能没有暗到令罗克斯巴勒先生满意的地步。她能感觉到他僵硬的手指在发抖,便小心翼翼地避开他的嘴巴。

把两条船放下水时四周一片混乱:人们心情激动,满嘴脏活,皮肤撕破了,虚荣心受了伤害,仇恨也几乎不加克制地流露出来。此后,多亏船长和大副一直盼望着的那阵风他们才终于向大陆进发。但大艇仍然无精打采。康特尼先生极为不满,决定招呼一下舢板。一阵没完没了的叫喊引起舢板上的人的注意。两条船之间的距离缩短了许多,皮尔切先生很不情愿地扔过来一条缆绳。在罗克斯巴勒先生看来,康特尼先生抓住绳子时是一副孤注一掷的表情。他把绳子拴好,大艇又一次依靠舢板的大将风度,但要承认这一点——即使咬紧牙关——无疑与大副的个性格格不入。

罗克斯巴勒先生想起他做祈祷的决心,但时间又不合适。由于他最近的那番劳累,再加上在众人趁一阵猛烈拍打的波浪爬上船的混乱之中,他的眼睛被别人的胳膊肘捅了一下,他感到心跳很不正常。

想到妻子的状况,他把思绪向她这边稍稍转了一下,而且因此也受到了鼓舞,说了一句给她道德支撑的话:"亲爱的,我们可以感谢上帝又把我们向文明世界推进了几码。"

他说这话时风正在转向,一切迹象都表明这风会把他们逼出海岸推向大海。和自然界的许许多多现象一样,这暴风似乎只有某种程度的任性,此外它几乎都是受一种个人的情感或恶意所驱使。罗克斯巴勒太太大胆地想,上帝本人是否正在因为人们的世俗缺点对他们施加报复呢?

在当时的情形下,她并没有觉得丈夫不合时宜的言语给了她多少支持。在身体方面她处于最坏状态。她觉得要阻止她那颗异常沉重的脑袋垂到臃肿的肚皮和松弛的乳房之间实在是难而又难。只是她在无意中听到的在大艇和舢板之间来回反弹的谈话才引起她的注意。由于船长的各项官能再也不听使唤,康特尼先生已重新指挥大艇,而且正在严厉训斥他的下属皮尔切先生。因为后者没有采取任何措施调整他的帆和索具,以便应付这突如其来的紧急情况。

直到对峙双方难以约束自己的感情,直到她看见皮尔切先生操起一把斧头朝他们赖以活命的缆绳砍去时,罗克斯巴勒太太才被迫走出无动于衷的状态,她那双迟钝的眼睛和女人的耳朵才适应了这个与技术和男人都密切相关的场合。

缆绳一下子就被砍断了。如果上帝愿意体恤它,能力有限的大艇可以竭尽全力在自己选择的航线上挣扎。

起初,大艇上的人们谁也没有勇气表达自己的思想。虽然拖放在珊瑚礁上时,大艇已经检修过,但海水还是从受尽折磨的木板间渗了进来。一些船员因为有事可干反倒高兴,主动向艇外舀着水。罗克斯巴勒先生自愿加入了他们的行列。当别人放弃不用的铁皮杯向她漂过来时,他的妻子也这么干了起来。

干活的间歇,罗克斯巴勒先生突然想起一个问题。“那个男孩怎么样了,艾伦?他肯定没有逃到舢板上去吧?”

死亡成了家常便饭,晚香玉般的多愁善感,甚至真心实意的哀伤都可能让人觉得多余。因此她用最平淡的声调说:“没有,昨天晚上他从珊瑚礁上捡贝壳虾蟹时淹死了。”罗克斯巴勒先生在接受环境方面落后几步,因此他对妻子出人意料的麻木感到震惊:“你为什么不早点儿告诉我?”

“我忘了,”她回答道,“当时我在想别的事情。”

这不完全是真的。然而,倘若她在尚且笼罩着恐惧的时候告诉他,他会感到非常厌恶的。后来当然由于皮尔切对她乱加指责,她受了沉重打击,心烦意乱不想再提起此事。

就在这时,正在听得见恩人说话声音范围之内享受伤病员特权的斯珀吉恩被他无意之中听到的消息惊醒了。“什么——我的小帮手死了?奥斯瓦尔德是个好小伙儿。可是,哎呀!您不要怪夫人。再怎么大喊大叫也唤不回死人。”

虽然罗克斯巴勒先生对妻子竟然在一个他认为已被他俘虏的人身上找到了同盟颇感不快,还是欢迎有两个人向他保证,他们并不希望他表示正式的哀悼。

他叹了一口气,咂了一下舌头,就算尽了义务。“我是为你感到难过,艾伦。那个男孩对你忠心耿耿。”

“我喜欢他。”她简单地说道,但嗓子又一次堵得那么厉害。不管是悔恨的还是嫉妒的最细微的刺痛,奥斯汀·罗克斯巴勒都不需要去体验。

无论如何,那条拒不合作的舢板已经和大艇拉开了距离,这使大多数人际关系都变得更加虚幻。那条绳子没断时,人们对大家完好无损地坚守在一起的信心还没有动摇。但缆绳一断,起支配作用的舢板又逐渐消失,疑虑便如同乌云一般在人们的脑海中翻滚。

罗克斯巴勒先生希望他仍然保存着那本日记,这样他就可以用理性的术语探讨他的情绪,从而恢复一种道德的平衡。

现在当他们日日夜夜受着波涛的冲击拍打时,维持平衡或者恶狠狠地不让平衡出现的是海和风。至于他们前进的方向,如果问康特尼先生,他会装出一副心中有数的样子。

“我想——根据我的计算——我们在帕西岛以东 150 英里的地方。”或者说，“照这种情形看，我们在回卡姆伯兰德的路上。”或者还会说，“要是运气好的话，我们明天也许能在巴斯特德湾登陆。”

他那双清澈却相当迟钝的眼睛从来没有像此刻这样极目远眺却所见甚微。由于责任重大，留着漂亮胡须的嘴巴一带已现裂口。

而波迪欧船长则像老小孩似的在保护人的脚边蜷缩成一团。他低声笑道：“雅茅斯，巴恩斯特珀尔，哪儿都一样——这个上帝最清楚。”

大家都觉得他说的有道理：地理不过是人们的随意猜想。他们踏上这次路线不定的航行前，很可能海图已被撕毁，航海器具已被扔进波涛。

在随后的漫长日子里，这点使艾伦比其他任何人都感到担忧。这条注定毁灭的大艇中的水在她身上漫得最厉害，几乎已经到达腰际。水慢慢地往上爬着，像是吮吸她软弱无力的身体中的鲜血。

她的肉体已成了她身上最微不足道的成分。她自己在下沉。她那条绿色的披肩穗子拖沓着穿过海底深处，那里串珠似的海草和鱼儿的触须经常难以分辨，漂游着的鱼儿被珊瑚丛挂住了又很快得到解脱，原因很简单，整个宇宙都已被水冲垮。

有一个人，一个男人，正把一个难闻的容器凑到她的嘴巴跟前。“罗克斯巴勒太太，给您点朗姆酒，只有一口，还尽是渣儿，但还是能让您缓过气来的。”

她听之任之，主要是想安抚开出这个药方的人——不管他是谁，而不是因为她害怕生命会离她而去。其他人都有这种畏惧，就她本人没有，她相信这点，或者说她很自负。

她重新坠入朦胧的海底深处，那里只有一阵褐色的抽搐使她现在经历着的一切有别于她以前体验过的任何事物。一艘艘二桅纵帆船从她身旁黯然驶过时摩擦着她的肋骨,还透过鱼胶做的舷窗瞄着她。把她的思绪染成红褐色并使它阵阵抽搐的肯定是刚才喝下去的朗姆酒。至于那个已经开始折磨她的胎儿,他正在某个地方用那反抗性日益增强的形体不合拍地和她自己的身体一起扭动,同时抵触着、啃噬着她麻木的双腿。这条滑溜溜的鱼儿正不断推进,奔向她从未获得的自由。

不管是迫于精神上的极度痛苦还是肉体上的万分紧张,罗克斯巴勒太太从已经溢满海水的船舱、从丈夫一直扶持着她的那个位置上站起身来。

"噢——"她呻吟起来。她嘴唇发木,呆滞的面孔冲着天空,"啊,我的天!"

这是一个平静的、相对而言比较宜人的傍晚。在当时的情形下,罗克斯巴勒先生觉得他刚刚听到的突如其来的叫喊完全像是野兽发出的嗥叫。要是平时的话,他的感情早就把它拒之门外了。

因为不可能这样做,他把他年轻时别人教他的那条规矩说给她听:"我们必须镇定,艾伦。"同时做出一系列动作抚慰神志不清的妻子。

妻子哭道:"毫无疑问——孩子没了——我怎么努力也没用——谁也无法责备我,奥斯汀——对不起!"

虽然她打破惯例直呼他的教名让他大吃一惊,但他还是竭力向她保证:"谁也不会指责你,不会增添你的痛苦。"然后沿着那张他觉得任何意义上他都已对其主人仁至义尽的脸庞慢慢抽回手指。

但她为了把他拉到她所在的位置上,一边像小孩子似的哭叫咕哝,一边想抓住他的手。

“你到底怎么了?”他说话时嘶嘶作响,既绝望又恼怒。

一等他彻底领悟情况的严重性,他便只好接受一切。“这是很不幸,但我们俩谁也不会因此而死。”他这么预料。

他一生很可能都和现实平起平坐。

他给他们的死婴接生。有个人拿出一个肯定是奥斯瓦尔德的“八宝箱”的口袋。他把口袋里的东西——一些纽扣和细绳,一截铅笔头,一两件纪念品,一本破损的祈祷书——倒空,在缺乏平常用的裹尸布的情况下,这只口袋便取而代之,装下了这个不同寻常、更加不祥的东西。

罗克斯巴勒先生又一次为自己尽了义务感到满意,拉紧帆布的束带时,他的双手只胡乱地摸索了几下,嗓子眼里发出一种可怕的、撕扯东西的声音。

由于饥饿加上一直浸泡在咸水中,波迪欧船长拖着身子向船尾走去时活像一只饿瘦的黑鸬鹚。他抓起奥斯瓦尔德·迪格南姆的祈祷书,然后开始做海上生活已让他习以为常的祷告。

罗克斯巴勒太太闭上眼睛,她几乎是在无意之中隐隐约约听到的话并没有在她的脑海中留下什么印象,相反,它们似乎先在她眼皮上碎裂,然后像闪烁的光线一样飘移开了。

……来到世间的人……

……随心所欲……

……上帝啊,您深知我们心中的秘密……

她在她躺的地方动了一下,舱内的水面上泛起了涟漪,与之相应和,船舷两面的波浪在轻轻地拍击。

……我们卑微的肉体……

……上帝光辉灿烂的存在……

……要让万物顺从上帝……

……阿门——

波迪欧船长用一阵鼻音结束祈祷,此后便是一阵重新调整桅杆的声音,伴奏是几乎听不清的表示同意或保留的话语。

如果波迪欧船长一个劲地掉眼泪,那是因为他的智力正在丧失,这一点大家都清楚。虽然一些人为刚发生的事感到哀伤,但他们心烦意乱,同时也是出于对妻子、情人,甚至一条爱犬的回忆。相比之下,在这个准备为他们的孩子送葬的宁静夜晚,罗克斯巴勒夫妇显得无动于衷。在孔雀开屏般斑斓的天空下,她那张受尽痛苦折磨的面孔仿佛一块色彩惨淡的补丁,脸上是一种近乎平和的满足的表情,丈夫则在她旁边正襟危坐,也许一直在美滋滋地庆贺自己扮了第一流的角色。

罗克斯巴勒太太突然想起问他:"你也许注意到了,不知道孩子是不是和我们俩有些相像?孩子更多的时候是像祖父母而不是像父母。"罗克斯巴勒先生尖声大笑起来,还一反常态捏了她一下。

"我讲不清………不!太早了。"过后他短短地叹了口气,因为此时他不可能心满意足,他这么说只能是出于惋惜,"但是,你既然问起这事儿,我确实在他身上发现了一点以后可能会和我相似的蛛丝马迹。"

然后他在她嘴上吻了一下,旁边众目睽睽,但他们不是用双眼而是在梦里观察这一幕。

"我真高兴,"她回答说,"而且是个男孩子,这也是你想要的。"

她抽搐似的微笑了一下，然后又重新坐好，不管将来他会飘向何处，她都任其自然。

随后便又是数不清的漫长的斗转星移，有一次她还真的振作起来问他："你不会离开我吧？"

"这怎么可能呢？"他回答道，"即使我想这么做也不可能。"

如此无可辩驳的道理和不加掩饰的指责本来也许会伤害她，但她被水泡肿的四肢在逐渐恢复力量，倒不是由于神灵的宽容——有些人也许会这么认为——而是因为她生来就是格拉雅斯家的人。雨已经停了，日子是让人过的。如果那是一块田地，而不是一条渗满水的小船，她早就像自然界的任何其他野兽一样直起身，在烂泥中站稳，然后一步步踏过草地。

此刻，情况既已如此，又是在一个天气对他们明显有利的早晨，她便把那些一直像闪着磷光的鱼一样在她脑海中飘忽不定的思想全盘抛弃了。她看到她的手仍然是家里遗传的粗壮却实用的样子。如果这双手已经失去那种自然的棕黑色，那不是恪守妇道的结果而是海水的作用，所以她仍然有能力舀水，而这种活儿连最强壮的船员到现在也想放弃不干了。

这么忙碌着，她便觉得离开了丈夫——一直蜷缩在身边的罗克斯巴勒先生，即使她并不能真正做到这一点。虽然他会不时地帮上一把，但那不过是一种漠然的手势；他当然不会像她那样在令人厌烦的单调气氛中磨炼得如此坚强。有一次，她朝他看了一眼，却撞见一副不完全是失望也不完全是厌恶倒很可能是由慢性毒药般的忧郁所导致的表情。不管怎么样，她因此受了伤害，并开始架设桥梁沟通他们两人之间的隔阂。

"怎么了？"她问道，"你没有再一次发病吧？还是心里难受？"她伸出一只粗糙的手似乎要用她重新获得的力量给予他支持。

起初他似乎对她的好意感到恼火,就像一个被惯坏的孩子因为受了冷落准备报复一样。

“你知道我心里想的总是只有你,罗克斯巴勒先生。”她又加了一句,丝毫不考虑自己说的是不是真话。

他的仆人希望这样安慰他。

但他把下巴压在她的肩膀上说:“是斯珀吉恩,艾伦。我想他肯定已经死了。”

在那一刻,只有罗克斯巴勒夫妇明白发生了什么事情。那群人没有注意罗克斯巴勒先生为他新近结交的、令人生厌的朋友洒下的一串串眼泪。由于在道德上和肉体上都受到了削弱,他本来就不想隐藏那些眼泪。妻子则是例外。他相信艾伦会把他的悲伤误认为是结晶的水汽重新转变成原来的液体状态的自然过程。

已经浑身僵硬的乘务长斯珀吉恩在没有帆布也没有铅块的情况下,被他的同事扔出船舱。这回波迪欧船长没有做葬礼祈祷,也许是因为他并没有意识到有什么事情发生,或者说他把奥斯瓦尔德·迪格南姆的祈祷书放错了地方。在场的一些人怀疑斯珀吉恩已是一具被鲨鱼争食的尸体。然而最后谁还会在意这个?

罗克斯巴勒先生在意,这点只有他妻子猜到了。而她必须使自己变得钢铁般坚强,这样她的丈夫才有可能幸存。

作为一个一生都在渴望获得他难以得到的友情的人,奥斯汀·罗克斯巴勒先生确实在失去唯一的朋友时尽情享受了一番。这激起了他实际存在的、迄今为止一直处于休眠状态的饥饿。于是他开始想,要是乘务长生前不是这么一位倒人胃口的小人物,他也许可以给已经消耗殆尽的食品贮备做一份相当可观的贡献。但罗克斯巴勒先生马上对自己产生了极度的厌恶。幸亏夜幕已经降临,他周围所有的人都在睡觉。然而他的思想只被剪辑成一种传统的模式,这一点波迪欧船长肯定已经意识到了,他可以从睡觉者的脑袋间一步步走来,然后弯腰低语:"这是我给您保留的斯珀吉恩的肉体,拿去吃吧,还要感谢那个有过精神含义的疖子……"奥斯汀·罗克斯巴勒先生不但狼吞虎咽地吃着地地道道的人肉,而且发现自己舔着嘴角不让珍贵的人血流淌出来。

突然醒来时,罗克斯巴勒先生发现他大张着嘴。要不是嘴巴和肠胃同样空空如也,他早就开始拼命呕吐了。然而,空虚并没有帮他抵御那一阵冷汗直冒的颤抖;在他四处张望,看到包括波迪欧船长在内的所有人都在酣睡之后,这种颤抖还在继续。

夜晚和幻梦告一段落。人们在晨光中相互交换的几瞥让人想到更糟糕的前景。但上午康特尼先生站在船头注意到一开始时看起来像一根奇迹般地贴在石板边缘的石笔似的玩意儿。究竟那是岛屿还是陆地,他个人不准备推测。由于风向,海面和总体情况都对大艇有利。他大胆地保证,用不了多久就可以登陆了。

罗克斯巴勒夫妇尽量不看对方。相反,她紧紧握住他的手和手上那些相当脆弱、消瘦的骨头,以及他那个因戴戒指图章而向外凸出的部位。

第七章

他们到岸边时,天空的云彩已经消失得无影无踪。一张张被雨水和痛苦折磨得模糊不清的脸开始承受阳光的强烈照射。在炙热阳光的碾磨下,本来就令人眼花缭乱的一片沙地变得越来越苍白。如果上帝下令吹号宣布他们已到达天堂边缘的话,这些遇难者当中的一些人也不会感到惊讶。

他们蹒跚着在沉静的青绿中泛着珠光的海水中前进。海水渐渐涌起波浪,刚好没过脚踝。那条大艇居然在人们的沉默和惊讶中靠岸了。一两个人跳了出来,但更多的人跌跌撞撞地走出大艇,像断了腿的螃蟹一般在浅滩上爬行。

两位乘客又一次被人遗忘也是很自然的事。跨过舷墙时是罗克斯巴勒太太助了丈夫一臂之力,似乎他已重新开始一心一意地扮演病残者的角色。

"艾伦,"他透过流血的嘴唇开始耳语,"希望我们能够安宁地待一阵,恢复体力——如果不是我们有着正常的理性思维的话。这是不是有点太过分?"

"但愿如此吧。"她咕哝着,企图安慰他。

他们前面的船员都已躺下。有的胳膊肘朝天,有的把脸埋在沙子中。只有一个成员,由于比别人多疑,正画着圈漫无目的地走着,似乎是想看到那无形的昆虫或者邪恶的精灵,它们肯定会折磨他的。

不知是由于极端的虚弱还是因为忠于职守,波迪欧船长最后一个离开大艇。他踉踉跄跄上了岸,马上在仍然闪烁着退去的海浪留下的泡沫的沙滩上双膝跪下。他开始用一种带官腔的声音感谢造物主:“威力无比的上帝啊,我祈祷我们能证实自己无愧于这份意想不到的造化……我们会在您的仁慈的沐浴中获得力量迎接即将来临的考验……”但很快又诡秘地咕哝道:“上帝啊,充实我们的空腹……消解我们无法忍受的干渴吧……不用石子,也不用铅块。上帝啊,放弃‘布里斯托尔少女号’的不是我。要是别的人不赞成……”

说到这里,老人激动不已,俯身倒了下去,唾沫与退潮的水泡融成一体。

至于奥斯汀·罗克斯巴勒,他决心以船长为榜样感谢上帝,但他要在以后的某个日子私下里做这件事。对那位更令人信服的“他自己的父亲”的感恩则还要秘密。眼下远非良辰吉日。他觉得是大地的沉默而不是大海的异乎寻常的寂静让他心乱神迷;他的耳朵在嘀嗒作响,在抗议。

他们周围,阳光、沙子在闪烁,再往后,就是幽暗的以地主自居的树木。海滩伸向森林侵蚀的地方是大片大片的沙土,由于没有潮水光顾,上面铺盖缠绕着藤蔓和各色小花,收拢着的喇叭花呈现出淡淡的紫色。要不是这块绣着藤蔓的沙地如此炙热,热得甚至透过她那双已经支离破碎的靴子烧烤着她的话,罗克斯巴勒太太很可能已经扑向沙地了。

此外，她越来越清楚地感觉到一股难闻的气味，而且是一般令人恶心的臭味。她发现自己正拖着靴子嘎吱吱地朝一具正在腐烂的她以为是袋鼠尸体的东西走去。

“哦！”她叫道，但她的智慧占了上风，“不过，这东西还能派派用场吧？收拾得最好的餐桌上也有好多同样难闻的动物。”

饥饿的威力无与伦比。康特尼先生用他从早已丧生的斯珀吉恩脖子上挂的那个麂皮包中找到的火镰火石点燃一些干枝枯藤拨弄起一堆火。烈火的熏烤似乎消除了腐肉的臭味，贪婪在焦急等待的人们心中很快转化成了狂喜。

没有一个人不前去领取自己那一份食物。正如罗克斯巴勒太太预料的那样，这肉吃起来有股膻味，而且没有经过烹调，烤得生一块焦一块。但罗克斯巴勒先生宣称，他从来没有吃过比这更可口的菜肴，毫不在乎自己用晒黑的手指刮去的一两个已经烤焦的苍蝇。吃完以后他坐在那里，吮吸着一块肉皮，似乎不忍心与之分离。

他们之中有个人去邻近的森林匆匆探查时发现了几个池塘，只是池水稍微带点咸味，却也给大伙添了一份惬意。这群人迈着沉重的步伐向池塘走去，有的用手掬水，有的脸贴着水面不加思索地大口喝了起来。罗克斯巴勒太太想用池水洗洗脸和手。因为在几周的露天船舱生活所积下的盐垢的气味中如今又掺进了烂袋鼠的臭味。然而瞥了一眼四周的同伴之后，她怀疑这么做会显得很奢侈，而且，这也只能起到暂时的作用。回到陆地之后，她已经意识到自己的湿衣服和里面的身体发出的阵阵难闻的气味。

看到暮色已在降临，大家决定在水池边宿营。这里青苔连绵宛如锦缎覆地，巨大的绿色帷幕下，微风拂动着高处悬下的藤蔓，幕边在明显地徐徐飘动。如果是寻常的野炊,这一切肯定会提供令人叹为观止的安宁环境。然而这里唯一缺乏的便是提供野炊食品篮子的马夫和脚夫。

此刻,罗克斯巴勒先生已经和他亲爱的妻子一起手拉手靠着一个圆形土堆安顿下来,他们与其他人拉开一点距离。如果不是因为一种奇怪的声音响起,罗克斯巴勒先生肯定会在平和与沉静中感恩了。这种仿佛动物莫名其妙的叫唤或者人类闲聊的声音开始时很轻微,后来逐渐变大,似乎要把沉寂锯裂。

每个人抬头的时候都好像在锈得不可救药的弹簧上活动。不远处的一块高地上出现了野人,一个,三个,六个。他们并不完全赤身裸体,因为每个人身上都有一块原始的布披挂在一个肩膀上,垂过身体,盖住阴部。土著人还带着长矛和其他类似武器的玩意儿。所有武器都可能是木头做的,只有他们身上黝黑的皮肤闪烁着不祥的金属光泽。

两群人互相观察对方,不知过了多久黑人们才悄无声息地融入浓重的夜色之中。

一意识到土著人已撤回到离自己较远的地方,白人营房里就响起了各种猜测的声音。他们想知道的是这些"家伙"会干出什么样的丑事。

波迪欧船长所持的观点是"以基督徒的方式与他们接近会取得与基督教义相一致的结果"。但他又叹口气补充说:"如果我们的罪孽还没有深重到与我们作对的地步的话。"从任何意义上讲,他都试图说服他的部下克制自己,不要向那些充其量不过是"头脑简单的蒙昧人"开火。

船长虽然下了这样的命令,但康特尼先生和他的一名追随者自作主张决定彻底检修两支火枪和一支手枪，这是他们所有的武器，由于暴露在船中，这些枪支很可能都已派不上用场。他们甚至装好弹药以防土著人在夜晚突然袭击，他们还主张不要生火，想以此使低落的情绪有所好转。

当他对黑人突然侵入不再感到惊奇，也不再从黑人充满男子汉魅力的体形和闪光的肌肤中获得那种含糊的美学快感时，罗克斯巴勒先生便开始觉得整个事件令人厌烦。在他的生命中现实总是令人吃惊地来去匆匆，而且从来没有像"布里斯托尔少女号"失事以后那样捉摸不定。所以他只是忽冷忽热地对防卫问题感兴趣。他的真正的、持续不断又经久不变的生活只有在他回到"鸟唇居"的书房时才会重新开始。

甚至罗克斯巴勒太太原也把康特尼先生和他的亲信荷枪实弹一事看作没长大的男人自以为责无旁贷必须玩弄的一种把戏。最后她垂下眼皮，用一片草叶帮助一只蚂蚁从长满苔藓的洼地里挣扎出来。

安宁和睡意开始笼罩一切。如果寒气没有穿过树林钻入他们体内，如果不是因为几乎每个人都受着痢疾的折磨，这里也许可以恢复田园诗的情调。脚步声持续不断地穿过低层的树木，踏破了层层寂静。谁也不愿公开谈论的情况令人不安地传入人们耳中。

"那只该死的袋鼠！"有一阵罗克斯巴勒先生呻吟道，"你觉得是什么使你免受此罪呢？艾伦。"

"我算老几，可以解释这种事情？我又没比你们中的某些人少喝水。"

罗克斯巴勒先生得出的结论是，他们身体不舒服是由溶化在池水中的矿物质而不是带臭味的袋鼠引起的。

但他似乎在拿艾伦没受痢疾折磨这一点与她闹别扭,晚上在情绪最不好的时候,他坦白地说:“我经常想我会心甘情愿地去死——说到底也没多大活头——但我不知道没有我你怎么办。”

罗克斯巴勒太太假装已经睡着了。

早晨,这群人在天亮前垂头丧气地起身了。他们大部分人都相当虚弱。

波迪欧船长——还是康特尼先生?做出决定,他们应该回到海滩去,然后从那儿开路去莫顿湾。如果他们确实已经登上了大陆而不是某个岛屿的话,他们最后肯定能步行到达那里。

提到放弃已经毫无用处的大艇时,波迪欧船长的理智又发生了“病变”。和“布里斯托尔少女号”一样,大艇已经在他的良心里蛰居,而且很可能在他的有生之年溃烂在那里。

然而,他们向海滩蹒跚而行时,回头瞥了一眼的罗克斯巴勒太太却决心把大艇和她被困在它可怜的外壳中时所承受的痛苦都抛到脑后。那么难道她有力量主宰自己的思想?她必须培养足够的意志的力量与她结实的身体媲美。后者大发慈悲承受住了物质环境的每一次压力。因为她的衣服在拖累她,她伸出来扶持虚弱不堪的丈夫的一条胳膊被后者紧拽不放。

他们就这样挣扎着前进,男人们多半都打赤脚。每个人的外表和行动都是一团糟。

“去诺威奇时,半路上马儿倒下了……”他们听到波迪欧船长在呜咽。

太阳升起来了,阳光强烈地扫射着头和肩膀。有一阵女人垂下了视线似乎无法再面对炫目的阳光。她闭着眼睛走了几步。她戴着的戒指反射着嘲讽的预言。她的黑衣服带着汗渍与汗水交织成的图案,似乎一直在拖着她往下坠,坠到她刚刚梦见从中脱身的深渊。

至于罗克斯巴勒先生,他已经扔掉了大衣和夹克(他的靴子已不能再穿),但在炎炎烈日下他仍然穿着背心,以确保他能平安地带走扣在里面的那本“维吉尔”。

罗克斯巴勒太太完全可以为丈夫那双狭长的脚哭泣。她记忆中的那双苍白冰冷的脚现在已经变得火烧火燎。

从太阳的位置看一定已是正午时分。突然一阵嘶嘶的声音响了起来,随后便是沉重的落地声。最麻木的人也不得不警惕起来。一支长矛斜着刺进了康特尼先生和带队的海员前面几英尺的沙子中。这支长矛还没有停止颤抖,另一支长矛又从波迪欧船长的左肩擦过,划破了衬衣,血汩汩地流了出来。

不知是为了壮胆还是掩饰恐惧,一些船员开始喊叫。而康特尼先生和他的伙伴——他们掌管武器——则朝陆地方向的一些沙丘奔去,那儿集结着十五六名土著人,他们说着急促不清的话,还伴着公然表示敌意的手势。

部下动用暴力的前景使波迪欧船长激动得发狂,早把负伤引起的痛苦和震惊置之度外了。

“内德! 弗兰克!”他跌跌撞撞地向前走着。强烈的感情使他不加节制地吐痰,经过罗克斯巴勒太太身边时唾溅了她一脸,“流血对我们毫无好处!”

“讲话也没有好处!”不知是谁接的话。

大副和那名已被提升的海员开始瞄准射击。他们枪法很准,四周突然一片静寂。

在等着枪响的人听来,其中一支枪的那一声射击是那么恐怖;

使一心指望这个光辉时刻到来的海员愤怒的是，另一支枪打不响。

当他们的一名成员浑身抽搐着倒下时，土著人发出可怕的尖叫，然后在沙丘中消失得无影无踪。

船长简直快发疯了。“告诉你，我们要为此付出代价的。”他叫道。

事实上，付出代价的正是船长本人，他的话音刚落，一根长矛就射进了他的肋骨。长矛直刺进体内，仿佛他已不再是人；如果是的话，也是他们从来不认识的。他倒下去的时候，用力把长矛往深处戳去，成全了自己的命运。

黑人在狂笑，被激怒而又无可奈何的海员们大声叫喊。

康特尼先生开始第二次瞄准。然而除了沉默，他的举动并没有引起别的后果。

艾伦·格拉雅斯看着血迹在沙土中蔓延。在他们的房客没完没了地逗留在他们家时，爸爸和威尔宰了一头牛犊，自那以后还从没有见过这么多血。

现在时间像长矛一样无情地、令人痛苦地把她紧紧钉住，她也就是进了永恒。她，一个实际的人，一个女人，应该从中脱身，重新冲进生活——去做点什么。

不过，冲上前去的是罗克斯巴勒先生，去做什么只有上帝知道。现在他至少在以人们期望男性具备的姿态激励着自己。开始行动！他觉得既兴奋又恐惧，同时对自己的行为满腹狐疑。（然而，就他本身的不可靠而言，这也不是反常的反应。）

他离垂死的人只有几码远了。突然，罗克斯巴勒太太觉察到一阵可怕的嗖嗖声，她看到，一根长矛刺中了她丈夫；矛又长又黑，从他的脖子上挂下来，使他站立不稳。

“喔——”艾伦·格拉雅斯从再次出现的愚昧、无助的少女时代哭喊出声。

奥斯汀·罗克斯巴勒正在向前跪去。碰到沙地时,他的身体本应重振威风,然而他做这番努力时虎头蛇尾,最后像上岸的虾米一般滑稽可笑。

“噢,不! 不,不!”解放她的是那种轻微的、注定要失败的跳跃。这种动作太可怜,似乎她未能抚养成人的所有孩子都在做手势求她帮助。

她到他身边时,他双眼紧闭,皮肤下颤动的血脉清晰可见,那支长长的黑长矛本身却充满邪恶的生命力。

至少没有血的痕迹。

“噢,我的丈夫……我亲爱的!”她抽泣着,惨叫着,她自己成了那头脖子上架刀的牛犊。

他睁开眼睛。“艾伦,你是与众不同的。那光线……或者那顶……巨大的……乡村……帽子……的帽檐。请你把它往上推推……这样我就能看见……”

绝望中,她握住长矛往外抽,长矛从他脖子上的软骨中脱落了。血立即从伤口,也从鼻孔和嘴巴里涌了出来。

她双膝跪下。

“我忘记了,”他说,从正把他淹没的血泊中抬了一下身体,“艾伦,为我祈祷吧。”

她没法祈祷,永远不会再祈祷。“噢,不,上帝! 如果是这样,我们为什么要出生呢?”

血从她的手上流过,温暖,黏腻。在丈夫的嘴巴周围,在一个已经肮脏不堪的她从没发现这么透明的太阳穴上,苍蝇黑压压地涌来，它们趁太阳还没有吸干其精华，贪婪地扑向每一块微小的血腥斑点。

罗克斯巴勒太太在丈夫身旁的沙地中蜷缩成一团，联系两个人的纽带只有丈夫已经干涸的血。罗克斯巴勒太太在她那堆缠结在一起的头发中寻求庇护。她的头发垂下来，既可以防止苍蝇叮她的面孔，又可以在一定程度上给她遮蔽，使她看不到那些也许会让她更加摧肠折肺的东西。

如果她是一股自由的力量，她当时就会心甘情愿地在炎热中，带着沉重不堪的衣服和麻木的大脑结束生命。但她听到了一声枪响，随之而来的是一阵爆发性的大笑。撩起如帘的头发后她才明白为什么第一声枪响之后又传来了毫不协调的第二响。

看起来男人们已经开始在沙地中挖坑埋葬他们死去的船长。他们用双手刨着地，企图以疯狂的专注制造一种他们正在积极忙碌的幻觉，同时希望和他们一起干活的长官想办法减轻他们的困苦。正挖着，一位名叫鲍勃・亚当斯的以愚笨著称的年轻人开始用那支老掉牙的火枪托挖沟。武器走火了，康特尼先生的同盟，弗兰克・兰西可怕地诅咒起来。大副自己则把他那已经削弱的权威下可以使用的词汇中的每一个字都派上了用场。

对于别的人来说能大笑一下也是一种宽慰。“不管怎么说，没有任何人制止它！”一个家伙粗野地笑着说。别的一些人则不厌其烦地继续就此开着玩笑。罗克斯巴勒太太又瞥了一眼，发现水手和大副已经结束了他们堆沙堡的游戏：波迪欧船长的尸体已经得到体面的处理，和他一起经受了他最后的那些考验的人们用手在墓上拍出了图案，算是给坟墓做了装饰。然而怎么处理那位乘客确实使他们为难——他的妻子坐着为他哀悼。他们谁也不想去打扰夫人的哀思，康特尼先生就更别提了，他的责任是带头给予她某种形式的吊唁。

罗克斯巴勒太太根本没想前去帮忙，原因很简单，她不可能得到帮助。

黑人的重新出现解决了问题。为首的较庄重的人大步向他们的目标奔去，其他黑人装腔作势乱蹦乱跳。那群无力回天的白人很快就被大部队团团包围；占了上风的黑人世界充斥着体力、恶臭和狂喜。一名黑人剥掉了康特尼先生的衬衣，另一名扯去了兰西腰间系着的皮带。

如果这一切与她自己有关，罗克斯巴勒太太也许会惊恐得多。然而，黑人们好像执意要对一名坐在丈夫尸体旁边的女人表示不屑一顾。既然如此，她就觉得没必要再转过脸去或躲在头发后面。对于这位旁观者来说，正在发生的这一切远没有导致这种结果的事件那么可怕，那么令人不可思议。

黑人们开始把俘虏身上的衣服一件件剥去。一个家伙的皮肤白得耀眼。肚皮下面那撮阴毛像燃烧的灌木一般在风中颤动，康特尼先生的睾丸很细很长，孤立无助，一副可怜兮兮的模样。由于她从来没有面对过赤身裸体的男人，这个时候，罗克斯巴勒太太移开了视线，但她看到了丈夫的光脚丫。

她垂下头，为这个她最后还是没能保护的人默默哭泣。

黑人笑着跳着把他们的战利品运到灌木丛去。然后，他们又折回来，连推带打，赶着这群白人向灌木丛生的内地走去。

看着她的同伴在视野中渐渐消失，罗克斯巴勒太太不知道她能指望什么——也许没多少可指望的，至多是享受躺下来在丈夫身边腐烂的结局。

太阳落得更低了。湛蓝、条纹绿和火烈鸟羽毛一般的淡粉和血红君临一切,美不胜收。面对这突如其来的丰富多彩的变化,在水彩画一般的环境中长大的她呜咽起来,唾沫沿着下巴流淌。她几乎不可能冒险去看任何东西,最不忍目睹的是丈夫的那双脚。它没有任何装饰,脚趾直对绚丽的天空。

突然她又听到一阵人声,并且看到一些黑女人在向她靠近。她们那夹杂着大笑的喋喋不休的尖声闲谈令人想起一种游戏:这些女人向逐渐凉爽的空气中抛去的一个个单词很可能是球的替身。艾伦・罗克斯巴勒感到,这是她苦难的开始。

六七个女人上来了,有丑陋的老太婆也有性感的年轻姑娘。离这个陌生人几码远时,一个姑娘弯下身,抓起一把沙子向白女人的脸上甩去。

罗克斯巴勒太太几乎没有丝毫退缩,倒不是因为坚强的意志给了她力量,而是因为她的精神已经游离体外。也许她很幸运,因为冷漠的物体比人更有忍耐力。

同伴的表演在折磨艾伦的人中引起了骚动。另外几个人也如法炮制向艾伦扔沙子,直到比较胆大的一个女人冲上前把俘虏拽了起来。

自从当新娘时被迫面对切尔特南的起居室那一刻起,艾伦・格拉雅斯还没有遇到过这种情况。现在的区别是,她已不会因为她行为失检或衣衫褴褛而生气。

这群女人在她四周慢步走着,对她的一切充满惊奇。一两个人走过来拉她的头发,她们自己的头发和她的截然不同,都剪得短短的离发根儿只有几英寸。那个垂着双下巴的肥胖的黑女人把艾伦揪了起来。看到艾伦的戒指,并开始抚弄它们。戒指上的宝石还没有因为积垢完全失去光泽。

“你要是想要就拿去吧，”罗克斯巴勒太太很慷慨，根本没考虑她们能否听得懂她的话，“对我来说它们已不再有任何价值。只是得把我的结婚戒指留给我。”

第一次听到一个很可能是超自然存在的人开口说话，土著人沉下脸胆怯起来，还是她自己亲自把戒指从肿胀的手指上退下，放在伸出的手心送给土著人。

猴子似的女人们一把夺了戒指。她们仔细地看着送给他们的这些首饰，开始了一阵几乎压着嗓门的嘀咕。然而她们拥有财产的欲望很快就平息了，或者说她们的思想转瞬即变，又开始寻找新的刺激。

一位年轻姑娘走到艾伦身后，撕扯着她那件肮脏破旧的外套。弄掉这些破衣片并不需要做多大努力。裙子在它的掠夺者中间激起了更大的兴奋，但没有持续多久。裙子被她们一把扯掉时轻飘飘宛如洋流中的旋涡，留下被俘的人穿着里面那层稍微结实一点的衣服——她的胸衣在那里。

艾伦·格拉雅斯低头看着身体的前部，想起当媳妇上门后老罗克斯巴勒太太白天住的那间房子的炉架上有只花瓶。现在她无依无靠地站在白得炫目的沙滩上，身边发生的一切又极端野蛮，想到那只花瓶中间细长、乳浊的凸花与透明的凹刻相间的形象她不由得热泪盈眶。即使那只是花瓶，而不是它温柔的主人——她的手上带着柔软洁白的羊皮手套，里面衬着打皱的粉红缎子。

于是这媳妇放任地流了一点眼泪。要不是黑女人们急切地转着她的身体撕扯她的胸衣，她的泪会流得更多。为了快一点逃避撕裂皮肉的指甲，她开始协助她们。

胸衣终于解开了。

接下来是内衣。她获得了彻底的解放。

她们从她身边跑开，拉扯着遮胸小背心的残片和哐当作响的背心架子。她们一路咯咯咯笑着，直到笑得噎住嗓子。她们一直撤退到矮树丛中才停下脚步。

在如此孤立无援、赤身裸体的情形下，罗克斯巴勒太太开始考虑下一步该怎么办。犹豫不决之中，她蹒跚着向后退了一两步，踩着了一条小腿，往下瞥了一眼，看到了那只戴着图章戒指的手，对于手的主人她已经无能为力了。看起来什么东西顺理成章地驱赶着她沿相反方向往上爬坡。很快她发现自己已走入干燥灼人的沙地中，她在老远的海滩那头看到过的那种开着旋花的纤葡萄枝点缀着沙地。

弯下腰开始撕扯藤蔓。在目前的情况下，她这么做更多的是出于直觉而不是理智。她在腰间缠上一簇又一簇藤蔓，直到觉得多少又穿上了衣服才罢休。

唯一让她担心的另外一件刻不容缓的事就是如何保存她的结婚戒指。没有突发的灵感，只有苦思冥想寻求解决问题的方法。最后，她把戒指系在从她的旋花花环上垂下来的一根纤葡萄枝上，又把葡萄枝绕成圈打上结。她希望金子不要在树叶裙后面闪闪发光，“不打自招”。

自从那件她永远不会再让自己思考的事发生以后，这是她做的第一件有意义有成果的事。要不是看到土著女人正走回来，她也许会觉得很宽慰。

她们冲下来，不像先前那样嘻嘻哈哈，目的也比刚才明确得多。她们的俘虏心甘情愿地和她们一起向森林走去（理智还能给她提供什么别的建议呢?),那里至少幽暗、凉爽一些。如果说横扫过来的树枝,烂了一半的树桩,脚边腐质土壤中的断根折腾得她伤痕累累的话,那么她既没有啼哭也没有瘸着腿走路:已经退隐的自我对这一切几乎没有什么感知。她能真真切切感觉到的是她走路时结婚戒指一直碰撞着她,给予她一种持续不断的不大不小的安慰。

走了一小段路后,这群女人来到林中的一片空地。这个部落的其他成员已在此安顿下来。孩子们刚才还在蹦跳玩球,现在都来仔细端详这个猛一看像是可怕幽灵的东西。渐渐地他们一个接一个地鼓起勇气走上前来,对她又摸又掐,一些孩子还用棍子恶狠狠地戳她。男人们则不屑一顾,早在海滩边他们就断定她不过是一个肤色毫无动人之处的女人。作为男人,他们在宿营地懒洋洋地来回走动,一边聊天,一边修理武器,还不断地在身上抓搔。

大艇上的水手和他们的大副无处可寻。罗克斯巴勒太太觉得她不可能再有希望见到他们了。至于她自己的未来,她倒并不害怕,不管等待着她的是什么,她都将顺其自然。她等于是已经毁灭了的人,还有什么可害怕的呢?于是她等着俘获她的人随心所欲地处置她。

那些把她带到营地来的人领她来到一座用树皮和树叶搭成的茅屋前,茅屋门口就地坐着一个女人,腿上抱着一个三四岁的小孩。这女人的地位似乎比别人重要得多。由于并不指望得到恩惠,囚犯木然地听任对方检查,但她认为自己察觉到对方显出一丝同情和不安,似乎这位要人意识到囚犯遭受了一场不幸。

不知是因为这并不比罗克斯巴勒太太期望的好多少,还是因为实际上气氛已经缓和,这种想法并没有持续多久。她注意到小女孩那张长着丑陋嘴鼻的面孔和浮肿的身体上布满了脓疮。每隔一阵小姑娘就痛苦地呻吟,扭动,翻白眼。

女人们商量了一阵,结果是她们中年纪最大也是最骨瘦如柴的一位走到罗克斯巴勒太太身边,不客气地挤弄她的乳房。艾伦的乳房松垂着,不成样子,但因为要等候自己的孩子出生比平常饱满一些。按理说她应该已经在哺育这孩子了,然而死婴早产,没有必要催奶了。她认定她的乳房没有奶水,那个丑老太婆查了一番后也表示不满意。

聚集在一起的女人,特别是那位母亲,并不因此动摇把病孩转交到俘虏手中的决心。孩子本人也使罗克斯巴勒太太毫不怀疑自己要当奶妈,因为一张嘴巴已经扑向她的右乳头,一双不停摇晃的小手马上开始拨弄她的乳房。记忆中渴望做母亲的努力所激起的热情颤动着开始复苏,然而她收养的孩子给她迎头泼上一盆冷水,她的母爱之火再也无法复燃。小女孩发现上当后咬住了那只毫无反应的乳头,把它从嘴里吐出之后又在奶妈的胳膊中尖叫扭动,光疼痛就足以驱使罗克斯巴勒太太扔掉这个让她如此受折磨的孩子。然而那母亲一副谅她也不敢的表情,那些为虎作伥的女人则打她的头和肩膀,她只得继续抱着这个孽种。

不久,她使孩子安静下来,自己便在离茅屋门口很近的正燃着的一堆火旁坐下。她希望如果他们不会忘记她的话,至少会对她不加理睬。她坐在那里机械地抚摸着酸疼得像害了病似的胳膊和油腻的头发。为了生存,她必须变成一台机器。

在她周围,黑人们在履行各自不同的职责。他们头上是灿烂的天空,旁边有一个湖,钴绿色的湖面闪烁着古铜色的光芒。罗克斯巴勒太太虽然痛苦不堪,手里还抱着那个孩子,却无法对四周美丽的自然环境无动于衷。暮霭的余光把黑人的体形抚弄得雍容高贵,给这个尘土飞扬乱七八糟的营地增添了生动的图案。她盼望着能在这些人的行为中感觉到一种超自然意志的痕迹,但她无法做到这一点,就像她不能相信一种仁慈的力量会安排她自己的命运一样。

由于没有更好的消遣,也为了不让自己的危险想法抬头,她继续摇晃着这个让她照管的令人讨厌的孩子。有一回她发现自己大声念叨着:"睡吧,睡吧。"甚至由于某种机械的作用还说着"睡吧——亲爱的"。这么做与其说是哄孩子倒不如说是安慰自己。她意识到她的声音是一种慰藉。

她希望能见到失踪的人们的面孔,听到他们熟悉的声音,盼望得到食物来填充饥饿在她腹中啃出的窟窿。她能感觉到抽象的、实际的饥渴都在加剧。女人们看管着篝火的余烬,她们已在火堆中放了鱼、各种根茎和一对毛茸茸的小动物。后者的鼻子嘴巴和酷似人手的爪子仍然证实着它们死去时所受的痛苦。

罗克斯巴勒太太真想在它们的毛还未烧焦,肉未烧熟,血还在冒泡时就向这对受尽折磨的动物扑过去,把它们撕开塞入口中。然而筵席准备就绪时她并没有得到邀请。高人一等的男人们开始以一种恰如其分的严肃埋头猛吃。毫无疑问,成熟的男子与细高的年轻人所具备的杰出体质值得赞叹。偶尔,他们把小块的食物扔给可怜的女人们,她们奴颜婢膝地趴在地上抢起一星半点的食物,然后甩掉上面的灰尘狼吞虎咽地吃了下去。

被俘的人只能听他们吮吸食物、敲碎骨头时发出的噪音,看黑人们的喉结上下蠕动。食物至少使得她照管的孩子爬回她母亲身边,留下奶妈一个人,无法借助任何东西转移注意力,忘却饥饿。

饭快吃完时,有人(很可能是那孩子的母亲)扔给她一条鱼尾巴和一个脊鳍。她从尘土中将它们一把抓起并开始吮吸黏糊糊的鱼膜。为了一片她自以为看到过的附在鱼鳍底部的鱼肉,她冒着险去啃那个带刺的脊鳍;舌头舔过嘴唇和牙齿后又舔那腥臭难闻却美味可口的手指——还对着自己呜咽了一两回。

(也许天黑以后她可以爬出去搜寻披毛小动物的骨头美餐一顿?然而狗已经把主人未能吞咽下的所有残余都打扫光了。当她试图引诱一条有些地方已掉毛的恶狗和她分赃时还被那条狗咬了一口。)

暮色悄悄降临,人影与树木、烟雾缠绕在一起。一名长者站起身,带着全部落的人开始一种有点像哀悼的活动。囚犯判断出土著人在祈祷,因为他们的恸哭听起来具有一定的格式而不是一时冲动的感情流露。她想至少应该为此加上一则无声的祈祷,但她发现自己缺乏这么做的动力:她的心灵和她下垂的乳房一样干枯。如果说崇拜过一个至高无上的存在,那也只是机械地照搬照抄。那是罗克斯巴勒家的万军之主;对这位耶和华,她的母亲也不过只是口头上唱唱颂歌罢了。她的父亲则属于另外一个教派,年轻时他洪亮有力地唱过赞歌,但后来就沉默不语了。她是一个寡言少语的女孩子,承继了父亲闷闷不乐的脾气。她现在认识到,岩石曾经是她的圣坛,泉水则是她的圣餐。在一块为折磨人类而专门设计的土地上,就连美的事物都在以仇视的光泽炫耀着自己;土地的精灵也不属于她,对它们她没有招之即来的魔力。所以,认识到这一点只能加剧她的心痛。

抓获她的人们因为天黑也由于世俗欲望的驱使正以家庭为单位分头集合回到分配给他们的茅屋去。如果她知道该朝哪个方向走的话,黑暗本来会激励她逃跑的。但她没有这么做。隐隐作痛的身体和麻木的大脑都促使她爬进那座茅屋。让她照管的那个孩子的母亲和别的女人、孩子以及那个带她们做祈祷的长者都已回屋里休息。幸运的是,那位母亲愿意留孩子在身边过夜,让奶妈享受在梦中漫游的自由。

她在一堆催人入睡的火旁边躺下。由于这堆火,茅屋越发密不通风,挤在那里的人们散发出的体温也增添了一份暖意。当森林中和湖面上的冷气侵袭过来时,她向覆着灰的木炭那边又挪近了一些,然后翻过身烘烤身体的另外一侧。她几乎感受不到肉体上也许正在承受的痛苦,因为她很快就沉浸在不时被孩子们的轻声哭泣和较为成熟的人们的呻吟和咕哝所打断的部落梦幻之中。

夜里,她梦见自己像一辆手推车一样被一个强壮的黑人男子在黑暗中推动,醒来后她恢复了身体的知觉。没有任何证据可以证明她的梦是由类似的经历引起,但出于对这种噩梦在周围重现的恐惧,她扑倒在尘土中,把尘土看作唯一的依靠。只是当她躺着抚弄系在树叶裙上的戒指时她的颤抖才逐渐减缓下来。她又成了密不通风、令人窒息、酣睡的黑人在其中呻吟不已的茅屋的一部分。她自己睡得那么沉,梦都没做一个,好像已经死了一般。

她醒来时,人们影影绰绰已经在苍白的光线中四处走动,煽旺快要熄灭的火堆,发着牢骚,撒着小便。周围的树木从雾中升起时,部落成员好像已经重新集合,前一天晚上的哀悼在冷飕飕的黎明时分又得到了重复。不管黑人们的恸哭是否是为了铲除邪恶的精灵,被俘的人觉得她的一些比较难缠的幽灵也许已经在这种现在她已熟悉的仪式中应声倒下了。同时,她也为发现自己仍然能控制肉体感到快慰,虽然她浑身作疼,没有用火烘烤的地方已经冻僵。生命之花却又在她心中跳跃,宛如黑人们从埋好的余烬中慢慢摆弄出来的最初几串犹豫不决的火苗。

人们从网袋里拿出头天晚餐剩下的零碎食物，很快就吃了个精光。囚犯本来会挨饿，但她捡到特权阶层的一名成员扔下的一块烧焦的蕨根。包在灰尘里面的蕨根有一种独特的苦味，对此她有些感激涕零。后来，由于没有人拦阻她，她向湖边走去。本来她会喝这里的湖水，但一个小姑娘穿过薄雾走到她身边，把她带到一个塞着一种荆豆类植物的洞旁。小孩把灌木移开后示意她喝水。罗克斯巴勒太太惊奇地发现这水很甜。

"你是我唯一的朋友。"她喝完水时说。

小姑娘笑了起来，露出两个酒窝。她用手揉着大腿，也许在暗暗地脸红。她不愿说话，但还是同意抓住艾伦伸出的手。甚至还按了一下她的手，虽然动作小心翼翼。

"你要是不害怕我就吻你一下，"艾伦说，"不过，你会害怕吗？"

为了让孩子分享这份不曾指望过得快乐，她也许会冒这个险。但孩子满脸严肃，她只得到此为止。她们手拉手回到营地。

除了这个小姑娘外，抓获她的人都对她不加理睬。她希望这种不受干扰的状态能持续一整天。男人们带着高等性别准备出征时所特有的那种肃穆聚集着长矛、棍子、编网和绳索。男人们看上去确实胜女人一筹。男人们的卷发油光可鉴又长又密一直垂到肩膀上，与女人们参差不齐的短发形成鲜明的对照。女人们萎靡不振，由于重负和生育腹部松弛耷拉着，而男人们大多数在老年时仍然风度翩翩，只是按不同图案人为地刻在胸部、背部和往往十分英俊的脸庞上的切痕才使他们的容貌显得美中不足。

男人们带着身负重任的傲慢神情出发了。罗克斯巴勒太太随时准备着与这些垂头丧气的女人同甘共苦。没想到她们突然向她扑来，其用心显然经过了深思熟虑。三个女人抓住她的头发，用力揪扯,甚至狠命拉着头发做进一步的揣摩,而一个比其他人更加粗壮的女人开始用贝壳在发根附近乱砍一气。

这一切的发生是如此的突如其来,又令人痛苦不堪,受害者不由得大喊起来。“放开我,行不行?”艾伦·格拉雅斯尖叫着,然后在恢复了作为罗克斯巴勒太太应有的镇静时又说,“你们为什么非得这么折磨我不可?难道你们杀害了我的丈夫、我的朋友还嫌不够吗?”她就要加一句“这么伤害我,不如把我也杀了”,但立刻意识到她并不想死。

折磨她的人逼迫她双膝跪下后继续对她的头发又锯又砍。由于贝壳的作用,加上旁边协助的人跟着一起用力,有的人甚至要把她的头发连根拔掉,她那满头秀发终于被她们弄掉了。从疼痛和恐惧中恢复过来后(有一阵她觉得自己会晕倒),受害者举起一只手放到头上,发现自己已经和周围人一样满头短发,一副吓人的模样,或者比她们更糟糕。从那只放回腿上的沾满鲜血的手她就知道自己的模样不可能不令人恐惧。

然而女人们的工作并没有就此结束。她们把她从地上拖起来,然后弄来一张里面装满腐臭脂肪的动物皮,用这种脂肪在她们驯服的奴隶身上涂抹。她只能听任她们给她抹油。抹完之后,她们满脸厌恶(如果不是鄙夷的话)地把炭揉进她那不体面的白皮肤中。

虽然脂肪的臭味让她恶心,晒脱皮的肌肤和焦炭一摩擦便针扎似的疼痛,但她开始感到赤裸的身体勉勉强强得到一些遮蔽。这时她又被强迫着坐下。一名年轻姑娘取来一只手工编织的很可能盛着蜂蜜的口袋。她们把口袋中的东西敷在她流着血的头皮上。一个老太婆从另外一个相似的容器中掏出一把把扎成束的羽毛。她可以感觉到老太婆苍老、颤抖的手指拍打着羽绒,把羽毛插在她的蜂蜜头盔上。女人们完成她们的艺术品时,一种近乎轻柔的赞叹在空中升起。

女人们突然跺着灰黑色的脚丫大笑起来。只有那件艺术品无精打采,闷闷不乐地坐着,身旁多余的黑色羽绒和硫黄色羽毛组成了一个个问号。

如果在刚才这场仪式中,她是她们注意力的焦点,那么她们并没有忘记她的实际用途。她们又把她拽起来,让她背上各种随身用具,最后还有那个令人作呕的孩子,这家伙似乎比头天晚上沉了许多。

她们出发时不像男人们那么荣耀。从一开始她们就步履沉重缓慢,但她们目的明确,丝毫不受平底脚的影响。她们随身带的不是长矛,而是长长的尖头棍子,她们喋喋不休地说着话,显然很快活。时不时地有人会想起在奴隶身上戳几下,在寻常情况下,这样的举动也许会伤害她,但此时此刻它只加重了气氛的单调。她向下看了一次,发现她照管的那个孩子身上的溃疡流出的脓正和她撒焦炭的胳膊上冒出的汗掺和在一起。

要不是她们脚下踏着的野草和行进时擦身而过的灌木散发出一股清新的露水香味,她也许会沉浸在厌恶中,烦闷不已。天空仍然一片祥和。如果她马上死去,她最后的所见所想都会洒满淡淡的天蓝色。

但是她不愿也不能死——她想象不出这是为什么,因为她已经被剥夺了她所热爱和珍惜的一切。

到达目的地以后,女人们甩下身上背的东西,开始用随身带着的棍子捅地。她们也鼓励她加入她们的行列,寻找一种她后来发现是块状根茎的东西。从地里挖出的任何东西都被抛到那只带网的大兜里。虽然她浑身作疼,那天上午早些时候所受的那场仪式仍让她心有余悸,而且干这种活也是笨手笨脚,但她感到很宽慰,一来挖树根可以不管那孩子,二来她还可以沉溺在浮想联翩的快乐中。她想起自己还是一名穷苦的少女时在一个凄清的夜晚炸的那块土豆饼;她去参加一个舞会时戴在头上的一根镶着宝石的白鹭羽毛;海上层层浓雾中奥斯瓦尔德·迪格南姆若隐若现的乳白色肌肤。她任凭各种意象在脑海中层出不穷,却不鼓励自己连贯地思考,因为那很可能会督促她寻找缘由解释自己在毫无头绪的迷宫中的存在。

土著人的活动确实让人想起迷宫一类的东西。她们在坚硬的土地上迂回辗转,无休止地搜寻着根茎,相互之间的路线不断地来回交错。然而黑女人们的命运并没有完全被无形的壁垒控制,经验和科学仍然指引着她们。在挖寻食物方面她们几乎总是很成功,而这个无知的奴隶不断捅着土地却多半是一无所获。

灼烧着肩膀的阳光取代了手中孩子的重荷。渐渐地她开始憎恨这块又硬又灰、上面长着一撮撮半死不活、形如铁丝的野草的土地,虽然在漫无目的地挖掘一块块土地的过程中,她意识到自己掘"土豆"的技术在慢慢提高。当她的一名同伴把目光投向她这边时,她因为自己挖到了东西高兴得笑了起来,黑女人放松了本能的怀疑也对她报以一笑。交流过后两人都陷入了沉默,部分的原因是她们虽然分享着情感,却不能充分表现出来,但更主要的是快乐必须让位于单调乏味的工作。

炎热难当时,这群女人到湖边的一处荫凉地带休息,这些湖灌溉着她们的土地。两个不知疲倦的姑娘脱下植物须根做成的披肩潜入湖中找寻睡莲根。囚犯眯起眼睛,阴暗与强光的反差和目光所及处两个游水的人让她昏昏欲睡。她们细长的胳膊和仍然十分好看的乳房不时从那一大片覆盖着湖面的波浪起伏的睡莲上露出来。

她也许打了个盹,不过时间很短。她醒来时发现她们要把孩子重新交给她。孩子一到她手中便马上又开始号哭起来。

现在生活的全部内容都围绕着寻找食物这个轴心运转,由于她自己的饥饿也在加剧,找寻食物似乎成了唯一理智的行动。在有人教授给她文雅考究的举止行为及其好处之前,在任何意义上她都已经把寻找食物看作对付生存的严酷现实的唯一答案。那天晚上,出去打猎的一些人回到营地。他们带着一根绿色的树杆,上面吊着一只死袋鼠。另外一队人则从海边方向过来,一些闪闪发光的怪物被他们用手指勾住了鳃,晃荡个不停。要不是手中抱着那个小女孩,她真会和别的女人一起孩子气地尖叫,拍手。

至于这个实实在在的孩子,她那张长着动物似的口鼻的脸上一副死气。要是她能坦白承认的话,她确实在诅咒这家伙死,即使其主人会指责她用咒语。

她向四周看了看。大家都忙着准备晚上的盛筵,谁也没有窥探这个奴隶的邪恶念头。

孩子动了动,然后颤抖着醒了过来,把一个手指头戳进奶妈的眼睛。

今晚囚犯又一次只得到一些食物的碎片:啃一块骨头,咀嚼或者说是吮吸一小片烧焦的动物皮。这么做的时候,她心里很清楚,自己的贪婪是那么可怕,而她那双裂开的手上污秽已成了家常便饭。然而,闻到的味道,舔吃的脂肪,从喉咙一直流到干瘪的肚皮的涎水都让她感到快慰。

如果她的胃没有收缩到这个地步,她也许会因为没有足够的食物充饥更加郁闷。那天晚上,她躺在茅屋里,睡在从火堆中拨出来的灰烬中,旁边是她被分配过去和他们一起生活的一家人。夜更深时,她勉强着听三个女人轮流满足(或者说,听起来是这样)一个男人的欲望。本来她会有更多的理由为自己的前途担心,但她觉得女主人嫉妒,必然不会同意丈夫再扩大妻妾的队伍。

在烂脂肪与汗水的恶臭、木头燃起的层层烟雾以及肉体得到满足后发出的动物般的哼叫声中,她第一次鼓起勇气让自己的丈夫在心中复活,那至少是她记忆中的形象:一双爱挑剔的手,带光泽的胡须,眼睛太专注于那个她从未被特许与之相会的内在的自我。不管他或她有什么样的不足(回想起来,她认为她最爱的是他那些需要她同情或忍耐的小病小灾和古里古怪的脾气),她让自己在体验梦幻带来的幸福中,在罗克斯巴勒先生的拥抱中沉沉睡去。

突然,她仓皇失措地发现自己先是承受着然后便屈从于越来越粗鲁的行为。啊——她憎恨她在肉体上没有能力抗拒的东西,特别是多毛的手腕和隆起的筋脉。连续的挣扎让她精疲力尽,她只得像产过卵的鱼一样那么躺着,实际上她就是这样的鱼,感情枯竭时鳃也瘪了下来。

她醒来时浑身冰冷僵硬,只有余烬碰过的地方是例外,周围仍然是其他人的轻叹、呼吸和梦幻,她自己的梦则褪成灰白色,她意识到梦中占有她的不是奥斯汀而是加奈特·罗克斯巴勒。

继续四处渗透的加奈特和她自己对这一切的厌恶迫使她站了起来,但她动作太猛,头一下撞着了支撑树屋顶的幼树,差点儿昏过去。她双膝跪下,手脚并用向门口爬去,仿佛逃避黑夜的母猪笨拙地钻出发着恶臭的猪圈。当她偷偷爬进珍珠似的月光时,不用看也就知道自己的乳房肯定干瘦枯黄,并且在来回晃动。雨点般落在她脊背和臀部的露珠在某种程度上清洗了她的梦。那些锁闭的关节在她试图站直身子时疼得她呻吟不已。

然而黎明前的时刻也给人酬报。她的幽灵随着缕缕雾气飘到了幽灵般的树林间,然后又在海边出没。那是一个毫无生气、畅通无阻的边缘地带,对于一个迷惘的灵魂,一个女人或者一个理智的生命来说它没有提供任何有把握的逃跑途径。如果他们中的一个情愿为它的美丽神魂颠倒,另一个一想到前景是磨穿脚底的长途跋涉便失去了勇气,那么第三个,一个怀疑论者,则担心这块带状沙地也许不会通到莫顿湾,却可能折回来在岛中形成一座监狱。

要不是退潮的声音响起,理智会使罗克斯巴勒太太更加郁郁寡欢,不知所措。她在浅水中站了一会儿,任凭细小的波浪在她的脚踝边嬉戏。她听着被潮水来回拖动的贝壳和石子的窃窃私语,两个带沙的胫部相互揉擦着。她发现自己因为这些微不足道的娱乐微笑起来,这倒是和奥斯汀·罗克斯巴勒斥之为"艾伦本性中耽于声色口腹之乐的一面"相一致。

寒气开始向她袭来。她退缩回岸边浑身抖个不停。惨淡的海水连绵不断,除了预示一场大变乱的痕迹以外,天空也是同样的惨淡无光。她跌跌撞撞地朝她希望是出来时的方向走去。毫无疑问她渴望见到现在她已归属的那个部落。假如她永远找不到它,她在地球上(如果不是在地狱中)所剩无几的日子就必须在灌木丛里转圈直到她的骨头无法承受为止,那她该怎么办?她渴盼与人为伴,不管对方有多可恨,是什么肤色。她想,她也许会用身体向她鄙夷不屑的黑男人做交易以回报他对自己的保护。

恣意做这种前途渺茫的幻想无论如何也算不得背叛。然而她走路时,那条已经枯萎的树叶裙开始捉弄她那已经干瘪的大腿,藏在裙中的结婚戒指在月光的照耀下射出一线嘲讽的光芒。

她连扑带冲在森林中穿越,既为了逃避自己的思想也为了找到她在不明智中悄悄离开的营地。这么搜寻着,她心里很是焦躁不安,她来到一块洼地跟前,那里令人毛骨悚然的景象吓得她呆若木鸡,简直把她无限期地钉在了那里。

就在她行进的小路上有一堆熄灭不久的火。烧焦的树枝和那堆已经冷却的发白的灰烬间躺着一个男人的尸体,它在生命的最后一刻受尽折磨,痛苦不堪地弯曲着,烤过的皮肤在身体的一侧很明显地从肩膀一直劈裂到大腿。从臀部起一条腿已经被砍掉。如果说那个在被人故意划破的地方已经暴露出头骨的头颅正透过焦干的胡须和血污的硬壳向闯入这里的人扮着鬼脸,那张灼热的嘴巴倒因为听任痛苦折磨补足了所有魔鬼般的成分。

罗克斯巴勒太太逐渐意识到她面对的是大副的遗骸。她在那里喘着粗气,低声啜泣,倒不是全为那位举止得体、身体结实的内德·康特尼,她和他不过是一面之交而已,她这么做主要是为丈夫的死和自己没有出路的困境。本来她也许会把择路回到那些报复性很强却又是必不可少的黑人中间去的意图忘得一干二净,然后在森林中进一步迷失方向,但两个孩子出现了。他们满脸责备和怒气,这只能是他们的大人挑拨煽动的结果。她虽然想当然地认为这些孩子是被人派来监视她、带她回归她的樊笼生活的,但还是愿意把自己交给他们。一开始他们用细树枝抽打她的肩膀,在当时的情形下她忍受着这种待遇。后来,他们主动把他们湿润、稚气的手伸给她,她感激地接受了这种友好的表示。

归途中孩子们找到了成熟的莓子,他们往她嘴中塞了一些。莓子水分太多,淡而无味,但并不令人生厌。此后不久,在下坡的半路上,她的脚被她没注意到的一根藤蔓绊住,她像马车上掉下的口袋一样滚了下去。孩子们模仿她跌倒的样子,蜷作一团滚到了山下。三个人都躺在那里大笑。这些小孩子本来应该是她的。阳光下两个小巧黝黑的身躯和已经变黑的皮包骨头的她融为一体。她心满意足,希望这一切能永恒不变。

她未能如愿也没有什么可奇怪的。孩子们收敛了脸上的笑容。他们继续向前走。

到了营地他们发现男人们已经出发去完成当天的任务,女人们则忙于拆卸茅屋,后来又在离原先的营地不远的地方搭建。对这个倔强的奴隶,她们几乎总是皱着眉,噘着嘴,让她背一片片最笨重的树皮和一块块厚实的树叶屋顶。不管目前她们迁移宿营地是多么任性,她仍然心甘情愿地背起了重负,很感激她们让她回归这个她已成为其中一部分的团体。(只是到了傍晚她才发现他们随便搬迁的原因:新营地上跳蚤不那么猖獗。)

天色渐晚时,一群妇女和少年本能地或是按预先的计划向海滩走去,那里打鱼的人们一直在撒网。男人中间一片寂静,他们都在水中,有的仅露出头脸,另外的人只让水没过腰际,宛如拴着渔网的标柱。女人这边,如果没法保持沉默就像栖息的鸟儿那样压低嗓门千篇一律地嘀咕。没那么多拘束的孩子们到处蹦跳着,太阳把他们甩出去的湿漉漉的沙子转化成一线线弧形的光辉。

突然间连孩子们都安静下来了,他们注意到离岸稍远一点的海水在颤动。平静海面上的这种几乎看不见的搅动,就像一块被数不清的暗藏的身体轻轻震动着的床单上面的波纹,先是向网口,然后向网肚渐渐靠拢。从一个个纹丝不动在海面只是黑色小点的人头以及近岸处暴露得较多的像标柱一般的人体可以探寻出渔网的轮廓。刹那间水下起了一阵明显的撞击。一条条鱼儿迅速地跃出水面，活泼得似乎与它们的自然环境一样反复无常。人们开始疯狂地叫喊，拉网。当女人和孩子们不在水中嬉戏，抓那些滑溜难捉的鱼时，他们便尖叫着全体冲进温和的海浪中和男人一起把网拉向岸边。

到了海滩上那网鱼的数量才可以大概估计出来。这时，浑身放光的男人们昂首阔步走在硕果累累银光闪闪的渔网周围，他们的肋骨、肺部和牙齿非常引人注目。至于那些欣喜若狂的妇女，她们已经往大包里塞鱼。孩子们玩耍着漏网的鱼，在他们的挤弄下柔软的鱼肚射出了乳白色的液体。

鱼的乳白色与光的透明度形成的不协调在她心里引发了一种让她如痴如醉的宁静感，一切都与这个奴隶无关。毫无疑问，饥饿会在烧烤鱼肉的香味中复苏，消除她看到鱼儿在她周围的海滩上抽搐死去时的阵阵恶心。

她的主人们把装得满满的大包放到她背上，她恢复了一半的感觉。她在重荷下踉踉跄跄走了起来——那都是食物，而食物毕竟是生命，她在切尔特南的“鸟唇居”抿巧克力，毫无胃口地一点点啃杏仁饼干时却把这一点忘得一干二净。

到营地后，她放下背上的东西，马上又被派去背更多的鱼。她突然想起自己摆脱让她照管的对象——那个浑身脓疮令人讨厌的孩子已经整整一天了，那孩子的母亲也没有到捕鱼的地方来。他们从海滩边回来时，那个女人脸上带着困惑悲哀的表情，孩子躺在茅屋外面，没有一丝活气，好比受伤的动物，除了把它迅速处理掉以外几乎没有任何解救的办法。这点艾伦·格拉雅斯很清楚。

在这件事上，即将来临的死神实际激发了活着的人们的生命力。罗克斯巴勒太太明白她曾经希望这孩子死去。也许就这一次她如愿以偿了。然而,朝那位还蒙在鼓里的母亲看了一眼以后,她并没有感到喜悦。她不知道是否会受到某种恰如其分的报应。

回海滩去的路上婆婆在她的脑海中出现了。她很高兴有婆婆做伴。老罗克斯巴勒太太总是希望她的衣服能让她穿一辈子。正如人们可以预料的那样,她穿着那件已穿过好几个冬天的棕色克尔赛呢上衣,为了哀悼亡夫,在外面套了件细斜纹短外衣。眼下不是打阳伞的季节,时辰也不太合适,但即使这样她还是会斜举着那平纹细布做的缀满花边的"宝塔",遮挡南半球的太阳,保护她仍然引以为豪的容颜。

"我希望,我不会耽搁你——或让你尴尬——如果我和你一起走的话。我想看看我儿子。"

"我已经好几天没瞅见他了。"

"你没有——什么?"震惊使得老人忘乎所以,"你总不会把教给你的一切忘记了吧?"

"那些话,"艾伦只能含糊其词,"好像在消失。"和黑人的长期接触中她真正担心会发生的正是这事。

"但是,你难道不再继续写日记?我建议你写日记不过是想帮助你学会表达自己的思想。"

"噢,那本日记——已经丢了!"现在她已在哭泣,"我们都丢了日记,在——在罗克斯巴勒先生去世之前。""去世的不是奥斯汀,而是他弟弟。你忘了他们已把加奈特埋葬在范迪门地。"

老妇人这么急切地看着她。在她那张白色小羊皮一般的脸上,艾伦第一次注意到,每个面颊都擦着一小块胭脂,很干还往下掉渣儿。那双眼睛的神色和那两片发干的胭脂让她感到疑惑,她不知道婆婆是不是并不像表面上表现得那么单纯。

“还有,你的石榴石戒指在哪里? 艾伦!”老东西一点也不放松。

虽然她已把目光扫向那只戴过那枚戒指的现在已经发黑的手,但对那些更引人注意的皮开肉绽的部位或者那枚主人觉得不能再在树叶裙中安全隐藏的结婚戒指,她并没有流露出什么兴趣。

“我把那些石榴石给了一个自称比我更需要它们的人了。”罗克斯巴勒太太觉得,自己遣词造句所遵循的思路也许能平息婆婆的怒气。

反正,不管怎么样,接下来她就把这个自己在极度愚蠢中召唤来的审讯者从脑海中打发走了。然后,她披荆斩棘,穿过灰色的灌木丛,在那块黑人们依旧在捕鱼、沙子覆盖、阳光灿烂的广阔土地上走着。

她又一次成了她们的牲畜。她们在她的后背和两侧放上重荷时,从她们暴露着讨人喜欢的牙齿和喧闹嬉笑声中她感到她们并不是不怀好意。

其中的一个人甚至在她的屁股上重重打了一下。

“噢,真要命!”她叫了起来,这种语言她们也许能听懂。“好像我爱的还不够!”她咯咯咯地笑个不停,丝毫没有做作的成分。

有一点虽然她不会向她的婆婆或者其他相识的女士承认,也不会向罗克斯巴勒先生、更别提向加奈特坦白,但她总是更喜欢与男人为伴。

回到营地后,女人们忙着用尖利的贝壳片刮鱼鳞。她们根本没注意满载而归的“驴子”。现在“驴子”自己也浑身腥臭、滑腻,和她一直在搬着的东西没什么两样。

在她被分配过去的那家人家的茅屋门口,一场仪式正在进行。一位满脸皱纹、地位显赫的长者蹲在病孩身边,编织着各种符号,双手在俯卧的小身体上空来回舞动。最后当这位医师兼魔术师从病人口中取出一小块褐色的石头，或者说是未经琢磨的石英时，那家人感激不尽，叫喊声，拍手声不绝于耳。只有奴隶无法让自己加入他们的庆祝活动，因为，她自己和死神打过的几次交道告诉她这孩子已经不可救药。

相反，她插进去向众人宣布："你们就看不出她已经断气了？她死了！"由于她的听众不解其意，这些话听起来更加骇人。同样地，对于那些未曾分担她痛苦的人来说，她那么激动，那么泪如泉涌一定显得很不和谐。

正当艾伦为自己的生活经历流泪时，那名冒牌医师情绪激动地连声咕哝，好像要她为他的失败负责。然而，他并没有能够煽起人们对她的敌意。自从海滩相遇以来，被俘的人和她的主人们，尤其是女人们第一次因为人性相通而紧密团结在一起。

他们允许她陪着送葬队伍，沉重而又缓慢地走进森林，直到后来他们找到一根空心木头，把尸体推了进去。他们的哀伤立即烟消云散，只有那位母亲例外，她原先就准备继续哭哭啼啼，但实际上也只是抽了一会儿鼻子，因为他们要回去吃鱼宴。

这回被俘的人第一次获准吃一个鱼头，甚至还有一块半生不熟的鱼肝，然而当这伙人吃饱喝足时，谁也不想阻拦她主动伸出手从煤块上抓走一整条鱼。因为太急着吞咽，她的手指和嘴唇都烫伤了。

最后她也心满意足了，虽然不能说是塞得肚膨腹胀，稀里糊涂。她几乎没有听到暮色降临时黑人们为了安抚潜伏在周围空气中的任何一位精灵而发出的阵阵哭叫，如果她想这么做的话，她肯定能参加他们的祈祷，但她的灵魂已变得如此麻木、粗野，她无心理会精神方面的事情。

鱼宴狂欢后又过了几天,黑人们开始撤营。理由很充分:残留的鱼在腐烂,臭不可闻,蚤虱凶狠异常,到处可见人们和他们那些一同受着煎熬的狗一起拼命浑身抓搔。

茅屋拆下来时,奴隶一副背不动更多东西的模样,于是女人们也背起了一片片树皮。他们出发了,男人们作先头部队,驮东西的女人,还有孩子们跟在后面。这是一个晴朗的早晨,黑人们歌声笑语不断,使得迁移不像想象的那般难以忍受。罗克斯巴勒太太从重荷下抬头瞥了他们一眼,看到的一切都让她的精神为之一振:淡蓝色的蒙蒙雾气,黑人们随身携带的火棍上升起的芳香扑鼻的烟火,还有那错落有致的黑沉沉的森林和一片片开阔的空地,后者在湖水倒映一切的地方被湖光水色映照成一种沉郁的绿色。

这天早晨晚些时候,队伍很明显地停了下来,因为后面的人突然间像手风琴一般被推着压向前面的人。奴隶背着的大部分东西都掉了下来。但她从眼前大为改善的景致中得到了补偿。她看到一伙男人站在一棵巨大的灰树周围,在他们伸手可及的地方一群色彩斑斓的鸟正反复不断地扑下来,愤怒地咯咯呱呱乱叫着。

一名黑人弄来一截藤蔓,在树干上套成圈,然后脚底踩压着树干,很快就以一种空中蹲坐的姿势拉着自己向鸟儿们正朝他表示不满的那根树枝爬去。到达目的地后他把胳膊伸进一个空洞,从里面掏出一只毛茸茸的小动物,然后把它从高处甩给地面上的伙伴们。这小动物刚一着地就在乱棍下颤抖着一命呜呼了。

根据她在"美妙斋"书房里看到过的雕刻,罗克斯巴勒太太相信那小动物就是人们所说的"负鼠"。尽管她精疲力尽,背上的树皮磨破了她的皮肤,她的心头还是泛起一丝怜悯,但马上又用她那双脏兮兮的手把这种情感拂到一边,似乎它是一块实际存在的、经验又证明完全多余的面纱或三角围巾上的褶皱一样,然后重新恢复到那种无动于衷的状态,对目前生活中发生的一切几乎都表示接受和赞同。再说,负鼠是食物,将贮存在一只手编大包中,虽然她自己能否从中得点好处还很值得怀疑。

女人们又背上了东西。队伍重新行进没多久,被激怒的鸟儿又一次暴露了目标——"入侵者"在它们的"领树"上占据的藏身之地。刚才那一幕开始重演。然而男人们商谈的时间比刚才长多了,而且放肆地大笑着,最后女人和蹦跳着的儿童都加入进来。终于奴隶意识到她已成为他们注意力的焦点和捉弄的对象。她被拉上前去,那截藤蔓也拿了出来。然后一名身材庞大、满脸狞笑的黑男人向她示意他们要她按照演示过的方式爬到树上去。

罗克斯巴勒太太立刻恐惧得快要昏过去。要是她能够用魔术重现她吃苦耐劳的少女时代该有多好。事实恰恰相反,她的精神似乎已经躲避到胸衣、裙子、束身的紧身马甲和庞大的天鹅绒裙摆——这些婆婆传给她的实际上都碍手碍脚的装束中去了。眼下已经变黑的皮肤,除了树叶裙以外一丝不挂的身体都对她毫无帮助,她又一次成了一个白人,一个窝囊废,一个伫立着被这群鄙夷不屑的黑人团团包围的文明女士。

当一位比其他人态度更加轻蔑,复仇性更强的黑人用火棍戳她的屁股时,她在痛苦和恐惧中一遍又一遍地哭叫:"不！不！我想我会爬的。只是不要伤害我。"

她刚才站在后面看见了那人爬树的情形,现在模仿他把藤蔓绕成圈,用脚底摸索出落脚处,然后开始这种可怕的攀登。每当她觉得软弱无力或信心不足时，一根火棍就会支住她的下身，烈火烧身的恐怖便迫使她向高处爬去——或者说是艾伦·格拉雅斯的精灵前来搭救罗克斯巴勒太太。

说真的，她发现自己离那根树枝已经很近，可以把手伸到洞里去，摸索着寻找动物的绒毛。她在那个紧缩着微微发颤的结实的身体上摸到了温暖松软的毛。由于内疚她踌躇不前，但只犹豫了很短一会儿。她自己那双绝望的手又掏又拉地把动物一直弄到巢外，但是小动物马上张开粉色的小嘴，牙齿啃进了她的手背。她疼得失声尖叫起来，下面的黑人则狂笑欢呼，把从她手中掉下的动物用乱棍打死。

下树更加糟糕，她几乎是滑着下来的。她从一根树枝晃荡到另一根树枝时，最大的担心就是她那条宝贵的树叶裙。她伸出手去却总是扑空，抓到的只是一把把、一团团散发着芳香的树叶，一切都是躲躲闪闪，无从把握，或者像大树一样难以对付。但她最后还是长久地痛苦不堪地抱住了那棵磨损肌肤的树干，然后落到地上。她浑身发麻，皮开肉绽，指甲已经断裂，一只手不断地抽搐着。

她几乎和死去的负鼠一样了，但她的裙子没有掉，那枚戒指也安然无恙地藏在树叶中。

她把裙子整理好以后，其他女人友好地帮她把东西背到背上，队伍继续前进。

部落长老们为下一个营地选择的地点是一块宽阔平坦的沙质土地，密集的红树丛把它和一片流水声或者说是一道河湾分开。灰色畸形的树木，灰色的河水和沙黄的土壤都让俘虏心情压抑，此外那天早些时候的经历也让她心绪不宁，精疲力竭。她的同伴们马上开始重新搭建树皮茅屋。她们要她也去干活。她用一片平展的贝壳和自己的双手挖阴沟。在上回的营地她就注意到茅屋四周都有这样的沟。她想象着这是热带暴雨降临时排水的实用措施,但照她目前的心境,即使她和他们所有的人一起像蚂蚁一样在洪水中淹死,她也根本不会在乎。

感到自己需要大便,她离开其他人走进了红树丛。在这之后,她趁机又走远了一些,观察地势。从河边看到的景象使她相信他们现在生活在一个小岛上,与大陆之间只有这么一片狭长的水域。在这种无精打采屈服于命运的情形下,她很高兴由于自己的发现,她没有必要再企图沿着海岸向莫顿湾逃跑。她不仅被禁闭在黑人岛屿的堡垒中,而且也摆脱不了她一生下来人们就指望她具备的、后来在和她可怜、亲爱的罗克斯巴勒先生的婚姻中得到进一步加强的女性的逆来顺受。

她站在那里用脚趾抠着潮湿的灰沙,心里却在重新思考罗克斯巴勒先生到底是可怜还是可亲(当然他很可亲!她那位胡须带光泽,双手显优雅的亡夫)。正在这时两个被派来当特务的孩子出现了,他们学着大人的样子紧皱着眉,要领她回营地,她便如其所愿跟着他们走了。

现在的这个营地和上回的没什么两样,只是(一开始)没有虱子,她不再被那个病孩折磨。食物不那么充足,黑人们日趋消瘦憔悴,更加动辄气恼,吹胡子瞪眼,对他们的奴仆不是打就是掐。也许他们在把降临到他们中间的饥荒归罪于这个奴仆。偶尔他们能弄到负鼠、蛇或蜥蜴,有一两次猎手们抓来了一种小袋鼠。除此之外,整个部落就靠蕨根和甘薯维持生活。鱼好像已经迁移到别的水域去了。在一个难忘的夜晚,罗克斯巴勒太太在主人的眼皮底下抓起一块烤蛇肉,吃得津津有味,这是她以前从未体验过的。

当然过去也有过这样的情形。当阳光与自然界融为一体时,她曾经柔肠百转,甚至激情跌宕。虽然坦白地讲这些情感最有可能是她的丈夫和丈夫的母亲期望自称多愁善感的人做出的反应。她听罗克斯巴勒先生读拉丁诗也是同样的道理,她期望的是得到他的尊重而不是自己从中消遣。即使她竭力表现出一副因对方的作业而满心欢喜的样子,要是他看到了她那对垂着的肩膀和那双一丝不苟合在腿上的手,他肯定知道事情并非如此。也许那个可怜的人注意到了这一切。和丈夫在一起时她几乎从未体味过肉体上的满足和愉悦,而与她唯一的令她后悔不迭的情人的幽会与其说是肉体享受不如说是和淫欲的一场搏斗。现在既然已落到动物的地步,她至少可以毫不做作地承认,一片蛇肉在她胸口燃起了喜悦的火花。

她低下头,对上帝已经赐予她的和可能为她准备着的一切充满了谦恭和感激。

她逐渐掌握了爬树的本领,可是除了抓负鼠之外,她还被派去找鸟巢。不光是新鲜的鸟蛋,连那些臭蛋和受精卵也让黑人们有滋有味地吃个精光。有时候她能找到蜂窝。对于已把自己的洞穴废弃不用的蛆和其他昆虫来说,空蜂窝本身就是宝贝。内容丰富的蜂窝则是令人兴奋的主要源泉,黑人们慷慨地允许她分享这种快乐。吞吃掉精华部分后,她的主人们把一条条树皮浸在残余的蜂蜜中,好让这种享受细水长流。其他人都心满意足之后他们会让奴隶吮一条浸过蜂蜜的树皮,实际上脏兮兮的纤维上只剩下一点淡淡的甜味。然而,吮吸这块蜂蜜树皮激起了她对锦衣玉食生活的回忆,她沉浸在其中流连忘返。如果树皮的主人不把它抢回去,她也许会一口把它吞下去。

女人们在她们自己和孩子们的头上找虱子时她蒙受了更大的耻辱。她们催她参加这种讲卫生的消遣。但她一个虱子也没弄死。后来,当她的指甲能比较熟练地掐死虱子时,她发现自己正把手指移近嘴巴,然后又内疚地挪开,就像小时候被人发现她在挖鼻子或搓污垢时一样。

她肯定不会进一步堕落下去吧?她的脑海里重复出现着她的朋友戴恩特雷太太的茶几,伍斯特[①]式茶具,填满碎胡桃仁和桂皮黄油的三明治,银茶具上衬着垫布的蛋糕。至少任何与她相识的人,即使是滥饮马德拉岛[②]白葡萄酒的玛奇·阿斯匹诺尔,也永远不会想到罗克斯巴勒太太会堕落到现在这种野兽般的地步。

有时盘腿坐在木炭旁边,她会傻乎乎地失去自持,吃吃窃笑这种既悲惨又无法改变的情形,她那对长长的皮革似的乳房撞击着她内心的空虚,和褐色的日益干瘪的梨子没什么两样。结果,她也许会抽抽搭搭啜泣一阵,然后进入她已决心培养的那种漠视一切的冷淡状态。她不这样不行。

使她在精神和道德上更加困惑的是,在一开始分配给她的那个角色中还有一个与众不同难以捉摸的节目等着她去表演。部落中的女人们一方面继续对这个奴隶拳打脚踢,借以发泄她们的情感,迫使她完成她的任务;另一方面她们也让她参加各种仪式,而且,当她们摆脱世俗的琐事时,她们会用一种虔诚的尊敬对待她。她们定期在她身体上涂抹油脂和木炭,给她砍掉了头发的头上敷蜂蜜,粘上一撮撮羽绒和羽毛,就像她被纳入部落时的那个场合一样。她们用扁塌塌的双手把一块负鼠皮垫子抚平,让她坐上去,然后围坐成

---

① 伍斯特(Worcester):南英格兰的一个地方,以其辣酱著称于世。

② 马德拉岛(Madeira):隶属葡萄牙,位于非洲西海岸外。

半圆形,一眼不眨地盯着她,对她顶礼膜拜。她们的脸成了她的镜子,不是出神的幻想便是一种神秘莫测的关系使她和她们在镜中暂时融成了一体,黑人们无法忍受的也许正是这个她们自己发现的在海滩边出没的幽灵般的女人。她们也许觉得,如果除去她身上的幽灵成分,她们就可以泰然自若地对这个下凡来到他们中间的神灵冥思苦想,然而最后她们垂下了眼皮;会不会是因为发现了她们自己的缺点? 艾伦·罗克斯巴勒接受了这种可能性,于是她也转移了视线。

其他部落的成员不时来访问他们的邻居,有些部落肯定也属于这个岛屿。他们仔细地观察眼前的奇迹,对于这个从黑人讲求实际的本性和穷困不堪的生活所决定的单调乏味的艰苦工作中暂时得到解脱、上升到半人半神地位的东西,他们的脸上流露出怀疑、恐惧、艳羡和崇拜的表情,爱憎分明。她和他们配合得很好。就像她曾经允许奥斯汀·罗克斯巴勒和他母亲对她梳妆打扮、加工制作,从而博得了他们的好感一样,她所在部落的一名年长一些的妇女走上前来调整她的硫黄头饰时她默默接受了。这很可能就是老罗克斯巴勒太太在帮她准备赴宴或参加舞会时给她添上或拿掉一些首饰或羽毛。

可能使整个仪式结构坍塌崩溃的是经常在那双既神圣又凡俗的眼睛中闪烁的狂热光芒。引起这种狂热的并非是对食物的渴望,而是男人身体上扑面而来的臭味以及他们那到处徘徊但除了蹑手蹑脚捕风捉影以外谁也弄不清在忙些什么的形象。

但愿这一切都没有发生! 罗克斯巴勒太太还没有完全失去理智。本来也许会指望厌恶给予她保护,但她很清楚厌恶能助长狂热。而现在,四周的环境——女神的天然居所,从淡蓝色变得像孔雀开屏一般五彩缤纷，而后又转成火烈鸟羽毛一样热烈红艳。这一切，还有黑夜都是她必须抗拒的，因为人性的弱点会趁着黑暗钻入肉体。在部落遭受饥荒，她个人被狂热欲望折磨的这段时间里，罗克斯巴勒太太注意到围绕着她正在上演一出戏。演员包括那个人高马大、垂着双下巴的女人——发现她独自待在海滩边后对她大加折磨的主要人物，那个逼迫她爬到树上去把负鼠掏出窝的庞大的男人，还有烈日当空时潜水找睡莲根的两个姑娘中比较好看的一位。那天晚上，罗克斯巴勒太太真希望不会在这出戏里扮演任何角色，但三位主人公却来来去去，在她坐着的土墩周围徘徊不停。其他人大都坐着或躺着，饥肠辘辘，精疲力尽，无心观察这一切。但她自己却特别清楚地感觉到黑脚下面苍白的脚底跺地落地的砰砰声，被踩碎的蚂蚁和演员们腋窝发出的臭味，敲碎火棍的噼噼啪啪声以及不停走动的演员们突如其来的叫声。

最后她被迫加入这场演出，因为那名巨人般的武士在她身旁蹲下，把一根食指的指尖放到她的一个肩膀上，然后食指往下滑，越过她的身体，直到她的奶头上才停止。很明显，那个地方对他很有吸引力。

希望得到这个肌肉发达的家伙宠爱的两名追求者马上开始喋喋不休地唏嘘责骂。两个女人都带了武器，年轻姑娘手里有木棒，她的对手则拿着一根用来挖东西的尖头棍子。罗克斯巴勒太太幸亏只是为引燃她们的感情怒火提供了一点火星，否则她会更加惊恐不安，她不过是这场持续不断的闹剧的间接原因。

妒火中烧失去控制的两个女人正在互相谩骂。那个男的倚在树上观战，似乎正为这场因他而起的感情纠纷兴奋不已。突然那位敏捷得多的姑娘跳着扑向对手，蛮横地猛击对方头部，打得后者脑袋开了花。那女人在疼痛和狂怒中惨叫着反击,用挖甘薯的棍子狠命一戳,棍子穿透了姑娘身体一侧乳房下面的地方,姑娘无声无息地倒了下去。那男人觉得在没有人要他为这一切负责的情况下,还是三十六计走为上计,赶紧溜之大吉了。

当两名对立的女人的亲属从营地的不同角落跑来时,各种狂乱的推测震耳欲聋地响起来。负了伤的受害者被人扶靠在一棵树上坐下,这个位置可以使他们更好地检查袭击者在她头皮上打出的那块血迹模糊的伤口。有个人弄来一把木炭。把它揉进伤口。虽然那女人可怕地呻吟着,她的脸色也已失去了原来的黝黑,只剩下一层蜡黄的、脏兮兮的沉淀,但最后似乎所有的人都同意这道深长的伤口不过是划破了表皮。她闭着眼睛不停地用头来回磨蹭着树干。

那些支持年轻姑娘的人发出惊恐的尖叫,罗克斯巴勒太太丝毫不怀疑她已经死了。但她那么自然地躺在那儿,当人们从她的侧面取出那根行凶的棍子时,她的伤口没有一丝血迹,她的乳房这么好看,充满青春活力,她仍然是一幅美丽优雅的图画,和那天她笑语不断、浑身闪光地从覆盖着水面的睡莲丛中钻出来时一模一样。

生命在持续,她却又一次遇到了死神,罗克斯巴勒太太的悲痛不禁再一次复苏,她用她的忧伤给悼念的人们增添一份哀思,不加思索就加入了正要把尸体运到森林中去的送葬队伍。

然而,虽然他们曾经允许她参加她照管过的那个孩子的葬礼,这回他们却挥手让她回去,嘴里还说着听起来像是警告的话。一名一直很尊重别人的老者甚至在她的胸口上打了一拳。

于是她留了下来,蜷缩在茅屋中的火堆边。这茅屋和其他她自以为归她所有的东西一样差不多可以算作是她的——她的结婚戒指当然除外。快入睡时,她在刚换的树叶裙里面摸索,然后把那个没有解下来的戒指套到了戴戒指的那根手指的第一个关节上。她希望戒指也许能引着她梦见丈夫。但那个夜晚还是一片混乱，进入梦乡的尽是些充满敌意、无法辨认的玩意儿。

趁着第一缕晨光，她看到她“那家”的孩子们已经回来了，但不见他们的大人，她开始琢磨哀悼的人们到底是如何在森林深处举行安葬仪式的。

黎明时分她爬到屋外，一开始，突如其来的冷空气让她倒退了几步，然后她颤抖着走进树林。要不是靠着回忆婆婆曾经推崇“有益于健康的早晨散步”使她的行动带有一点目的性，她好像是在漫无目的地闲逛。

最后她终于得到了回报。她费尽周折在里面行走的灌木丛已化作冷艳得让人心悸的网络。一开始她被树枝抽打，刺伤，此刻她却受着极柔软的苔藓的抚爱。如果说一个个圆丘一片片洼地是大自然为协助人类而专门设计的话，一簇簇阳光则从尖尖的、呈拱形的树顶间射下来照着她涉足的羊肠小道。她感到自己被纳入了自然的怀抱，重新焕发着青春活力。她成了年轻时的“艾伦”，这是他们给洗礼盘边那个活生生的人取的名字，但像她在生活中经历过的绝大部分事情一样，从来没有合理合法地属于她，现在这个标签一样的名字在她前面青苔遍布的大树树干间拍动着翅膀呼呼地旋转着，同时它那空洞得多的回音也从过去的帷幕中重新响起，它冲出倒挂金钟、水杨梅和屈曲花丛，穿过溅满粪土的院子和长着毛茸茸的金黄色荆豆和黄褐色欧洲蕨的沼泽，最后变成一个个孤立的音节消失在海鸥的喉咙中。

她本来也许会继续她充满喜悦的行程，以迷路告终，但别的声音传了过来，还有一种掺杂着袅袅轻烟的芳香、让人垂涎欲滴的食物香味。她改变路线朝那些声音的方向走去,最后碰到了一群黑人,她认出他们都是她所在部落的成员。由于昨晚的活动他们看上去、听起来都是一副无精打采的样子。他们转向这个入侵者时脸上充满了愤怒还带着令人惊奇的神秘表情。她意识到在慌乱中闯入了自己并不想目睹的仪式。没有直接的迹象说明这是什么仪式,很可能仪式已经结束,因为她感觉到了类似于礼拜者刚出教堂时的那种气氛:人们做完清早的礼拜,脸上一副被主宽恕、怡然温和的表情。

艾伦·罗克斯巴勒虽然赤身裸体,伤痕累累,但苔藓和树叶滴下的晨雾和露水使她一心想与这些单纯的野蛮人分享这份不曾期望的精神体验。然而,她突然看到奄奄一息的火堆旁边有一张很像铺在草地上的席子一样的东西。她也许会继续困惑不解,但她认出被她误认作席沿的东西是连在一起的指甲,而在另一边,像虎头一样靠着皮垫的一端放在地上的只能是她记忆中那个活着时在睡莲间嬉戏玩耍的姑娘的头颅。

看到她干扰了他们的秘密行动,他们惊讶不已,但抑制着没有表现出来。然后这些参加仪式的人胃里的东西开始往上涌,食物渣子四溅,喉咙中好像因愤怒而发出粗鲁无礼的声音。女人们卷起那张黑色的人皮,同时把人头和她看着是一堆骨头的东西收了起来。从他们嘴唇和面颊上油腻腻的斑点不难猜出人肉是怎么消失的。宴会剩下的令人作呕的东西都塞进了女人们外出时从不离身的大包中。要不是一些男人跺脚威胁吓住了她,罗克斯巴勒太太本来会感到恶心的。头天晚上,为了阻止她跟随送葬队伍打了她一拳的长者现在正向她冲过来,但他在一个树根上绊了一下,由于不再是风华正茂的年纪,还没到目标跟前,他就脸朝地倒下了。

黑人们走开了，把冒犯他们的人赶在前面。看起来，他们最紧急的任务就是尽可能快、尽可能远地离开他们举行仪式的场地，所以没多久他们便急匆匆地从犯人身旁走过，而且很快就忘了或者说不想回过头来辱骂、警告她。

罗克斯巴勒太太在不远处尾随着，以免迷失方向。她一边走一边试图理清万千情结，把恐惧和惊奇、厌恶和她对这些挨饿又愚昧的野蛮人——她的主人的一种怜悯区分开来。这时她突然看到了一根大腿骨，那肯定是从某个装得太满的大包里掉出来的。厌恶在她心头重新生起，她准备把骨头踢到眼睛看不到的地方，然而她并没有这样做。她发现自己弯腰把它拾了起来，这可怕的东西上面还连着一两片半生不熟的肉和一些烧焦了的脂肪。她那僵硬的躯体和颤抖声几乎清晰可闻的神经都在告诫她提防她想要做、实际上已经在做的事情。她正举起骨头，牙齿抽搐着、啃扯着咀嚼个不停，她大口大口地吞咽着，吃下去的东西几乎要从喉咙口钻出来，但并没有钻出来。把骨头打扫得干干净净之后她才把它扔掉，然后在她这些吃人肉的"良师益友"后面跟着。回想起来，她对自己的所作所为感到厌恶。但更多的则是对自己忍心这么做这一事实感到惊愕。这天早晨，森林异常纯朴，万籁俱寂，只有一把长笛没完没了地重复着单调的曲子，她不由得相信自己参加了圣餐仪式。然而，她头痛不已，这似乎是对人类的行为表示厌恶，而且消化不良的初步症状也出现了。按照基督教的道德标准，她永远不能再想这件事。

那场她不得不承认她多少参与了的仪式过去几天后，把小岛与大陆分开的海峡中出现了成群的鱼。这事本身足以让人欢欣，虽然与海边捕到的庞大的海怪相比可谓小巫见大巫。

打鱼的人往海滩边拖着那个被围在网中一筹莫展的家伙时,其余的部落成员都从岸边的树丛中杀出来冲下沙丘,嘴里喊着“儒艮!儒艮!”他们的乳房在胸前急促地跳动,手臂不断捅着碍手碍脚的空气。一个小男孩猛地翻了个跟头,只是为了看看是否扭断了脖子他才停了一下。

没等那东西在长矛下咽气,一个个屠夫就开始从它身上撕扯起来。暮霭中一堆堆火升了起来。筵席还远没有准备就绪,但由于拭目以待,人们黑黝黝的皮肤已经熠熠发光。迫不及待填充饥肠的黑人们没有像往常那样注意他们的奴隶。她从火堆中抓到一块很肥的鱼肉,用力咀嚼着,一双眼睛直往外凸,嘴唇上流着很腥的油。一条狗小心翼翼地和她保持着距离,拖着一条多毛的尾巴,看她是否会扔下点残渣。她发出一声近乎咆哮的声音对它表示警告。

狗什么也没有得到。罗克斯巴勒太太唯一的想法就是填饱自己的空腹,然后不管是否会撑破肚子,再从灰里抓一片鱼肉,要是运气好而且仍然没有人注意她的话。

这天晚上她的阴谋得逞了。由于吃得太饱她很不舒服。她用沙子揉擦着油腻的双手,好应付透过精疲力尽的薄纱依稀记起的一种例行准则。她觉得相当快乐,实际上快乐得超出了引起她痛苦的主要源泉所允许的范围。在“淡忘”中她继续回忆记不清是多少天以前的事情。如果仅就她自己而言,那事似乎并不那么可恶,那么不可容忍。就像她永远不会对别人承认她怎样把自己浸泡在那个圣人池塘中或者黑色的水中清除了她的病态思想和感官追求一样,她不可能向人们解释有一天早晨在森林的沉寂中,胯骨上鲜美的人肉是怎样滋养她的兽性的肉体,满足她饥渴的精神需要的。

沉思默想的她还没有合上半张的嘴唇,黑人们已经开始用一团团野草裹起零碎的鱼肉，收拾他们的财物，急急忙忙地向另一头的营地出发。于是她只能紧紧跟随，否则就会一个人留在黑暗中。她怀疑黑人们自己也怕黑，因此他们重新燃起行进时随身携带的火棍以防万一。他们爬那道把海洋和海峡分开的山脊时，夜幕已经降临，把他们团团笼罩。好几次赶路的人们中断了叽里咕噜的谈话，过一会儿又战战兢兢地重新开始。无声的惬意似乎在一个小湖边告一段落，湖面上火炬和幽灵似的结实丰满的人体可怕地一阵阵晃动着。这种情形下，夜行者们开始断断续续地哭叫，不管是祈祷还是哀悼都比以前任何时候都更恰如其分。

在罗克斯巴勒太太这方面，饥饿的消除增加了她的胆量。她加入了这场开始时滑稽可笑的仪式。如果说她不再怀有嘲笑这一切的欲望的话，那不是因为她丧失了勇气，而是因为那个地方的精气，转瞬即逝的湖光，颤颤巍巍、窃窃私语的树林都让她不知身在何处。当黑人们几乎一声不吭地重新开始他们晃晃悠悠的行程时，她觉得他们的恐惧随处可闻。如果她也时不时地摇晃着身体，那倒不是出于害怕而是因为她很可能已和黑暗合而为一了。

他们到了营地。她的脚趾碰到了什么东西，接着有人狠命地、毫无礼貌地推了她一下，她的头撞到树上，顿时眼冒金星。从幽暗处回到安全熟悉的地方后，所有的人又开始烦躁不安，七嘴八舌地说起话来。很小的孩子都留给年长的人看管，几个瘸腿的孩子像黑色羊羔一般咩咩叫着，来回乱跑，然后才与各自的母亲相聚。埋葬了孩子的那家人家继续自以为是地充当她的“官方主人”。在她这边，无动于衷和缺乏选择都让她觉得没有理由谴责这种安排。充斥着烟雾、体臭和跳蚤的茅屋给人的庇护最让人回味无穷，席地而卧也是最方便不过的事。

即使没有出现更加重要的迁移原因,贪得无厌让人受尽皮肉之苦的营地跳蚤也会促使黑人们再次搬家。她可以感觉到空气中弥漫着不安宁,有时这种不安宁实际上已经清晰可见:一缕缕指状烟雾缓缓消失在大陆树林的上空。此外,邻近部落的使者纷沓而至,他们带来的情报让接收情报的人兴奋不已,沉浸在不同寻常的各种准备中。

平常要是不出去打猎或捕鱼,男人们就忙于磨削修补工具。现在他们开始把他们用石刀从树干上剥下的树皮做成一队树皮小船。那个旁观的人则比参与造船活动的任何人还要专心致志。她既激情澎湃又满心恐惧。如果造小船意味着一次开赴大陆的航行,她就得破天荒第一次亲自积极地做决定——迄今为止她的生活主要被别的人或者上帝主宰。她必须决定是否应该开始奔向莫顿湾定居地的那段艰难而且可能是致命的行程。

目前,收留她的部落对渡海和预料中上岸后各类事项的准备足以减弱她不祥的预感。不管怎么样,她已在磨炼中学会善于驱逐最糟糕的念头。而且,由于主人现在要求她干的各种艰巨的活儿,如背成捆的树皮,捡拾柴禾,照看婴儿,挖一种这个季节特别需要的白泥等,她变得不那么弱不禁风了。对于其他不懂黑人头号大事为何物的人来说,她做所有这些活的时候似乎都带着担负神秘使命的神态。然而,现在还没有人能够或者说还没有人能冷眼旁观到领会她近乎神经质的激动心情的程度。有一次因为吞咽一块还带着毛的黏糊糊的负鼠肉时动作太猛她打起了嗝。黑孩子们听了乐得哈哈大笑。他们开始热爱他们的保姆,并把他们的游戏教给她。其中一种要用头发或纤维搓成绳,玩起来很像挑绷子游戏。她从来不怀疑自己有玩挑绷子游戏的天才,但她赢得孩子们崇拜的是她理乱线的本事。她放纵孩子们各种任性行为,平静地接受他们的拥抱和小脾气。出发的日子日益逼近,这种平和的心情也更容易持续。她在挖掘寻找那种让她想起康沃尔瓷土的白色物体时最平静如水。她"衣服"上常见的一块块油脂、木炭和积垢中现在又掺进了一条条白色的痕迹。如果她在翻挖被安宁气息和纯净阳光围绕的泥土时双手颤抖不停,那么她费尽心思也无法对此做出解释。

部落成员集合渡海去大陆的那天早晨,周围一片苍白的蓝色。雾散去时,蓝色才渐渐加重。谁要是对正上船的容光焕发的人们的冲天干劲和欢声笑语,对悄然退去像羽毛一样装饰着海峡的层层波浪,对轻风拂过烟雾和繁茂的桉树时散发出的阵阵香气无动于衷,那可真是铁石心肠。但罗克斯巴勒太太的主要考虑却是不要表现得反应过于强烈。

他们让这位既是奴隶又是保姆的人坐在船中间,周围一窝孩子,左右则是这条比较大的树皮船的两叶船桨。清晨寒意正浓,推想着未来,她的胳膊上、肩膀上都起了鸡皮疙瘩,眼白泛出了青绿色的光。她不觉得比平常冷是因为孩子们温暖的身体正把她团团围住。他们的皮肤光滑明亮,还没有受到准备他们前去就范的生活的玷污,她时不时地摸摸这个的头,拍拍那个的脸,以安慰她照管的这些因为害怕而异常安静的孩子们。在这样的早晨她真能把他们吃下去,然后只有当他们安全进入她体内时才允许他们分享她的快乐。她没这么做。她看到鼻涕正从一个又小又扁的鼻子中慢慢往外流,便捏紧那鼻子让鼻涕缩回去。小男孩以前从来没有这样被人照管过,他开始像猫一样尖叫起来。她大笑着安慰他,"亲爱的,难道你不知道我不会伤害你吗?"他觉得她的话比她让人恼火的行为更加难懂,但又别无选择,只好安静了下来。

他们在水面上划着船,身体不断前倾,摇晃,前进的船桨溅起的水花不停地甩到他们脸上。艾伦试图用一种登峰造极的假装出来的镇定来安慰她的孩子们,因为任何真实感情的流露,任何心情的激动和让她不胜重荷的希望的表现都可能引起他们的惊慌。不知为什么,她想起以前有一段时间无论是清醒还是酣睡她都受着一个梦的折磨,梦中船头驶进了海湾(那时她还没有在头脑清醒时见过廷特盖尔),她想起后来她在阁楼的一扇窗上画出廷特盖尔的字样,她想与其说是出于热爱,不如说是出于未满足的欲望。现在除了简单地希望在可怕的,仍然只是纸上谈兵的长征结束时喝点茶以外,她可是别无所求。

有出海经验的人这边一桨那边一桨地划着船。他们带上船以便到远方的海岸重新点燃的木炭冒着烟,熏得罗克斯巴勒太太眼睛发疼。由于习惯的驱使,她伸手拿来一片橙黄色镶边的贝壳,开始往外舀从船侧进来的海水,但舀出的水微不足道,她的行为也几乎因此而显得很荒唐。不管怎么样,他们很快就会到达目的地。古铜色脸颊上不断弥漫的铁青神情也因为平底树皮船已在泥沙中摩擦、碰撞而得到了稳定。

孩子们跃出船舱,蹦蹦跳跳地跑了,保姆认为他们再也不需要她了。她已经对他们尽了责,很快她就得面临有关自己切身利益的更为沉重的责任。

同时,她忙着帮他们从船里搬出各种用具。不断升高的太阳射出炫目的光芒,闷热静滞的空气笼罩着一切,还有那群已经预先聚集好的大陆部落的陌生成员,这一切很快让她头晕目眩。这些外部落的黑人和她腿上爬行的蚂蚁一样难缠,尽管蚂蚁蜇人,它们的人类同行则对这个从岛上来的怪物又捏又捅，还凑到她身上呼吸。为了展览这个稀罕物品她的主人们拖着她打转。事实上，营地还没有搭完一半，一些女人就打断了她的劳作，把她带到一边，重新在她头上敷上蜂蜜，用一簇簇羽毛和羽绒，还有黄色的头饰装点她的头发，这样她就能以最佳形象出现了。她又一次被带上前去展览。黑人们从各个角度观察展览品时大都张口结舌惊奇不已。而一群大个的白鹦鹉却飞到邻近的一棵树上，一边尖叫一边交谈，它们鼓着硫黄色的胸脯对这个赶集时会成为乡下人笑柄的怪物表示不满。

当她获准重新尽她奴仆的职责，前去挖沟捡柴禾时罗克斯巴勒太太感到一阵欣慰。

那天，别的部落陆续来临加入已就地宿营的部落行列。他们用一阵阵哭叫欢迎新来者，似乎以此表示他们的快乐，而以前她却只在早晨傍晚黑人们的齐声恸哭中体会一个不安宁的精灵的疑惑和不祥的预感。

整整一天她尽量独来独往，但当她的孩子们吵架后要她去收拾残局或者等着她去参加他们那些断断续续的游戏时，她满心感激。

许多大陆黑人天生人高马大，相比之下，岛上的人显得异常矮小。但所有大陆黑人都“体无完肤”，这些只可能是人为地施加到他们身上的伤痕图案各异，用以区别不同的部落。除少女以外，大陆黑女人要么不动脑子闷头干活，要么天生抑郁寡欢，却会用欢乐的女中音掩饰她们真实的本性。后者最爱捏她拽她。

罗克斯巴勒太太渴望夜幕降临，只是到那时候她就得考虑让她提心吊胆的逃跑计划。

入夜时，她看到黑人们正在筹备什么庆祝活动。他们的路线不断交错缠绕，空气在嘶嘶作响，噼啪爆裂，似乎里面充满了无形的焦急等待的火花。一些男人已经跳过舞,摆过特殊的姿势,他们互相出击又退缩回去,接着便放声大笑。他们漫无目的地闲逛,或者蹲坐成一圈叽里咕噜地谈话,然后重新开始大步流星地来回走动,他们的肌肉绷得很紧,眼神一片狂热。

一个巨人般的、拿任何标准衡量都是天生小丑的家伙不断地打转,拍着脚后跟跳到空中,用他的行话和听得见他声音的人逗乐。她可以推断他既受人尊敬又引人妒忌。最使他与众不同的是一把斧头,或者说是一把短柄小斧。他把斧头别在手工编织的腰带上。她不知道他是如何弄到这把斧头的。别的黑人对斧头很是羡慕,他们会过去抚摸它,有些人甚至企图从主人身上抢走斧头。

但那巨人和他们一样狡猾,他会啪的一声打掉偷偷摸摸不怀好意的手,熟练地跳到别人够不到的地方,同时继续胡言乱语惹得旁人哈哈大笑。

她很羡慕他的轻捷,对她听不懂的玩笑她也觉得好玩。他不在眼前时,斧头继续在她脑海里闪现。任何黑人都可能从沉船残骸上掠夺这样的赃物——包括她自己那次苦痛的经历。但她真想知道他是从哪里搞到这把斧头的。

后来,在他又一次跳着打转时,她发现自己离小丑很近,她意识到原先她当作普通伤痕的东西和部落刻痕并不一样。伤口不成图案,一片混乱,但已经愈合。

那时她一直在一座新搭的茅屋周围挖阴沟,她垂下头,面对着自己在树皮墙的墙脚边堆起的泥土。她知道自己上气不接下气,而且不是因为干体力活儿的缘故。

她再看的时候,那人跳了一下便在人群中消失了。他没有回来,也许已经结束了表演。她留在那里,想着她的小叔子加奈特·

罗克斯巴勒定义过的“恶棍”的形象。

天色暗下来时，噔噔噔的脚步声加重了。人们来来往往，蚂蚁、碰伤的树叶和人体发出的臭味在空气中弥漫着。女人们开始点火，倒不是要煮饭，而是为某种仪式作装饰。奴隶的任务是提供燃料。她背着一捆捆木棍又一次进入她已经习以为常的精神状态——一种对一切毫无兴趣的状态。装饰着羽毛、涂抹着一条条色彩缤纷的泥土的男性身体使渐渐幽暗的灌木丛变得生气勃勃。现在她明白了为什么离开岛屿前的那几天他们让她挖泥，她所在部落的男子身上涂着白色泥条。当她面对面地碰到他们时，她发现有些人鼻孔间的软骨上穿着细长的骨头。这些骨头使他们看上去凶猛异常，但不管是他们的凶猛还是他们的光彩都没有吸引她。然而，他们还是高人一等，这点他们的女人不会意识不到，同时她们殷勤地生着火，往火中添燃料，把火拨得很旺。

停下活休息时，罗克斯巴勒太太跑到灌木深处小便。她还没有蹲完就看到那个大个子假黑人向她这边走来，这使他们都很尴尬。暮色中挂在腰带上的斧头比以往任何时候都更引人注目。这情景使她相信此人是名逃犯，他与黑人部落为伍，而且很可能已学到了他们那些可怕的行为方式，使他天生的恶习更加如虎添翼。

同时，重新和同类（如果可以这么称呼的话）说话的渴望使她觉得好像有毡子在嗓子眼和身体两侧断断续续地燃烧，和比这危险得多的病症一样令人难受。

那人向她径直走来，当两人之间只有几码之隔时，他停下了脚步。她看到，虽然他人高马大身强力壮，但他的小腿，他的下垂的双手都在发抖。

为了帮助他摆脱困境，她用她的母语对他说：“你是哪里人啊？”

然后,想到她应该有的身份便换了一种严厉的声调问他,“你是基督徒吗?”

那人站在那里大张着嘴发出些含糊不清的声音,好像他是个白痴,或者说他和过去的联系已被时间或震惊摧毁殆尽。

她的希望破灭了。她曾在短促的瞬间瞥见被人搭救的可能性,可现在看来似乎应该是她必须成为救世主,不是去救一个理智的人,而是去救一个迷路的灵魂。

“如果你不能告诉我你是谁,”她上气不接下气地唠叨着,“也许你还是能帮我一把。”然后走上前,拉住他的手。

那人像是被人击中了一样,含糊不清地咕哝得更响了,两片嘴唇之间唾沫飞溅,似乎快要昏厥过去。但目前阶段的她已不可能感到害怕或失望,对已经发生的和可能等待着她的一切都漠不关心。她已经泥塑木雕一般对什么都无动于衷,如果有必要,她也会毫不迟疑地沉沦。

这时她却感到从那人的胡言乱语中可以辨别出第一个有点意思的单词:“基——夹——夹克——杰克!”

“你叫杰克?”她几乎要把他的手扭断。

“杰克——查恩斯!”他把它发成“桥恩斯”,随后开始微笑,然而他笑得那么勉强,面容又毁坏得如此厉害,这一笑只能使他显得奇形怪状。

她的感激和宽慰几乎要溢于言表,但她说出来的却是:“我叫艾伦。”

他已经退回到他的皮革面具中,透过面具的裂缝,一双淡得快要褪色的蓝眼睛充满疑虑地盯着她。

“我们得互相信任,”她坚持说,“我向你保证只要你把我带到莫顿湾,他们就会赦免你。”

起皱的皮革面具立刻变成了锈铁做的面罩。“不——赦……赦免——根本轮不到我这号的。从我逃跑时算起,每逃一天都要挨一鞭子!”他发出一种噪音,也许他本来是想笑的。

她发现她仍然握着他的手,而她手中的这只手又是那么冰冷,粗硬。他肯定很强硬,他被迫过的那种生活只能把他变成一头野兽,即使他并非生来如此。

接着野兽开始发抖,她放开了那只手,担心他的痛苦会传染。

“他们不会拒绝赦免你的——杰克——如果你把我带到他们那儿去的话。他们要是拒绝了,那既不公平也不合情理。”

“人就是不讲情理,不讲公平。”

极度的绝望使她愤怒地大喊:“他们不敢!我是罗克斯巴勒太太!”要不是她暂时游离了她那种淡漠的心态,她也许会听到自己说话,惊讶得不敢相信自己的耳朵。

很明显那罪犯都听见了。他以一种行家里手竟然出错的神态把她迅速地看了一遍,然后朝生着火的、一片喧闹的方向走去,很快便消失在树丛中。

她几乎没有时间沉浸在自哀自怜中,因为两个女人已经来找她,她们拖着她回到庆祝场地。

天已经很黑了,因而火也烧得更旺,黑女人们在火堆后面成排地坐着。在黑压压攒动着的人头中间俘虏认出了她所在部落的女人们。她的伙伴们在把她带到这里以前,噔噔噔地在一排排坐着的人中间穿行了好一阵,被踩着的人号叫着甚至动手打她们。最后,离开现场的三个人终于挤入热汗淋漓混杂在一起的人群中。

她现在所处的位置使罗克斯巴勒太太心里明白,不管是一个人,还是有那个犯人做伴——如果他改变主意的话,都没有机会逃跑。甚至还不如说她觉得很宽慰。即使在起居室尖声叫喊也并不比穿过端端正正坐着的一排排黑女人,按她来时的路线回去糟糕多少。

然而到现在连男人的影子都看不到,虽然在周围的沉沉夜色中,只要女人们的交头接耳,高声狂叫和火堆的噼啪作响稍一减低就可以听到他们的声音。火堆窜起丛丛火苗又重新静静地燃烧,火星飞溅直上九天,和初升的星星混在一起。

女人们开始不耐烦,她们叹气、呻吟,一些人大叫着,坐着的一排排女人开始东摇西晃,好像刚刚喝醉了酒一般。

艾伦·格拉雅斯自然而然地和她们一起摇晃起来。坐在这些黑女人中间不断被人压挤着,她的身体开始出汗,但并不令人生厌。

最后,沉沉黑色铺天盖地到处喷射,一团团清晰可见的波浪直扑篝火照明的前台,把肋骨涂成白色的男人们在火堆的另一边跺脚嚎叫,表演着盛况空前的有关狩猎和战争的庆祝仪式。

那一排排的女人随着节拍黑压压地晃动着,拍打着大腿,而那些年纪较大,满腹牢骚,已当祖母的人则拍打着遮盖她们瘦骨嶙峋的大腿的负鼠皮。

艾伦·格拉雅斯身不由已地随她们东摇西晃。虽然她更希望加入男人的行列,更好地庆贺她正在重新体味的一切。当他们在丰收季节收割下"最后一束谷物!最后一束谷物!"时,她又一次跳起了舞,一边跳一边扯着她那条浆好的围裙(实际上,她扯的是她最近新换的树叶裙)。

邻近她的一个人带着询问的神情看着她,但只看了一会儿。她们坐在那里摇摆不定,在光河汗流中融成一体。

各部落相继表演着意义昭然的舞蹈。此刻的舞蹈像一条巨蛇正在伸展盘曲的身体，一开始动作很慢，后来疯狂地回旋起来。男人们的胳膊用力舞动，胳膊肘几乎要刺穿后面赭石点画过的胸膛，舞动着的黝黑的大腿在反射的火光中几乎成了流体。

女人们合着节拍晃动、弯腰、甩动沉重不堪的头颅，坐正身体，拍着手或者打着大腿，落手处不是一阵皮肉的灼痛，便是负鼠皮被打中后发出的沉闷的声音。

被俘的人在泛起的尘土中打了个喷嚏。但她合着节拍低头摇晃，拍腿呻吟，很快便有些不由自主。要不是脑海中突然出现了罗克斯巴勒先生的幻觉，她也许会更加身不由己：他的胡须掩饰不了喉咙中那处血如泉涌的伤口。（他们是不是已经把他烧化了？如痴如醉的她不敢去想象。）

她拍着手，重重地打着大腿，不断呻吟着，头一直埋到两条大腿中间，把她的邻座刺激得更加狂热。

她的幻觉使她大喊出声：他的一条大腿在臀部被撕掉了，她可以闻到撕裂了的皮肤的气味。

此刻，当那条光芒四射汗流浃背覆盖着赭色鳞片的巨蛇扭动着几乎要钻入尘土时，她抬头发现蛇的最后一截尾椎快要脱落了。

那截尾椎在那儿自成一体地随意蠕动扭曲。

女人们的嗓门越来越大，她们喊着“尤拉皮！尤拉皮！”为各自选中的舞蹈者喝彩。

被俘的女人把头弯到叉开的大腿上，把脸埋在树叶裙中，也许她再也无法恢复常态。

她终于坐起身来，双眼紧闭，嘴唇微翕是要接受烧焦的祭品还是准备受用圣餐？

她知道,这个人,这个"尤拉皮"正在她紧闭的眼皮之外为她跳舞。

用绳系在他腰带上的那些负鼠尾巴砰砰地在屁股上不断甩动嬉戏。即使隔了一段距离,它们也在轻柔地抚爱她,她几乎辨别不出负鼠毛和它们在其中翩翩起舞的微风。比较有把握的是她撞到的结实的胸膛("什么是'情人',妈妈?"),燎下的猪毛,淌着汗水的河道,甚至汗水在里面沸腾蒸发的铜锅。他们一直在旋转。

她睁开眼时发现她一厢情愿的舞伴已淹没在一群新的潮水般涌来的舞蹈者中。

她觉得百无聊赖,引起她兴趣的是坐在前面的一位老妇人松软的脖子。老妇人身上的红色标记使她很引人注目。罗克斯巴勒太太想认清这位孙女因爱情被杀的祖母。那姑娘死后的第二天,在森林里的秘密仪式结束后,这女人浑身抹红以哀悼她的孙女。罗克斯巴勒太太本来会觉得更加恼火,因为她没有用红赭石正式表示她已守寡,但她在守寡本身就是一种礼节,这一点她在塔特姑妈和老罗克斯巴勒太太身上看到过(不过,礼节难道不就是正式舞蹈中的另一个形象而已吗?)。

艾伦坐在那儿拨弄着她的树叶裙,黑人的歌舞会已经结束,所剩的只有余火未尽的木炭、一堆堆灰烬和仍在继续的粗声粗气的交谈。当各部落相互疏远时,她知道她一心指望着前来搭救她的人不会出现了。

这样她又一次得以幸免,没有踏上去莫顿湾的充满危险的征途。当她的主人们带着她走开时,她劝自己继续做他们的奴隶是一种宽慰而不是令人垂头丧气的事。她正这么想着,迎面来了另一群人。后者好像事先安排好了似的直冲他们走来。从头饰和那只装着魔石夹在腋下的大包,她认出了那个医师,或者智者,或者魔术师,那个没能让死去的孩子复活的人。

两群人都停下了。罗克斯巴勒太太觉得浑身发冷,要不是周围的人把她团团围住,她很可能会具体可怕地暴露一切。她可以看出,管她的人和那个医师正在签订一项合同,而她则是合同主要的、也许还是唯一的条款。

结果是,这个经常被其他人称作"特尔顽"的魔术师把她带走了。她只能推测她已成了他的财产。

新主人对她很尊重,她觉得他这么做不是出于善解人意,而是因为年事已高。他占据的那个茅屋和把她转让的那家住的房子几乎处处相似。新来者一进门,在火堆边打盹的两个女人便活跃起来。毫无疑问,由于对习俗安之若素,她们没有明确表示任何不满。

奴隶把臀部的一侧挪到离火堆不远的地面上准备过夜。这时,一个孩子哭了起来。她开始考虑如何抚爱安慰这孩子,同时让自己也得点安慰。但此时此刻分散她注意力的是那个"特尔顽",因为她是他的目标之所在。他虽然年事已高但精瘦结实。她必须考虑到这一点,同时必须用自己眼神中的冷漠浇灭他眼中的欲火。

罗克斯巴勒太太不敢相信她能这么冷冰冰地行事。

"特尔顽"终于坐到了茅屋的另一头。他从包里拿出他那块奇妙的石英,为了吸引别人的注意力还擦拭了一会儿,然后躺下来,如果不是在睡觉就是在观察。

她让自己平静下来,但并没有睡着,不过也许还是睡着了,要不"尤拉皮"怎么可能进来呢?他站在那儿低着头看她,她没有什么可害怕的。他是特鲁罗附近的一名锡矿工人,由于在米迦勒节[①]偷了希克斯家田地里的一头驴被充了军。

她自己就是那头驴。尽管她希望自己不要失去知觉,她肯定还是睡着了。她躺着,听她的"丈夫",那个魔术师做噩梦或者在已熄灭的火堆的另一头,和他那些名副其实的妻子中的某一位寻欢作乐。艾伦的面颊紧贴着地上乱扔着的树枝,盼望早晨快点到来。

第二天,天地间一片雾气蒙蒙,让人昏昏欲睡。由于地位的改善,一部分单调乏味的活儿她可以不干了,还有几个年纪大一些的妇女和她做伴。如果她流露出这种意图的话,这些女人会教她怎样用毛发纺线或者把负鼠皮缝成坐垫。然而她不想学这些。她现在可以感到厌烦,或者在合乎情理的条件下情不自禁地生气。她躺在一棵树下,背对着她们,浑身懒散无力。要是会讲他们的话,她也许会命令某个人给她扇风或者讲故事。

无意中她意识到她在切尔特南的生活大多数时候都是百无聊赖的,而且她可能只有在削萝卜,擦洗奶桶或者揭开蒸布看面包有没有发好时才感到幸福。

因此,她把夜幕降临时与地位比她低的人一起准备蕨根看作一种解脱。周围一片劈打的声音,这在某种程度上安慰着她,一直到她正用着的贝壳的锋利边缘割破了她的手指。她吸吮着伤口,后来才想起用木炭揉擦。

女人们所期望的也许是暮霭的烟雾,也许是男人们狩猎归来,眼前她们坐立不安。

她们开始烤一只袋鼠。

---

① 米迦勒节(Michaelmas):纪念天使米迦勒的宗教节日。根据西方基督教的教会年历这一天是9月29日,根据东方基督教的教会年历这一天是11月8日。

“特尔顽”出现了，蹲坐在他新得的“财产”旁边，很是引人注目。她甚至没有把眼神转向别处，她眼中冰冷的薄翳使得这位“特尔顽”感到任何事都毫无必要。

不管人们可能为那天晚上准备了什么娱乐活动，她很快意识到一切不会按计划发生。一种冲突性的气氛正在形成，一开始什么也听不到，也看不到任何明显的不和的迹象。然而，从一缕缕烟雾，一股股空气，以及一阵阵木棍被人踩碎的声音中，她能感觉到这种气氛。

突然，周围的灌木丛爆炸了。一场战斗随之开始。她没有办法弄清楚这一切因何而起。夜幕降下时，武士们在那块空地上来来去去，女人们则继续干活。在捶击皮肉的粗重响声和木棍打中骨头的更坚硬的声音的伴奏下，人们拳脚相加，大打出手。一支长矛呼呼地飞着穿过一簇簇树叶，钉在一株巨大粗糙的树干上。

另一支长矛击中的肯定是它瞄准的目标：一个男人一头栽倒在火堆中，女人们把他拖出来，但不是帮他脱险，而是让他不要死得太痛苦。那人的黑屁股颤动了一会儿，然后抽搐，收缩。

这些都是在真真切切地发生，但这一事实并不使眼前的场合比前一天晚上的歌舞会真实多少。两个场合的仪式是同样的令人陶醉，或者说在一名旁观者的眼中是这样：曾经一路舞蹈穿过梦幻迷宫的男人此刻在更直接地走向死亡，而死亡在她自己的经历中不过是跳舞时的另一个形象。

一些女人已经开始尖叫，她们相互扯着短发。

夜色、灰尘、翻腾的树枝雨点般落下，她来不及搞清楚是何物的柔软黏湿的东西正交错着变成漆黑一团。在这种氛围下她也许能亲自贡献点什么，她甚至开始自得其乐地旋转起来，但她撞上了一个人，只好偃旗息鼓。

她还没有来得及回避这突如其来的冲撞所引起的后果，手就被抓住了，而且不管她愿意与否，被迫在这场野蛮的舞蹈中对她的绑架者亦步亦趋。眼下他们无所事事，只有在参与这场疯狂的流血战斗的来回乱转的人中等待时机。最后他瞅准机会带着他的战利品从混战中脱出身来，他的用心也因此一目了然。她像死人一般被他拖在身后，至少是被拖着离开这块地方。后来她撞到了一棵幼树上，因为拉着手，他们两个人都不可避免地停住了。如果还在白天，她很可能会撞得头晕目眩什么也看不见。当时当地她只觉得耳朵嗡嗡作响什么也听不见。

要不是他把她拉走的话，她很可能会像小树那样生了根似的站在那里。不过绞在一起的两双手只能带来这样的结果。

对她这块比较被动的铅来说他就是钢，但有时她不再是那块注定要在他后面乱扑乱撞，或者时不时撞到他身上的痛苦不堪的铅块。那时她就觉得自己在飞一般越过不平坦的地面时听到了轻微的叮当声。

两人总是连在一起：已成为她救星的绑架者这样规定着。

毫无疑问他选择扮演救星的角色这一点是他那些无法理解的胡言乱语的主题，她记得他们第一次见面时他也是这样说话的。在目前的情形下，她为无力帮他摆脱困境觉得非常惶惑，但他最后还是靠自己的努力成功地冒出了几句话。

“小溪，”她听到他在说，“……小溪中不会留下痕迹——”

不一会儿，她绊倒了，她感到脚踝周围全是水，有时她在未曾提防的坑中踉踉跄跄地走着，水一直没膝盖。踩上去很舒服的沙土已让位给更加靠不住的烂泥，偶尔泥里还有岩石或木桩，她的脚趾都踢破了。她想象着河水肯定在用她的血编织玫瑰色的薄纱。

“你认识路吗?”她在一阵沉默中问道,并觉得他咕哝着回答说,“要是没忘记的话应该认得。”

如果允许,她很乐意在这个黑色世界的任何一个地方瘫坐下来,因为疲劳正使他们的行程,最后还使得她的生活变得毫无意义。但他逼着她前进,慢慢地她意识到驱使他向前的不是意志也不是体力,而是一种超级机械机制,她的脑子以及和钟摆一样的四肢也随之学会和他配合默契了。

终于,坚实的但不再令人痛苦的黑暗中透出了淡淡的光亮(他已经非常麻木,对最剧烈的撞击和抓伤都不能像常人一样做出反应),她听见他在说“我想我们可以在这个溪谷中待一会儿”,便感到可以就地倒下去。她躺在那里,像周围的晨光一样灰暗,前途未卜。

她一点也不怀疑她的伙伴知道下一步该怎么办。当时的情形下她不能不相信他。她的麻木的身体,模糊不清的视觉和纯粹已经支离破碎的思想都把她排除在他的活动范围之外。他正用系在腰带上的斧头砍树枝,把树桩敲进土里,搭起一个简陋的蔽身之处。这小棚低矮得不成样子,几乎无法和活的灌木丛区分开来。她看到他那块跨过肩膀穿过腰带的布在他们穿过灌木丛逃跑时已经被撕扯掉。现在他除了腰带和头发中残余的几根羽毛以外一丝不挂。这点没有,或者更确切地说,不应该干扰她。在她自己这边,她满意地发现腰间那一簇纤葡枝在某种程度上仍然完好无损,她的结婚戒指也仍在她系着的那个地方。

她被人强行弄醒了。他正用刺人的脚趾捅她,“……你要不要到里面来。不管咋样,不暴露自己总归安全点。”

她应该谢谢他或者朝他笑笑,但她的脸和嗓音已经无力这么去做。而且她必须用足力气进入小棚屋,因为他根本没打算扶助她。罗克斯巴勒太太也许会因为这种她知道应该定义为粗鲁的东西而很不高兴,但艾伦·格拉雅斯感激涕零地爬进了小棚屋提供的舒适的隐蔽场所。

她躺在那里,浑身疼痛,茫然地微笑着,甚至当小棚入口处因为她的伙伴跟着她弯腰进屋而暗将下来时她还在笑。

他没有再和她交谈便躺了下去,转过身,一动不动地待在那里。

她睡了醒,醒了睡,再醒再睡。太阳肯定已经升得很高了。她可以感觉到鸟儿的阵阵歌唱在阳光和沉寂之上编织成了纵横交错的图案。一柱柱阳光从绿色的树皮棚顶射过来,抚爱着她的和伸开四肢躺在她旁边的那个男人的躯体。在这个也许是神灵因为不安而允许她全身心感觉的平和得无垠无际的世界里没有任何不协调的成分,直到后来某只看不见的鸟爆发出一阵粗俗的大笑嘲讽人类的单纯。

恢复理智后她马上意识到她的伙伴在打鼾。而且,棚里充斥着臭味,如果她没有想起自己曾经系着围嘴跪在一个狐狸的洞穴旁边,她也许会觉得无法忍受。要是她能闻闻自己的话,她就会知道自己身上也是一股狐臊臭。她叹息,打喷嚏,想到自己赤身裸体龌龊肮脏,躺在这个一丝不挂肮脏龌龊的男人旁边,那样子一定难看透顶。

突然他开始断断续续地叫喊起来,他的身体抽搐着,那个可以自由活动的肩膀抵挡着任何追踪他的危险。

从他的声音可以很明显地听出他痛苦不堪。她伸出一只手碰碰他的后背以便打断他的噩梦。

“这是梦,”她试图说服他,“杰克!”她以命令的口气提高了声音。

但她的声音和她的手脚不能制止他绝望地抽搐。她意识到她正摸着那些他在黑人营地第一次出现时她就注意到的伤疤。那时它们这种明显的毫无目的的模糊形状就使它们不同于土著人背上的正式刻痕。

突然他发出一声比前面的叫喊还要令人毛骨悚然的惨叫。她抽回手,为安全起见把手放到了乳沟中。她感到很烦恼,因为她抚摸了一块也许他不希望她涉及的充满痛苦的地方。

此后不久他的大声叫喊也没有让她感到宽慰。“……你放手行不行?——不是俺!——俺只把她要的给了她——”他开始说傻话、抽鼻子,此后他说的一切都变得毫无意义。

后来他扭过身,仰卧着慢慢醒来。她可以从他眼睑上翻起的睫毛看出这一点。之后他转过脸,一双苍白的眼睛盯着她,目光像死人一般遥远。

“那是个噩梦,杰克。”她软弱无力地解释,“我想帮你摆脱它。”

“那不是梦。这点俺觉得出来。他们把俺绑到三脚架上抽打。俺要挨足足一百皮鞭。完了以后要去踏车①。”

他说话时她开始在自己身上数数,但只数到二:那是她的乳头。

“你是不是害怕,”她问道,“如果你把我带到莫顿湾我会不遵守诺言?”

对此他只报以一阵抽鼻子的声音,同时他的头在他们这个避难所的泥地上来回摩擦着。

他是一头动物,她得出结论,不过很驯服。

---

① 踏车:流放地惩罚犯人的一种方法。受此罚的犯人被单独囚禁日日夜夜踩踏不停。由于踏车时与世隔绝,单调沉重,犯人都害怕此刑。

她伸出手碰了碰他的手腕,“你应该相信我。”她说。

他既没有动也没有回答。

想到丈夫对自己那种并非完全正当有理的信任,她便调过脸去,这样她的救星就不会看到那肿胀的面孔了。

“如果你有妻室,”她发现自己在试探他,“你一定会理解的。”

“她不是你所说的我的妻室,不过差不多是。她在老家。”

“失去你她肯定吃尽了苦!”他没有任何表示感动的迹象,倒是她替那位与其罪犯情人分离的女人承受着痛苦。

要不是他的冷漠,她也许会违背自己的意志重新体味代表她真实生活的最后时刻。实际上,她只是让它重新展现了一下,从黑沉沉的剧院底层看去,灯火通明的舞台上有一群男演员,一个女人走上前来,从一个受了伤躺在沙土里的男人喉咙中抽出一支长矛。

她是不是在变得冷酷无情?肯定不是,就在刚才她还真想为那个失去其罪犯情人的女人哭泣呢。

她听到那只叫声粗俗的鸟又发出一阵咯咯咯的嘲笑。

她感到怒火中烧。她对这个无动于衷、死气沉沉、粗俗不堪的人的行为感到愤怒。她知道,她该考虑她自己卑微的出身,接受并理解他身上的一切。

她希望他没有觉察到她的怒气。她需要他的同情和理解。“你知道吗,杰克,我失去了丈夫——他被残酷地杀害了——遭毒手的还有船上的水手。”

“我在黑人中听说了,”他说,“但他们是被白人激怒了。”

她不知道该站在哪一边好。

“永远,”她听见自己吃力地说着,似乎每个字都是一块小石子,“永远不能完全地责怪谁。”想了想又加上一句,“除了罗克斯巴勒先生——他是无辜的。”

在那个漫长的金色的下午，时间在渐渐流逝，她又打起盹昏昏沉沉地睡着了。当她被粗鲁地拉着，或者说似乎是这样，回到现实的表面时，她意识到打搅她休息的并不是什么暴力，而是一阵敲砸木棍的声音。

她拖着一把骨头架子走出棚子。杰克·查恩斯正在仔细拨弄一堆火。一堆古铜色的羽毛在火光闪烁的暮色中泛着光泽。作为艾伦·格拉雅斯她真想让自己忙碌起来，给这对鸽子拔毛取内脏，但罗克斯巴勒太太要悉心照料她的伤痛，而且对于被人侍候的奢侈享受她也无法抗拒。

她也许想用微笑来犒劳她的仆人，但他一副不知道她在那里的样子。他提着那对晃晃悠悠的鸟儿走到小溪边，回来时已在鸟儿周围涂满烂泥，然后把它们埋在火堆中。

她听到了自己懒洋洋、经过训导的声音，“杰克，你能抓住鸟真是聪明。我想，你是从黑人那里学来的吧。”

这种从过去飘来的声音使她困惑：她的朋友戴恩特雷太太会不会因为她忘了通信而责怪她？

“那是我的本行，”他说，“很早以前的事了，那时我猜都猜不到黑人会懂这个。”

“噢？”她真想让指派给她的奴隶给她逗乐，但他已经陷入了沉默，而且她也明白她诱不出他任何东西，所以她走到溪流边洗自己。她用手指刷洗牙齿：这是很久以来她第一次照管牙齿——上一次是什么时候？她记不得了。

夜幕拉紧了，鸽子毛上闪烁的微光融进了夜色。但她想到晃晃悠悠的鸟头和折断的鸟脖子便皱起眉头。

她蹲坐在火边等候，他则蹲在对面，这样就很重礼节了。

“你得告诉我你是怎么捕鸟的。”罗克斯巴勒太太鼓励他。

她几乎希望能在没完没了用晚餐的红木餐桌上点上蜡烛来照亮她的无知。

但那是他伸出手把涂着泥的鸽子从火堆中取出来的时候。把泥敲开后，里面是烘干的鸽子，因为羽毛已和烤干的泥块一起脱落了。

就餐的人迫不及待地撕扯着鸽肉。罗克斯巴勒太太烫着了嘴唇和手指；一股珍贵的肉汁慢慢流下来，把她的下巴，更不用说乳房，都烫伤了。相对而言，由于经常练习，加上能比较有规律地填饱肚子，对这样的情况犯人倒是应付自如，再说他们也教过他餐桌上的礼仪。他吃的时候几乎有点过分讲究，头歪在一边，一个手指弯着。

罗克斯巴勒太太得把他搁在一旁不管，先把那气味冲人的内脏吞咽下去再说，厨师留着内脏也是为了实用和节约。直到吃剩一副骨架，一双细腿和一对已经弯曲变形褪尽珊瑚色的爪子时她才停住。

悲哀向她袭来，凝缩的光线和奄奄一息的火堆更让她忧伤不已。

“她叫什么名字——你说过的那个女人？”她的手指在嘴唇和牙齿间移动以便把最后一点零碎的鸽肉搜刮出来，她心里明白自己的模样丑陋至极。

他大笑起来，“我不知道你为什么要对这个感兴趣，”他把一块鸽子骨头吐到火里，“她叫‘梅珀’，如果你想知道的话。”

由于火堆无人照管，背后寒夜笼罩，她觉得很冷，便把身体蜷缩起来。“这个名字我从来没有听说过，在我出生的那个乡村没听说，而且在英格兰也没听说，我过了河以后一直住在那里——那是我结婚以后的事。”老罗克斯巴勒太太和戴恩特雷太太忽略不补的这条最新的知识裂缝也许会进一步烦恼她。“梅珀。”她用干巴巴的声音念着，似乎在检验它的味道和质地。

她的伙伴，虽然在吃饭时尽量讲究文雅，这时却毫不顾忌地放了个屁。

“那是她的名字，”他打嗝时比以前轻多了，“我以前从来不想它。”

“给我讲讲鸟的事吧。”她打着呵欠命令他。

现在他好像十分乐意讲了。“哎，你知道，我是做这种买卖的。供人观赏的笼中之鸟总是热门货——朱顶雀、金翅雀、画眉，但哪一种也没有朱顶雀那么受欢迎。它是最快活的歌鸟，也比别的鸟活得长——当然，你会说——它习惯被人冷落。但大多数鸟和动物——还有植物——都要被人冷落的——一旦主人不再心血来潮拼命想拥有这些东西。”

“那么你为什么要继续从事这种几乎是不道德的买卖？”

“如果我们只考虑什么是道德的话，我们就要挨饿，对不对？我们会蜷缩着身体丧命的。人们想得太多——又想得不够。如果他们一开始的时候就考虑种种麻烦——他们会碰到的欺骗和背叛，男人还会跟女人走，或者女人还会跟男人走吗？”

“并不是所有的男人女人都那么奸诈不老实。”她对着火堆一副怒气冲冲的样子，还用手边的一根棍子掘着土地。

“我并不是说像您这样的人——一位尊贵的夫人——奸诈不老实——你也不会知道这种事。但我知道，因为我是有过这种痛苦经历的人。”

他是不是很单纯,至今还没有弄清她的真实身份,尽管她已经露出蛛丝马迹?她本来也许会用简单的话当时当地就把一切向他挑明,但她突然想到他很可能一直认为她悲观厌世,因而不管在什么水平上都会把她往最坏的方面想。

因此她只让自己说:“不管我是否是一位尊贵的夫人,我曾经欺骗过别人——我相信这一点——但只有一次。”

她听到的算是回答的声音让她十分恼火。

“你为什么要笑?”她迅速地问了这个问题。

“噢,不!我可没指责谁!”

“但你笑了!”

“也许我们谁也不会那么努力去思考,把我们做过的或者曾经扮演的角色都记起来。”

四周的一切几乎都消失了。只有火堆的余烬使沉沉夜色有所缓和。这一点和实际上等于是谴责的话使她觉得异常凄楚。

“你干吗不把火拨旺一点呢,杰克?”

他说如果碰巧有土著人在附近宿营的话烧得很旺的火会让他们暴露目标的。过了一会儿,他甚至扯下一根树枝,把没有烧尽的木炭彻底打灭。

她别无选择只好爬进棚子。这么做的时候她希望他不要跟进来。她已经开始讨厌他。她现在真想一个人躺着,考虑如果她有朝一日能到莫顿湾的话,她将如何利用她的自由。

但他跟着她进了棚屋。除了她现在已经熟悉的臭味以外,他还带来了一股暖意,在这样一个凄冷的夜晚两人身上的热量加在一起也是一种安慰。

一只夜行的鸟打着转从棚顶飞过，然后一切又趋于平静。可以听到的只有沉寂。棚子外面露珠滴入大地，棚内她的睫毛在眨动，杰克·查恩斯在清嗓子。

虽然出于对过去的尊重他压低了嗓门，但听到他说话她还是吃了一惊。"我做笼中鸟买卖时——我刚才正和你讲这点，艾伦——我喜欢跑到老远的田野好满足人们的需要。在帕特尼的河边我有一个小住所，在河的北岸。一开始我在高门干得不错，但后来发现到哈福德郡更赚钱，我甚至跑到萨福克那么远的地方。到萨福克捕朱顶雀。我赶着一匹马拉的车去那里。有时我在那儿过几天，睡在马车底下，早晚都能抓到鸟。我把鸟儿养在帕特尼的小屋里，然后每天赶着车在街上转悠，谁需要歌鸟就卖给谁，那些人当中有好几个真的很着迷。"

"那么，梅柏，我想，是待在普特尼照料那些鸟啰？"

"梅珀对鸟可没什么兴趣，而且她受不了乡村生活——帕特尼就够糟糕了，更别提萨福克了。有一次她和我一起到那儿去了。我在一块田里搭了露营地，有一丛树篱遮着，我用云雀给她弄了一顿挺不错的晚饭。但做什么也没用。她抱怨该死的野草打湿了她的脚。"

"梅珀喜欢什么呢？"

"她是卖水田芥的。她和同乡人一起住在霍尔本的一个院子里，好赶法灵登的集市。她很早就去那里从菜商手里买水田芥，然后挨门挨户地叫卖，像她这样单独做买卖的姑娘多数时候把东西都糟蹋了。"

恢复开口说话的能力以后，他迫不及待地想谈话，而且喜欢漫无边际地胡扯。她觉得这有损他的形象——她记忆中的舞蹈家"尤拉皮”和逃犯杰克·查恩斯。她也许不会把自己托付给一个胡言乱语的人。她来自沉默寡言的家庭,而罗克斯巴勒先生总是很明智很审慎。

她一边听这个轻浮的声音描述他的女友,一边问道:“她长得什么样子?高不高?皮肤是什么颜色?梅珀好看吗?”

也许,对这个一大早从霍尔本的院子里起身挨家挨户叫卖劣质货物的可怜的卖水田芥的人,唯一可行的是表示出一副感兴趣的样子。(她知道那姑娘的手不可避免地会是什么样子。)

“她皮肤很黑——像你一样,”他小心翼翼地重新勾画,“嘴唇发紫。有霜的早晨我常告诉她她看起来像猛吃了一通樱桃似的——那种鲜美的黑樱桃。她的个儿也很高。梅珀身上拿出任何一部分都比你大,艾伦。”

“从来没人觉得我矮小。你难道没发现我的个儿是中等偏高的?”

他也许根本没有考虑这点,但他突然说了一句让她大吃一惊的话:“你的个儿够高的,人也好看。”

她的教养应该使她对他的放肆感到愤怒,但在当时她只是对自己更加不满。

他们已经不想再交谈了。她听着马车在车辙中摩擦翻滚,还有一个需要上油的车轮嘎吱嘎吱地响着。虽然车漆得很花哨,那匹小马还是结结实实、蹄后丛毛很重的枣红马。那马车仍然向一边倾斜。她可以闻到灌木树篱外面田野里露水的香味。她喜欢早起,然后光着脚走出宿营地,用脚底轻抚露珠。

她觉得云雀做的菜无法下咽。(如果鸽子都吃了,为什么不吃云雀呢?)她也吃不下任何在囚笼中闷闷不乐奄奄一息的鸟。一些鸟从被捕获的那一刹起就悲戚地聚在一块儿,在不断颠簸的马车中它们挤得更紧了,而且由于羽毛上带着粪土显得肮脏不堪。

“我可以想象,”她说,“你被判刑时梅珀有多难受。”

他没有回答。听声音他好像在把一根木棍折成碎片。

“你的刑期长吗?”

“无期徒刑。”

他就事论事平淡无奇地说着,并不想引起同情。但她仍然感到震惊。

“她的刑期并不比你的短,”她知道她想的是她自己,“我能理解她的痛苦。”

“没有在莫顿湾蒙受耻辱的人都没受过苦——梅珀算最不能吃苦的。不管怎么样,梅珀已经死了。”

她躺在那儿哭,但尽量压低声音不让她的救星听到。在树枝树叶搭成的棚顶上空,星星踉踉跄跄不胜感伤,和她的眼泪融成一体。她不由得一阵眩晕,便推想着,一个人要是不留神也许会抑郁而死的。

但有人制止了她,她没能在这种病态的突发的可能性上流连忘返。杰克·查恩斯在碰她的胳膊。她觉得他在轻轻地抚摸她的手腕。如果说她没有抽回胳膊,那是因为此刻她的肉体似乎已成了她身上最微不足道的部分,或者说是因为这个肉体永远不可能被谁触摸,即使她那已经死了这么长时间的丈夫奥斯汀·罗克斯巴勒先生也不可能这么做。

他继续抚摸。

“你干吗要哭呢,艾伦,这又不是你的事。”

“噢,这和我有关!和我有关!和我,和你,和她都有关。”

当他透过圈圈条条的藤蔓在她大腿上吻了一下时,她剧烈地抽搐着,她的膝盖肯定撞着了他的脸。

他开始骂人,倒不见得在骂罗克斯巴勒太太,或者在她听来不是在骂她;他骂的是整个人类。

“噢,”她叫喊起来,“我伤害你了吗?”

“我想除了再受一次该死的鞭挞,再也没什么东西能伤害我的了。”

她伸出手去补救,“那永远不会发生,因为我不会允许它发生。”罗克斯巴勒太太说,“你放心休息好了,杰克。”

她对自己就这么放心吗?他肯定觉得出她的手在他的胳臂上抖个不止,本来她是想借此做个安慰他的手势的。

在他这边,他不再犹豫不前。他开始摆弄她,似乎她是辆手推车或者是个黑女人。因为她见过收留她那家的一家之主用这样的方式占有他的几位妻子——他们都成了门口的剪影。而且,她对那呼吸也渐渐熟悉。

“不!”她哀叫起来。难道她毕竟还是罗克斯巴勒太太?

他放开她在她旁边躺下。

过了一会儿他贴着她的耳朵轻声说:“如果要我相信你的话,艾伦,你就应该相信我。两个互相信任的身体不会伤害对方。”

她并没有完全被打动,因为,就她对她自己所了解的情况看,她并不完全可靠。

同时,她一边躺着为她自身的不足不断呻吟,一边如饥似渴地承受他的手又一次开始给予她的那种温柔。

他让她脱下她那条藤蔓腰带,她那条落叶或者枯叶裙。到现在为止,这是她唯一的遮羞布。

“这是什么?”他问她。

“什么东西?”虽然她心里很清楚。

“这个戒指。”

“我的结婚戒指。”

他什么也没说。她一直怀疑,他内心是个很体面的人。

但她突然又惊慌起来。“如果我丢了戒指那我就无路可走了!”可她很明白她要靠这个人救她。

她开始疯狂地又掐又打,她那些断裂的指甲肯定把他背上已经愈合的伤口重新撕开了。毫无疑问,正是这一点使他决定回报她的主动。

他觉得无论怎么用力把她压进尘土都嫌不够。他被她激起的不是愤怒也不是轻蔑而是饥渴的欲望。他们分享着这种饥渴。如果她有能力她会把他吞咽下去。

然后她躺着流泪。“查克!查克!”现在是她自己必须在一种语言中寻找归路。

他却过于冒失地问了一句:“你能爱我吗?艾伦。”

最后他们只有互相抵制谁也无法服从的需要。他们抱成一团,用转瞬即逝的柔情抚爱对方。在那个地步他们一定同样的兴奋不已又同样的罪责难逃。

她在那躺了一会儿或者整整一个时代。突然她感到一阵剧痛。“噢,妈呀!我的脖子扭了!给我揉一会儿,行吗?”但他已经睡着了。刚才他抚爱她时柔情似水,现在她却好像被围在坚硬无情的树皮剑鞘中。

这天晚上她一直躺在他怀里。她觉得自己听到他在说话,“……两个都是生手……要相信鸽子,那只鸽子——相信它……永远不要说出去……一个字也不要说……如果她不……我不会那样……是艾伦她会……也许……救救我们,上帝。”

她太累了。她不主张祈求上帝拯救他们即使就让她一人得救她也不愿意。她只想向下滑,滑得再深一点,让他们为这个判她刑吧。

她醒来时,只见一缕钢铁般的阳光在茅屋的尘土和影子中乱涂乱画。

他正揉弄着她的两只胳膊。“醒醒!嗨!艾伦!比我想象的还要晚。如果我们不注意,他们会追上来的。我们和他们隔不了多远了。”他的声音比上回她听到的响多了,而且又一次变得平板、冷淡,一个要完成合同的男人的声音。

她转过脸,宁愿想她记忆中的形象,不要看他现在的样子。“对,”她回答,“我们得出发了。”但没有动弹。

“我警告过你,”他说,“要失去许多东西的是你。如果往后我要在丛林里躲躲闪闪过完这辈子,那也是我早已预料的事。”

说完他爬了出去。

照她现在的情绪她真想打盹。早晨的阳光正玩炼金术一般把钢铁变成了黄金。阳光在她的皮肤上滑动,她的皮肉也重新变得生气勃勃。她睡意蒙眬地周身打量自己,一直看到腋窝。她看到的一切都属于一个黄金时代,和那个遍体鳞伤、因为饥饿而变得枯萎黝黑的身体,和那个奢华生活滋润装扮的形象,甚至和她笨手笨脚引人注目的少女时代都毫无关系。她躺在那里,在一条胳膊上摩擦着脸颊,希望能进入经验的更深层次,但如何做到这一点只有他才知道。

她无缘无故地发起抖来,随后便坐起身。她得穿戴一下。

叶子已经掉光的纤葡枝堆在她旁边的尘土中。那只戒指仍然挂在一根细藤条上。她把戒指套到应该戴它的手指上,然后爬到屋外。由于不准备让他看见,她还没弄清自己需要什么就走了一段路,进了灌木丛。她撕扯起覆盖着一堆灌木的纤葡枝,从那上面折下好几段藤蔓,然后把它们绕在腰上,这样她又一次遮蔽了身体。这些藤蔓比以前的坚硬,上面的叶子也比到目前为止为她服务过的嫩叶更加粗糙。她突然想到,由于不再需要躲躲闪闪避开黑人的耳目,她可以继续戴戒指。但最后她又把它系到一根藤条上,像以前那样打上结。如果问她为什么,她也许一条理由也找不到,除非……对,她会这样回答:"我的手指现在太瘦太干瘪,戒指会滑下来丢失的。"

这种解释使她兴奋不已,同时,蹲下来解完大便后,身体也放松了。

一回到宿营地她就发现他已经拆掉了棚屋,并把灰烬扫拢,在上面盖上了树枝。他已准备就绪等着她回来。

注意到他满脸阴郁地瞥着她重做的树叶裙她尽量和气地说:"你千万不要生气。我得做点准备。我又没让你等久。"

"我不想失败。"他咕哝了一句,然后他们就出发了。

作为一次旅程这是一个凄凉的开端,她一边跟着他一边想。一开始她走得还很轻快,但很快她发现脚踝在隐隐作痛,她的脚还没有从他们逃亡的第一阶段恢复过来。

他背着长矛和木棍,还有那只笨重的网,那是他和土著人一起生活时保留下来的。自从披着的那条树皮丢失后,他并没有做任何努力以任何方式遮掩他的裸体。他身上唯一的装饰就是那条腰带,上面挂着象征白人过去的遗物——那把掠夺来的斧子。

这天早晨,犯人背上的伤痕,甚至那些肯定是被她的指甲重新撕开、现在苍蝇正舔吮着上面已经干涸的血迹的伤口,都不再让她感到心烦意乱。

他大踏步走着,一副一本正经的样子。他的屁股很瘦没有一丝遮掩,一开始她很惊讶自己竟然能这样无动于衷地看着人家的屁股。不过,也许这并没有什么可大惊小怪的。尽管他们赤身裸体,他却可能正带着她彬彬有礼地,如果步子有些过于轻快的话,走过一个野生花园。

当她再一次燃起激情时,那不是因为他伤痕累累的后背而是因为他的屁股:一个牢骚满腹身强力壮的男人的光屁股竟然使他显得如此古怪地依赖她的怜悯。她觉得一阵心动。想轻轻地抚摸它,做点补偿,要是这样做不会把一个高尚的人降低到一匹马或一条狗的地步的话。但她确实真心同情这个犯人,很想愈合他心灵深处那些被她窥见一二的伤痕。她能爱他吗?她相信她能;她从来没有完全意识到她是多么渴望毫无保留地去爱人并让她的爱无条件地被人接受。然而,这个长着瘦削孤傲屁股的男人会反过来爱她吗?

光天化日之下,她几乎想不出他们在黑沉沉的几小时中达成了什么样的"条约"。他们有没有真心向对方表示爱情?或者说他们不过是对共同的苦海中出现的一叶扁舟紧抓不放?她能记起当时她的惊慌,肉体的欢悦(不是加奈特·罗克斯巴勒挑起的淫欲),还有她对一同幸存下来的这个人的存在、他的善良和力量的感激。如果她敢于承认的话,她还记得已经铭刻在她脑海里的那几个闪光的字眼:"你能爱我吗?艾伦。"他是真的渴望爱吗?还是利用了她的身体作为她偿还他恩义的一部分报酬?

她为自己的想法感到吃惊。同时杰克·查恩斯没提醒她就停了下来,正苦思冥想的她一下子撞了上去,这使她大为震惊。

"杰克,"她气喘吁吁地说,"怎么回事?"

他没有回答,也许认为她太愚蠢。毫无疑问,突然停下来意味着出现了敌人,或者另一种可能——有一头可以吃的动物。因此她不再逼着他回答她的问题,同时从他们被迫签订的"条约"中退出来,但并没有完全退出,他们因受打扰而中断的行为给了他们温暖,把他们继续结合在一起。

她一边等一边顺手摘下一朵看上去和茉莉花没什么两样的花,这花很白,但没有香味。她嗅着花儿觉得自己是琐碎多余的人。汗水一滴滴地落到洁白无瑕的花瓣上。

他马上又开始走动,她紧紧跟随着。谁也没有说话。也许他对一个在他眼中比偶然遇到的妓女强不了多少的人既憎恨又鄙视。

在她这边,这次远征已经变成了单调乏味的行军。太阳升高了,用它古铜色的武器抽打着他们的头部和肩膀。她低下头,而犯人身上却好像连一根毛发都没有转动。

他们在山脊上爬上爬下,石英和花岗石戳破了已经撕裂的双脚;穿过枝节旁生的树林时,树枝抽打割划着他们的皮肉,像包了毡的鼓槌一样的植物沉重地敲打着她的乳房,更让人感到羞辱的是,还敲打着只有树叶裙保护的屁股,而长在低处报复性更强的灌木则耙刺着她的胳膊、大腿和整个身体表面。

有一阵她真想坐下来哭泣,可她向前一看,发现犯人为了开路弄得皮开肉绽,鲜血淋漓。她赶到他身边时注意到,一些刺仍然扎在他肉里,刺出的血还在慢慢往外流,血滴像泪珠一样挂在伤口上。

他以为她还在他后面离他有一段距离的地方,便喊道:"我想你一定累了吧,嗯?"

她无精打采地回答:“不累。”然后把快要掉下来的鼻涕吸了回去。

她对他的问询感激不尽,开始认真地想她有没有勇气问他是否爱她,然后又制止了这种愚蠢的念头。他也许会把他相信是她希望听到的话告诉她,或者不作回答,不管怎么样,远征去莫顿湾要一起度过好几年光阴,这期间会有充分的机会弄清这一点。

又走了一会儿后他开始大笑,并朝后面大喊:“你唱歌吗?艾伦?”

“我从来不喜欢音乐。”

但即使这样,出于感激她仍然试图记起一首能逗他高兴的歌。后来还真的想起了在一个细雨迷蒙的下午她和婆婆一起练习过的一首民谣的歌词。(老罗克斯巴勒太太喜欢在琴键上拨弄、嬉戏,而且从交错手腕的弹奏中获得一种几乎是放纵的快乐。)

艾伦·罗克斯巴勒为拯救她的人唱道:

初次相见,你年轻热情。
你浑身真情闪闪,
你唇上信誓旦旦,
我对你丝毫无疑。
见你变心,
我百般信任依旧。
我满心希望不灭,
我恋恋痴情更浓。
实指望,
你虽对一切假意虚情,

总不会狠心抛我而去。
噢，走开，骗子！走开——
虚伪卑下之徒。
重重希望中，这颗心，
竟会如此坚信不疑，
活该让你撕得粉碎。

她的导游对她为取悦他作的努力没有显出任何欣赏的迹象。他甚至朝他们途经的灌木丛吐了一口痰。（婆婆罗克斯巴勒老太太对吐痰的下等人有一种特殊的厌恶。）

这时艾伦从更遥远的过去想起了另一首歌：

嘿，威利·温奇
穿着睡衣，
上楼下楼，
满城乱跑。
敲敲玻璃窗，
瞅瞅铁锁眼。
“八点以后，
孩子们都该上床……”

她低声唱着，很不好意思，因为她的嗓音并不动听。但他肯定对此很满意，他冲背后喊了一声，“唱下去！干吗要停住？”

她咯咯笑起来，“我再也想不起什么了——要是还有的话。”

他们步履沉重地走着。

为了打破单调沉寂她喊道:“该你了,杰克。”

他咕哝着说:“想不起来了。没什么适合贵妇人听的东西。”

她也许会又一次提醒他,只是在被“领养”后她才算得上一名尊贵的夫人,但她没这么做,如果不是因为她已经爬得气喘吁吁,就是因为她的伙伴很可能影响了她,让她觉得还是小心为妙。

接着,他们开始下山。下了山他们来到一片散乱的树林中间,发现这是一座茂密森林的边缘地带。和火球似的太阳相比,这里的幽暗凉爽实在妙不可言。湿润的树叶好比膏药抚慰着被荆棘折磨得痛苦不堪的皮肉。他们满心感激地把脚踏进厚厚的腐质土壤和一簇簇地衣中。

这一切促使犯人把头从背着那张网的肩膀转向身后并向她坦白:“梅珀有一副甜美的嗓子,但唱歌从来不是我感兴趣的东西。”为了表示矜持他停下话头走了几码地,后来终于承认,“我一向会学鸟叫。因为这个我才靠捕鸟混饭吃。”

她不会受任何东西的诱惑去评论他的话打破这份静寂,那将是极端外行的行为。如果说她那纯粹的肉体存在也许会打扰他,那么腐叶肯定会助她一臂之力,让她显得不那么刺眼。

他很快开始表演他的天才。那婉转、缠缠的音符,那似乎把鸟类的虚荣掩饰成单纯的欢愉的悦耳颤音都让她觉得那是一只画眉在鸣唱。

“我有一把随身带着的口琴可以吹出鸟的叫声,但不经常用。”

又过了一会儿,在黑暗的森林深处,他发出了一声悠长的夜莺般的鸣叫。那声音在他们周围闪烁飞溅,比他们正在穿越的森林还要黑暗的地方也会因为它而骤然生辉。尽管她的血液已经精疲力尽,她的脚已经皮开肉绽,而且她实际上对任何可能让她感伤的事都已无所谓,然而一种无声的欢乐仍然使她浑身颤抖,直到远处阳光下什么地方传来一阵枯燥、厌世的鸣叫,一只真实的鸟以此来宣布它的存在,她则把它和她与犯人被迫在其中挣扎的那块土地联结在一起。

不久以后,他们走出森林,步入炫目的阳光下,她已学会把这看作他们正常的生活条件来接受。

他们向前行进,她从来不敢让他告诉她他们的进展情况,但她推想她的导游掌握着他不想与他人分享的知识。不为时日所限的神秘性吸引着她,她也许宁愿延长旅程,不愿面对那些在他们到达莫顿湾时会把他们当作异端盘问不休的人。

这点她宁愿不去想它,因为对她来说,莫顿湾的定居地已开始以砖头石块、尘土烈日、脚镣手铐的形式出现,好像她也是昨天才从那里逃出来似的。

有一天晚上他们吃完烤好的巨蜥以后,坐在火边取暖,他告诉她:"我在定居地过的那几年从来没有脱过脚镣。他们把我们这些判无期徒刑的人一起铐在链条上。我都忘了像自由人那样活动是什么滋味,但被迫慢慢走路让我注意到更多的东西。我想渐渐地我熟悉了莫顿湾周围路上的每一块石头,每一根树桩——囚链队里其他成员的鼻毛,踏车上旁边一双脚长的鸡眼。整整一夏天你在下面受鞭挞的强烈阳光。这些你都忘不了,艾伦。"

她忘不了。

他说:"我们并不是一点开心都寻不到。在贮木场——那里'层次高一点'的人,大多数刑期较短——被安排动手做各种各样的东西——像钉子、螺栓、靴子、肥皂之类的。有些家伙也许会烤点夹了南瓜和土豆的面包,然后,要是我们和他们处得好的话,他们会偷偷塞一块给我们这群人。我跟你说,那真是妙极了。还有烟叶,有一个年纪比较大的人,刑期快满了,他们让他把跑到那一带玉米地里的乌鸦赶走。这个老家伙——怎么说也是个绅士——常种些蛮不错的烟草。他会把一包烟叶藏到石头底下让我们囚链队的人去拿,工头不在时我们把烟斗传来传去美美地吸几口。"

他那双通常死气沉沉的眼睛放着光,"老天爷,我真想抽一袋烟或者嚼点烟丝也成。"由于得不到这些东西,他朝火里吐了口唾沫,舌头舔着充满渴望的嘴唇。

她以前就已经注意到他那几颗好一点的牙齿染成了脏兮兮的棕黄色,好像仍在受着烟丝的"熏陶"似的,他最坏的牙齿烂得只剩下牙根。

现在他把手放到她膝盖上。"艾伦,我们有的东西经常比我们没有的好。"

她并不是真的发颤。

"怎么了?"他问。

"晚上一到这个时候就有点冷。"她希望已把真相掩饰过去。

他似乎很相信她,甚至把她拉到自己身边。他已经好几天没碰她,似乎对肉体接触已经感到厌恶,或者是想起了已过世的情妇。

所以她得为自己一时的反感做点补偿。"我们是不是进去？里面会暖和一点的。"

他说,"如果那是你想做的事。"然后轻轻地笑了起来。

可这不是她最想做的,因此她又是浑身一震。她希望照他的理解她是冷得发抖。

她需要被人爱。她鼓励他进入她的身体,还把自己的嘴巴和他的合在一起,并且碰到了她只在刹那间才想起的那排铁栅似的斑斑点点的断齿。她渴望自己能填充黑夜中那无形的空旷。

那么,在某种程度上她提供给他的肯定是对他遭受的一切痛苦的补偿,也是对自己罪孽的宽恕?对她的欺骗、淫欲和不贞的宽恕?她希望如果他们能够延长去莫顿湾的旅程并且永远不迷路的话,她能使他相信真正的爱情,虽然她缺点很多。

于是她喊了起来,而他则在也许是所谓的爱的表示上加倍努力。也许这是绝望?他们精疲力尽地分开身体后,继续用"惯犯"的手互相抚慰。

她又一次记起了他的牙齿,便冲动地吻着他的脖颈、脸颊、肩膀和乳头,把自己的悲伤掩饰成疯狂的柔情蜜意。

因为他不再对此做出反应,她问道:"梅珀死后——你是不是无法再爱任何人,杰克?"

她躺在那儿想听他的回答。风撩拨着茅屋顶。有几次,茅屋没能起到保护作用,星光冷冷地审讯着屋内的人。

"在莫顿湾,"她提醒他,"你没和什么人发生点关系?"

没有人听上去会像艾伦·格拉雅斯那么粗俗,笨拙。

"女犯工厂,"他说,"有女人。但哪个戴着镣铐的人能交上女人呢?铁镣铐着腿,那滋味儿不好受啊!而那些女人——她们不戴镣铐但和戴着差不多。这些可怜的母狗几乎从来没有喘气的机会。她们被安排去摘麻絮或干别的活儿。她们最多给我们男人洗洗衣服。"

她的兴趣在某种程度上得到了满足。当他翻过身又一次让她承受他那又长又沉的身体时她得到了更大的补偿。

他咕哝了一阵后说:"我要告诉你。"他很乐意重新捡起他们已经放下的话题,"有一个女人——一个爱尔兰女人——我们眉来眼去的。但我从来不知道她叫什么鬼名字,甚至在我们能够搭话时也没搞清楚。有些人躲躲闪闪不愿问别人的名字或说出自己的名字——就像有些人不愿告诉别人他们为什么被判刑,或者判了多长时间的刑一样。噢,还有的人只是急着吹牛——听起来比真实情况还要厉害——就像你在实际生活中发现的某些人那样。还有人就想撬出别人的秘密。但拿咱自己来说,要是觉得别人的事不便向人说,咱就不强求。"

她觉得从来没有这样粗野过,但她等待着,他的手继续移动着最后停在了她大腿间湿漉漉的阴毛上。

"这个女人我经常见到。他们一大早把一群人从女犯工厂押到医院去,她就是里面的一个——我们囚链队的人则拖着脚在岬角一带锄地,或者削玉米皮,或者敲筑路用的石子。这些女人是护士,明白吧?虽然我敢打赌在来殖民地以前她们在这方面都没啥经验。她们很粗野。好多人是妓女。至于她我真不知底细。不管怎么样,这个爱尔兰人从来不错过向我们这边张望的机会——当然我相信是朝我这边看,虽然别人都冲她大喊大叫。她长着你在一些爱尔兰人身上才看得到的睫毛,密得好像用胶水粘在了一起,或者说上面叮满了苍蝇。"

她试着在黑暗中眨动自己的眼睫毛,但几乎不能使自己相信她仍然长着睫毛;也许它们已被太阳烧焦,或者由于饥饿眼圈已经烂掉。

由于他迟迟不吭声,她问了一句,"后来呢?"

"我们就那样过日子——塞一口南瓜面包,短短地抽一口或嚼几下赶乌鸦人的烟丝,拼命想看清那群都柏林和伦敦东区妓女衬衣里的东西。那是在做苦力的间歇中。更苦的是他们会剥光我们的衣服把我们吊在三脚架上——那是为了提高我们的道德水平。”

她缩了一下身体。

“有一次我摔倒了。我想十有八九昏了过去。不过,到现在我也不敢肯定是不是这样。站在旁边的医生——他负责我们大家的身体健康——踢了我一脚看我有没有死。我早该死了。他们把我拉起来时我几乎连摇摇晃晃走路的力气都没有了。这是我挨鞭子最糟糕的一次经历。不管是否确实,我都想说我的骨头正从皮肤下根根露出来。无论如何,苍蝇开始到伤口上折腾。后来我得了脓。没错,我在囚链队到处碍手碍脚,不管是在磨坊干活还是敲石头。所以,这个医生——可以说是宽宏大量——命令我去医院。”

在恐惧和厌恶中她紧紧抱着他。光是那正在化脓的皮肉(或者已经烂掉的牙齿)就够她受的了。但他不是心不在焉就是因为耽于想象那个爱尔兰女人,对她的同情丝毫不加理会。

“一开始我神志不清。我谁也不认得。清醒后我第一眼看到的是那个正在做祈祷的牧师——他倒是想得周到。有一个星期六,算是一次特别的款待吧,司令官来医院视察。那时候我已能注意身边的事情——能恨他们了。我可以看到他用眼角的余光看着我。他带着夫人,一个很漂亮的小女人,帽子上插着粉红的玫瑰。你可以看到她脸上毫无血色,和那些浑身发臭的病人一样——有些人躺在床板上,满床都是大便,护士们根本不愿打扫。‘真可怜!我们——噢,我们能给他们做点什么呢?’那夫人在手绢后面尖叫着。我真为她感到难受。哎,你真有这种感觉!但她刚开口就被人急切地带走了。”

他对这个场合继续咕哝一阵。

“那个爱尔兰女人经常给我擦屁股。她的手很粗糙。可那些眼睫毛真漂亮！有一次我告诉她，‘我恢复元气后，你会帮助我的，对不对？如果你听到他们讲起要让我出院就得更抓紧一点。’她什么也没保证，但从她的态度我断定她是可以依靠的。就那样我最后一次也是最成功地从莫顿湾逃了出来。”

她的嗓子因为干渴苦涩得很。不管他有没有讲完他的故事她都想出去解解渴。在他心中她的承诺是否可以和那个爱尔兰女人的沉默相提并论？这个问题让她深受折磨。

“有一天晚上在换岗前她引开了卫兵。那天天热得像蒸笼。他们汗流浃背地倚在火枪上，只想换了岗以后到军营去吃东西。我早就看好了一只大桶，借它的光我爬上了墙。甚至墙头上的尖钉也帮上了忙。虽然因此我落下了一两道伤疤。”

从他的语调她觉得他要讲的也就是这些了，这时他紧紧抱住她几乎要把她夹碎，她知道他是出于感激。她在充当那个眼睫毛像粘上去似的爱尔兰女人的替身。她不能，也没有感到气愤。她回报了他的拥抱，似乎她这个人值得受到这样的爱抚。

也许感到气愤的正是那个女人，因为在犯人烧退后他听到的是这位罗克斯巴勒太太在说话：“不过，现在你自由了，杰克。如果我跟这一切有关的话，你会继续自由下去的。”

他没有回答，也许是他没有听见她的话。

但这并没有妨碍她听清楚从两个方向同时向她逼近的脚步声。它们在她这里汇合了，看起来就是这样。她正伸开四肢躺在切尔特南从未见过的强烈阳光照耀下艳丽得好比燃烧的火焰，在不自然的炎热中镀金的涡形装饰晒黑了，剥落了（实际上，金叶子正像晒脱皮的肌肤一样一层层往下掉）。她遮住眼睛重新在垫枕上放好脖子，好像在等着什么幽会。她发现她已经脱去了她平常穿的树叶裙。

她大腿间的阴毛看起来已经按着她躺在上面等候的睡椅上的涡形装饰的样子卷了起来。她垫着的枕头正融入深红色的海洋。

四周石头间的灰尘在不断增多。如果这是一条街的话那边将是贫民窟所在地,现在一条已经蒸干的小溪在那边留下了已经凝固的皱巴巴的烂泥,一对过早产奶的小母牛绕着弯从她身边走过,在尘土中嗅寻着难得的草叶,直到臀部被牛虻叮得发痛时才东倒西歪地跑开。

她意识到这一切都发生在脚步声向她渐渐逼近的时候。

那是被卫兵押着从宿舍去医院的那队女人。她们的工装用粗糙的青灰色料子做成,胸口和臀部都很不合身。她们的靴子只适合拖着脚步走路。

她一丝不挂地躺着抚摸自己的身体,等待她的情人,她脖子下的垫枕一片汗津津的樱桃色。不久,他真的来了,他身上的自信肯定是她的承诺激起的。

但她认为还是提醒一下为好,"我是你的依靠。"然后便拥有了他。

他用语言和炽热的身体来证实他依赖的只是她本人,梅珀从来不是,那个爱尔兰妓女当然更不可能了。

她用她的乳房、大腿盖住他的身体,狂热地抱着他。这种激情只有在一块充满荆棘、鞭挞、杀人犯、窃贼、沉船事件和通奸者的土地上才能找到。然而镀金的睡椅拒绝妥协,即使在一条椅腿哀声尖叫时,它仍然坚持不懈。

她趁热吻的间歇注意到,当那队女人到达他们身边时,囚链队的男犯拖着脚步从相反方向走了过来,锒铛作响的铁链几乎给人一种美感。女人们开始嘀咕。一个充满敌意的声音让人想起一个穷困潦倒的妓女会和任何财大气粗的娼妇一样张开双腿。她再也不想听了。她宁愿让她的情人窒息而死也不能容忍他再一次被拉回到锁链和放荡组成的仪式中去。但就在叮满苍蝇的爱尔兰睫毛扑闪着不是向他而是向囚链队里他的同类大献殷勤时,他使劲把头从她怀里扭了出来,她大受刺激,开始在突然石化了似的垫枕上撞那颗她一直宠爱着的头颅。

“梅珀!”他痛苦地惨叫着。

他们四周天色渐阴,光线中带上了她最惧怕的钢铁般的灰色,因为这种灰色使她对自己体无完肤,精疲力尽的状态更加敏感。他那张灰白色的脸向她转了过来,由于没有枕头,只好靠在一条胳膊的肱骨上。

“怎么啦?”他问。

这使她惊讶不已,因为她以为他还在酣睡。

“你一定是在做梦。”她不安地回答。

“我倒觉得是你在做梦。”

“那么我们俩都在做梦。我做的是一个我会努力忘却的梦。你也会忘记你的吧。”她向他建议着,但听起来像是在模仿最古怪最讲理性时的罗克斯巴勒先生。

她又躺了一会儿希望他能允许她打个瞌睡,但心里很清楚他随时都会起身宣布他们必须准备当天的行程。

不管是今天的还是明天的昨天的行程到现在都已经合而为一,成为一块连绵不断没有线缝的织锦,其具体内容一再重复出现并且可以相互更替。呆头呆脑的巨鸟在地面大摇大摆地走动,或者停下来揣摩迎面而来的两个幽灵与它们相似的运动,或者当某个异常可怕的手势打破了它们的安全感时沉重地奔向保险地带。

有一次她摔倒了，惊得一堆铅云般的鹦鹉在空中飞散。她真想继续躺在地上，也许这样她就会成为她真正的自我：一旦血肉消失，里面的骷髅被赐予最后的各环节紧紧相连的白色，安息在石头间、苍穹下，这块它终于能归属的土地上。

但他已经蹲下来用拳头打她的头颅，“起来，操你妈的！”他喊道，“你说咱们到这里来干什么？找死？”

她还没有攒够力气回答，他就已经把她拖起来，拉着往前走了。他们又回到了那永恒的天地之间，大地在燃烧，到处是幽灵和比幽灵更加鬼气的活物。

那天傍晚他既没去搭棚也没去猎取食物。这回像死人一样躺在地上的是他。

“我的爱？我亲爱的？”她抱起他的头，似乎它已与肉体分离或者是一种稀罕的水果。“杰克？”在那一刹那她是他们唯一的力量。

然后他们躺下了，和任何木棍一样一碰即碎。如果有人踩到他们身上，他们的骨头一定会马上啪地折断，声音清晰可闻。

他们醒来时太阳已经升得老高。就这一次，他们俩谁也没有催着赶紧上路。对此俩人可能都很感激，他们几乎不做任何有意义的动作。只是她伸出了离他最近的那条胳膊而他则把他的手指和她的插在了一起，但两人的手像面包架上的冷吐司一样僵硬无力。

他们就这样躺着，相互间的交流也是无精打采的。在筛子一样过滤着阳光的树下他们懒洋洋地打瞌睡。他们颤抖着呻吟着不停地翻来覆去（有一次他大喊了一声）。蚂蚁在他们完全麻木的皮肉上爬行。

最后还是鸟鸣对他已经淹没的记忆发生了作用，把他从瞌睡中唤醒，鸟儿自己却几乎没有露面，或者说如果露了面，也是如影如幻。它们拍展翅膀时晃动的几乎不是羽毛而是树叶,但它们的声音无法否认它们的存在,甚至还可能在庆祝它们生存的快乐。

不知过了多少天以后,他在正午时分坐起来,竖起耳朵听了一会儿,一双手垂在两个瘦削的膝盖之间,然后拿起他们赖以生存的长矛,离开了这个没有屋顶、不曾生火但在她眼中他们已把它当作宿营地的地方,她看到他打了个趔趄,然后就在她的视野中消失了。她感到一阵疑虑不安:要是她彻底失去了他,那她该怎么办?如果这种事可能发生在一个意志肯定胜过肉体的人身上的话。但就像她自己的意志已在苦难中磨炼得如此坚韧一样,苦难本身肯定会在实际的交锋中向人投降。或者说她让自己相信事情就是这样。

她拨弄着生起一堆火,她记得见过黑女人们就是这样用木棍和须根生火的。她就这么打发时间,等着他。她坐在火边,他一直没回来,她的眼泪落到了尖瘦的膝盖上,并沿着肮脏的小腿往下流。在某种意义上,他不在时眼泪是一种慰藉,同时也表达了她对他的一片柔情:他那消瘦的胳膊,坑坑洼洼的脸颊——最重要的是那些曾引起她厌恶的断齿。

他重新出现时,第一眼她觉得他抱着一团斑驳的羽毛。直到看见一个脖颈像玩偶匣里的断弹簧一样一直晃荡到他的小腿边,一对爪子死气沉沉地卷曲着,她才明白他用长矛戳死了一只走路很笨拙、有点像人的巨鸟。所以他们肯定可以美美吃一顿了。

准备佳肴时,他们谁也没吭声,但不时咕哝几声或吸几下鼻子表示仍在交流思想。如果他们碰了对方的手那无疑只是偶然事故。她认为她可以觉察到犯人因为杀了这只像人的鸟而对自己进行着道德上的谴责,而且还对她摆弄死鸟的方法表示不满。她知道饥饿使她的动作十分草率。给鸟拔毛时她不止一次把一条条乌青的鸟皮连着里面根深牢固的羽毛一起扯了下来。

有一次她抵制不住诱惑把这样的一条鸟皮绕到脖子上。“看！杰克，我的羽毛围巾！”

她因为自己一时心血来潮不禁大笑起来，后来看到他满脸迷惑，她马上为他没有完全理解她的轻浮感到十分快活。

这肉很硬，虽然已经烤得半熟但还是有些黏液。她一边嚼着一边又一次开始问他话，而且根本不考虑后果会怎么样。“你和黑人在一起时，有没有尝过——？”但还没有泄露自己的秘密就收住了话头。

“我有没有什么？”

“有一回，”她轻声嘀咕，“他们杀死了一头儒艮。吃起来像猪肉。”

“那种儒艮有什么稀奇的。”

她扔掉了她正在啃着的那根骨头。她担心自己可能让他感到厌烦。回避了围绕她吃人肉的经历而引起的种种危险至少是一种宽慰。但那个沉寂的蓝灰色的早晨却似乎要在她的记忆中留存下去。然而随着时间的推移，她不会懂得如何为自己开脱或者向犯人说明那种看上去野蛮残酷令人厌恶的行为的神圣性。而他也不会理解这些，就像他认不出她轻浮地挂在脖子上的假羽毛围巾一样。

食物补充了元气，他开始砍树枝，照常为他们搭了棚屋。他们在里面躺着，像他们一起生活后的每一个夜晚一样。但今天晚上他既不开口说话也不碰她，她感到困惑，虽然那只是短暂的、忧郁的一瞬间。她不知道是否能觉出他对她的行为或者甚至对她未曾言传的思想所表示的厌恶。

第二天早晨鸟儿的歌唱，波动的树叶，斑斑驳驳的阳光交错在一起，轻柔清新美不胜收。她希望他不至于想以任何方式破坏这一切。事实上，她甚至祈祷他们也许能推迟下一阶段的行程，虽然对这漫长的征途他们矢志不移。

她扫了他一眼看他有没有窃听她的祈祷，因为有时碰巧他会发现她在想什么。

但他根本没有心思掺和她的思想和祈祷，他的表情如此遥远，在他退进去的那个世界里根本就没有她的存在。就她目前静如死水的思想而言，事情变成这种状态，倒是非常合乎情理。她愿意相信这一阵休息和鸵鸟肉的美餐已使他恢复了她记得应该称作权威和力量的东西。她甚至说服自己已经在犯人身上看到一种超越他出身和犯罪行为的高风亮节，这将反驳加奈特·罗克斯巴勒关于“这些恶棍，这些伦敦街头的渣滓”的观点。她气恼地意识到，在她小叔子的眼中，由于她和犯人无拘无束的亲密关系，她已成了他的帮凶，因此必须受到同样的谴责。

噢，但这多不公平。罗克斯巴勒太太也许会为自己申辩，要知道环境是那样严峻。

而且她爱过这个人，即使她也同情他需要他。她确实仍然爱着他。

“爱”，老家伙用一种颤抖得异乎寻常的声音提醒她，“爱”是忘我的，从来不是肉欲的，艾伦不能为这样的谈话增色，话题如此浩无边际，除了凭直觉根本无法理解它。

她举起胳膊。爱情不管是忘我的还是肉欲的。已使她的乳房和光滑的呈树叶形的胸肋间的乳沟重新焕发了青春，也使她被她的黑人老师们因仪式需要而烧掉的卷曲的腋毛在腋窝下重新崭露头角。

她看不到自己的脸,除非她转过头去面对他。那时,她的容貌才在他的面孔上反射出来。

天色渐晚,她更加耽于幻想自己的美貌和不再流逝的时光。鸟儿在树枝间的高空秋千上平稳地跳跃,它们已习惯了入侵者的存在,会沿着阳光织成的绳索滑落下来。还在半空中时,有些鸟就会焦虑迅猛地飞向天空,另一些则落到地上,扑闪着翅膀飞来飞去。它们在土堆和剥落的树皮缝隙中寻找食物时活像棕色的树叶。

下午晚些时候,她越来越坐立不安,便起身自顾逛了出去。她没有明确的目的,但穿过灌木丛后她突然发现一片睡莲覆盖的水面。这里的莲花美不胜收,和她在被黑人奴役时所知道的情况大相径庭。她没有再加思考就一头扎进水中开始潜水寻找莲根,她看见黑女人们这样干过。不管怎样笨拙生疏,她决心给他弄一顿莲根做的饭表示一点心意。

他找到她时她就是这个样子:露出水面的她上气不接下气,眼珠向外突出,几乎什么也看不清,头发贴在脑门上,肩膀抖动着,甩下晶莹闪光的水珠。

他在水边她那堆莲根前蹲下来。“我搭救一位尊贵的夫人时,”他喊道,“可不曾想到会得到一个黑女人。”

“总不能饿肚子吧?”她也冲他大叫,“就算你是个绅士。”

接着,他溜进水中淌着水朝她走来,而她则向后退去。很可惜他们破坏了这样美丽的一片睡莲,但他们要重新结合必须这么做,而且说到底这也是这湖存在的目的所在。他们跌跌撞撞,放声大笑,摔倒了又爬起来,吞下一口口污浊的水,最后也许会抓住对方,也许会相互拒绝。

在紧紧缠结着的睡莲的空隙间,他用手掌削着水面,水花向她脸上飞溅。她学不会他这种孩子玩的把戏,便照猫画虎用手重重地敲着水面,或者捧起一把把湖水向他脸甩去。

他抓住了她光溜溜的手腕。他们亲吻着紧紧拥抱在一起,然后松开手踉踉跄跄地从水中走去。也许他们的伤痛又开始发作。他弯腰从她身上扯下一条水蛭。

他们躺在岸边休息,她本来会说他们很幸福,但她看到了离这片开启心田的湖水不远处有一棵树,她的眼神开始在树枝间飘游,心绪也渐渐不安起来。她记得黑人们是怎样刺激她爬上树去从树洞里找出一只负鼠,还记得她习惯了这一切以后,她是怎样有规律地爬树寻找鸟巢和野生蜂蜜。这种经历大都充满艰辛而且经常磨损皮肤。而这棵枝枝杈杈的大树却几乎像一架现成的梯子。

她抵制不住这种诱惑。

犯人杰克,她的救星和情人,肯定是在打瞌睡。他的手像一把不严实的锁一样松开着随她自由活动。她小心翼翼地走着,想起了她曾经在无意中踩到的另一只手,虽然她根本不想回忆这事,不想伤害这个依赖她的正酣睡着的男人,这个她真正爱着的男人。

很快她就在爬树了,她深深地呼吸着,伸开轻软的富有弹性的脚踩在乌黑的“梯级”上。她为单独进行的行动感到高兴,同时,这么爬树也消除了她的阵阵内疚,她继续爬着,直起身时太阳透过簇簇树叶照射着她,使她也披上一层金色。

“嗨! 艾伦!”

杰克·查恩斯也在向上爬,但她几乎不敢回头看地下。她害怕摔下去。(也许是因为他那破裂的双手? 烂掉的牙齿?)

直接受她爬行影响的树枝像垂着流苏的扇子一样摇晃波动起来。它们和阳光空气一起成了她鲁莽的伙伴。黑树枝用以装备自己的尖刺撕破了她的皮肉时,她也只是模糊地有所感觉。有一两次为了确信自己仍然穿着树叶裙她摸索着寻找她那条藤蔓腰带。有一回她壮起胆向下瞥了一眼,看到那只戒指在系它的藤条上轻轻摇晃,而在她下面不远处则出现了犯人的头顶。整个头顶已让泥水弄湿,只有中间的旋涡一带露出阳光晒黑的头皮。

她的喉咙一阵收缩。只是因为同情吗?她能比他爬得快使她对这个男人少了一分依赖。她感到喉咙又一次收缩时却不能再停下来胡思乱想:她离树冠已太近了。她把头从树枝中间伸出去,眼前一片雾气蒙蒙,她头晕目眩气喘吁吁,双手紧紧抓住了树枝。

如果是独自一人,她也许会永远攀挂在那儿,随着树枝和她自己的兴奋摇晃飘荡。但在当时的情形下她觉得有必要警告他一下,“最好别再往上爬了,杰克。我们加在一起也许会折断什么东西的。”话中的常识性道理使她的声音听起来很恼怒。

他没有接受她的劝告,却似乎更加执拗地下决心要站到她的旁边;或者说在和她同时下树时一起倒下去,周围一片阳光的火焰和瀑布般流泻的绿色;然后深深地钻入地下,仍然在一起。

“杰克!”罗克斯巴勒太太大喊起来;她说话的语调渐渐带上了命令的口吻,“我不许你这么做!怎么这么蠢!”

即使这样他也不愿停住,她怒气冲冲地爬下来接应他。她的脚趾肯定戳了他的脸,但她并不因此后悔。即使把这个畜生的一只眼睛捅了出来她也不会在乎。她不愿死——即使她亲爱的合法丈夫希望她死她也不想离开人世。

下到犯人所在的位置时她已经气喘吁吁,“你想把我们俩弄死是不是?”在这个高度他们之间的树干仍然柔软易弯,来回摇晃个不停,虽然不像刚才那么触目惊心。爬行的劳累使他的目光异常迟钝:这双眼睛从来没有像现在这样苍白,没有生气。“噢——如果你爱我的话,”她吸了口气,“难道你不愿相信我对你的感激——和爱情?”

但她并没有能恢复他眼中的活力,也许是因为她提到感激。他虽然汗流如雨但皮肤却是冰冷。她侧身绕过桅杆一般的树枝尽量紧地靠在他身上,同时用她那只空出来的手摩擦抚捏他的胸部、肩膀和脖子上的肌肉,试图把他暖和过来。

“杰克?”他的嘴唇冰冷,一副极不愉快的表情。

于是罗克斯巴勒太太皱眉叹息起来,心烦意乱中她从树叶间向外看去。

“啊,”她叫喊道,“那肯定是一个谷仓!或者是一所房子,对吧?离这儿没有多少英里。那儿不是一块犁过的地吗?噢,感谢上帝!这一切都过去了!”

作为一个曾与羊群一起生活过的人,她稍加思索就能认出那像蚕茧或蛆虫一样的东西就是一头头绵羊。此后她泪如泉涌。

“噢,天哪!”艾伦·格拉雅斯发出一声哀叫。然后轻声哭泣起来,“宝贵的生命!”她几乎还没有来得及松开那柔韧的篱笆,羊群就推搡着拥挤着跑过去。它们松软的羊毛在她的记忆中缠结不散。

他正朝着她引他注意的方向看去,“那确实是个农庄——走几小时就到了,这我看得出。那是奥克斯家的,我想。农庄外,在远处,你可以看到那条河。布里斯班河真是条前所未有的毒蛇。”

如果她仔细想一想的话,他的声音也许听上去太干瘪,太四平八稳。但她迫不及待地想抚摸脚下的这块土地,便从树上滑了下来。她一想到自己的头发就感到很难受,她的头发仍然很短,让人觉得她的头发剪得这么短是为了惩罚她犯下的罪行。

“你认为他们会把我们当人看待吗？”他重新和她站到一起时罗克斯巴勒太太问道。

她一刻不停地抚摸他的头发，胳膊和没有睫毛的眼睑，而他却并没有像她所期望的那样向她做出保证。他们默默地来到宿营地。

虽然夜幕已在降临，但这个时辰的天色是不应该这么黑的。光线和空气都预示着一场暴风雨即将到来。

“至少我们还剩下点食物，”罗克斯巴勒太太指出，“我们需要攒足力量走完这最后的路程。我们出发前难道不该吃点东西？”

“你难道没有看到暴风雨随时都会来临吗？”

“我不怕暴风雨。有过的风风雨雨太多了。”罗克斯巴勒太太开始撕扯吃剩的鸵鸟。“吃！”她命令道，“还有足够的食物。”

“我不饿。”他咕哝了一句。

虽然今天晚上她第一次对食物持挑剔态度，罗克斯巴勒太太在掸掉上面的一群蚂蚁和蛆虫后很快又狼吞虎咽地吃起那结实的肉来。“用我们所有的力气。”她一口口吃着，不断重复着这句话。

他坐在那里既不吃也不看。

“噢，杰克，”她从塞得满满的嘴里大叫着，“你没有——生气，对吧？还是因为暴风雨要来？一个男人肯定不会害怕雷鸣电闪吧？”

他不想回答。

她明明清楚他为什么如此沉默不语却还要奚落他，这使她自责不已，如坐针毡。她永远配不上他的敏感和周到。格拉雅斯家的艾伦是一个不折不扣的泼妇——在其他方面则是一个贪得无厌的妓女。起码的自知之明让她先是感到一阵气噎，然后便毫不留情地打起嗝来。

当她发现不远处站着一位上了年纪的土著人时她的嗝便打得

凶猛不可收拾了。他肯定是碰巧发现他们的,由于年纪太大,恐惧太深,他没有马上撤退而是提心吊胆地观察着他们。

杰克·查恩斯毫不迟疑地和他说起话来,试图以此使陌生人放心。老人不连贯地嘀咕着算是回答了他。

“他要干什么?”她在打嗝的间隙粗声粗气地问。

犯人并没有因此中断和老人谈话的努力。那土著人继续沉默不语,但一副被眼前的事物深深吸引的模样。

犯人马上用斧头劈下一部分鸟肉。老人默默地接过肉,把它藏在树皮衬衣下面,然后倒退着离开了他们。

神经紧张的罗克斯巴勒太太十分恼火,“他说什么了?”

“我不大能听懂对方的话。他的部落在遥远的西部搭了营地。看起来像是这样。”

“但我们应该扣下他!”没有人会指责她想到要“杀死他”,因为他们无法阅读她的思想,或者即使他们读了,她这样激动也是完全可以理解的。“现在他回去了,如果我们不马上离开这里的话,他们会来杀我们。”

他提醒她黑人害怕在夜间行走,加上有暴风雨,他们更不会这么做。

要不是她对自己的看法降得这么低,她也许不会被他说得心服口服镇定下来。虽然她仍在不断地打着嗝。团团乌云几乎是在树梢上黑沉沉地奔涌翻滚,狂风拔地而起要把最粗壮的树干以外的一切都摧毁殆尽。这一切都继续折磨着她,她希望自己仍然是那个与自然界休戚相关、对它的一切风云变幻无所不知的小姑娘,或者是那位她认真揣摩而成的贵夫人,不仅知书达理,而且对理性的人坚信不疑(她无法确定到底是被判刑的罪犯,还是她的亡夫,那个弱不禁风的绅士更符合理性的要求)。在当时的情况下,罗克斯巴勒太太只能爬进一座灌木搭成的棚屋,希望继续一个人待在屋里,但她能听到犯人杰克·查恩斯跟着她爬了进来。

不久风减弱了,代之而起的暴雨抽打着干枯的地面、他们头顶的树枝和毫无用途的树叶。很快,蜷缩在棚屋里的两个赤身裸体的人就被雨水冲洗了一遍。

在雨水倾盆而下的间隙,罗克斯巴勒太太试探着说:“我们永远也睡不着的,杰克。我们浑身湿漉漉脏兮兮的没法睡觉。继续赶路到农庄去倒比较明智。”

他蜷缩在那边没理睬她。

“要是有月亮的话。”她记不起他们所期望的月亮会有多大。

她确确实实看到的是放在农舍窗台上的油灯。她听到人们从床上起来,跑到门口,欢迎他们的一名同类。

她啃着大拇指的指甲,直到发现自己已在咬指甲下的肉才停止。

“你真是个闷葫芦,”她抱怨道,“我们完全可以庆祝一下的。”

至少雨水已经倾泻得精疲力竭,暴风雨快要过去;棚屋中的幸存者本应感到欣慰,因为他们面对的不是一团漆黑而是一丝清冷的微光。

罗克斯巴勒太太历尽沧桑却总能幸免于难。她打了个呵欠说:“我相信我最盼望的是喝第一口茶——从一只搪瓷杯里喝。”然后,为了和她的仆人逗乐,她问他,“你喜欢喝茶吗,杰克?”

他只能强迫自己咕哝了一句:“我已经不知道有多长时间没喝过你叫作茶的那玩意儿了。在定居区,我们喝的只是一些绿色的废渣——茶梗——如果赶乌鸦的人偷偷送给我们一点的话。”

“那么,还有别的吗?”她又做了一次努力,“你可能记起来的还有什么? 你想要什么?”

她也许是在哄她的孩子,最后她好像引起了他的兴趣。“一盘水煮牛肉,加上蔬菜。也许再来一盘热豌豆。”

他是个简朴的人,她永远没法不喜欢他。

她为自己的慷慨也为她伙伴的画饼充饥暗暗笑了起来。他却在这时打断了她,“纸上谈兵当然很容易,但是能否得到,”他提醒她,“却是另外一回事了。”

在这点上他垮掉了。

听到他在黑暗和潮湿中这样抽泣,她不由得一阵惊慌。“可是亲爱的——我的宝贝,”她笨拙地抚弄着这个一下蜕化成小孩子的男人,“你知道我会弥补你受过的一切苦难的。为了你,我会比任何人都尽心的。”现在她自己也俯在他湿漉漉的脖颈上哭了起来,“比梅珀还要尽心。”

她终于迫使他转过头来面对她。她紧紧地抱住他,让他靠在那对潮湿干瘪像口袋一样下垂着的乳房上:她的小男孩正处在无望的苦痛中,她对他充满怜悯。

事实上,他确实用鼻子在她的乳房上摩擦了一会儿,但不像现实生活中吮奶的孩子,倒更像用羊角抵撞母羊的小羊羔。很快他又恢复了常态并诚恳地告诉她,“正是因为梅珀我才到这个殖民地。”

“梅珀? 那是怎么回事!”

“我把她杀了。我割开了她的喉咙。”

他们都在对方的怀抱中颤抖。

“因为这事我现在服着无期徒刑。”

“也许你有理由,”她的牙齿打着寒战,“不该受责备。”即使没有,他们也得找出一条来,这样就不会有人因为她和这个杀人犯的性交而指控她是同谋。

“被判刑的人经常有理由不受责备,可法律从来不管这些——不是白纸黑字写下来的东西根本不会去管。”

他的双臂在她身上越搂越紧,似乎要把一份不公平铭刻在她身上,使她更深地卷入他的罪行之中。

“她对你不贞?”罗克斯巴勒太太不仅气喘吁吁而且有充分的理由对这样的问话犹豫不决。

“是的,她不忠实。俺发现,梅珀和一个年轻人好上了,一个表演吞剑吃火的家伙。俺捉奸捉到他们的时候,他跑掉了。让俺盯得浑身不自在的是梅珀。也许她觉得只要把床单扔回去让俺看看她的东西,就能提醒俺她有多金贵。偏偏那天她说服不了俺。她的情人早就溜了,连他的吃饭家伙也不要了。就这样梅珀——我们俩都发生了不幸。”

夜已经沉静,只有一只孤零零在空中飘飞的鸟和暴雨过后突如其来的洪水。

“你相信俺有罪吗?哎?”她这个怪物般的孩子在她身上又戳又打想听她宣布他的无辜。

他的要求越来越急迫,一双潮湿的手更加坚定地要取得她的宽恕。

她想了想说,“我相信许多人杀了他们所爱的人——理由没你充分。”

顿时他把手从她的脖子上移开了,并且开始劈头盖脸地吻她,淋过雨的嘴湿漉漉的,同时因为宽慰他流下了口水。

“这就对了,艾伦!这就对了!我知道咱们会相互理解的。”

但他们是这样吗？既然他们已重新成为情人，他就可能怀疑她不忠实，然后在夜晚用他的小斧头把她杀死。

她希望她能毫无痛苦地死去，然后又一次意识到她最不愿死。当他在充满湿气的黑暗中把她紧紧地抱到身边时，她只希望自己也许不会辜负他的期望。

他得到满足后突然说：“你心不在焉，艾伦。好像你已对我死了心似的。”

“噢，”她呻吟起来，“我的骨头疼得很！”

“叫我说，不会比其他时候更疼吧。”

“你不能对我指望得太多。你知道你爱的仍然是梅珀。”但她没有更多的理由口吐怨言。

他继续抚爱她，但很茫然。

“让梅珀送命的那天晚上我一开始都不知道自己在干些什么。我根本没去想那个年轻人也许会提醒她借宿的那户人家当心我的疯劲，也没去想那家人也许自己会听到声音然后出来探听。他们并没有这么做。我想那个表演吞剑吃火的人肯定是急急忙忙地悄悄爬走了。他也乐得逃脱这种乱糟糟的场面。至于梅珀我就不知道了。她接受了降临到她头上的一切。她没吭一声她没动弹一下，即使当她明白我已动了真格的时候也是这样。”

他说话时的那种热情和专注是她以前从来没有听到过的。她怀疑，他告诉她的这一切是他第一次向人诉说。

“我继续待在她房间里，不管不顾。除了梅珀我什么也想不起来。照大多数标准看那里的住宿条件很差。家具少得可怜。一个很大的带镜衣橱，租给她房子的那户人家不知道它能派什么用场，梅珀把她的东西放在衣橱里。除此之外就没有多少东西了——一个洗脸盆，因为没有盆架就放在地板上——一个尿盆，她常把它倒在窗外——一把椅子，坐人的地方差不多已经掉光了。我知道那床很硬，但并不总是注意到这点。那天晚上我把房间的每个角落都记在了心里。还有梅珀，艾伦。我从来没像当时那么热爱她，她也从来没像我和她一起待的最后一个夜晚时那样深信不疑地把自己给了我。”

但他现在用重新燃起的激情热吻着的是艾伦的喉咙，而且不管天黑以后她心中波动着多少担心、恐惧和狡诈，她发现自己正对他的热情做出反应。她必须记住明天她又要变成奥斯汀·罗克斯巴勒先生的寡妇，同时必须为一个亏了他她才活下来的人，而不是一个杀人犯求情。

“那都是我档案里的事，艾伦，谁也不知道。毫无疑问，你会因为这个对我有看法。”

罗克斯巴勒太太不能彻底说谎，也不能完全说真话。“我只会记住，”她告诉他，“你希望我记住的部分。”因为她自己又恢复了对爱的饥渴。

过了一会儿她听到他说，“后来我终于明白过来，我知道我绝对不能待到早晨。”

她从瞌睡中惊醒过来，一开始竟没有意识到他所指的那个早晨根本不是她的。

“我记起梅珀的一个朋友会在天亮前来找她，然后两个姑娘一起出发到市场上去，在她们的篮子里装满她们要卖的水田芥。我轻而易举地走出那座房子，然后动身去帕特尼，但后来我改变主意不想去了。我买了一把锄头和一盏牛眼灯，和码头工人混在一起。后来我埋头掏阴沟。因为能捣腾出值钱的东西，生计还相当不错。顺阴沟下去,那里的世界很精彩。一旦习惯了那里的空气,日子挺好过。还有耗子,耗子是最可恶的。要是不当心耗子会向人袭击。耗子咬的伤口比莫顿湾的臭鞭子打的还要深,还要容易感染。"

他大笑起来,此刻她也明白他说的一切带着灰色玩笑的味道。不管他把她带入多么黑暗的阴沟,不管那里一成不变的空气是多么恶臭难闻,也不管四处乱溅窜的耗子多么可怕,她都会坚定不移地伴随他的左右。她能习惯那里粘湿的脏物,她会把胳膊伸到阴沟里摸寻"值钱的东西",但愿能摸到英镑的金币或者至少弄到银匙。她只祈求上帝别让她碰到淹死的猫。

"我常把每次弄到的东西带到斯特普尼的一个犹太人那儿去,他付给我的钱从不超过那些东西一半的价值。但我没法抱怨,重要的是填饱肚子,避避风头——留点现钱买通那些可能和我作对的人。我在斯特普尼和沃平的酒吧里厮混——但时间从来不长——那里总有些奇怪的面孔让你想起到处乱跑的警察。我就三口两口把我那盘热乎乎的肉吃下去——如果实在饿的话就吃饼子——然后拔腿就溜。我常在河边的房子里过夜,只有这样的地方才会向我这样的人开放。大家头挨着脚排好睡下以后屋子就成了不折不扣的冰箱。没有人挑三拣四,哥们儿更不用说了。我不想提那些娘们。"

他也没到不得不说的地步。他无法猜测在他的经历中她投入到什么程度,出于羞耻,或者希望得到宽恕,她更紧地靠在了她的无辜的保护者身上。

"让我倒霉的,"他说,"是帕特尼的那座小屋——你想象不出有比它更漂亮的小屋子。还有我那些鸟。我当然知道它们都完蛋了。但我总为我那座房子感到骄傲。我想再看它一眼。所以一天傍晚等天黑下来后，我走到那里，提着我的牛眼灯悄悄地进了屋。屋里——唉，一片死气——到处是鸟粪和死鸟的味道。鸟笼里只有披着羽毛的骷髅。我所有的朱顶雀和金翅雀。我还有一对夜莺。唉，尽管我蹑手蹑脚只点了一盏牛眼灯，但住在拐角处的一个女人还是走了过来。她说她为这些鸟已尽了力，后来实在是费用太大她承受不住。我想她是诚实的。我觉着，泄密的是她的老公。我从来不喜欢他那副德性。那种长脸黄面孔的家伙。反正，第二天早晨我知道的第一件事就是警察来了。他们发现我坐在河边的凉亭中。鸟的尸体的怪味一直留在我鼻孔里，怎么也弄不掉。而且，我总是喜欢河流——我还是哈福郡的一个小男孩时就这样。有时河水会变成鸽子的颜色——天空和河水都是这种颜色。我爱那条河。后来，他们来了。该我倒霉的时候到了，我想。我还能怎么样呢?”

他打了个呵欠，似乎因为讲了这一切而感到一阵轻松。他肯定很快就睡着了。

她无法摆脱她的幻觉。满地的草籽、尘土和鸟粪中间仰卧着一只蜷曲着爪子的鸟的躯壳，最不易消褪的是那双被刀刻过的眼皮，它们已经游离成紫灰色，在凉亭下、鸽子色的水面上飘忽不停。

她躺在那里抖动着眼皮，梦中的魔术幻灯已被铺着树叶屋顶的棚子内部的一切代替。时间肯定还早，因为光线清冷至极。夜间他们的体热在一定程度上烘干了屋内的湿气。滞留不去的是那股熟悉的、要说有什么区别那就是变得更加浓重的狐臊臭。

罗克斯巴勒太太站起来，一直到低矮的屋顶无法容忍时才作罢。她被迫弯下腰，浑身阵阵作疼，但换了较舒适的环境她会觉得同样的僵硬不舒服。她也许曾经期望，在这样的日子里她一醒来就会心旷神怡,或者激动得不能自已,然而总的说来她很明白自己在为某件事、某个人生气。

她开始踢他的大腿,“醒醒!”她大喊起来,“如果老是这个样子,我们还没出发太阳就升得很高了。”

任何人都会同意当时的情形需要罗克斯巴勒太太这边采取严厉措施,于是她又踢了起来,把一个脚趾都踢痛了。“杰克! 噢,我的天!”她本来会大哭出声的,倒不是因为伤痛而是因为自己没能树立威望和尊严。“黑人们肯定会来的,”她坚持不懈,声音高得不能再高,“在那个老人报告他们之后。对我来说一切都会完蛋的——也许,对你来说并不是这样。”

她软绵绵地踢了最后一脚,然后退到屋外。

她仍然弯腰曲背,似乎屋顶还在把她的头顶向她的肩膀推压。她知道她的怒气是冲着自己来的。她最大的长处是她的灵巧和顽强,前者只是因为有了一个男人的存在才萌发,而后者也有赖于他,虽然她有活下去的意志,但要是犯人没有拽她同行毫无疑问她早就屈服了。不用说他一直充满力量,一种坚强的体力;直到目前到旅程的最后阶段他似乎才开始要求她表现一点当初她在草率中一口答应的道德力量。

此刻,她站在灰色的晨光中,擦着自己的胳膊和肩膀,她鄙视的不是犯人,而是她那个摇摆不定却承受着他百般依赖的道德的自我。她思索着四周的景色和一个灵魂对另一个灵魂的支配权,觉得又惊恐又兴奋,浑身不由一阵颤抖。

她听得见他在棚屋内叹气、打呵欠、清嗓子,一副很不情愿回归生活的样子。她后悔那么踢他,想着怎么做点补偿。他不大会相信她的怒气并非冲他而来,因为当时连她自己对此都大惑不解。

最后他终于在这个清冷的早晨和她站到一起。她只说了一句话,“对不起。”

“为什么?”他这边如此简单使她更觉为难。但他并不简单,他的生活经历和他的生存能力都表明了这点。

“我们马上出发吧,”她说,“在这样一个至关紧要的日子。”

说着她抓住了他的手,他们就这样手拉手走了一会儿。他倒不是真的畏缩不前,但今天是她在带领他,而且她抓住的那只手毫无反应。

“你为什么要说对不起?”他又回到她决心不加理睬的问题上。但愿他简单纯朴的一面会说服他抛开这个话题,有时候他的单纯确实会占上风。但此刻恰恰相反,压倒一切的似乎正是他的狡黠。

“艾伦,你不想因为我们之间发生的一切原谅你自己,对吧?”

“你怎么能问这种事?有时你简直一点也不为别人想想,杰克!”她觉得很难堪,要不是脖子上堆积着厚厚的灰尘,而且上面的皮肤几乎变得和树皮一样粗糙,她很可能羞得脖子都红了。比身体状况更糟糕的是,她很清楚她的窘迫是她又一次对自己生气激起的。

“噢,我本来就不是什么绅士。我不可能老说合适的话。我怎么想就怎么说。我原以为到现在你早就知道这点了呢。”

“我当然知道,我太知道了!”她干巴巴地厉声回答,然后咬咬牙或者说更加严厉地讲下去,“而我竟然以为你一定明白,对你的爱意让我看不到你的毛病。”

在尴尬不安中,她放开了她一直抓着的那只手,因此她现在可以加快步伐了。

那么别人会知道些什么呢?他们之间拉开距离后她可以不受

干扰地在联翩思绪中独自翱翔。即使获赦后的犯人恪守规矩，社会会不会想起从他眼中看她的映象，或者更糟糕的是，从她眼中看这个犯人的映象？

她向前走着，眼花缭乱，跌跌撞撞地奔进阳光，她能听到他步履沉重地跟了上来，与其说像个男人不如说像只动物。

有一次她气喘吁吁地转过头去问："你确信我们走的方向对吗？"

"如果不对，差不太远。"他似乎是冲着地面咕哝。

她肯定她的直觉和绝望会引着她径直奔向他们头天傍晚看到的那座农庄，但过度的紧张和疲劳已开始影响她的行动。

于是她停下来等他。"你累了吗？"她问道，关心中夹杂着期望。

"我一点精神都打不起来。"

他的眼中布满血丝，眼皮下垂着。那些对他这个人一无所知，更谈不上和他相互拥抱的人怎么可能接收这个死气沉沉的稻草人呢？

她的脑海中总是萦绕着那不可避免的结局，憋得浑身发颤。"我这模样可怕吗，杰克？我的头发糟透了！"比起赤裸的身体，头发更让她忧心忡忡，因为头发是帷幕，发生紧急情况时她可以在幕后躲藏。

"我想有人会认不出你的。"

他擦擦她的嘴，在她的唇上吻了一下。要不是她就要像新生婴儿一样几乎一丝不挂地重新进入人们通常所指的文明世界，这一切会显得和别的时候一样自然。

但正在这时罗克斯巴勒太太低头看了一眼，她发现她的那圈藤蔓已经丢了，她围着它原是作为一种规矩得体的表示的，更糟糕的是她系在树叶裙上的结婚戒指也不知去向。

她开始哭叫,步子也蹒跚起来。“我们必须回去！你觉得我会把它们丢在水坑里吗？还是棚子里?”她记不清到底在哪儿,便呻吟着说,“只可能在那两个地方。我的戒指!”

“你这么折腾就像个傻瓜。”他告诉他。

要是傻瓜倒好了。但她精疲力尽,遍体鳞伤,容颜过早衰败,而且即使在最佳状态时她也有些举止轻浮,不过她也许只是一个时运不佳的倒霉蛋儿。

所以她说:“你永远也不会理解的。我的结婚戒指!”然后开始在小路上瞎跑起来。

“一个让你回忆你丈夫的戒指有啥稀奇?”

她已经从他身边走开,她恨这个判过刑的杀人犯。

“再说,不戴戒指,我们之间的关系也不会改变啊。”

他出言不逊却说了实话,但她并不因此自甘失败。他不得不跑着追她,然后张开手在她头部乱打一气。“你要是想让黑人把你抓去,就去吧,祝你好运！没了你真是谢天谢地!”

她倒了下去。他坐在她旁边等她恢复理智。

“你常常是对的,杰克。但愿我能永远欣赏这一点。”

他看着她,精疲力竭又无可奈何,她也有同感。

但她很快振作起来。

“不会很远了。”她说。也许以后会发现他们出逃后走过的距离是这次旅程中最微不足道的,但她却几乎希望还有很多路要走。

他们重新站起来后,她一瘸一拐地向前走去,她带着头,觉得他希望她这么做。她看起来一定很可怕：一双皮开肉绽的脚让她痛苦不堪,头天晚上的湿气和寒冷已钻入她的骨髓作怪;到正午时分太阳总是让人受尽煎熬。眼前摇晃不定的景色提醒她,她也许已有了热病的最初症状。

不久,她放慢了脚步,当他赶上来时她咧开嘴冲他笑着,脸上肯定是一副拼命想表现得坚强不屈的神情。“我们得互相帮助,对不对? 不管结果怎么样。”

“对。”他冷漠地回答了一声,和她一心想表现的感情简直风马牛不相及。汗水模糊了他的视线,他使劲瞪着眼睛,却并没有看到她。

又走了一阵后,他们步调一致地搀扶起对方,一瘸一拐跌跌撞撞地向前行进。

她告诉他:“即使在盛夏,你也可以从无花果下的那只井里吊一桶水出来,让你凉得透不过气。那口井是爸爸找到的。他有一双占卜探水的手。树枝也会向我弯腰鞠躬,但这种事不是总能发生。”她叹了口气,“那是世上最凉的水。”

而现在他们却在这里,在这些炙热的石子上行走,鸟儿在大笑。

“我有没有跟你讲过,杰克,我怎样一路走到圣海安井,然后下到池塘里去的事? 那时候人们因为各种各样的疾病求神保佑。我为什么去那儿,我记不清楚,事情隔开这么远真记不得了。要是它纠正了我的缺点那可就两样了。不过我不相信人能改掉天生的毛病。反正我今天就这么想。”

实际上她正在想她在罗克斯巴勒先生书房里发现的一本书中的版画,那幅画表现的是居民们逃离平原各城市的情形。不管发生了什么事情,画中的一对对人儿像她和犯人一样死命地拉着对方,身上一丝不挂。由于是裸体画当时她没有要丈夫解释画中的情形。

现在他们正从一座地狱逃向一个最后或许会比地狱更糟糕的

地方。不管他们将在莫顿湾受到何等虚伪的接待,这个男人如此沉重地倚靠在她身上,她真希望自己不是同样的累赘。她不再相信体力,重要的是意志。

“你觉得我们到达文明世界后你能航行回国吗?”她嘴里的牙齿像碎石子般咔嚓咔嚓响个不停。“不过,你也许会发现这样的联想太痛苦。”如果说她拥着他的那只手放松了,那么她的胳膊却像薄纸一般无力地在他的脊梁上来回滑动。“我们听说悉尼在发展,我想建议你去悉尼。用他们给你的犒赏做点可靠的生意。我的丈夫会大力资助的——这点你可以放心。”

她在想什么,干什么,说什么,她自己都不清楚——要不是前面灌木丛的空隙中送来一阵凉气,她也许会站着走向死亡。

他们从树林中出来时,眼前便是一块田地,里面种着一行行精心培育的庄稼,再过去一点是那座房屋,和比房子更为壮观的大谷仓,它们都用锯得很粗糙的木板搭成。

“那儿,看到了吧?和我们计划的一点不差!”

这么说着她向他转过脸来,但已认不出犯人杰克·查恩斯:他似乎已中了邪。

“啊,艾伦,我能听到他们在搭三脚架——在犯人营的门口!他们会在那里等我!”

一说完他就转身歪歪扭扭地跑回灌木丛中,骨瘦如柴的身躯又恢复了力量。

她用一双皲裂的手在空中乱抓。“杰克!别离开我!没你我没法活下去!这块地我都穿不过去——更别提面对那些人的面孔了。”

但她还是走了过去。她迈着沉重的脚步郁闷地穿过一排排有人精心照料的作物,它们凉爽多汁,似乎是专门摆放在那里抚慰她的脚丫子的。

“它们是——长毛绒?”她不自然地小声叹息着,然后走到一条沿着山边通向谷仓的小路上。路中的车辙和马蹄印像铁一样坚硬。她倒在牛粪中,然后又向前爬了一段。由于路上有车辙她只能侧身而行,直到爬近谷仓边看到一双男人的靴子她才停住。那靴子和它所踩着的泥土一样又灰又皱,也因此特别管用。

罗克斯巴勒太太无法解释她为什么会在那里,或者她是否有过什么企图。

第八章

“光着身子?”那声音只是依稀可辨。那是一个女人的声音,那语调她不想再听第二次。

她听到有人穿着鞋朝她这边走来,踩得光溜溜的地板噼噼啪啪直响,然后,刚刚嘎吱一声打开门又马上退了回去。

她躺在那里,头埋在尘土中,因为她抬不起头来,苍蝇正频频飞落,到血污中、到她胳膊上黏着的牛粪中安家落户。

接着穿鞋的脚步声又走了过来,门又嘎吱响了一下,套在她身上的可能是件披风,或者只是一条粗糙的毯子。

不管那是什么东西,罗克斯巴勒太太都满心感激,对那女人的说话声更是感激涕零。“噢,亲爱的,你在我们这里,没有人会打听过去的事,除非你乐意说出来。”

臃肿的长袍或者粗硬的毛毯缠裹着她,女人这番听起来像是真心关怀的话也在她耳边萦绕,她想她也许永远不想“说出来”(你没法讲述坚忍的意志,死亡和爱情,更没法谈论你自身的反复无常)。罗克斯巴勒太太逐渐恢复了头部和四肢的自制力,可以试着讲话了。她说:“我只想睡觉忘掉一切。”但凭经验她很清楚她所渴望的事是不可能的。

“你当然可以这么做。”那个高大的女人一边说一边抱起她新来的孩子。

然后这个孩子就被他们拉着走上了她的最后一段旅程，虽然他们的动作充满关注。（那双皱巴巴的靴子的主人也许在助一臂之力，但她没法确定这一点。）

“我们必须互相帮助。”罗克斯巴勒太太咯咯咯地笑了起来，她的脚趾碰到了一级裂成碎片的木头台阶，痛楚不堪，“对不对？”然后就被他们提过了门槛。

“对，对。”女人表示同意。炎热和艰苦也许已使她的声音变得很平淡，但并没有摧毁其中的信任和善良。

罗克斯巴勒太太感到不堪重负便低下了头，她能记起的房屋从来没有这么黑暗，这么令人窒息。怀着一线渺茫的从树枝间瞥一眼天空的希望，她本来会朝上扫视的，然而她心有余而力不足。也许她会永远低垂着眼皮，而那些愿意把一切往好的方面想的人们则可能会把痛苦误当作谦卑。

这个女人就会这么做，她一直在艾伦身边不离左右，同时远远地发号施令，“不，不，泰德我自己可以拿浴盆——但不要把一壶水全提过来——也不要那桶冷水。我们不能把这个可怜人烫了。”

她的手指在黑暗中慢慢感觉出他们让她坐上去的是铺着皮革的宝座，它的木架子上刻着树叶图案，但很粗糙。她配坐这宝座吗？她那件粗硬的长袍上扎人的马毛使她想到她也许远不配。

羞愧中她把头低得更厉害了。

浴盆被人从木板上向她这边拖了过来，或者说听起来是这样。水一倒入，铁皮盆底便狂怒地嘶嘶作响。此刻在水蒸气的团团笼罩下她已经游离了她那件厚重的毛袍、她受过的一切折磨、她的羞辱和她从来没能向任何人充分表达的爱情和感激。

“我觉得——我——受不了这个!”她大叫起来。

男人的靴子在往后退,似乎充满了恐惧。

“我会把它冲凉一些的,”女人向她保证,“现在你没什么可害怕的,亲爱的。”

她真希望自己也能这么想,她真想找到女人的手并亲吻它,为女人在她将要体验人类生活时做出的这份承诺。

她们单独待在一起后,女人一直只顾忙着给她的病人脱衣服。不管这位护士对眼前她不敢相信的一切保持多大的沉默,罗克斯巴勒太太还是觉得对方的思想清晰可闻。

女人开始在她身上拼命涂肥皂,这个她闻得出来;然后女人用法兰绒布搓擦,这使她突然跳了起来,很不友好地退回到她那刺人的宝座的角落里。

“瞧,瞧!我擦得很轻的!”女人说,同时动作也相应温柔了一些。“你叫什么名字,亲爱的?”她问。

“艾伦。”

“艾伦,姓什么呢?”

水啪嗒啪嗒响着,梦幻一般,打上肥皂的法兰绒布来回擦着,搓得她浑身发热。

女人没有逼她回答。“我是奥克斯太太,”她反过来告诉她,“还有,我的丈夫——泰德·奥克斯——原来是名中士。我们是随第一批舰队来这里的。我们都是威尔特郡人。因为在军队里做事,泰德得到了政府授予的土地,所以现在我们在布里斯班河外边务农。”

“我们过得蛮好。”她补充了一句,以免她的病人不相信这点。

但艾伦·格拉雅斯太愿意相信她的话了。她坐在这座黑暗的房子里抽泣,她的感官从嘎吱作响的旧木板和温暖的法兰绒布头中重新唤起的一切都让她感伤不已。什么地方飘来了牛奶和熏咸肉的香味,还有,那是不是——是的,那是羊毛。外面,母牛正踩着坚硬的小路噔噔噔地回家来。她觉得她也许承受不住现实对堆积如山的记忆的突然袭击。

“我们可以让你直接坐在浴缸里吗,艾伦?”奥克斯太太问她。

艾伦摇摇头。她担心,一旦她说话,冲口而出的可能不是一个单词而是一串串泡沫。

“对,也许现在还不到时候,”奥克斯太太表示同意,“什么事都得慢慢来。”

此后,要是她的病人没有把下面的情况告诉她,她真要手足无措了。“我把结婚戒指丢了,我差不多已把它带到这里了。船出事后,我把它系在藤蔓上,一路上一直带着。”

奥克斯太太马上被她吊起了胃口,“你是,”她问道,“我们都听说过的海难的幸存者?‘布里斯托尔少女号’的幸存者?”

一切都已可怕得无法回答。

“你是不是罗克斯巴勒太太?”她又问。

病人摇摇头。“你不会迫害我吧?不会把我绑到三脚架上去吧?谁也不会相信,但一个人犯罪并不总是有罪。”

“噢,亲爱的,你千万不能把自己搞得这么紧张不安。没有人会迫害你。”

“即使我有罪也不会吗?不是完全有罪——但有点罪。”

接下去便是一阵沉默,只有搅动洗浴水,拧干法兰绒布的声音。她试探着加了一句:“不管你怎么想,我反正不是罗克斯巴勒太太。

我是梅珀,但我不能告诉你她姓什么。”

奥克斯太太肯定悄悄溜开了,因为不久以后艾伦在无意中听到她在说:“泰德,男孩子们回来后,约翰必须骑一匹好马去定居地,告诉他们我们这儿来了个幸存者,问问他我们该怎么办。是他们叫她罗克斯巴勒太太的那个人,可怜的人现在已经神志不清。”

从那一阵咕哝和搪塞可以听出泰德·奥克斯肯定不希望他们背上这样的包袱。看起来担任中士职务的是他老婆。

“这是我们的责任,”她提醒道,“来,帮我把她抱到床上去。”

他们把“梅珀”放到了她已不习惯的高度。她躺在羊毛和羽绒间扭个不停。

“你们想把我闷死还是怎么的?”她哭起来。

但女人拍了她一两下后她就安静下来。

男孩子们肯定已经回家了。她听到男性身体一屁股坐到长凳上,然后听到他们一边咕噜咕噜地喝着燕麦粥之类的东西一边问话,抱怨,打闹。她听到拳头砸了桌子,过了一会儿,便是一阵恼火的马蹄声,在骑手过于急切地催逼下马儿慢跑起来。

奥克斯太太带来一根黄蜡烛,接着又拿来一根。与其说蜡烛照亮了黑暗,倒不如说它们把离得较远的一切都变得模糊不清。

“您晚饭想吃点什么?”她问道,似乎她懂得运用各种周到的礼仪。

“我不知道。”罗克斯巴勒太太回答;她的头在羽绒枕头上不安地摩擦着,“如果我能记起来,我的女仆会用托盘给我送来的。”

奥克斯太太一刻也没有停留,她出去拿了一碗什么东西进来。

“来啦!”

她舀了一匙又软又甜乏味得很的东西送到病人嘴里,这使艾伦哭了起来，甚至在咀嚼吞咽时还在哭：这一切勾起的回忆和她本人的情况并不相称。因为这个原因她很快就吃饱了，而且不管她的护士怎么努力，她都把嘴巴紧紧闭上。

“你这样我们永远也不可能让你好起来的。”

她离开了房间，温热的面包牛奶糊几乎碰都没碰。

现在她的眼睛对这里的光线比较习惯了，罗克斯巴勒太太便趁她的护士不在从她躺着的地方打量起这间房子来。总的来说这房间的样子很寒碜，四壁都是没有一丝装饰的灰木板。从她能分辨出的情形看，那几件家具都挑不出什么优点。可以称作装饰的东西都不过有了点最基本的形式，当初弄这些玩意儿肯定是为了避免工匠们无所事事而不是为了美化一张椅子或者一个壁橱。她自己的家具正蜂拥而至将她团团围住：用考究的织锦缎做成的笼罩一切的垂花饰物下面是那一大堆麦芽糖或者说是有凹槽的桌眼椅脚、四处飞扬的丝绸、敲着悦耳钟点的石英钟。她因此闭上了眼睛。（在任何情况下这些东西都不是她的，自从她乐意去掏阴沟以后就更不是她的了。）

她重新睁开眼睛透过百叶窗的一条缝隙看见一张比周围夜色更黑的面孔。

要不是她的护士已经在床边站着，她也许会尖叫起来。

“你们是来抓我的吗？”

“谁？”

“黑人！”

奥克斯太太说：“那是吉米。要是泰德和男孩子们出去一个月——我会信任他——还有我们所有的土著人。”

那是奥克斯太太这边的单纯。罗克斯巴勒太太不相信她会信任任何人,不管他们是什么肤色。她连自己都不会相信,她想。

突然她开始发抖:“你觉得他们会出去一个月?”

“哎,没有的事儿。”

奥克斯太太把百叶窗关严实,然后上了闩。

她摸了摸病人的眉毛,走出房间,然后带了一种味道很苦的东西进来。

摆脱掉那只不屈不挠地发着怪味的匙子时,罗克斯巴勒太太喘了口气:“我丈夫是个体弱多病的人。”

“你的丈夫?”

“是的。”

奥克斯太太把匙子放在小碟子上。

“罗克斯巴勒先生虽然弱不禁风,但他本来是会尽一切努力救我的——要是那些黑人没有杀害他的话。”

“啧!啧!”

“可怜的杰克!我最亲爱的丈夫!”

“别折腾你自己了,宝贝。我会待在你旁边的。没有人会伤害你——除非在梦中。我没法不让你做梦,对吧?我只能在看到你情绪变化时,给你宽解宽解。”

奥克斯太太开始在铺着皮革和马毛的宝座上安顿下来。

罗克斯巴勒太太从羽绒枕中抬起头来:“他们杀了罗克斯巴勒先生,但是那些白人——会杀杰克吗?”

奥克斯太太决定打盹。

还是那艘进了水的破船缓慢地把她们带到了早晨的岸边。因为靠在皮革船舷上休息,奥克斯太太的大脸盘有些变形,罗克斯巴勒太太的四肢则可能永远迟钝下去,她的两片嘴唇紧紧地粘在一起,连吸食空气都不可能。

罗克斯巴勒太太告诉和她一同幸存下来的人:“这些岛屿大多有丰富的贝类水生动物。不过你得当心不要弄破手。至于水——我们可以用手绢吸露水。”

奥克斯太太正凭直觉梳理头发:“我要带给你的东西会比任何烂海螺都更能让你振作起来——除非你连一个新鲜的鸡蛋,一杯刚从母牛身上挤下的热牛奶都不喜欢。”

罗克斯巴勒太太没有拒绝她觉得从哪方面讲都不该让自己吃的东西。

奥克斯太太把她答应过的这些东西带进来时,罗克斯巴勒太太正说服自己接受它们是合情合理的。“有了长矛和渔网,他永远不会挨饿,提到这点我很欣慰。否则,我怎么吃得下这只鸡蛋?”

“这事我可不太清楚,亲爱的。”奥克斯太太回答,不过她还是很想知道。

罗克斯巴勒太太含着一口鸡蛋在舌头上打转,同时反复思考着传到她耳中的各种声音:母鸡兴奋不已地忙碌着一早的任务,大黄蜂躲在墙中嗡嗡颤动,一头小牛犊肯定被剥夺了吮吸母牛奶头的权利。护士退出去后,病人打起了瞌睡,时光颤抖着翅膀在飞逝。如果她睁开眼睛,没有一件东西不使她感到新奇,样样都让她觉得好玩。她会直勾勾地盯着破旧不堪的木头地板中的螺旋纹,烧灭的蜡烛上那圈项链似的烛油,一片像她早些时候吃的蛋黄那么致密金黄的阳光,直到困意重新占据她的身心才停止。

从四周的沉静她判断出肯定已是近正午时分。这时她听到院子里响起了马蹄声,有一个人先下了马,接着另一名骑手也下来了,后者开始了她听不清楚的交谈。

不管等着她的是什么,她都希望她会令人信服地表现自己。

靴子上的马刺很快在走廊里叮叮当当响了起来,同时走廊也开始颤抖,她逐渐意识到那是她的护士在向她走来。

奥克斯太太诚实的两颊因为炎热和高兴,也因为宽慰显得容光焕发。"这是坎宁安中尉,亲爱的,卫戍部队的医生。现在我们可以肯定你会得到悉尼以北这边最好的照顾。"

"罗克斯巴勒太太?"年轻中尉大声说着,决心以此表明他的军衔和性别。

这声音在她头脑中回荡着,她茫然若失,连对她的最严重的指控也不会否认。

医生提起她的手腕,对着从百叶窗射进来的阳光,这手像一卷剥落的树皮。她可以感觉到他在微微发颤。但他这种实用性很强的职业还有抽象的一面,这使他能够在给她把脉的同时,表现出某种神秘的冷漠,而且可以避免正视病人的面孔。

当时她可以仔细打量她的来访者。她的护士肤色很红,而这个医生的皮肤只是微微有些发红,也许在这种气候中晒得还不够,她想。他的脖子和紧身短上衣领口的衔接处有一圈白色的东西。看着它在已变黑的房间里闪着微光,她以为那白圈儿是皮肤。它给年轻人整个外貌添上了某种不设防的温柔的成分,这点和握着她手腕时的那种恭敬的轻微的颤抖一起使她怀疑这位中尉从来没有经历过强烈感情的冲击。

她马上为自己的想法感到羞愧。她打量着她的护士看后者是否窥见了她的思想,但房间太黑,而她的两名侍卫人员自然都太单纯。

只是在此刻,罗克斯巴勒太太才突然想到她对自己的认识可能会继续成为窘迫甚至危险的源泉。

“请你多放点阳光进来,奥克斯太太。”很明显坎宁安中尉在与年纪较大的女人待在一起和对下属发号施令时比较自在。

奥克斯太太把一截百叶窗往上推时,病人因为一束光线向她射过来,脸上抽搐了一下。本来她也许会觉得更加没有遮蔽的,但她意识到对他们,她必须继续成为一个谜:她的身体是他们所关心的,亦是她最微不足道的部分。

她懒洋洋地躺在那里,虽然当医生在奥克斯太太的协助下对她进行检查时她的嘴角撇了撇,想做出微笑的样子。

“怕痒,是吗?”护士放纵地大笑起来。

医生皱起了眉头。“洛威尔上尉向您问好,”坎宁安中尉传达口信时一副一本正经严肃认真的样子,同时也不乏他个人的良好意愿,“并盼望着——等您彻底康复后他能听到您自己讲述您的遭遇。我会负责您的健康的。”他向她保证,还在她的肋骨上敲了一两下以强调他的权威,“还有奥克斯太太,”他很有礼貌,加了这句话,“我们很快就会让您重新站起来,带您去莫顿湾。”

罗克斯巴勒太太无法预见这些,她胆怯地说:“再走一段路程,我的脚受不了。它们已经毁了。”

“我们会派马车来的。噢,上面没装弹簧!不过会是我们能提供的最好的马车。”

“我们肯定会受到黑人——或者更糟糕,受到逃犯的袭击吧?”

中尉觉得好笑:“别担心。有军队护送您。”

罗克斯巴勒太太的忧虑并没有消除。“犯人受鞭挞时,我是不是非听他们的哭喊不可?”

现在轮到医生担忧了。他从来没有应付过类似的场面。“您会发现司令官是个人道主义者，和他的前任不同，我看得出您肯定听说过这位前任。”

“那位前任后来怎么样了？”

年轻人已在冒汗，他那金色的胡须也没能掩饰这点。“他出事了。”

“他是让人谋杀了？还是简简单单在事故中丧了命？”

“最好别问与您无关的痛苦事情。”

她的喉咙上的一条血脉开始跳个不停。“跟我无关——为什么好人坏人在同一条船里——还有丧生和谋杀的区别。在我们把这些弄清楚之前，不会有公平可言——只有上帝的羊肉作星期六的晚餐——那是我们中运气相当好的人。”

看到她神态失常，他把身体转了过去。

“你玩挑绷子游戏吗？”她问。

军医没有回答，他从一只肯定是刚从马鞍上解下来的药箱里挑选出一些药品，然后把护士叫到一边，低声告诉她药该怎么用。

接着又用讲给病人听的比较洪亮、快活的声音说：“主要是个休息问题，奥克斯太太，加上营养。罗克斯巴勒太太很幸运，她的体质相当出色。我想她会活到高龄的。”

罗克斯巴勒太太抽抽搭搭地回了一句：“连丈夫都没了我还要高龄干什么？”

奥克斯太太吮着牙齿而后又咂起了舌头：“亲爱的上帝，这多可怜哪！不过，这也是预料中的事！”那个和蔼可亲的年轻军医也插了进来：“您会改变您的想法的。您会明白的，罗克斯巴勒太太。洛威尔太太正在亲自给您筹备四季衣服，所有的夫人都献出了衣服。我们知道了您的身材和尺寸以后一切都容易得多。”他突然停下话头，再次感到十分尴尬，但临走时又匆匆忙忙地说：“您可以放心休息，夫人。我们都热烈欢迎您。我们听说‘布里斯托尔少女号’触礁后，都以为船上的人都遇了难。当时我们都为此感到震惊。”

“你们怎么听说的？”罗克斯巴勒太太问道。

到最后，她终于不能相信（噢，她早该知道！）这个到目前为止一直和蔼可亲，但太圆滑、太会恭维的年轻人。

“我们从大家都知道的唯一的幸存者那里听说的。当然也许还有其他的幸存者有待于我们去发现，就像您这样的。我希望还有。”

她看着他，后来他没能向司令官描述她这双眼睛。“都死了。一些人很可能是叫人吃掉了。只有有罪的活了下来。”

她说这些话时，军医告辞了，奥克斯太太把门在他们身后带上，但他还是听到了因此而变得低沉的声音。“我自己没什么要求。只想给我可怜的丈夫求个赦免。犯罪的是我。我觉得他不相信我，所以，他才跑回去了。”

至少壮实的奥克斯太太在领他离开病房时听到了那黑暗中的声音继续缥缈地尾随着军医。“即使杰克没有被——杀死——即使他完全是自己躺倒丧生的——我也必须作为杀害他的凶手去自首。”

由于头天夜里尽了守护责任，加上在已过完的一天中又竭力给予病人各种必要的照顾，那天傍晚，护士觉得疲惫不堪，因而在照料丈夫和三个狼吞虎咽的儿子吃完饭后，她对丈夫说：“泰德，如果今晚你愿意陪罗克斯巴勒太太，我会感激不尽的。我可真是坚持不住了——暂时是这样。”她赶快又加一句话来安慰他。

人高马大的泰德·奥克斯一副惊恐不已的模样：“我不去，艾米丽。要是她尿湿了我怎么办?”

“你多半不会知道她尿不尿,”她回答说,“如果她告诉你了,那你只要到那边的房间叫醒我就成。”

泰德·奥克斯摇晃着他那巨大的身躯表示他的不情愿。“还有,”他说,“要是她开始盘问我呢? 和一名贵夫人谈话我可是半点经验都没有。”

“这话也就咱俩之间说说,这可怜的人也许并不完全是贵夫人。”

奥克斯太太没有细讲,她刷碗刮锅,他抽了第二袋烟,她又给病人吃药,开始吹灭蜡烛,把吹剩的一根藏在一个很小的到目前为止一直没什么用途的屏风后面,屏风上的花样是艾米丽在那漫长的恋爱期间自己动手绣上去的。这些事都做完后,她哄着她的牺牲品向铺着皮革和马毛的宝座走去。“就这儿!”她并不真的在发号施令,不过是战场边沿。“你待在门边藏在屏风后面。如果有必要就喊我一声。即使吉米来接替你,她,可怜的人也不会注意到的,她喝了坎宁安先生开的鸦片酒昏昏沉沉的啥也不知道。”

不等丈夫断然拒绝,奥克斯太太就离开了。

在奥克斯中士的经历中没有比这更令他为难的事了。相比之下,犯人营里的暴乱,某个逃犯伏击了上尉,上尉尸体从山上抬回来时,他的头上血肉模糊,眼睛不知去向,生殖器和睾丸都已割掉的情形也没那么糟糕。可现在只不过是一个沉静的夜晚,紧挨着的房间里儿子们的呼噜声和薄薄的屏风的另一边的陌生人的呼吸声此起彼伏。

要是她醒过来可怎么办! 奥克斯中士裹着法兰绒衣服阵阵发冷。不过,他也许也打了一会儿盹。

刚刮起的风把他惊醒了,风纠缠着屋檐,钻入碰巧已松动的木瓦下,发出阵阵窸窸窣窣的声音。不对,是这个女人的声音。

"是你吗,罗克斯巴勒先生——奥斯汀?"

中士吓得不敢回答。

"那我就知道不是了。罗克斯巴勒先生跟我没什么过不去的。还是有那意思?"她叹息道,"很难说人与人之间会相互干出些什么来。"

即使没有塞在椅子里的那些马毛,看护人的皮肉也会感到刺痛的。

"我知道是谁,"女人深信不疑地对他说,"你是杰克。没必要害怕。至少得把你的手给我,亲爱的。我会指点你的。我会把它放到暖和得最快的地方。"

看护人局促不安地扭动着身体,弄得屏风挡着的蜡烛跳起了火苗,然后逐渐平静,到快熄灭时又重新燃烧起来。

"杰克?"

奥克斯中士清了清嗓子:"我不是杰克。我谁也不是。"

"别告诉我!"她没笑,肯定是床单在涌动。

中士突然来了灵感,他压低音,坚决而不是绝望地向她耳语:"我当然不会什么也不是。我是奥克斯太太——你的护士。"

有一会儿病人似乎心满意足了。只不过老是翻来覆去磨着枕头。最后就开始长篇累牍,几乎是毫无知觉地胡言乱语起来。"可怜的爸爸!到哪儿俺都听得出您的呼吸。您总是不爱言语。您永远不会像俺了解爸爸一样了解俺。咱有时间,一冬天一冬天的,还有那么些绵羊,小猪。俺们把小牛犊带到勃拉兹去,那天真该再赶几英里到廷特盖尔去。所以俺从没有真正见过廷特盖尔。来的是奥斯汀·罗克斯巴勒先生。那些贵族！我要管那一池天鹅，这活太累人。有一阵我高兴得像只小兔子。天鹅羽绒就不是这样。那是黑的。后来，夜里太冷，俺们亲吻时可以听见牙齿对牙齿打战。可怜的爸爸！俺也爱您。要是您知道这个，您就不会偷偷儿躲在旧屏风后头了。"

这时因为必须出去小便，看护人悄悄走开了，但他回到岗位上时她仍在折腾，虽然可以说不那么直接与个人有关。

"起来，老虎！随你便吧。俺们又不是爬山到木星上去。"

又说："俺的母羊还没有圈进去呢，雨下得有炮弹那么大。嘘——！看在要活命的份上，跑啊！"

他浑身颤抖着去感受那风驰电掣般飘过的暴雨和羊毛；有一缕羊毛带着刺。

"噢，"她叹了口气，"你还没把煤斗装满呢，玛蒂，快给我生火，我也好暖暖思路。"

他心乱如麻，困倦不堪，脑袋都快炸裂了。

"噢，戴恩特雷太太，你喜欢巧克力吗？它会不会让我们脾气变坏？"

她不会让他有片刻安宁的。

"奥克斯太太，你丈夫……我丈夫，奥克斯太太，有颗痣……"

天哪，鬼知道下面她会说些什么！

"艾伦能辨别标志的，要是她看到的话。这张脸比我以前见过的都要黑。因为全世界都要毁灭。把窗关上，好吗？噢，请你……中士……把你的……手枪……拿来……"

俯身靠在他身上的是艾米丽。从头发的香味他就知道是她。烛台里的蜡烛已经毕毕剥剥地烧完了，留下一股冷烛油的气味。

“晚上她过得安宁吗?”

他迫不及待地从受过煎熬的椅子上拔出身来:“我没法说。我想,她睡过去了。我们俩都睡着了。但她那是发疯,艾米丽。”

他径直奔进他熟知的早晨,很快就在那块他在挤奶前用来洗母牛奶头的油腻腻的布上擦起了双手。

奥克斯太太常在三个儿子中随便叫一个去莫顿湾捎口信:虽然罗克斯巴勒太太的身体状况仍不允许她旅行,但各种迹象都表明她在恢复体力和健康。让她放走病人奥克斯太太会很不乐意的,她们彼此之间已建立了感情。奥克斯太太无法想象,一旦有人把她悉心照料的对象从她身边带走,留下她自己与只关心牲畜和天气的男人为伴,她的日子将怎么过。她本来会热爱自己生的女孩子,但既然她运气没那么好,来了这个落难的不乏孩子气的陌生人也就可以充数了。

她们最幸福的时刻是一边呷薄荷茶一边看老家的纪念品。一封封发黄的信和一撮撮黯淡无光的头发使农夫的妻子沉浸在一种美妙的忧伤中。“它们让人伤心,对不对?”她微笑着,同时擦了擦一只眼睛。

“你为你的生活感到后悔吗?”罗克斯巴勒太太问。

“不后悔。为什么要后悔呢? 如今我过这样的生活正合适。也许男人就不一样。依我看,女人更像苔藓或地衣,它们依附岩石或树木就像我们依附丈夫一样。那是我们的归属。”

“我没有丈夫——也没有孩子。在任何意义上我都是自由的。”

奥克斯太太赶紧劝慰她的朋友:“但那不见得就是最后的结局哪。”

她们的交谈也许会变得很尴尬,但就在这时蒂姆从定居地赶回来了,带着洛威尔太太送的一包衣服,说让她"试试,看看合不合身"。

"啊,多漂亮!罗克斯巴勒太太,您说对不对?"奥克斯太太在那堆衣服中倒腾个没完,"您得承认人还是好得多。"

从紧身胸衣到裙子一切应有尽有,还有两件套裙,出于对守寡的尊重,一件用黑色的毛葛做成,另一件不那么肃穆,是石榴红丝绸质地。

"我不想冒犯您的感情,罗克斯巴勒太太,但这是一件和您的那种美貌相配的衣服。"奥克斯太太举起那条石榴红的绸裙,"真是好看,您难道不愿承认这一点?"

罗克斯巴勒太太低声笑了起来:"我对我'那种美貌'一无所知,也不懂穿什么才相配,只是总得穿衣服。我想,既然我正在向这个社会回归。"

目前她并没有为了回归做任何特别的努力。给她送来的衣服她接受了,但只是出于必需,并没有一丝热情。能站立以后,她更喜欢穿农夫妻子给她提供的自家织的宽松直筒连衣裙,她裹着这块不成形的本色布,啪嗒啪嗒地走遍了这座普通房子的大多数角落。而且常常因为一锅牛奶、一炉新烘的面包苦思冥想忘乎所以,或者摸索着一直走到院子中,仔细察看那里的一切。比方说,一只母鸡,她那窝新孵出的小鸡偷偷钻进她的羽翼下面,还有靠人工哺育的小羊羔傻乎乎的脑袋。最后,还有那个太阳,她再也不知道她是应该把它当作生命的源泉来热爱呢,还是应该把它当作这么多苦难和丑恶的原因和见证加以憎恨。

她自己的丑陋,至少在肉体上已开始消退,凭触摸和她从奥克斯家唯一的一面失真的镜子里看到的形象她说出了这一点。镜子中反射出各种摇晃不定的形象，她先是迟疑后又带着快慰承认她从中发现了所谓“容貌”的蛛丝马迹——虽然几乎谈不上什么美貌。

一天傍晚屋子里和院落中洋溢着生气勃勃的光线和声音，在一种令人无法抗拒的温馨中，罗克斯巴勒太太脱去了那件破旧的羊毛筒裙，站在镜子前展现自己的胴体。一开始她惊奇得一动不动，然后开始轻轻抚摸自己，同时发出微弱得几乎听不清楚的欢乐与悲哀混杂的呻吟，这倒不是为她自己曲线分明的身体，而是为那些她曾在拥抱中与之共享爱的欢悦的人们。

奥克斯太太来叫她的病人吃晚饭的时候发现罗克斯巴勒太太穿着那条石榴红绸裙站在那里。

“这就对了！您看见了吧？我怎么跟您说的？”这个好心肠的女人为她自己的明智判断激动得满脸通红。

罗克斯巴勒太太穿着裙子容光焕发，就像燃烧的火焰。但她马上不安起来：“请你出去！这是我的愚蠢。”

“可是亲爱的，我真不懂！在我看来，好就是好嘛。”

“我根本不该这么做。求求你，出去！我还没准备让人盯着看呢。”

奥克斯太太只得退出去。当罗克斯巴勒太太终于露面时她浑身上下都透着守寡的气息。在黑裙子的衬托下她的皮肤显得蜡黄，她的头发现在已经长得很长，她把它绕成朴素的发髻卡在脑后。

“在这个时节，天气是不是太冷了点？”她把双手绞在一起放在身前，这样才控制了自己。

“依我看，要说与以往有什么不同，就是水汽多了些。”奥克斯太太心不在焉地回答。

出于对寡妇尊严和感情的尊重，农夫和他的三个儿子放低了声音交谈,而她则在同样坚硬的长凳上和他们坐在一起,喝着汤,时不时因为她自己的某种思想或太大的一块土豆皱起眉头。

她坐在树荫下,仍然穿着那件黑色寡妇服,她把饼干屑从胸前掸去,喝完杯中最后一口酸橙甜酒。正在这时坎宁安中尉来了,把她吓了一跳。从表面看,那棵树长着闪闪发光、颜色深得几乎发黑的叶子,并习惯性地向四周伸展,且像是当地品种,因而不会引起这位对自己的出身忠诚不渝的军医的注意。然而基本的美学直感促使他停下来,如果不是欣赏也是对这幅黑与黑互相衬托的画面惊讶不已。使这一切以古怪的方式让人感到满意的也许是树和女人,还有飞溅到两者身上的阳光所散发的宁静安详的氛围。

觉察到她的大夫就在眼前时,病人一副惊恐不安的样子,仿佛她意识到宝贵的健康恢复期已告一段落,而这人私自闯进这里不过是要判她无期徒刑。

"我没想到你会来,"她说(而事实上她每天都在等他),然后抬起一只手以便在重重绿荫给予她庇护之外再加上一层保护,"……自从你上回来看我,已过了那么长时间,我想当然地认为你不想继续我们的关系。"

她的语调平淡实在,不含任何抱怨或卖弄的成分。

"您说的完全正确,"年轻人回答,"既然您已经彻底康复,就不需要我的服务了。"

她湿润了一下薄薄的嘴唇。

"我今天来,"他继续说,"只是传达一下司令官的问候,并把他正在给您安排的事情告诉您。"

"我不知道我是否已经做好了准备。"她把脸藏到那只不再起保护作用的手后面，这只手那么僵硬地举在那儿，他不可能不注意到它在那么剧烈地颤抖。

“那您必须准备一下。”他建议道，由于年轻涉世不深他只好让步，声音尽量保持温柔。

她的目光越过他向已在炎热中变得模糊不清的景色看去，寻找一种她并不希望会出现的安慰。

“你不会理解和我的朋友奥克斯一家分手是多么痛苦。”她说这话时心里很清楚她在提供一个站不住脚的借口。

“但您不能永远缠着他们！”他并不是故意说得这么残忍。

很明显她必须同意这一点，保持沉默将意味着她的言行十分孩子气，但她还是保持了沉默。

这鼓励了坎宁安中尉向她传达委托给他的口信，也算完成了使命：“我向您保证，您在定居地逗留期间，洛威尔太太一定会让您什么也不缺的。”

“我想面对囚犯我会受不了的。”罗克斯巴勒太太几乎噎住了话头。

“作为司令官的客人，您几乎不需要面对他们。”出于情况的必需和他自己的窘迫，中尉也许在撒谎。

但他的目的越来越明确了，那就是给病人一些嘱咐然后毫不拖延地逃离这个自欺欺人的寡妇和她那些可能会传染的固执念头，到目前为止在他的经历中只有温柔的妻子和活泼的少女。

“下星期五司令官会派车来（我早就提醒过您，夫人，别指望有弹簧的马车），有军队护送，这是答应过的，还有一名女士给您做伴。”

那么，这些都要发生了，罗克斯巴勒太太心中很明白。“我会尽力而为，不负众望的。”

年轻的中尉觉得很奇怪,但这种感觉转瞬即逝,这事不再与他有关了。

他匆匆忙忙地说了下去:“恕我冒昧,罗克斯巴勒太太,我想您会欢迎所有这些希望给您带来舒适的计划的。”军医把自己刺激得过于兴奋,“我还必须告诉您,总督阁下正盼望与您相识并在您到达悉尼时听您自己讲述您的遭遇。”

“总督阁下?在悉尼!”罗克斯巴勒太太那只无力的手落到了膝盖上,她也许觉得没有能力面对这最终的考验。

“我知道政府的税收快艇,”中尉开始结束他的谈话,“一完成另外一个任务,马上就会派来接您。”对他来说,在官方的旗帜下航行是一种安慰,因为女人的眼睛又一次让他烦乱不已。

“我必须试一下,”她说话时声音又低又干,“对,你是对的。只要是为了我的请求。我千万不能忘记我是对一个人——对所有遭到拒绝的人负有责任的。”

直到在不顾树枝的抽打撕扯催着马儿沿回家的路狂奔时坎宁安中尉才恢复了镇定。他在脸颊上摸了一把,意识到面孔肯定划破了还在流血。他宽慰而兴奋地大笑起来,用他从路过的灌木丛中扯下的一根枝条抽打着马儿催它再接再厉向前跑去。

这个星期五农夫的妻子老早就把她的朋友叫醒了,事实上并不需要那么早起。在奥克斯太太的生活中几乎从不发生怪异的事情,因此以任何不同寻常的方式出现的事件都会成为某种程度的感情混乱。男人们不会承认这一点,但为了避免告别场面他们在天亮时悄悄溜走了。奥克斯中士因为在罗克斯巴勒太太病床边守护了一夜永远不会原谅她。至于他们的几个儿子,除了带点神秘地相互咕咴几声外，没有用语言表达思想。然而，他们仍会记住她，把她看作母羊产下羊羔以后，在播种和收获两季之间出现的一个奇迹。她会继续成为他们对一个永远不可能揣摩透的神秘事物的隐约感受，她的意义远远不止一个赤身裸体爬出灌木丛闯进他们正常生活的女人："布利斯托尔少女号"的罗克斯巴勒太太，一个神话，因为太熟悉又不彻底，他们的孩子将在暗笑和不可思议中对它置之不理。

"您瞧，罗克斯巴勒太太，亲爱的。"奥克斯太太在星期五早晨大声宣布，"我已经把您的东西收拾好了。"

她把这些东西打成了一个笨重的包裹，倒不是因为它们属于她——从来没有什么东西是她的。

有一会儿两个女人一起坐在阳台上。她们彼此之间这么亲密无间充满信任，很自然她们的手握在了一起。奥克斯太太的手干燥，富有弹性，而罗克斯巴勒太太的手则由于命运的百般摆布早已失去了最初的样子，未来则模糊得难以辨认。

但农夫的妻子并没有想到要去考虑这些，对她来说这只手就是珍贵；因此她在手上捏了一下，然后，在某种程度上为了避免那无法避免的东西，向对方吐露："我得告诉您我忘了给小鸡煮鸡食了。"

"那么我们一起去吧，"罗克斯巴勒太太建议道，同样的口是心非，"去做你忘记做的事情。"

但他们继续坐着。早晨已变得太令人困顿。在洗烫衣服和面粉的气味的吸引下这个女儿真恨不得把头靠到母亲胸前的围裙上。妈妈身上从来没有这样的气味，有的只是薰衣草花水和紫罗兰口香糖，还有她继续不断吹到手套指头里去的粉笔灰的味儿。虽然不再伺候奥特林夫人后她一直不用手套。

这样一些微弱的借口和散发着幽香的幻想几乎都没有幸存的

希望：金属叮当撞击，车轮嘎吱嘎吱滚过，紧跟着便是片言只语的人声。这一切突如其来，把女人们惊出了万千思绪。

奥克斯太太的声音变得沙哑了："是马车，艾伦！"仿佛来的可能不是她们俩都惧怕的东西。

这个好心肠的女人迈着如此沉重的脚步向院子里走去，阳台几乎要断裂了。

罗克斯巴勒太太往前坐了坐，躬着腰对付等待着她的那一切。此刻一切都笼罩在沉默和皮革马汗的臭味中。奥克斯太太好像已从她的生活中隐退了，罗克斯巴勒太太早已承认自己是一个失落的灵魂，但此刻没有任何人主动提出给她指路。

终于有人向她走来了，听声音像是通过一座吊在沉默断层上的桥梁传过来的。脚步声不是她的朋友的。奥克斯太太真的被迫抛开她不管了。罗克斯巴勒太太把手合着放在膝盖上，这是她学会又忘记的姿势之一。要是她能记起她学过的东西，还有一些更为有用的陈词滥调的祈祷用语，那该多好。

陌生人的脚踏在木板上时表示的更多的是忍俊不禁痛快淋漓的嘲讽，而不是真正的鄙夷。这是一个在发现自己碰巧到达某个地方时总会表示怀疑的人的脚步。

一个并不令人生厌的有教养的女低音向靶子射了过来。"罗克斯巴勒太太吧？我来陪您乘车去定居地。您也许记不得了，"这个女人，或者说这名无可非议的女士提醒她，"我们以前见过面——这就跟眼下这场合——至少对于我——成了一种非常令人愉快的巧合。"

于是罗克斯巴勒太太不能再拖延着不去观察这个既是相识又是先行官的人。她面对的是一个穿着棕色衣服的人，从靴尖到惹人注目的鹰钩鼻,没有一处不过分讲究。

“您难道想不起,”她问话时声音柔和了一些,也许她听说的故事和她在这座简陋的农庄受到的接待使她感到窘迫,“我们是怎么见面的? 那天我们共同的朋友梅瑞维尔夫妇去拜访您。在船上? 您一定能记得吧?”她已在哀求了。

透过感情的狂澜,暴风雨和海滩,死亡和绝望,信任和背叛,罗克斯巴勒太太真的开始回忆起这个棕色女人充满非难的鼻子。

“是的,”她叹了口气,“我当然能记得……小姐,你是姓——”即使吓跑了所有男人或者扯出了那些不明智到与她接近的人的内脏也难以让这位仍是处女的女士仓皇失措。

斯克利姆索的鹰钩鼻填补了残缺的记忆中的缝隙,声音略微有些发粗。

这双眼睛黑幽幽的足以让漫不经心的对手胆怯。它们和罗克斯巴勒太太自己那双眼睛同时刺进了对方的内心深处。最后两个女人似乎达到了相互理解。

斯克利姆索小姐伸出一只紧紧套在棕色小山羊皮手套中的手,“罗克斯巴勒太太,”她建议道,“我不希望过分地催您,但我提议为了实际的原因我们不要拖延,马上出发,以便天黑前到达。在这些地区,我从几个月的居住情况了解到,人们不能太指望靠运气办事情。”

“我听你的。”罗克斯巴勒太太嘀咕了一句,她一生都是在别人手中度过的。

斯克利姆索小姐赶紧又说:“看!”她感情强烈地感叹着,口中飞出了唾沫,“洛威尔太太,她真是善良的化身,送给您这个。”使者开始从那只一直在她的另一只手上吊着的纸盒子上解绳子,“她意识到您没有女帽,不希望您光着头旅行。”

斯克利姆索小姐变戏法似的挥手从盒子里抽出来的肯定是一个女人企图打扮成少女的最后一番尝试:一个轻薄透明但有点压坏了的玩意儿,上面的三色紫罗兰、雏菊或诸如此类的任何东西都已拿掉,取而代之的是一条宽阔的黑纱带,漂亮的帽带已被黑纱垂带代替,最后是一个面罩,同样用黑纱做成。

斯克利姆索小姐皓齿开启引导这个刚起步的人发展一种她似乎很缺乏的热情。

然后罗克斯巴勒太太表示同意:“是的,洛威尔太太很善良,她想的十分周到。”说着把帽子在头上戴好,拉下面纱遮住面孔。

斯克利姆索小姐筹备出发事宜时罗克斯巴勒太太毫无结果地找寻着奥克斯太太。到最后,搜寻似乎和几乎所有的一切一样变得无关紧要了。

“这么好的人,我理解。”她们在没有弹簧的马车里坐好时斯克利姆索小姐说。

罗克斯巴勒太太回答不出一句话。护送的士兵驱策着坐骑,马儿侧身跑着,拉下一堆堆马粪。只是当他们蜿蜒着下山时她才揭起寡妇面纱回头瞥了一眼。她的朋友正像一座粗制滥造的雕塑一般站在那简朴的谷仓的一个角落里。罗克斯巴勒太太不禁感叹一个人最尊重热爱的一切总是那么迅速那么无法揣测地被夺走。然后洗烫衣服和烤面包的香味,再加上煮过的鸡食的味道,都涌了过来,她开始打喷嚏。

她把面纱拉下来。幸亏有这个。

斯克利姆索小姐说:“空气里有什么东西。我真的很同情您,我经常因此过敏。噢,是的,亲爱的,我们受的是什么罪!但我想,我们必须忍受这一切。”

于是她们继续嘎吱嘎吱地前进,暮色降临时已在连接莫顿湾定居地零散建筑物的道路上颠簸。

“您明白了吧,罗克斯巴勒太太,我的估计是对的。”斯克利姆索小姐高声说着大笑了起来。

罗克斯巴勒太太比以往任何时候都为有这袭从帽檐上垂下的面纱而感到欣慰,它模糊了光线,隐藏了思想。然而她会听到她最惧怕的声音吗? 此刻她没听见。

暮霭中,司令官的住宅像坐落在一个宽敞的精心培植的花园中,随着夜幕的降临,那里飘出一缕缕令人心醉的香水味,钻入她们这辆颠得人骨头都要碎裂的马车车窗中。在这个时辰,住处本身不像一座房屋倒像是一系列彩灯,它暴露在突出的阳台后面,不断延伸又难以名状,整个效果让人联想到住宅是为着舒适的实际目的而不是按照官方的设想建造的。

罗克斯巴勒太太被这座住房深深吸引了。她真想在受接待之前就钻进去,然后继续不为人注意地待在那里。但这是不可能的。司令官本人一直在等她们,而且已经出来在台阶上站着。他有着当军官的好身材。在一个遥远又无足轻重的边塞当指挥官给他带来了权力和实惠,他也很明显地因此而洋洋得意。

洛威尔上尉的手把客人请出马车,然后强迫她走上阳台台阶。“您几乎和斯克利姆索小姐希望的一样准时。”他回头瞥了一眼他的部下,满意中含着嘲讽。后者则像一个可怕的精灵一样尽可能发出几声咯咯咯的笑声。

“上来啊!”他命令这个囚犯,“大家都在等着见您呢。”

“噢,请不要这样!”罗克斯巴勒太太抗议道。

斯克利姆索小姐上来为受她照管的人保驾，“至少可以说，可怜的罗克斯巴勒太太已经累坏了。”

在门口的灯光下司令官的眼睛现出了珐琅的蓝色。他有一张可以涨红发肿的脸盘，一张无论何时遇到挫折都会显得垂头丧气的嘴巴，所有这些在另一个人身上也许都会成为不足，但在洛威尔上尉这边却给他的容貌锦上添花。

他的俊脸或者说那些不足正要表现自己，突然一个很可能是他妻子的人出现了，身边围着一堆小孩，他们金发碧眼，一个个都闹哄哄的，那位母亲也长着金头发。她给人一种扭曲发皱的印象，和那顶肯定是她后来又转送给她的慈善对象的帽子没什么两样。

“大家都想见她，但也得让她先歇过来再说。”洛威尔太太做了决定，这么弱不禁风又明显受着折磨的人如此坚决倒是意想不到的。

司令官虽然哼哼唧唧咕哝了一阵，但还是十分和蔼地接受了指责。“听你母亲说话，谁都会认为我是个暴君的，对不对，凯蒂?”他向年纪最大的女孩求援，但她觉得他的问话太蠢没理会他。

洛威尔太太带头，斯克利姆索小姐第二，后面跟着那队孩子，他们就这样把客人押送到她将占据的那个房间里。

“我可以想象，受了这么多罪后您喜欢一个人待着。我不是说您一个人待得还不够，”洛威尔太太补充道，脸都红了，“连续几个月在丛林中迷路——做伴的只有黑人，当然，我们听说——还有那个搭救你的男人。”洛威尔太太的脸红得更厉害了。“我的意思是，”她说，“让您自己有个房间，配上文明社会能提供的舒适条件，您会喜欢的。”

罗克斯巴勒太太意识到她正脱光衣服站在洛威尔太太面前，在所有将要审查她的人眼中她仍然会是这个样子，比脱光衣服更糟糕的是她还和一个“恶棍”一起住在一个树皮树叶搭成的小棚子里。

对孩子们来说,她就更加有趣了:他们能看到她蹲在黑人宿营地的边缘解大便。只有孩子们才可能想象出她在森林深处啃噬一块人的大腿骨时最赤裸的表现。最后这些孩子也许会用稚气和坦诚帮助她超越对自身的厌恶。

同时这位母亲重新开始友好巧妙地和她周旋。她端来一罐大麦汤,一盘“来自我们自家花园”的水果,如果罗克斯巴勒太太想歇息,仆人会把小吃带到她房间里来。“罗克斯巴勒太太,千万不要以为我丈夫或任何人会要您做任何您不想做的事情。看到您活着我们比什么都高兴。”

说完,洛威尔太太和她那群海浪一般的孩子一起走开了。

“您应该知道,亲爱的,”斯克利姆索小姐提醒她,“您可算是一个女英雄,而且必须相应地付出代价。”

“我不能认可名不符实的东西。”

斯克利姆索小姐太有教养或者说太明智,她不想坚持下去。

罗克斯巴勒太太感到欣慰的是,幸亏有了黑纱,在老处女离开之前她一直能把不断加剧的烦乱心情隐藏起来,但一撩开面纱她就发现自己咬破了嘴唇,血正在往下流,不久以后,为了宣泄那部分是内疚、部分是未能得到满足的情爱的东西,她扑倒在床上。浑身透着虚假,衣服都是人家救济的。

她重新控制住自己,让用托盘端着冷点心的仆人进入房间。她饿极了,一会儿往嘴里塞火腿一会儿塞羊肉,直到吃得打嗝才停止。下肚的都是太肥的肉,还有她自己的贪婪和情欲。

当她终于进入梦乡时,她梦到了一种超然的爱,其肉体形式只是往前走而且也许会永远躲避她,那是在帕特尼或者真实世界的任何别的角落。

她很早就醒了，由于精力恢复得很好，她想象自己正要去拜访一个朋友。也许是格罗斯特郡的戴恩特雷太太？或者可能是那次谈论了很久但一直没有付诸实践的访问——去看霍巴特城的阿斯匹诺尔太太？明白自己的真实所在后她取消了后一种可能，并为此感到快慰。

她起身打量完房间后决定必须到放在那里作盥洗用的脸盆架边洗一下。至少在她快活地往身上涂肥皂沫时，这种按非殖民地标准显得很粗糙的肥皂使她笑了起来，没错，她很快活。要是有足够的头发她会把它梳成时兴的样式的。

夜里有人拿掉了她的黑纱带，代之以一件平纹细布长外衣，上面的图案是成串的三色紫罗兰，或者说是“舒心草”——她听人这样叫过。她穿上她找到的新衬裙，又在外面穿上漂亮的套裙，最后系上钴蓝色的绸腰带，这时她才发现由于这么长时间没有胸衣，她忘了穿紧身胸衣了，于是只好弥补这个疏忽，把自己打扮得合乎礼仪。

房子的其他部分都已有了生活的迹象：饭锅被人在炉灶表面拖过，生火柴禾燃起了阵阵炊烟，一个男人正在发号施令。她希望她能避免被人发现，而且确实没人发现，甚至孩子们都没注意她。她穿过司令官的花园沿着自然的缓坡和人工的平台往下走，一路上柚子、柠檬、香蕉和番石榴似乎正在与菜棕[①]茶树和土生棕榈树经过修剪的坚硬的枝杈和睦共处。她想在一片棕榈树叶上扶一下，结果划破了手。

到达最底层的平台时她踏上了通向那条浑浊河流的一溜台阶。在江水中昂首阔步走着的一只白鹭升出水面振翅飞向远处。她听

① 菜棕（cabbage tree）：一种顶芽当蔬菜食用的植物。

到的很可能是对面赶乌鸦的人喋喋不休的话语。她本能地鬼鬼祟祟地向四周张望着,要不是因为她在莫顿湾得到了许多纯朴的友爱,在这样的时辰她完全可能逃走。

她没这么做。相反她站了一会,领略那种湿润颤抖的空气,然后心甘情愿地回归那座她被宣判在其中囚禁的监狱。她一生下来就被判了无期徒刑。

她沿缓坡片上走,中途碰到了凯蒂——洛威尔家最大的孩子,一个长着浅颜色头发的男孩和两个年纪更小一些、站立不稳定的小姑娘组成的"代表团"。

凯蒂告诉她:"我们来找您,罗克斯巴勒太太,然后带您去吃早餐。"她说话时一副正规作文的僵硬模式,其他孩子都及时和姐姐一起傻笑,直到最后大家都笑破了肚子。

罗克斯巴勒太太又一次得到这样的印象:他们把她想象成了那个赤身裸体的幸存者,而且毫无疑问刚刚在他们父亲的一堆竹子后面解完大便。

因此她把衣服抚平然后向他们求援:"我希望你们和我一起吃早餐,给我点面对早晨的勇气。"

这太奇怪了,他们不能对此多加考虑。

一个很小的女孩子坚决地宣布:"我们已经吃过早饭了。"

"我们要学功课,"男孩子告诉她,"跟斯克利姆索小姐学。要是我们不学,父亲会用鞭子抽我们。"

罗克斯巴勒太太听见自己在说:"理所当然,你们得完成交给你们的任务,完不成的话,就要等着受罚。"

要不是孩子们伸出手把她带上最后一道缓坡,她也许会因为自己太冲动做了这番道德说教而感到难受。但就像对他们身处其中的环境一样，他们似乎对说教已经习以为常了。

上午已接近尾声，教室里孩子们得到解放时的喧闹声已渐渐散去。此后，斯克利姆索小姐来到罗克斯巴勒太太的房间。“我早该提醒您，”她说，“洛威尔上尉很早就会从军需部赶回来，他很想在我们用餐前有机会和您谈谈。他得给总督阁下写一份报告。”

“我几乎没有办法拒绝他，对吗？”罗克斯巴勒太太回答。

“那要由您来决定。”斯克利姆索小姐喜欢别人依靠她，但很注意不让他们滥用这种关系。

“您今天上午都忙什么？”她问道，话中少了点尖刻。

“我坐着看光线变化，听我不熟悉的房子里的各种声音。”

“我希望，以那种方式，人们也能学到点东西。”斯克利姆索小姐大笑起来，“不管怎么样，司令官到家之后我会来带您过去的。”

她没有表示明确的不满就离开了罗克斯巴勒太太，留下后者懒洋洋地探索。

事实上这个囚犯已经为她自己的慵懒感到一阵阵良心的责备。有一次她觉得因为她没有加入找甘薯或劈蕨茎的行列有人马上要捏她甚至打她，她突然从无精打采的状态中惊醒过来。然而，她明白更重要的是要避免受那些天生狡诈的人的伏击，因为她听到了早晨来访者们来来往往的脚步声和说话声。洛威尔太太正在招待卫戍部队的夫人们，毫无疑问她们都很友善同时又喜欢对别人的事刨根问底。

而现在她得面对司令官。

他站在房间正中央接待她。要是她比较容易被打动。要是她没有遭受过和家具相同的命运——不远万里来到这里，最后落得破落不堪、伤痕累累、灰尘覆盖的下场，虽然仍然保留着一丝享受过较为浮华的生活的痕迹。这个房间也许会给她很深的印象。一块磨得很旧满是灰尘的地毯发出一阵霉臭味,和从阳台那边飘进来的柑橘和番石榴的香气混杂在一起。但一道道阳光使她无法辨认已露出线头的地毯上不那么放肆的原始图案,如果她想检查那一排排僵硬地排列着的书籍,镀金的铁架子同样会把她吓退的。然而,要命的是,她从来没有什么书卷气,除非是为了取悦别人;但她无法取悦司令官。他皱起眉头把表关好。她听说这家人三点钟吃晚饭。如果他愿意,他有足足两个钟头的时间折磨这位受害者。

一开始他力图给她个好印象:"我想您肯定休息得很好吧,罗克斯巴勒太太?"他在黄中带红的眉毛下面冲她微笑,同时挪过一张沉重的腿像蟹脚的椅子。

她对她的敌人道了声谢谢。椅子太宽,座位已经破裂,此刻她束手无策地坐在中间,求援似的紧攥着上面的雕刻,她觉得和她一样紧张得手心直出汗的人早已把雕刻磨得十分光滑。

司令官即使并不真的很紧张,看上去也十分犹豫不决。在人们的期望中像他这样有权威的人原本不应该这样的。"我要给总督写一份报告,记述有关沉船、您如何幸存、如何恢复健康的情况,这点您一定要理解。所以,"他叹口气,把胳膊肘支在书桌上,"能听到您的叙述,我会很高兴,如果这样做不会重新揭开已经愈合的伤口的话。我希望我们能——做到这一点,同时不给您造成不必要的痛苦。"他这么费力地说着话,脸都有点涨红了。虽然他又开始微笑,但那是冲着他眼前的那张白纸。

"任何人——任何东西——都没法让我痛苦——现在都不会了,洛威尔上尉。"如果她说的有些厚颜无耻,至少她不用朝他那边看,可能会揭开旧伤疤的是他脸部的线条,他那双很粗糙的手腕。

“那么,”他说,“用您自己的话把发生的一切告诉我。”她几乎没法指控他不开明。

“怎么说呢,”她沉思起来,低着头舌头舔着下嘴唇,“我们的船触了礁,这你知道——你从另一个幸存者那里已经听说了。”她觉得自己出汗出得一塌糊涂,“我能告诉你什么呢?”她气喘吁吁地说,“如果你已经什么都知道了。”这种争辩无法满足男人的愿望。

她不能看司令官。她必须把眼睛当作武器保存起来以便应付需要敏锐程度更高的短兵相接的场面,她坐着一动不动地盯着自己那双在钴绿色的腰带和舒心草中放着的手,似乎她在犯胃病而且不在乎他是否认为她意志薄弱。

司令官耐着性子控制住自己:“只有听了对同一事件的不同叙述我们才能发现真相,罗克斯巴勒太太,任何法庭都这样。”

“噢,”她喊道,“我从来没有上过法庭。也许就是因为这个,我从不敢肯定我有没有发现真相——不管是什么样的事情,洛威尔上尉。尽管如此,我还是活了下来。”

她想瞥他一眼,但觉得她也许没有力量这么做。

她继续垂着头讲述:“我丈夫被杀害了。是的,那是真相——一道也许永远不会愈合的伤口。我把长矛从他喉咙拔出来时血流如注!我会永远记得那炫目的阳光,还有苍蝇。”

司令官谨慎地做着记录。

“然后黑人们就把船员们押走了。”她舔湿了嘴唇。禁不住问起到目前为止她一直不想知道的事儿,“我不知道另外一个幸存者是谁?”

但司令官在对一个女人进行军事审判,这是一个令人不安又备受困扰的女人。“那些黑人——他们对您友好吗?”他说话的口气,在任何一个如此兴奋不已而且体格粗犷的人身上都可算作一种敏感。

她千万不能看他,这点她一开始就已下了决心。

“这个,”她重新开始说话,但停顿了一下,“他们并不是不友好——考虑到他们遭到了枪击。噢,对了,可怜的康特尼先生——那个大副开的枪。那个部落有好几名成员被打死了。所以他们杀害了波迪欧船长——还有罗克斯巴勒先生——那是出于反击。不,”她补充道,“我得说他们对我——还算——可以吧。当然他们打我捏我,在我下身捅火棍吓唬我去爬树找负鼠和带蛆的陈年蜂蜜。还有一个令人作呕的小孩,他们要我给她喂奶,但我没法这么做。我的奶水已经干了。连在海上流产的那个孩子我都哺育不了。”

感到恶心的是司令官,这点她能感觉出来。

“噢,我不怪那些黑人!那孩子死了。即使她不令人作呕,她也会死。所以也不能怪我,对不对?”

保持沉默,她听得见他那根鹅毛笔的滑动。

“不管发生了什么事,不能责怪任何人,又可以责备所有人。”她不再蹒跚着走下去了。

“还有什么别的吗?”

他们已经到了旅程中充满曲折的部分。

“噢!”她抬起头和脖子,怀疑上面正青筋直暴。她不停地吸着鼻子,最后肯定是一副涕泪横流的样子。“那些黑孩子!那些孩子不像他们的大人教的那么可恶,我们会玩‘噗噜噗噜’……”

“噗噜噗噜?”听起来洛威尔上尉在用最严肃也是官腔最重的声调说话。

“那是球，”她回答，“我们也经常跳绳。我给他们唱歌。”

“您唱什么呢？”仿佛他决意要做点不体面的事情。

她记不起来了，因此她决心原谅他，“瞎唱呗。”（不是“走开，骗子！”那肯定是以后的事吧？而且是唱给另外一个人听的。）“那是在我们渡海去大陆时，孩子们看到狂暴的海洋很害怕。是的，”她十分有把握地说，“肯定是那个时候。”

“那么你们什么时候到的大陆呢？”

现在已经是正午。司令官在冒汗，汗水从那件紧身短上衣的领口流了下来，他太讲究穿戴得体，不会把风纪扣解开。罗克斯巴勒太太的平纹细布衫也湿透了，钴绿色腰带显出一道高水位线。

“喔，你知道，洛威尔上尉，”她赶紧说，以便在还比较容易做到时让他平静下来，“那是部落的聚会——目的是举行狂欢歌舞会。”

“您有没有参加他们的狂欢歌舞会？”

“人们指望女人做的一切我都参加了。表演舞蹈的是男人。女人们只是唱着单调的歌，拍着大腿给男人做伴奏。噢，对了，我也这样做了，因为我是他们中的一员。”

“对当时您应该唱的东西您能理解吗？”

“当然不理解。我和那个部落一起生活的时间不长，我只不过学了几个常用的单词，但即使对单词本身一窍不通总归也有可能理解它们的含义吧？”

司令官很可能没听懂她的话，但他在写什么东西。虽然她有罗克斯巴勒先生及其母亲的谆谆教诲，罗克斯巴勒太太还是怀疑她理解的一切和单词几乎没什么关系。她一直都会是这个样子。

“有一天早晨，”她记起来了，“天色还早，我在森林中的空地上碰到了我所在部落的几名成员。我想，我从来不曾有过像当时那样深刻的理解。”

“黑人们在干什么?”

“那是一次秘密仪式。他们对我很恼火,匆匆忙忙把我赶走了。”

“是不是因为您看到了他们正在干的事情?”

“那是极端隐秘的。对我也是一样,这点我后来意识到了。一种类似圣餐的仪式。”

“如果它给您留下了这么深刻的印象,我倒是认为您能描述这一切。”

“噢,不!”她在极端激动的一刹那抬起的一双眼睛又垂了下来。

司令官扔下鹅毛笔,一屁股坐了下来,椅子和鞋跟在露出线头的地毯上擦得嘎嘎直响。

“还是回到比较实际的叙述上来吧。是在狂欢会上,对吧?那时您第一次看到了那个逃犯,据给我通风报信的人说,他搭救了你。”

“是的,”她说,然后又补充道,“我感到很遗憾,在我心中那么亲爱的朋友竟会告发我。”

司令官无法控制他的恼怒:“难道人们在重大事情上交换信息有什么反常的吗?”

“那是很自然的事,我不讲情理,这我知道。罗克斯巴勒先生经常提到这点。”她冲着自己的手微笑,这双手攥得紧紧的靠在腰带上。

“这个男人——这个犯人,”洛威尔上尉提示道,“把他的名字——或者随便一个什么名字告诉您了——对此我毫不怀疑。”

“是的,他叫查恩斯,杰克·查恩斯。”她轻柔地发着这几个音节,因为她不记得以前曾经完整地说过这个名字。

司令官重复了一遍,声音只比耳语稍大一些。鹅毛笔在纸上雕刻似的写着,然后又开始润色,但都是在纸的边沿。因为他也许还没有接受这个名字。

“难道你不相信他?”她尖刻地问道。

“是有一个越狱的叫查恩斯的人,但那事发生在我上任之前。在我前任的记录中有这件事。”

洛威尔上尉继续用花体装饰“查恩斯”这个名字,“他对您怎么样?”

“友好周到至极。”

“他的名声不是最好。”

“噢,我知道他是一个粗鲁的人。但我对粗鲁习以为常了,洛威尔上尉。”

为了强调她的话,她看着他,他的蓝眼睛向她喷射着怒火。

“难道我没有在黑人中生活过?即使我没有,活着也是遭受粗鲁的待遇。”

“根据我所听说的有关罗克斯巴勒家的情况,我倒觉得,罗克斯巴勒太太,您过的是温室中的生活。”

“洛威尔上尉,人的头脑不会永远躲开自身的思想和想象在温室藏身的。”

这话听上去一定很古怪。从他的嘴部表情上她可以读出他的厌恶;毫无疑问,他只习惯于女人的甜蜜和驯服。

“这个叫查恩斯的人,”他问,“怎么会在陪您走上这段充满艰险的旅程之后——这可算得上仗义救人的英勇行为——到奥克斯家的农庄边就跑回丛林中去了呢?”

“他非常恐惧,这很自然。”

“但是,难道他想象不出他的行为可能会对他有利,甚至可能使他获得赦免?”

“我答应给他赦免证的。”

司令官皱起了眉头。

“但他仍然很恐惧,”她说,“受了那么多罪以后,这是很自然的。他的背上伤痕累累。”

“那是从前留下的。”洛威尔上尉嘟囔着。

然后他看着证人问道:“您没有在任何偶然的情形下打击他的信心吧?我知道有些男人惧怕坚强的女人。”

“他是个坚强的男人。他不可能因为我这边的任何行为丧失信心。我答应赦免他的。”她坚持道。

“我亲爱的罗克斯巴勒太太,赦免证是要由我推荐,由总督阁下颁发的。”

她已开始绞弄她的双手:“但我答应过的,洛威尔上尉!我生活中的一切都丧失了,连结婚戒指也没留下。我一直把它保存到最后一天——它也丢了。什么也没有了,我告诉你!因为这个原因——再说我经受了这一切总归应该得到什么酬报吧?为了这个我坚持要求给我的救命恩人一张赦免证。”

她平静下来后痛苦地沉默不语,司令官似乎在听她这番话是否仍在房间里回响。

“也许您不明白,罗克斯巴勒太太,这个人是因为残暴地杀害了他的情妇才被判刑的。那女人自己是最低级的妓女。”

“噢,洛威尔上尉,”她叫喊起来,“我们大多数人都有罪,我们都有残暴的行为,如果不是真正谋杀的话。不要光为这个就谴责他。

他也是一个遭受了生活残酷折磨、身心崩溃的人。”

她能听到也能感觉到自己气喘吁吁,她在其中长大的那座农庄的绝望已经传染给她:脖子上架着刀的小牛犊;被她自己扭断脖子的嘶嘶作响的鹅;与她更加有关联、也更加糟糕的是,她能看到杰克·查恩斯眼中的恐惧,还有那张嘴巴——她自己的双唇未能在那上面印上那种激发信赖的慈爱。

司令官给他的囚犯倒了许多白兰地:“您让好心冲昏了头脑。”他这样断定,口气中含着赞同还附带一丝细微的嘲讽。

“责任心,”她抗议道,“不允许我保持沉默。”

他的讽刺意识会驱使他对她的权利提出疑问吗?感情的波澜使她心烦意乱,白兰地又让她醉意朦胧。她几乎不在乎她的辩护会向什么方向发展。只剩一些糟粕的无脚平底酒杯在她手中倾斜着。

这时她突然开始问话,因为这个问题一直纠缠着她:“另外那个幸存者是谁?”

“一个叫皮尔切的家伙,那个二副。舢板在暴风雨中和大艇分离时他指挥舢板。您记得吗?”

“我记得二副皮尔切先生。”

“但您最后看到他时的情形呢?”

“是的,我想我记得。但连续几周都是暴风雨和梦幻,或者噩梦。我相信我很长时间神志不清,因为老喝海水,还生下了我的小男孩。要不是罗克斯巴勒先生自始至终支持着我,我现在就不会在这里了。”

她已经把空酒杯立到书桌上,坐在那儿扭动戴过戒指的手指上那个无形的箍圈。

“我想,”司令官残酷地坚持着,“我应该让您和您的同存者聚一聚。他有点失常,可怜的人。目前他在军需部当职员,根本没有流露过到南方去或转回老家的意图。对,我觉得你们应该见见面。交换一下共同的经历也许会消除您记忆中的幽怨。"司令官在他的受害者面前高高在上,带着一种可能是经过训练的冷漠或者怀恨的表情俯视着她,虽然要对她训斥时他可能会表示一下关心。

"我愿意见皮尔切先生,听听他的故事。"

司令官弹开表盒,就在这时,房间外面回荡起了钟声。"太好了!"他大声说,"我希望您和我一样已经准备吃饭了。他们告诉我有一头烤乳猪。如果您偏爱酱汁冷盘鸡的话,可以吃那个。还有奶酒。"

"谢谢,可我没胃口。我还是回房间去吧。"

"但您今天晚上愿意会见皮尔切吗?"

"如果您和皮尔切先生希望这样的话。"

洛威尔太太试图亲自劝客人稍微吃点酱汁冷盘鸡,或者至少喝一杯奶酒,但她都拒绝了。

要不是直着身子紧张地躺着期待即将来临的这次访问,罗克斯巴勒太太也许会打起瞌睡。而且,雷声隆隆,紧接着瓢泼大雨倾盆而下,冲洗着黑沉沉的花园中的树叶。过后,柑橘的香味和压伏的灰尘偷偷钻入了房间。甚至光线都好像冲洗了一遍,带上了浓重的柠檬的光泽,阴影则更加乌青了。

不久,斯克利姆索小姐来建议她和他们一起喝茶。"您一个人躺在黑暗中,"她告诫说,"情绪会变坏的。"

罗克斯巴勒太太不想喝茶。她漫不经心地说她仍然"想等人登门拜访"。

斯克利姆索小姐支配别人的权利受到了沉重的打击,但她想了想还是说:“也许那人不想冒着暴风雨上路,而现在时间已晚便决定取消来访。您的朋友明天来和您做伴会更令人愉快。”

罗克斯巴勒太太没有向老处女透露她朋友的性别及访问的性质,而斯克利姆索小姐呢,神秘的事物常让她手舞足蹈,她离开时真是心花怒放。

没有兑现的那次访问过后第二天,罗克斯巴勒太太比她在莫顿湾的第一个早晨起得更早。她穿上那件黑色毛葛衣服,伺候她的人把衣服掸刷收拾得很像样,又把它送回到她的房间。夜里她想出一个方案,赶在人们还没有出来活动影响周围环境特征之前,只身一人去散步,熟悉一下这一带的情况。至于她自己的思想也许会影响她的所见所闻这一可能性,她轻而易举地把它排除掉了。

一切都和她在犯人杰克·查恩斯的陪伴下所体验过的那么一致:尘土、石块、她很快便在里面进进出出艰难行走的车辙;由于和私自闯入的人们打过交道,土生土长的树木显得更加矮小畸形;模仿一种传统式样建造的结实的砖石房子,还有粗糙得多的用流行的涂料加金合欢搭成的茅舍。这是衰弱的老人和对一切充满好奇的童心都还没有苏醒的时辰,最简陋的住处沉浸在因睡眠而生的体面氛围中,但仍然一片嘈杂。一看到有陌生人,一头母猪便带着一群嗷嗷尖叫的小猪朝安全地带飞快地跑去。一条长着红毛、患着溃疡的狗猛咬着一条拖地长裙的褶子。

一爬山她就来到那辆死气沉沉的风车或者踏车旁边,周围到处扔着不剩一颗玉米粒的玉米棒子,附近还有一辆少了一个轮子的手推车。要是这些玩意儿的规模小一些,而且她所知道的不那么完全,孩子们也许早就不在这里玩耍了。她穿过把她和那纹丝不动的风车分开的已被人踩过的草地,去抚摸破旧的木板上让脚丫子磨得很光滑的钉头饰。她重温了炼狱中的几幅受难者的肖像。

一只鸟在鸣叫,还是在警告?

事实上这鸟确实让她注意起山脚下的声音。早晨的寂静把音量衬得更大。那是男人的声音,随着他们逐渐向山头靠近,声音也越来越响,越来越不和谐。有时短促的命令或者语调不同的诅咒会打断这番嘈杂。罗克斯巴勒太太本不该感到这么毛骨悚然,因为这正是她内心所希望的。她意识到,不管这次冲突的后果会是多么痛苦,那个也许被她委屈的人的伙伴们强烈地吸引了她。

穿过灌木丛爬山的那帮人现在已经离她很近了。她可以清楚地听到镣铐的当啷声和锁链的哗啦声。直觉要她闪到一边,继续做一个看不见的观察者。但恐惧、同情,或者说想再次参与她在苦难经历中早已知晓的一切的魔鬼般的欲望使她像生了根似的站在这些男人要经过的道路上。

他们艰难地向她走来时都低着头,所以他们没有马上面对这个乍一看像是幻觉的东西。走在囚犯队伍前面的两个卫兵最先看到这个穿黑衣服的女人。他们喘着气,血液都凝固了,同时把火枪的子弹推上膛,似乎要防止囚犯被人营救。接着走在犯人队伍前面的人像许多暗褐色的动物一般猛地抬起头。他们在震惊中突然停下来,和他们铐在一起的人不可避免地陷入了慌乱。一个个肉体沉重地相互冲撞,一颗颗脑袋像炮弹一样不断撞击,各种骂人的话也不绝于耳。

罗克斯巴勒太太把自己从幻觉中唤醒,闪到一边。整个囚链队的人都如饥似渴地盯着这个幽灵。一个乡下人模样长着火红脸颊的卫兵不停地颤动着嘴巴,另一个卫兵脸盘没那么红润,但紧抿着嘴唇，一副不满或者不信的样子。犯人们的神情表明，倘若他们不是以明显的淫欲吞噬现在，就是带着对重新发现的一切的万般绝望发掘已经埋葬的过去。至于罗克斯巴勒太太，她已在一阵可怕的痉挛中和这群乌合之众融为一体。他们蓬乱的胡子，粗糙的皮肤，不被悲哀笼罩时冒着怒火的眼睛，在困苦中折磨得皮开肉绽的双手，她都已辨认出来。此外，还有萦绕在这一切之上的狐臊味。如果有伤疤，至少都藏到了囚衣下面。但她能感受到他们在她怀中酣睡时发颤的肉体，虽然那永不静止的哗啦作响的铁链表达了一种她的任何情欲或者柔情蜜意都无法帮助消除的怀疑。

接着她意识到一阵骚乱已由她而起。诅咒、下流话、狂笑和一股股未能得到满足的已经成为罪魁祸首的欲望阵雨般落了下来。灌木丛仿佛被点燃了，劈劈啪啪地烧着，串起了火苗。

一个家伙喊道："我在豪恩斯洛睡过的女人比这娘们儿强多了。我还为那事得了梅毒。"

"啊，你永远不知道哪儿有梅毒。"

"我身上就有，告诉你也无所谓，比利，要是他妈的有机会升一次旗的话……"

一名卫兵已经开始用枪托揍犯人。

"夫人，这不是女士待的地方，"负责这个囚链队的下士用颤抖的声音劝告她，"最好下山去定居地吧。"

罗克斯巴勒太太后悔没戴面纱。她简直不知道自己对下士嘀咕了些什么。不过不管她用微弱的声音说了些什么，都已淹没在谩骂、警告、假装放屁和卫兵打人等声音汇成的洪流之中。她开始向前挪动，裙子和扔在路上的木棍允许她能走多快就走多快。但还没有逃脱这队长长的铐在一起的囚犯，一名她正打他身旁经过的囚犯转过身吐了一口痰。她感到痰正从她脸上流下来。

这变本加厉的喧闹本来会让她愈发羞愧不安,但她原先就有点想让自己承受羞辱,作为对她的疏忽和不足的惩罚。不管怎样,她得到了惩罚,也蒙受了耻辱。她拽着裙子从一块块石头和一簇簇毫无同情心的野草上走过时,她悲哀地想到,也许她永远不能被两个不共戴天的世界中的任何一个所接受,就像它们也许永远不愿意融合一样。

她继续走着,把那人的痰从脸上擦掉,缓和了一下发木的脸颊之后,重新踏上居民们肯定当作他们城市大街的道路。到现在她本该觉得已从自己的病态思想和意图中解放出来,可以回归司令官好客的家,还有那些柑橘丛和漂亮孩子。但她意识到另外一番考验正在降临。因为是她内心的选择,它和第一次一样不可避免。

她很快就看到了那队女犯。她们正从女犯工厂向白天在那儿干活的医院走去。这些人的行动不像男犯那样被人严加管制。伴随她们的士兵只不过是象征性的卫兵。有一种情况使她怀疑那个男人的迁就是对给他提供的服务的一种回报。那家伙不是在行军而是在慢吞吞地走路,和他旁边的姑娘聊天。那副亲近的、别无他求的神情让人想起许多婚姻就是这个样子。但那种使男犯和人类格格不入的不可抑制的仇恨和绝望并没有在女犯身上找到直接的证明。当女人们穿着褪了色满是尘土又极不合身的制服走近时,她们的容貌就显得越来越邋遢。她们的步子高低不平,步调也极不一致。她们的笑声无疑是冲着这个陌生人的。有一个女人发出尖利的咯咯咯的笑声,冲淡了整个嬉闹的气氛,更加惹人注意。

罗克斯巴勒太太低下头。她与这些女人的相逢会比她与那些男人的接触更令人不安。因为女人,尤其是受到迫害的女人,对另一个女人窥探她们的思想,参与她们的幻想更加愤恨不已。这些女人无疑惧怕她,一个陌生人,一个贵妇人会想象出她们猥亵的梦幻。她们为受挫的爱情寻找的替代品,她们与子虚乌有的丈夫分享的柔情蜜意,或者她们目前用来引诱情人的手段。

把她和这些女人分开的那段距离已经大幅度缩小了,双方都无法避免相互间的评头论足。在她这边,她能看到有些面孔已经死气沉沉,另外一些面孔上残留的生机中则透着无望、恬不知耻、蔑视一切,或者懒洋洋自由堕落的所有迹象。女人们睁大浮肿的面颊上靠凹陷的皮肤支撑的双眼,回瞪着她们的控告人(她只能是控告人)。不幸和苦涩决定了她们的口型,任何可爱或美丽几乎都已泯灭殆尽,残余部分似乎要靠虚伪才能继续存在。

有一位年轻妇女的容貌具有明显的爱尔兰人特征:又黑又脏的卷发,睫毛十分浓密很可能上面缀满了苍蝇。她活泼地向陌生人问候:"早上好,夫人。在这样一个日子里自由自在地散步,我想这点我们所有人都能分享。"

除了那些心灵已经枯死的人以外,其他女人都猫头鹰似的尖叫着,表示赞赏同伴的勇敢。卫兵和她们一起大笑。虽然她的言语中带着刺人的嘲讽,她说语时那么诙谐,任何人都无法指责她无礼。

罗克斯巴勒太太在路边犹豫不决。她本想和这个快活得可疑的爱尔兰女人说说话,抓住她的两只手把它们放在自己的双手中,然后用某种形式向她挑明她们俩都有过追求,又都遭到了失败。但这时松散的队伍已经推推搡搡地向前走去了。那女人的最后一瞥虽然茫然若失却又给人一种奇怪的慰藉,让人联想到她们也许已经相互理解。

犯人们继续前进,质地粗糙的上衣松松垮垮不像样子,皱巴巴的靴子踏着尘土往前走着，罗克斯巴勒太太则谦卑地转向司令官“住宅”的方向。

一个一目了然的形象在门口出现了。本性难移的斯克利姆索小姐正在观察什么。她穿着棕色长袍，头发梳得很高，披肩有些滑落，她举起一只手遮在前额上向外看。

“噢，”看到她这位叛逃的朋友，斯克利姆索小姐大叫起来，“在莫顿湾没人陪伴您时，千万不能冒险出去。如果您想换换空气，洛威尔太太会让他们把马车套好的，只是时间要合适。”

“你肯定已经看出，斯克利姆索小姐，”罗克斯巴勒太太指出，“我没受到任何伤害。”

老处女不管三七二十一搀住她朋友的一条胳膊，也许仍然满腹狐疑。事实上罗克斯巴勒太太很可能连一根毫毛也没有损失，但斯克利姆索小姐自己却遭受了许多精神创伤，虽然外面裹着一层厚实的、经过干燥处理的皮革。

“不管怎么说，”她刚把罗克斯巴勒太太带到安全地带就说，“我很高兴您回来了。我有个好消息要告诉您。您的老相识今天晚上肯定会来这儿。不管是什么促使他取消了上次的来访，司令官都会让皮尔切先生来向您问候的。”

说完她看着罗克斯巴勒太太，想得到赞同，或者通过后者的反应证实她的怀疑。但罗克斯巴勒太太一句话也没有说，继续保持那种超然的表情，也许因为她的脸一直藏在寡妇的面纱后面。但斯克利姆索小姐注意到她的朋友忘了戴面纱。

在司令官府邸已成习俗的过于丰盛的晚餐结束后，司令官走到客人跟前，满脸堆笑，似乎两人之间有什么秘密。“我想我们说起过的那个人五点半就能到这儿，”他打开表盖冲它直皱眉头，“或者说最晚不超过六点。”他把表合上，又开始微笑，在罗克斯巴勒太太看来有些莫名其妙，“这回他不会逃避责任了。”

一个年纪较小的女孩子问道：“罗克斯巴勒太太是不是要拿鞭子抽皮尔切先生？”

“怎么能想到这种事情！”母亲为孩子的假设红了脸。

“那为什么要强迫他？”凯蒂感到纳闷。

“他们是老朋友，根本不存在强迫的问题！”

洛威尔太太窘迫至极只好压低嗓门告诉罗克斯巴勒太太：“您可以在小客厅接待他，亲爱的。”她虽然一番好意，但这话使当时的情形更加深奥莫测，令人奇怪，“在那里你们俩都会感到很舒服，很——隐秘。除非您想让斯克利姆索小姐在场。”

罗克斯巴勒太太客气地暗示她可以不要斯克利姆索小姐在场。

要是她还没有意识到这桩令人厌恶的事情很可能马上就发生，她也许不知道该如何消磨来访前的那段时间。于是她在小客厅里安顿好自己，同时希望斯克利姆索小姐不会事先提任何建议。

但这位做事周到的女士已经明白了她的意图，时间一到，她只是通报一声“拜访您的客人来了”。就走开不管了。

罗克斯巴勒太太本来已经决定在来访者进屋时她将不起身相迎，但那一刻来临时，她又立即这么做了，因为对一个历史并不比她自己可疑多少的人，她几乎不能加以谴责。

因此她就成了这副模样：浑身上下都像一个受神经错乱折磨的贵妇人，舔着嘴唇，抽搐着，用人家提供给她的一条手帕轻轻擦着嘴巴。“难道你不想坐下来，皮尔切先生？”这个心绪不宁的贵妇人发出邀请，“你能来我真高兴。这也许是世上最舒适的椅子。或者你更喜欢直一些的椅子?”

因为肩上的风湿她缩了一下身子,这病无疑是赤身露体躺在潮湿的地上睡觉的结果。但自从起居毫无规律的征途恢复过来之后,这病并没有让她感到烦恼。所有这些皮尔切先生都不可能知道,虽然从另一方面讲他也可能知道。天知道她的眼睛泄露了些什么。

但二副好像并没有察觉到任何欺瞒行为。更为重要的是他自己的情形,他肯定在经受着的内心活动,而且他非常有可能把她看作他的控告人。

“谢谢。”他们终于痛苦不堪地面对面地坐下来时,他说。

说得好听一点,皮尔切老了。这使她摸了一下自己的头发,寻找一面并没有马上出现的镜子。他十分消瘦,好几个地方看起来都像是透明的,皱纹也比以前更深了。她不敢肯定,但他也许有什么病突然发作了。

“至少有一点是清楚的,”她用一种从某个女保护人或者说婆婆那里学习的语调说着话,“你身体非常健康,皮尔切先生。我很高兴——真是很高兴。”

他垂着头,头发剪得很短,像犯人,满头黑白相间的发茬。

他一本正经地承认:“没什么可抱怨的。”声音中没有任何她记忆中的恶意。

“我很想给你点什么,但我自己也只是这家的客人。”这样解脱责任后,这位伟大的女士便靠着椅子的扶手晃荡起手腕。

“没什么,”他向她保证,“我什么也不需要。”

两人既然已经尽了社交礼仪,又在力所能及的范围内建立了诚意,罗克斯巴勒太太便看着她的来访者,然后坚决残忍地提出要求,“你一定要把我们上回相见后发生在你身上的一切告诉我。”

她是想鼓励她的来访者,或者不管怎么说,在某种程度上想这么做。但一听到自己的声音她就想起她在和收养她的部落一起生活时遇见的黑天鹅。那些鸟儿拱着脖子,伸长刮刀似的绯红色嘴巴,准备防范入侵者时曾发出同样的嘶嘶声。

虽然罗克斯巴勒太太穿着黑衣服,脸色肯定很苍白,而且她也能感觉到这点,但她还是想知道在皮尔切先生眼里她是什么模样。然而,她没法知晓,因为他已经开始娓娓而谈。

"您肯定记得,我们从珊瑚礁出发以后——也就是我们试图把船上的缝捻上之后——暴风雨来临,把我们的两条船分开了。"

罗克斯巴勒太太意识到他并不想让她回答,但她还是回答了。"记得,"她严肃地说,"我不会轻易忘记的。"

作为一个出色的水手,皮尔切先生不能允许自己分心。"喔,"他继续说,"我们被风猛烈地向南吹去,即使我们在另一块礁石上靠岸,我也不会感到惊奇。特别是带着分给我的那些船员——都是'布利斯托尔少女号'上最没经验的。"

罗克斯巴勒太太回想起水手长巨大的肉背隆起的脚趾上,汗毛根根直立的样子,但决不再去想水手长。她看得出,至少在和那艘缓慢的大艇分开后,皮尔切先生决定对他生活中的细节和人物加以巧妙的处理。她很嫉妒二副成了他自己的引导神。她的生活内容却总是由别人来选择,不管做决定的是什么人。

"没有地图,风又那么大,航海是不可能的。我只能说,"皮尔切先生讲道,"我们肯定是得到了上帝的垂青。"

他意识到她正盯着他看,便用手抱住一个瘦削的膝盖。

"暴风雨减弱后,我们很幸运来到离海岸不远的一个地方。舢板在那里靠岸很容易。我很高兴把它摆脱了。还有大海。我再也不想出海。”

他咳嗽起来，把咳出的东西藏在一块手帕里，他无法肯定他的听众是对他声明放弃一种职业的决定表示不满呢，还是仅仅对他的邋遢习惯表示厌恶。

他牙齿打战声音发抖：“从那时起，恕我直言，我们就靠土地为生。有时候土地并不那么贫瘠，但我们经常断粮。挨饿时会互相仇恨的。”

“是的。”她表示同意，同时却想只有男人才会这么自我陶醉令人生厌。

但因为婆婆曾教育她，女士要在生活中担任听众的角色，她朝边上靠了靠，用一只接受能力很强的手托着下巴。

“有的人赞成抽签，来决定他们哪个人该倒霉，我可不想参加那玩意儿。”

“那你的伙伴们呢？他们赞成啖食其他人吗？”

皮尔切先生咽了口气：“他们当中有一些被别人吃了。”

罗克斯巴勒太太也许在想二副的模样从没有像此刻那么令人憎恶。

他诡秘地告诉她：“黑人们认为手是最好吃的。”

“你试过吗？”她问。

皮尔切先生烦躁地从椅子上站起来在房间里一边踱着步，一边四处打量。“我问您，”他终于说道，“罗克斯巴勒太太——您会吗？”

“我不知道。那得看情况，我想。”

因为她投进了自己的罗网，而皮尔切先生则再一次平静了下来，她发现自己在挣扎着想站起来。一条脚上的伤痛，或者说一棵无形的树的树根，差一点把她绊倒了。

二副从安乐椅的有利位置抬起头，大着胆子提醒她。“我敢打赌您自己也过了一段艰难的时光，罗克斯巴勒太太——在有人搭救您之前。”

她回答：“是的。”似乎真有搭救那么回事儿！

“他们说您同黑人一起生活过。”

“那是对的——我从中学到了不少东西，否则对这些东西我会永远一无所知。”

她早就知道洛威尔太太这间不太重要的客厅里有镜子，找到以后，她就背朝着他站在那里。在这个位置上，因为他坐得比较低，她可以观察皮尔切先生，而他则看不到她任何表情。但最后劣势还是她的：她面对着自己在镜中过分警惕的映象。

“后来一个丛林土匪或者逃犯把您带回了定居地，我们人讲。”

“我真是很幸运。”

“正当他可能得到公正待遇时，那人又逃走了。”

“他很恐惧。这——我希望——是他逃走的唯一原因。虽然真相经常是多边形的，从每个单独的角度都难以看清。皮尔切先生，经历了把舢板和大艇分开的暴风雨后，你会领悟这一点的。”

她本来预料到他会冒出一股恶意，她记得这人在“布利斯托尔少女号”，以及后来在珊瑚礁的那个夜晚的表现，但他只是嘀咕道：“是这样。”一副苍老、心力交瘁的样子。

“因此，”她转过身说，“我希望我们能接受对方的缺点，因为我们谁也没有勇气总说真话。这样我们也许能继续做朋友。”

从他进房间的那一刻起泪汪汪的眼睛就已开始流泪。

“自从我丈夫在岛上被长矛刺死后，我的生活中只剩友谊了。要是以前知道的话，现在我也忘了，你是否有妻室，皮尔切先生？”

他从抽噎中变得僵化，似乎一想到过去的景象便浑身凝固。“是的，”他说，“我有过妻室。但不爱她。这点我那时就同意。我想，我是对当时我肯定看作软弱的东西感到羞耻。她就是这么死的，这我知道。”

他在回忆中摇晃着椅子。

“爱就是软弱。意志的力量——当时我所理解的完善——正是我决心要培养的。这就是当时我崇拜您的原因，罗克斯巴勒太太——冷若冰霜的贵夫人，碰不得的人。”

“我当时坚信你恨我——而且因为那些我从来不具备的东西。”

“我是恨您——还有您的绅士丈夫——看到你们双双落到和我们其他人一样的地步，我真高兴。还偷了您的戒指。”

“我给你的。”

“瞧，”他一边说一边在马甲口袋里摸索，“我把它，我拿走的戒指带来了。”那戒指上镶着的那窝几乎呈黑色的石榴石在半明半暗的光线中闪烁着。

“留着吧，”她说，“我要它根本没用。”

“对我也没用。”这个人坚持道，似乎这戒指让他生厌。

于是她从他颤抖的手指中取过戒指，走到窗边，把它朝下面的旱金莲丛扔去，戒指埋进了宽阔的叶子中。

“某个孩子会发现它，”她说，“把它当作玩物加以珍惜。也可能对园丁有用——在他被辞退之后。”

她大笑起来，想放松一下气氛：“谢谢你来看我，皮尔切先生。我希望在我从莫顿湾起程之前我们能再见一次面。”

但她相信他们谁也不真心这么希望。

没有囚犯、卫兵、证人和审讯者时，清早是一种上天的赐福，尤其是在洛威尔家的小孩闯进房间时。他们爬到床上，依偎着她，坚持要她讲她认识的黑孩子的故事。在花园射过来的阳光中她所回忆的大部分内容洋溢着纯真的童趣，黑人和白人是可以互相转换的。想必与孩子们做伴她有望愈合创伤了。

“他们好吗？”洛威尔家的一个小男孩问道。

“喔，好——也许不总是这样，但心地很好。”他们按照父母的命令对她又捏又抓，但在这一切的背后掩藏着的真相不正是这个吗？她想起了黑孩子的眼睛。

与他们相对应的洛威尔家的孩子也许因为忍着不笑在床上扭个不停，“我们不好。”凯蒂说。

“斯克利姆索小姐认为我们糟透了。”小汤姆证实道。

“也许我们是好的。”凯蒂又咯咯咯地笑了几声。

“谁也不是一直都好，”罗克斯巴勒太太宽容地说，“我就不是这样，但希望能学好。”

这话听着很奇怪，他们看看她，很快就离开了。

几乎每天早晨他们都在她房间里出现，她也许疯了，但对他们是一种无害的消遣，而且要求不高，这和他们的父母以及斯克利姆索小姐都不一样。

他们抚摸她的胳膊，肩膀，面颊。她的皮肤虽然表现柔软，实际上隐藏着粗糙的纹理。这种仪式的程序十分微妙，孩子们自己都无从解释，因此，要是她们的父母知晓了，他们也许会大惑不解；因此他们一大早在罗克斯巴勒太太床上享受到的乐趣也许一直是个秘密。

皮尔切来访后的那个早晨他们没有出现。她漫不经心地纳闷了一阵,一边打着呵欠按照准确的次序穿上衣服。现在她凭直觉就能做到这一点。她穿的是织有舒心草图案的平纹细布裙,这是一位军官夫人送的礼物,对一个在道德勇气和忍耐意志的协助下承受了地狱般的考验并幸存下来的人她一再想表示自己的崇敬。另一方面,穿着这位诚挚的少妇的礼物却让罗克斯巴勒太太感到轻薄,飘飘然,不可置信。

和每天早上一样,她在花园里散步,阳光在她四周旋转,轻松活泼又恰到好处。她突然想到,我不值得任何人信任,尤其是向我透露一切的孩子们的信任。

她向四周张望了一下,看是否会有人觉察她的秘密。她这才发现凯蒂似乎正恍恍惚惚地走着,头发和睡袍都在阳光下变了形,眼睛全神贯注地凝视着手里捧着的什么东西。

“凯蒂?”罗克斯巴勒太太喊了一声,这个姣美的孩子的纯洁无瑕在她心中引起的内疚太容易让她心烦意乱。

凯蒂也许吓了一跳,不管怎么样她的出神冥想被打断了。

一到她身边,罗克斯巴勒太太就问:“你手里拿着什么?”

“什么也没拿!”

那孩子正捧着一只覆着绒毛的小鸡的尸体,鸡头在不再起作用的脖子一端无力地垂着,毫无生气的眼睛已成为深红色的窟窿。

“什么也没拿!”凯蒂又尖叫了一声,然后把那玩意儿扔掉,拔腿跑开了。

这条棕色河流的转弯处大面积栽培着水汽弥漫的柑橘树,花圃中金盏花和福禄考花整齐得宛若绣上去的一般,篱笆那头,体积巨大的南瓜葫芦在一片片淤泥上蔓延,在罗克斯巴勒太太眼中,这一切似乎都是为了揭露邪恶而设计的。由多产的洛威尔太太及其威严的配偶当家的那座低矮、布局零乱、给人好客假象的官邸也是这样。

或者说她是在把应该由她自己的存在负责的精神状态怪罪于周围环境?

她的推测让她浑身颤抖不可自制。

由于孩子们已开始做功课,斯克利姆索小姐走出了屋子。她不会不注意到这一切的。

她开始抚摸客人的双手:“您身上这么冷,罗克斯巴勒太太!”她取来一条披肩,“您是不是觉得不舒服?我想您也许在发寒热。您那时暴露在变幻莫测的气候下,现在身体也没有完全恢复。”

“没事儿,”罗克斯巴勒太太回答,“我身体还好。但是,噢,上帝,我一定得从这里逃走!”

“您会的,虽然这并不是逃走的问题。总督阁下派过来的快艇随时都可能到达,然后带您去悉尼。”

“我不知道为什么我会得到宽恕,而其他比我更配得到宽恕的人却没有。”

“我建议您忘记这些。”斯克利姆索小姐几乎是在窃窃私语,似乎这是一个只有对她们自己有影响的话题。

她让她的病人坐到阳台上的一把藤椅中,然后转身去厨房命令仆人做牛肉汁和炸面包,倒不是斯克利姆索小姐头脑简单,相信任何灵丹妙药,而是因为她尊重大家都相信能给人安慰的习俗。

她走开时,凯蒂·洛威尔从教室溜出来,和罗克斯巴勒太太紧紧拥抱了一小会儿。

罗克斯巴勒太太耳语道:“是的,我理解。你也会的。”

等到斯克利姆索小姐尝着牛肉清汤的冷热和调味回来时凯蒂

已跑回教室,罗克斯巴勒太太也已坐好了姿势。

罗克斯巴勒太太拒绝用餐(司令官的打簧表指着三点钟了),这使洛威尔太太很难受,她出来又是劝导又是大献殷勤,还把蚕茧似的披肩在她朋友肩上围紧了一些。

作为这样一个单纯的人,洛威尔太太所提的建议真让人感到吃惊:"亲爱的,你千万不能对自己这么残酷无情,不管什么事,都已经过去,您还有这么多可指盼的东西。女人可以指望未来,您难道不明白这点?不管我们多么无足轻重,那都不过是在无关紧要的方面。他们会永远依赖我们,因为我们是更新的源泉。"

朱颜已衰的洛威尔太太变得容光焕发,受尽折磨的仪态也被此刻的灵感一扫而光。她对自己的表现感到万分惊奇和高兴,本来罗克斯巴勒太太也许会分享她的快乐,但她发现司令官正从餐厅出来。

很明显洛威尔上尉对他夫人及其同谋正津津乐道的任何秘密都充满怀疑。除了胸中自然而然燃起的妒火以外,塞在牙缝里的一些羊肉丝也让他烦躁不已,何况他还要尽一份义务。

他告诉罗克斯巴勒太太:"我已经请牧师今天下午来拜访您。营养丰富的食物并不意味着一切,对吧?要让任何人都觉得没法指控我们对您的精神状态漠不关心!不管怎样,您会发现那个考特尔是个挺不错的家伙。"

"谢谢你,但没有这个必要,"罗克斯巴勒太太回答,"我是说,我不喜欢浪费任何人的时间。"

洛威尔太太在她朋友的肩上推了一下:"噢,行了,罗克斯巴勒太太,您又在和您自己过不去了。而且考特尔先生并不像我丈夫说的那么可怕。再说对您也会有好处的。"

她是那种讲求实际的女人中的一员，每天的责任分散了她们太多的注意力，因而她们不能对宗教多加考虑，但对任何她们认为有此需要的人都会推荐一份道德的布丁。责任感和英俊的五官已剥夺了她丈夫的幽默感，要不是他同时还是她的情人，妻子对他更具说教性的劝告的世俗解释也许会让丈夫大为不满的。

至于罗克斯巴勒太太，她又一次接受了人类强加到她头上的命运或锁链，这倒并不全是她这边的软弱，想必仅凭她得以幸存这一事实就足以证明她拥有某种力量吧？

然而，她等待牧师来访时仍然充满不祥的预感。和二副来访时一样，会面将在洛威尔太太那间不太重要的客厅里进行。因为白天一直很闷热，傍晚时百叶窗都敞开着，也好透进几丝微风。紫铜色的阳光停留在地毯和家具上，带着一些感伤的效果。由于天热，罗克斯巴勒太太没有脱下平纹细布裙去换牧师也许指望看到的寡妇黑纱。

这家人很可能都在灌木林里漫步或玩耍，或者在家庭菜园里嬉闹，因为她能感觉到暂时空无一人的房子中充斥着虎视眈眈的静寂。使罗克斯巴勒太太无法享受那种应该算作平和安宁的气氛的不是这次不受欢迎的来访而是一种不断加剧的敌对情绪和激情。备受折磨的灌木林和布满车辙的街道上一片令人作痛的空旷，从中她察觉出金属片被锤子砸进木头时发出的砰砰砰的声音，男人发号施令的叫喊，最后还有沉重的挽歌，伴奏的是和谐的笃笃笃笃的叩击声，好像匙子在很薄的盘子上敲打，但闭塞和距离都减弱了音响。

如果这时沉寂似乎已经降临到这间不太重要的客厅中，那很可能是因为牧师走出花园，穿越阳台的石板地面，经过敞开的百叶窗，未经通报便走进了房间。考特尔先生的在场必然分散了她的注意力。他个子很小,嘴唇很红,一双眼睛充满了热切的表情,光荣的紧身短上衣取代了他的长披风,这也许并不完全让他感到满意,但没有遮掩住他绰绰有余的精神力量。他的头紧张地歪在一边,手指一会儿绞在一起一会儿松开,但这些并没有让人觉得他受到的冷遇会阻止他继续为拯救治愈人们的灵魂尽心竭力。

"罗克斯巴勒太太?"他微笑起来,即使他的微笑也紧张不安,他毕竟已经充满热情地在围城中放了机敏的第一枪,"我相信——照我夫人所说——我和您,多多少少,来自老家的同一个地方。"他的下巴尖尖的刮得很光,四周有些发青,但上面的小凹块使她很感兴趣。

可怜的考特尔先生,他人长得那么小,那双军靴他穿着太大了,紧身短上衣右胳膊肘磨破的地方打的补丁也不够格(她只是模糊地记起一位小个子但神情很热切的夫人——洛威尔太太众多早晨来访者中的一员)。

"您是从什么地方来的?"打听这个是罗克斯巴勒太太的责任。

"萨默塞特郡——说得精确一些的话是威锡科比。"

"噢,"她回答,她脸上一副对他的"证件"表示怀疑的哀伤神情,"我们中间隔着一条河。您是英格兰人。"她大笑起来,但并没有恶意,只是想消除他对他们的血缘可能抱有的幻想。我出生在穷苦的乡村,也许因为这个原因对草原分外留意,考特尔先生,我结婚后和罗克斯巴勒先生一起乘车进入格罗斯特郡时我很羡慕你们那里肥沃的牧场。"

她再一次亲切地微笑起来,因为宽慰(如果不是实实在在的感激的话),牧师觉得浑身滋润清爽。

"我希望您不至于不想听下去,"每一分钟考特尔先生都在变得更加紧张激动,“要是我提醒您信仰所能带来的适怡——在您痛失亲人,并且因为周围环境肯定备感苦楚之际。”

罗克斯巴勒太太垂下眼睛。

“自从您逃亡回来后——我们大家都把它看作奇迹,别人已经供给您衣食。我则想向您宣讲福音,”考特尔先生拍拍口袋使他的发言饱满有形,“还有您的教友们给您的一封邀请信,他们想请您在本星期六和他们一起为主作见证,并请您在莫顿湾逗留时发挥您的特长做一些别的事情。”

“噢,”罗克斯巴勒太太呻吟起来,“我不知道我还相信些什么。”

“您缺乏信仰不只是暂时的退步,这一点我不能接受,”考特尔先生坚定地说,然后又大胆加了一句,“像您这样富于基督精神的灵魂。”

“考特尔先生我连自己是否真诚都不知道,更别提富于基督精神了。”罗克斯巴勒太太嘀咕着。

牧师被她打断了话头。

“如果我以前有过灵魂,我想现在也许已经失落了。”她说。

看上去考特尔先生像是在他那双大号的军靴里面踮着脚保持平衡。“如果是这样的话我想您也许能在这里,在我们莫顿湾的教会中恢复信仰。”

罗克斯巴勒太太忏悔说:“我从来没能实现别人对我的期望。”

“谦卑有其独特的酬报,这点如果您加入了我们的教会就能意识到。只要人们尽情地唱起圣歌您就会感到由衷的高兴。”

“你们定居地有教堂吗?我出去散步时一所也没有看到。”

“没有,”他告诉她,“我们还没有。我们在犯人营的大厅里做礼拜。”

“在犯人的眼皮底下我几乎做不了祈祷,他们当中有一些人是判了无期徒刑的。”

“您不会看到他们的,罗克斯巴勒太太,您会坐在礼拜会会众的前排,和司令官、洛威尔太太还有卫戍部队的军官们在一起。官方代表到达后犯人们才被押进来坐在大厅后面,那里有士兵严密监视他们,您没有什么可害怕的,我向您保证。”

“只是我的良心,而这可以比任何无形的罪犯更可怕。”

牧师无言地翕动着嘴唇,好一阵才说:“我应该提一下一座很小的、还没有经过祝圣的教堂,万一您觉得那地方更让您中意。那是一个不幸的您已经认识的人——‘布里斯托尔少女号’的皮尔切建造的。他现在在军需部受雇做事,他来到这里后不久就开始用他自己的时间和双手建造教堂,有些人也许认为他在干傻事。作为一种建筑,那座教堂并无可取之处,但我丝毫不怀疑建造者的意图是真诚的,那教堂也许会让您感兴趣的,罗克斯巴勒太太。”他的眼神变得很狂热,因为他想他可能已经透过这个康沃尔女人隐晦难测的表面一直深入到了她最沉静的内心。

但罗克斯巴勒太太说:“我不想在皮尔切先生做祈祷时闯进去。”

“那是可以安排的,如果您愿意的话。要是他知道您对他本人和他创造的东西感兴趣,他会感到受宠若惊的。”

罗克斯巴勒太太微笑起来,但表情中更多的却是忧伤。有一会儿,但只是那么一小会儿,考特尔先生担心他也许已在自己力所不及的浑水中挣扎。然而他的信仰扔给他一条救生索,他便跳上去,在地毯中央站好,决心拯救一个执意进行精神自乐的同胞。

“罗克斯巴勒太太,”他大声说,“我要请您和我一起做一次短短的祈祷。让我来引导您,然后您会和其他许多人一样发现主耶稣正在等待您。”

罗克斯巴勒太太满脸恐惧地坐着。“我已经忘了祈祷的语言了!”她那石头一般僵硬的双唇间终于吐出了这句话。

既然神灵已在他身上起作用,就别想让这位福音教布道者打退堂鼓。他已经双膝跪下。在这样的位置上他那双肥大的军靴——军需部能提供的最合适的尺码,显得更加惹人注目,他那颤抖的眼皮合上以后更加苍白,一无遮拦。

罗克斯巴勒太太仍然坐着,双手放在腰带上。她能感觉到自己的模样愚蠢无比。

但牧师已开始祈祷:“我们的上帝和造物主——您已经对一个生活受到极为惨痛的威胁的人赐予了恩惠,我祈求您为一颗沉重的心灵减轻负担,为这个灵魂消除其真实的或想象的折磨……”

突然觉得受到惨痛威胁的成了牧师本人:在他虔诚的眼皮之外那个康沃尔女人已开始尖叫。

“什么——是的,正是的!看在上帝的分上,别让他们这么干了!他们会用鞭子抽掉他背上的皮的。他们会把他打得灵魂出窍的——那比把人杀了还要糟糕,糟糕一千倍!”

考特尔先生仍然双膝跪着睁开了眼睛。他看到的是这个同时又是罗克斯巴勒太太的女人在洛威尔太太这间不太重要的客厅里像只孔雀似的尖声叫喊着;同时从远处,隔了小溪,穿过一排排闷热的柠檬、柚子、佛手柑和番石榴传来一个人答话或哀求的声音,但语调如此怪异,要不是他想让她改邪归正的这个女人引起了他的注意,牧师也许不会觉察到这些。

“走!”她尖叫着,“一定要去!一定要去!我们能——肯定行吧？噢，我们一定要去！”

牧师可以感觉到她的指甲深深地掐入了那只被她从摆好的祈祷姿势中一把扯过来的手腕。他穿着那双可怜的靴子踉踉跄跄站起来时她的那份韧劲几乎不允许他有任何尊严。

“亲爱的罗克斯巴勒太太，”因为花了两倍的时间才站直身子，他的嗓音在颤抖，“这是一个惯犯的流放地。比起他的前任来，洛威尔上尉还是人道的。但在一定情况下，在有必要时，惩罚必须执行。”

他能感觉到手腕上被她抓过的地方正血流如注。

“我建议您……”他继续说，但没必要费神讲下去了：她已经从他手上滑下去直挺挺地躺在了客厅的地毯上。

于是牧师至少得到了解脱，他擦着前额、眼睛和发红的面颊，出去寻找也许能负责照管这个歇斯底里的女人的女士们。这个女人不仅让他在做祈祷时惊恐不已，而且吓得他几乎魂不附体。

过了一会儿，告诉罗克斯巴勒太太她昏厥过去了的人是斯克利姆索小姐。前者躺在床上仰着头看白色的天花板。棕色皮肤的斯克利姆索小姐自己嘴唇发白，因为刚才她目睹的场景使人非常难过：抽泣的孩子，惊慌的仆人，她的朋友罗克斯巴勒太太穿着弄皱的平纹细布裙伸开四肢浑身冰冷地躺着。在比较平静的气氛下，这副景象也许会带上一些圣母永眠的意境，从而吸引老处女的冷眼和美感；现在只有那个在他那件寒碜的紧身短上衣中抽搐不止的牧师阻止她欣赏这一切。

斯克利姆索小姐不可能喜欢这个预备修士一般的小个子福音教布道者。她爱慕高大的男人，为国王陛下服役的英俊军官，还有那些穿教服的人,如果长得也是人高马大,而且命中注定要当红衣主教,也会受到青睐。众所周知,她在少女时代和一名后来在安提瓜死于热病的海军中尉订过海誓山盟,此后她一直多多少少对记忆中的他忠贞不渝,虽然要是一位丧偶的主教向她求婚的话,她也许已经以身相许。

所有这一切都在斯克利姆索小姐的脑海中闪现,同时她监督人们把罗克斯巴勒太太从地毯上抬起来,此后又站着擦洗她朋友的太阳穴。她在阵阵科隆香水的芳香中郁郁沉思,在某种程度上活像一个女巫。

但斯克利姆索小姐在进行照料时不想回忆的正是被吊在犯人营入口处三脚架上的那个人发出的刺耳尖叫。她必须把它还有其他所有太赤裸太伤人的东西从记忆中抹去,她的教养和尚未确定的社会地位已教会她忽略这一切,她只希望她的朋友罗克斯巴勒太太不要太让她为难。

但大脑重新清醒的罗克斯巴勒太太像是已经选择理智作为她的良师益友。"你难道不觉得他是个令人讨厌的小男人吗?"

"您指谁?"斯克利姆索小姐问道,因为她一直对语法很留意。

"考特尔先生。"

"千真万确。"斯克利姆索小姐表示衷心赞成,连发黄的牙齿都暴露了出来。

"但他是好意。"

"要是光有好意就足够的话,"斯克利姆索小姐想了想又觉得不合适便又宽宏大量地加了一句,"我想,当邪恶这么频繁地肆无忌惮地出现时,我们应该对微不足道的德行感到欣慰。"同时希望自己没有朝促使罗克斯巴勒太太崩溃的那次事件的方向倒退得太远。

但后者过了一个相当愉快的夜晚，她帮助小凯蒂画水彩画，茶桌擦干净后同意和司令官、洛威尔太太及斯克利姆索小姐本人一起玩威斯特牌。

曾经是单纯愉悦源泉的清早对她来说已成了恐惧的滋生地。自从看到她躺在地毯上大受惊吓以后，孩子们再也没到她这儿来过。因为当时他们觉得她死了，这样一种假象不会很快也不容易被忘却。但她继续在第一缕灰白色的光线透入四周的黑暗时清醒，那是她感到最孤寂的时辰，因此促使她在良心的迷宫中苦苦探索。光线日益充足时，她的影子似乎都在抛弃她。不管鸟儿的合唱多么令人心醉，沉静无可避免地又进了一层，她身处其中觉得自己在丛林中不是散步而是流浪，丛林如此平平淡淡无精打采，足以把她所怀的希望物化。

这样一个早晨，她在越趋密集的灌木丛中横冲直撞。路更加难走了，虽然已远远超出定居地的范围，但仍然可以看到那条棕色的沉缓的河流。突然她被自己瞥见的东西吸引住了。乍一看那东西给人的印象不是坚固的形体，而是飘忽不定熠熠闪烁的光芒：那是一种折射力非常强的白颜色，她的思想已经远远退出四周环境，进入她大脑中模糊不清的幽深地方。

接着就在这里，在布满灰尘的木麻黄中间她突然发现了一座很小的乡土气很重的建筑物，造房子用的石头很粗糙但已刷白。她意识到这肯定是皮尔切干的蠢事，被委以圣职的牧师提到过的那座未经祝圣的教堂。她的心脏很不舒服地跳动着，她的呼吸也紧张起来，她提着裙摆小心翼翼地踩着地下，以免在谨慎地向敞开着的门口靠近时被岩石绊倒或踏碎树枝。她害怕的是皮尔切本人可能在里面,然后在她私自闯入时一把抓住她。因为,按照她的体会,这在建筑师的思维中只能是私自闯入——那和她自己的口袋没什么两样。

因此在某种意义上把脚踏上粉刷过的门槛对罗克斯巴勒太太来说是一种令人后悔的行为。“艾伦——”她听到有人鸣钟似的呼唤她的名字,而且不是一个声音,而是好几个声音,但没有任何人阻挠她进入这座原始的教堂。教堂里面空荡荡的,只有一条木头长凳和取代正规教堂圣餐桌的一张粗陋的桌子,上面没有任何常见的装饰或标志,只有一个或许是碰巧或许不是碰巧落到那里的空鸟巢。布道坛上方的墙上画着一条天蓝色的缎带、给红赭石写的极为难看的“上帝就是爱”所代表的神话提供了背景。除了她从那里进来的没有门的入口处和刺穿教堂边墙的没有装玻璃的窗户以外,再也没有别的东西了。

罗克斯巴勒太太觉得双膝一阵发软,扑通一声跪倒在高低不平的长凳上。她对自己无可奈何,眼泪顺着脸颊滚滚流下,她的名字又一次被人含糊其词地咕哝着或者说更像是被人鸣钟似的呼唤着传入她麻木的耳朵。

所有这一切都发生在光天化日之下,白色教堂里面,鸟儿从一个窗户飞进来又从对面窗户飞出去,先是一只,然后又是一只。不管是飞翔、思考还是幻想,几乎都没什么障碍。要是她能够留住眼泪该多好。但她坐着重温她被背叛的世俗之爱时眼泪却情不自禁地流了下来。同时,罗克斯巴勒家的“至高至上神威无比的万军之主”继续乘胜追击,蹂躏着她正在沉思冥想的词语。

最后她肯定喊出了声。她不能看得比这更清楚了,她一直看到木凳中的裂缝和原始的布道坛上的鸟粪。她没有试图去解释降临到她身上的心平气和的境界(她不会把它们归功于祈祷或理智),却让沉寂像福音一样把她紧紧围住。然后,她擤干鼻子,重新理好面纱,走出了教堂。她想回到那个有时候好像会永远把她囚禁起来的定居地去。

虽然比较明智的判断警告她不要任意回想完美,她还是掉头朝教堂的方向看了一次。她看到那儿有个人,原来就是那个辞职的海员和献身事业的建筑师。虽然她不让自己承认他的存在,但他却开始拼命爬坡,弄得路上的小树为之颤抖,小石子被踢离了原位,其中一颗还跳到了离私闯教堂者的双脚只有几英寸远的地方。

她赶紧跑开。一到定居地她就马上感觉到发生了什么反常的事情,使空气中的麻木不仁得以消除,紧张得以缓解。

一个被指配到司令官家的仆人跑出屋子,从阳台边缘对她大声说:“噢,夫人,快艇已在河中了。他们在山上看到的。”这一切丝毫不会改善这女人本身的命运但她仍把它看作一件大事并因此激动不已,罗克斯巴勒太太感到一阵怜悯的剧痛。

“那么他们什么时候起航?”她壮着胆问。

“谁知道呢!”这女人回答,“这可不是俺能决定的,对不?”同时回到了现实和铅做的靴底中。

罗克斯巴勒太太本想恢复这女人的兴致,但由于缺乏灵感,只好嘀咕了一句:“谢谢,玛丽。”便低下头进屋去了。

这天上午一派忙碌景象,人来人往,门关得嘭嘭直响,大家都提高了声音却总觉得嗓门还不够大,走廊里充满笑声和急促的脚步声(很明显功课已经放弃了)。看起来罗克斯巴勒太太的小房间是这屋子中唯一没有因为快艇的到来而大受感染的角落。

当然她应该出去加入这种兴奋的混乱场面。如果她对盼望已久的解脱即将变为事实是否应该庆贺这一点表现得迟疑不决,那是因为她无法忽视未来将充满不明确的偶然性。要是四周的墙在某个时候向她开启,她也许会转身跑回丛林,宁可选择她已熟知的危险和赤身裸体的生活,不愿在人前遮羞蒙耻。

晚餐时间快到时,斯克利姆索小姐突然带着举足轻重的神情闯进了房间,“您也许已经听说了这个消息,”她开始有点气喘吁吁地说话了,“但也许不是每个细节都知道,因为连我自己都一直蒙在鼓里,到最后才明白。洛威尔太太已经精疲力竭,司令官大发善心要送她到悉尼去换换空气,孩子们太小了不能留下,所以将陪她一起去,而我将去加强一点必要的纪律!”事实上家庭女教师还堂而皇之地踱了一两步,“要是风向有利的话我们后天起航。”

接着斯克利姆索小姐想起了什么,浑身都变成了酱紫色,从骨瘦如柴的脖子一直紫到毛茸茸的棕色面颊。“噢,”她大叫道,“我怎么能这么滔滔不绝呢,最有理由为快艇到来感到高兴的是您。”

“我几乎一点都不知道,”罗克斯巴勒太太脱口回答道,“不错,我很高兴,这是当然的。有你做伴我会更高兴的——也为我回归这个世界高兴,我脱离这个世界已经这么长时间了,也许不会轻而易举就学会适应它的所有习俗。”

此刻两个女人激动得不能自拔,竟情不自禁地拥抱起来。“我想我们会犯大错误,”斯克利姆索小姐预言说,“但是难道您不认为生活就是一系列大错误而不是一幅清晰的图样,如果我们幸运的话也许能秋毫无损地从中脱身?”

然后她便大笑起来,松开身子披好三角围巾,神情严肃地谈起实际事务:“如果我们要把一切都准备好的话,我们必须马上动手整理。光是那些孩子就够受的!可怜的洛威尔太太太心猿意马了,而且,您也许不知道,她正怀着孕。”

罗克斯巴勒太太有些踌躇地提出要帮斯克利姆索小姐点忙。

但老处女想起她的叙述没有把一个乍一看与实务没什么联系的细节包括进去。“将同我们一起上船的还有一个和我们不是一伙的乘客,一位从伦敦来的杰文斯先生,他利用快艇到莫顿湾执行任务的机会来看望他的亲戚,年轻的坎宁安夫妇。”

斯克利姆索小姐朝她的朋友瞥了一眼,也许是想看看后者是否会指责她文不对题,但发现没有这种迹象,便又高高兴兴从从容容地说了下去:“我推测杰文斯先生是个相当殷实的商人,但我们不要因此谴责他吧。”今天早晨斯克利姆索小姐非常宽容。“是个鳏夫,”为了给那人酌加少量美德她又补充了一句,“我碰巧经过坎宁安家的小屋,就这样认识了他们的亲戚,我敢说我们会发现有他做伴是相当惬意有益的。”带着这份预感,斯克利姆索小姐离开房间去列“必需物品”的清单。

罗克斯巴勒太太自己的财产和需求少得可怜也无足轻重。她很快跟了出去,并在斯克利姆索小姐指挥下开始整理短上衣、短统女靴、毛毯、披肩、给从小号到最小号的脚穿的带扣子的靴子,“凯蒂那顶插着报春花的旧遮阳帽,她戴着它真可爱。”还有铅笔、识字课本、刀具、床褥。

“还有罐头肉!”“军需主任”几乎喊了起来,“还有六磅——至少——四磅面包!”

“我亲爱的斯克利姆索小姐,”洛威尔太太从她正在那里小心翼翼坐着休息的沙发上叹了口气,“我们不是乘船回家,而是要在悉尼和哈克斯特伯尔一家住在一起。”

“还是有准备的好,”斯克利姆索小姐劝告她,“以防万一嘛。”

司令官出来吃饭的时候,坚持要祝贺罗克斯巴勒太太能这么迅速离开莫顿湾奔赴文明世界。对夫人和家庭的宽宏大量使洛威尔上尉得益匪浅;他看上去从来没有像此刻那么英俊潇洒(也从不可能有这样好的感觉)——他做完祈祷坐在餐桌边,或者双手合拢放在紧身短大衣上,结婚戒指一览无余,或者抚弄凯蒂的下巴,夸奖斯克利姆索小姐干净利索的军事效率。世界如果不总是、至少此时此刻是洛威尔上尉的。

用餐时他的夫人一边搅拌着坎宁安先生给她开的烈性麦酒,一边理所当然地打听,“他们没让你不得安宁吧,亲爱的?”

“差不多是这样。我没法抱怨,”洛威尔上尉回答,“烟的问题总是存在的。勃拉格作了第三次企图,这回是用一把厨房叉子。”有孩子们在场不容许他详细讲述。

大家都向饭菜发起进攻,一些人抱怨羊肉又黑又难闻不说,还烧得特别老。小托蒂被人从餐厅带了出去。但罗克斯巴勒太太不得不假设司令官所持的就是世人所说的公正态度。

他们都从餐桌边站起身时她走近他说:“我必须提醒你考虑我的请求,先生。”

“您的请求,罗克斯巴勒太太?”他的眉毛竖了起来,因为一抹羊油他的微笑显得更加光彩夺目。

“为那个犯人提的请求,”她说,“那个叫查恩斯的人——我全靠他才幸存下来。”

“那么为什么我必须要人提醒呢?我在莫顿湾的目的就是保证公道得到实施。”

作为一个天生具有正直官风和顾家德行的人,这位颐指气使的绅士本来应该能够比较轻而易举地说服她的。

“您难道不相信我?”他问。

“我应该相信,”她咕哝道,“但再也不会明白。”然后便说不下去了。

他拍了拍她的手腕:“您应该增加自信心。”

此后她离开他,让自己忙碌所有斯克利姆索小姐认为航行必需的事宜。

下午晚些时候,她的指挥官在亲自侦察了紧挨着的入口处后回来报告:“我坚信我们有客人来访,那是军医的妻子坎宁安太太——还有她的亲戚——来自伦敦的——杰文斯先生。”

对于一个有着她那样的地位和经历的人来说,斯克利姆索小姐显得很激动:“我应该告诉您,罗克斯巴勒太太,他戴着一枚嵌着一颗宝石的戒指。当然,一颗宝石,虽然不对我的口味——但戴在一个男人手上——不见得要使他受到道德的指责。”

为了安慰她的朋友,罗克斯巴勒太太说:“罗克斯巴勒先生——我的丈夫——戴过一枚图章戒指。”

“啊,”斯克利姆索小姐表示赞同,“那,想必是人们对绅士的期望?”

但没有时间再多说话了,因为坎宁安太太和她那位正被议论着的表弟已经在爬阳台的台阶。

军医的妻子是一个大块头,黑皮肤的少妇,要是她的配偶在场,她在一边会显得相形见绌。也许她从杰文斯家族那边沾了点“殷实”的光。

至于杰文斯先生,他也是身材高大,皮肤黝黑,丰厚却又敦实。罗克斯巴勒太太不可抗拒地寻找着那枚嵌着钻石的戒指,而且在这么做时注意到与此相隔一个手指的那枚结婚戒指。同样的标志戴在司令官手上似乎激起了他内心的自满自足,但却使杰文斯先生的手显得出奇的脆弱。她赶紧打消她的想法,她觉得这是一种愚蠢的幻觉,而且很可能是随她自己的不幸经历应运而生的。

坎宁安太太和她的表弟都避免提到把罗克斯巴勒太太带到莫顿湾来的那些事情,杰文斯先生只是笼统地说了一句:"经受了这么严峻的考验后,离开殖民地登上回家的漫漫旅途,您不会感到遗憾的。"

"还有什么可讲的呢?"她回答得非常心平气和,"虽然我不能说我去那边还有什么意思。"

这事就到此为止了。杰文斯先生却对新南威尔士的未来发表了很恰当的意见,甚至暗示他正准备亲自入股从悉尼的发展中盈利。

他似乎是伦敦牛津街金属器具行的老板,他每个周日都乘车从他在坎伯韦尔的小住所赶到那里做生意。

"小住所?噢,乔治表弟!我敢肯定,斯克利姆索小姐,你要是看到了,就会发现那是一座不折不扣的宅第。"

斯克利姆索小姐脸上显出一种只能把它描绘成宽宏大量的微笑,那对表兄妹离开后她便道起歉来。

"坎宁安太太是个没见过什么世面、趣味也不高雅的少妇。但杰文斯先生一点吹牛的习惯也没有。您觉得他怎么样?"

"我想他很友好。他的一双手显得很友好。"

"这是多么令人惊奇的观察方法!我根本没想去看他的手,只是注意了那颗宝石,但那玩意儿我是宁可不见的。"

罗克斯巴勒太太感到斯克利姆索小姐一有权这么做就会把那

枚钻石戒指处理掉。

对罗克斯巴勒太太来说，在莫顿湾的最后几个小时能有这样的消遣很令人愉快，同时她又惧怕听到三脚架上的囚犯再次发出尖叫，而且几乎不敢入睡，以防犯人杰克·查恩斯在梦中出现，向她表达他的爱情。她那些断断续续短促至极的睡眠也许都是凭意志的力量获得的，并且都成了没有梦的噩梦。

如果说洛威尔上尉并没有入睡的话，那并不是因为他想到要和妻儿分别，而是因为要给总督阁下写那份报告。快艇起航的前夜他还在构思，给司令官说句公道话，他虽拘泥于历史给予他的局限性，但仍是一个严谨公正的人。

于是他在烛光下涂写起来，逐字逐句加以润色：

> ……一个比较聪明的女人，但喜欢隐瞒，或者，据我看，她最近经受的苦难使她处于混乱状态。罗克斯巴勒太太和那位不幸的二副皮尔切提供的材料都难以让人发现事情的真相。虽然发生的事情仍然历历在目，但把幻觉当作一种庇护或慰藉加以培养也许对两人都是合适的。
>
> 目前，皮尔切没有任何希望改善命运的表示，但他似乎已准备在军需部当一名小职员度过余生。不当班时他全心致力于我已经提到过的那座教堂；毫无疑问那是为赎他可能犯下的任何罪行而建的。
>
> 罗克斯巴勒太太对过去记忆模糊，对将来则毫无计划，只有在谈论逃犯查恩斯的命运时她才变得清醒。那时她会激动异常，要求我们一发现他就赦免他。您接到这份

报告不久她无疑也会向阁下提出这种请求的。我们没有理由不相信她讲述的关于那个人把她带到定居地边缘农庄的故事，虽然除了关于他们行程的最扼要的情况以外，这位女士不愿讲述任何事情，也许是出于羞怯，因为奥克斯中士及其太太发现她时她一丝不挂，而此前那名犯人不是出于知趣就是因为害怕惩罚已转身逃回丛林。

我建议派遣部队寻找这个精神可能已经错乱的可怜人，而且，如果我们能像我希望的那样找到他，我愿意加上我个人的推荐请求您对罗克斯巴勒太太的请求开恩。就算那人在伦敦一个贫民窟犯下了邪恶的谋杀罪并被判处无期徒刑，但鄙人认为他所承受的一切早已把他击垮，而且他还把这位女士活着交到了我们手中，此后她恢复了健康。这番举动已使他赎罪新生。

万般荣幸做

阁下

您最驯服的……

洛威尔上尉终于把这桩异常棘手的事情落实到了纸上，他感到极度轻松，情不自禁地在他平常就很花哨的签字上又添了一点装饰。

与快艇起航所激起的情感相比，那天早晨的氛围比较平静，不那么捉摸不定。船长和他的一些船员，还有乔治·杰文斯先生乘小帆船赶在前面。当捕鲸船绕过把它和小帆船分开的最后一道河弯时，他们已经登上了“夏洛蒂公主号”。捕鲸船载着更加庞大的队伍：司令官和夫人，他们那些不是哭就是叫的孩子，斯克利姆索小姐,罗克斯巴勒太太(躲藏在寡妇面纱里面的肯定是她),他们的正式行李,还有一大堆不那么正规的包裹。

杰文斯先生帮着拉女士和孩子们上船,他干这棘手的事比任何人都起劲。洛威尔太太一想到即将来临的离别便弱不禁风眼泪汪汪,只得吊在丈夫的胳膊上直到斯克利姆索小姐拿出嗅盐瓶才松开。斯克利姆索小姐本人则一边做深呼吸吸入"新鲜空气",一边向所有感兴趣的人声明她"登船航海时最觉自由"。

罗克斯巴勒太太一声不吭,只是掀起面纱以便更清楚地观看长满红树的河岸和棕色的河流,后者因为这个场合变成了天蓝色。

"这难道不是一幅图画吗?"斯克利姆索小姐边说边向她的朋友靠近。

"是的,"罗克斯巴勒太太表示同意,"一幅图画。"

因为河流看上去就是这个样子:一幅用饱满的油彩绘出的油画,与霍巴特城彩虹色的水彩形成鲜明的对比,但两者都像她曾经经历过的那样以其独特的方式远离现实。

很明显商人杰文斯先生偏爱与女士做伴,他信步踱到舷墙边两人正站着的地方,"我想,在罗克斯巴勒太太心中,她第一眼看见的伦敦河的风光会是一幅更加珍贵的图画。"

罗克斯巴勒太太继续出奇地沉默不语,斯克利姆索小姐觉得她有责任伸出手鼓励谈话进行下去,"噢,杰文斯先生,别对留在殖民地的人这么刻薄,你会让我犯思乡病的。"

杰文斯先生冒着不把斯克利姆索小姐放在眼里的危险希望罗克斯巴勒太太能允许他把她介绍给他在坎伯韦尔的家庭圈子,他姐姐是那里的管家也是他三个年纪尚小的女儿的养母。

他似乎非常急于缓解她到家时也许要面临的那种苛刻气氛,但罗克斯巴勒太太只感到很窘迫——她的朋友竟然被排除在一份她肯定热切企盼的邀请之外,虽然在目前情况下这也是不可避免的。

相反,斯克利姆索小姐却完全表现出一副真心赞同的样子:"那太棒了!这趟回家可真算得上一切都是现成的!"当然,很可能是过量的"新鲜空气"使她的声音热情奔放。

罗克斯巴勒太太被老处女毫不迟疑的默许弄得有些窘迫。她抽身走开,并且马上发现了私下与司令官谈话的机会,为此她一直拖到最后一刻。

"洛威尔上尉,"她说,"你对我如此友好,还在总督面前代为说情——结果可想而知,我实在不胜感激。"

因为对道德方面的阿谀奉承从不反感,他用封好的很快就要交到巴波尔上尉手中的公文急件在她胳膊上拍了一下,"那么,您相信我了?"

她站着,似乎仍在深思:"我希望相信你。"

扫过河面的阳光照射着紫红的封印,那封印宛若新近凝结成块的鲜血熠熠闪光。

司令官不可自制地注意到这个把他感动困扰得也许已经超过家庭生活和他的官位所认可的范围的女人的喉咙上的脉搏正在跳动。

此后不久,大家都被叫去吃东西,斯克利姆索小姐把它描述为"餐叉上的早饭",他们愉快地把饭菜吃了个精光。然后洛威尔上尉和他眼泪汪汪的妻子和激动不已的孩子们告别,然而,他站在系泊的小帆船中时,注意力很可能集中在穿黑衣服的女人身上。

罗克斯巴勒太太独自站在舷墙边,似乎正盯着看岸坡上灰色的红树,看它们在浑浊的泥水中油腻的倒影,因为太阳已经钻进云层,天空正从棕色的河面上挪去最后一丝颤动的蓝色飘带。这是司令官也是杰文斯先生所观察到的,斯克利姆索小姐比任何人靠得都近,她注意到的也是这些。她永远会记得那宛若因苦痛而失声哭叫的声音,但它很快就被忍住了,就像发出时一般短促。

她走上前去表示同情和支持,但罗克斯巴勒太太已经给自己戴好面纱。她脚步坚定,声音干燥平稳,“我们下去吧,”她下决心说,“我们已经说过再见了。我希望我对每个人都尽了责。”

下午两位女士在分配给她们的客舱中休息。最后,罗克斯巴勒太太肯定沉沉地睡着了。她醒来时她的伙伴已经离开,无疑是去履行她受雇应尽的义务了。

在逐渐变弱的光线中这间狭窄的客舱仍然如此整洁,装设的柚木和黄铜令人赞叹,打在船身木板上的水声与海洋本性中更为邪恶的一面在这位乘客心中引起的恐惧如此不相关联,她对她重新进入文明人的理性世界本该少一些疑惑不安。如果说她的担忧持续不变,那主要是由那天早些时候她朋友的任性行为引起的。对那位好心却十分无聊的商人斯克利姆索小姐似乎很注意自我克制,同时老处女一反常态,对待罗克斯巴勒太太的态度很不得体——如果不是真的在对她恩赐的话,罗克斯巴勒太太大胆地想,这一切确实让她感到困惑。

但她在暮色中站起身时只是隐隐约约仍然有些困惑。大海的喧哗,黄铜把手格格的响声,因为离得远听起来压得很低的船员的嗓门都让她感到宽慰,她把科隆香水洒在脸上和手上,振作精神,然后换了衣服。到那时她才点起一支蜡烛,以便更好地梳理她那仍然十分稀少的头发。她的伙伴回来时,她正坐在镜子前仔细拨弄一两根卷发。

“没在黑暗中,不过也差不多了!”斯克利姆索小姐责备道。“噢,”她叫喊道,“您穿着我一直认为适合您穿的长裙。”

“我穿它,”罗克斯巴勒太太回答,“是因为它是我唯一能替换的衣服。”

“如果我可以这么说的话,它把您衬得更美了。”

罗克斯巴勒太太穿着这件石榴红的绸裙确实光彩夺目,尽管她并不愿如此。至于斯克利姆索小姐,如果她趁罗克斯巴勒太太午睡期间换了衣服,那不过是另一件棕色衣服,此刻她又在头上胡乱插上一串缟玛瑙①作为最后的润色。

斯克利姆索小姐在镜中看到自己的最佳形象时心满意足地转过身来,罗克斯巴勒太太明白她就要接受一个她已当作同盟的人的审讯。

“您有没有注意到,”审讯者开始说话了,“杰文斯先生对您的兴趣不同寻常?”

“对我?怪事!杰文斯先生为什么要对一个与他毫不相关的人感兴趣?”

“男人,”斯克利姆索小姐似乎在品尝这个词,“经常被棘手而且很可能无法得到的事物所吸引。”

“噢,但我要吓坏了!”罗克斯巴勒太太抗辩道,“而且不管怎么样,我不想私自侵犯别人的利益。”

“噢,我亲爱的!”为了尽力为她的朋友开脱,并给她自己已经退位的任何情欲煽风点火,斯克利姆索小姐大笑道,“坦白地讲,罗克

① 缟玛瑙(onyx):一种与指甲颜色相似的矿石。这里指用这种矿石做的头饰。

斯巴勒太太,我没法让自己和别人同床。我实在太喜欢在床上舒舒服服伸开四肢了。"

罗克斯巴勒太太怀疑她这位故态复萌的朋友已接近她最痛恨的东西——庸俗。

斯克利姆索小姐觉察到了她的失误。"现在您会认为我不正派,但在丛林中开拓时——您肯定会同意人自然容易犯直率的错误。"

罗克斯巴勒太太喜欢她。

"如果您愿意原谅我,"老处女恳求道,"我们就一起到甲板上去透透气吧。"

"去啊!"罗克斯巴勒太太表示赞成。

于是两位女士摸索着来到升降口梯边,到了甲板上后她们稳住身子,牵拉着手臂在黑暗中信步走了起来。

星光灿烂宛若珠宝,艾伦·罗克斯巴勒相信这是她在合上眼睛以前最后一次看到这样的星空,同时还有持续不懈却毫无恶意的微风,船上索具的嘎吱声,以及船帆被拉起张紧的景象,这一切在刹那间都让她驻足在回忆中。要不是她那位伙伴的胳膊她也许会跌个踉跄。

实际上并没有打趔趄,但却在狂热地叫喊的正是斯克利姆索小姐:"我真希望我是一只鹰!"

"一只鹰,为什么?"虽然她自己就可以看见那弯曲的鹰嘴切割着朦胧的夜色,专注的眼睛在星光下闪闪发光,但如果她的声音不稍微带点吃惊,罗克斯巴勒太太就会显得不礼貌。

"为了飞腾!"斯克利姆索小姐喘息着说,"为了到达高处!为了呼吸!停栖在巉崖上俯瞰下面的一切!升华,最终获得自由!"

罗克斯巴勒太太被这突如其来的豪言壮语弄得头晕目眩。

一旦开了头,斯克利姆索小姐便准备进一步透露:“您从来没有注意到我只在形体上是个女人,在主要部分上并不是女人吗?”

使罗克斯巴勒太太自己都有些吃惊的是她竟然继续毫不动摇地坚持脚踏实地,“我被鞭挞切割得太频繁了”,她试图加以解释,“噢不,巉崖不是给我的!”要不是她那位更加卑微的朋友奥克斯太太的话择路进了她口中她也许会手足无措,“照我看,女人更像青苔或地衣,它们依附某棵树或某块岩石,而她则依附丈夫。”

如果在群星和饱胀的风帆间行走于甲板上的两个女人中的任何一位感动到要为她自己的宗旨战斗并促使对方改变信仰,那也不是说服对方的时刻,因为一个人影已在升降口出现并在向她们逼近,要不是杰文斯先生的声音先到几步,那庞大漆黑的身影真像不祥之兆。

“洛威尔太太正在用茶,如果你们愿意,她邀请你们同去。”

“我太玩忽职守了!”斯克利姆索小姐大叫,“我让大海冲昏了头脑!”这只鹰从罗克斯巴勒太太那里脱身,在互相撞击的缟玛瑙的陪伴下穿过甲板,消失在升降口处。

商人可以主动要求搀扶罗克斯巴勒太太,她也可以接受了。“谢谢。”她一边咕哝一边挎住了他的胳膊(别的,她还能做些什么呢?)。

和他们相遇的其他场合一样,他给人的印象是品质可靠,一种她很高兴能在夜晚在海上重新发现的特征,但她必须提醒自己,可靠并不总是和自满毫无关系,而且对于杰文斯先生坚持维护的权利,她想她也不愿给予,即使她摆脱了以往经历中光荣的忠诚与她自身不光彩的情欲的冲突。

“看兆头,”杰文斯先生告诉她,“我们可以指望一路顺风平安无事到达悉尼。”

“我不相信兆头。”罗克斯巴勒太太回答,她自己知道这简直不是实话。

“我相信。”商人说着,信心比她大。

他是不是令人难以觉察地捏了一下和他连着的那只胳膊?她不敢肯定,而且不管怎么样,千万不能让自己感到快慰。

他们走进客厅时斯克利姆索小姐正在掌管茶壶,因为一个年纪较小的孩子把一些牛奶泡饼干弄到了罩衣上,母亲正忙着补救,安慰他。

凯蒂和她最年长的弟弟玩挑绷子游戏乱成了一团。

“瞧,罗克斯巴勒太太!我们没办法了。都是汤姆!”

“不是!”汤姆咆哮着,在椅子的遮掩下踢了她一脚,“女孩子们遇到困境时就这副德行。”

罗克斯巴勒太太弯下身子,经过一些微妙的操作把线网按游戏的逻辑进程所必需的花样挑回给凯蒂。凯蒂看得入迷了。她钦佩罗克斯巴勒太太,而且毫不怀疑她的爱得到了回报。被肢解的小鸡事件似乎把她们更紧地联结在一起了。

给罗克斯巴勒太太端茶来的是杰文斯先生,一起端来的还有一块蛋糕,上面覆盖着水灵灵的鲜果简直像点缀着密密麻麻的宝石。杰文斯先生走上前来,满是男子汉的威严和镇静,突然他不幸地不可思议地绊倒了,到底是碰上了小孩还是椅腿抑或地毯上的皱褶,无人知晓。或者是因为恶魔的干扰?不管他倒下的原因是什么,杰文斯先生看到蛋糕正飞出盘子,茶杯正冲出碟子。

他双膝跪着注视茶渍在罗克斯巴勒太太的裙褶上渐渐扩大,发黑,不消说,那份骚乱是巨大的,巨大得使杰文斯先生浑身颤抖。这点他在用他那块无能为力的手帕擦拭茶渍时已无法掩盖。

罗克斯巴勒太太坐在那里低头看这个困窘的牛蛙似的男人,脸上几乎是一副懒洋洋接受她应得权益的表情。最后她挣扎着回到这富有人情味的场景中。

她一边向前坐一边告诫他:“甭擦了! 没啥。”

“可俺弄坏了您的衣服!”牛蛙用嘶哑的声音可怜巴巴地说。

“不是俺的,也没弄坏。”她坚持着。

她也许碰了一下他的手,因为他的颤抖停止了,并且是出于惊奇而不是听从吩咐。

“我真的向你保证,这没什么,杰文斯先生。”她重复时的腔调可以算是正常的。

由于他们之间的交流声音很低而且只是说给对方听,也由于孩子们正在争夺一块蛋糕,而且斯克利姆索小姐在捡走砸坏的茶杯碎片并用海绵吸茶渍时发出了阵阵粗声惊叫,很可能没有人听到或注意到两个陌生人之间分享着秘密。

气氛重新平静下来时,罗克斯巴勒太太接下了另一杯茶,那是汤姆端来的。她双眼湿润,视线模糊,而蒸汽正从茶水上升起;如果她觉得气喘吁吁坐立不安,她告诉自己那是因为她的紧身胸衣还没有穿合身。

杰文斯先生又成了殷实的商人,不再在意那块茶渍,虽然他和斯克利姆索小姐的关心把它弄得更加糟糕。他无法停止对这个身穿石榴红绸裙的令人窒息的形象苦思冥想,她在怀孕的母亲和她那窝睡眼蒙眬白白胖胖的孩子旁边俨然一尊包容在同一椭圆光圈中的活生生的雕像。

他没有看到凯蒂踢了汤姆一脚,汤姆回击了她一拳;他们属于不同的生活圈子。斯克利姆索小姐也没有试图实施她推崇的纪律:她太全神贯注了,她的缟玛瑙咔嗒咔嗒响着,射下恰当的怀疑。因为不管乔装改扮的鹰濒望飞得多高,而且也确实会随思绪和梦幻翱翔,但面对任何象征天地万物井然有序的偶然事件,他们的人性都会做最后的苦苦挣扎。

1973年诺贝尔文学奖授奖辞

瑞典学院　阿图·伦德维斯特

国王陛下，诸位亲王，女士们，先生们：

瑞典学院将今年的诺贝尔文学奖授予澳大利亚作家帕特里克·怀特。在像历次一样简短的获奖理由上，提到“他以史诗般的和擅长于刻画人物心理的叙事艺术，把一个新的大陆介绍进文学领域”。在有些地区，这句话多少有点被误解了。其实，这句话的意图，只在于强调帕特里克·怀特在其祖国文学中的突出地位；因此，不应该被理解为除了他的创作以外，澳大利亚文坛上就不存在一大批重要作品了。

事实上，澳大利亚文学界已经拥有前后相继的一长串作家，使澳大利亚文学明显地具有澳大利亚自己独有的特色。因此，在世人眼里，澳大利亚文学早就不应当被看作仅仅是英国传统文学的一种延伸。在这里，只要举出亨利·劳森和亨利·汉德尔·理查森的名字就足以说明问题了。劳森是移居澳大利亚的挪威水手劳森的儿子，他在自己的短篇小说中，真实地描写了形形色色的澳大利亚的现实生活；而女作家亨利·汉德尔·理查森，则在一系列重要的长篇小说中，翔实可信、规模宏大地追忆了自己的父亲，通过以其父亲作为代表,再现了残留在澳大利亚的英国生活方式。人们同样不能忽视许多志向远大而有点晦涩深奥的诗人,他们提高了澳大利亚人民对于本国的认识,增强了他们语言的表现力。

帕特里克·怀特的作品,尽管有其独特的一面,但是,不容否认,它们同时体现了澳大利亚文学的某些典型特征,这主要表现在采用了澳大利亚的社会背景、自然历史和生活方式。众所周知,怀特与西德尼·诺兰、阿瑟·博伊德、拉塞尔·德赖斯代尔等杰出的绘画艺术家有着密切的关系。这些艺术家以自己的画笔等创作工具,努力要达到怀特在作品中力求达到的那种表现力。同时,怀特的影响日趋明显,好几个最有才华的年轻作家,从不同的方面师法他的艺术,成为后起之秀,也是令人鼓舞的现象。

然而,同时必须强调指出的是,怀特并不像他的某些具有代表性的同行那样,只把目光盯在澳大利亚特有的事物上。虽然他的小说大多以澳大利亚为背景,但他主要关心的是写人,写那些超越地区和民族界线、其面临的问题和生活环境都极不相同的人。即使在他最有澳大利亚特色的史诗《人树》中,尽管自然和社会扮演了重要的角色,但他的主要目的仍然是刻画人物的内心世界。小说中的人物,与其说是以其典型或不典型的移民生涯,不如说是以其独特的个性而跃然纸上。当怀特陪同他的探险家福斯进入澳洲大陆的荒野以后,那荒野就首先成了演出沉迷于尼采式意志力并为之自我献身的戏剧的一个舞台。

人们会觉得特别的,是帕特里克·怀特笔下的主要人物往往或多或少地置身于社会之外:往往是些侨民、行动乖张或智力不全的人,更多的则是神秘主义者和狂人。看来,怀特似乎发现自己最易于在这些穷困潦倒、无依无靠的人身上发掘出他所神往的人性。

《乘战车的人》中的人物就是这样一类人。由于侨民的行为与社会习俗相悖,他们备受迫害和折磨,但从精神上说,他们又是上帝的选民,是不幸中的胜利者。《坚固的曼陀罗》中的两兄弟亦是如此,他们具有矛盾的特性:很能应付自如而又精神空虚;举止笨拙却资质颖悟。从某种意义上说,怀特的最新也是最长的两部小说中,两个贯穿始终的主要人物——《活体解剖者》中的艺术家和《风暴眼》中的老太太——也非例外。在怀特笔下,艺术家的创作冲动被描绘成一种诅咒;这种创作激情使艺术家的艺术产生了毁灭一切的后果,使创作者和接近创作者的人都沦为它的牺牲品。至于《风暴眼》中的老太太,作者则以她在一场飓风中的经历为神秘的中心,从这个中心得出人生的深刻见解,从而揭示出她充满不幸的一生,直到她死。

帕特里克·怀特的作品相当难懂,究其原因,则不但因为他有其特殊的认识和特殊的题材,而且同样因为他别具一格地把史诗的真实和诗歌的感情熔于一炉。在画面宽广的叙述中,怀特采用了高度浓缩的语言,锻词炼句,哪怕是细枝末节也不例外,同时,以极度的艺术夸张和微妙的心理描写,始终如一地追求最强烈的艺术表现力,使真和美紧密相连,融为一体:美,是放射光华和生命、激发天地万物和各种现象的诗意的美;真,纵然一瞥之下可能令人厌恶和惊恐,却是它自身的揭示和解放。

帕特里克·怀特是一位社会批评家,正如一切名副其实的真正作家一样,他主要通过写人来批评社会。他首先是大胆的心理探索者,同时又随时准备提出人生的观念,或者说提出一种神秘的信念,从中获得教益和启迪。他与自身的关系,犹如他与别人的关系一样,是错综复杂、充满矛盾的:崇高的企求和刻意的否定,激情热望和清教徒主义互相抗衡，形成了鲜明的对照；与他自己的高傲气质截然相反，他赞颂谦恭和自卑——一种持续不断的、要求赎罪和做出牺牲的负疚心理。他在高尚地、孜孜不倦地追求理想和艺术的同时，又疑惑两者的前途，因而不断地受到困扰。

由于他的文学创作，帕特里克·怀特已经名扬四海，并在这一领域内，成了澳大利亚首屈一指的代表。他在孤独中，在种种逆境中，无疑也是在迎击强大的反对势力中创作的作品，已经逐渐地赢得了越来越广泛的承认，取得了永垂文学史的地位，尽管他自己或许还不太相信自己的成就。对于帕特里克·怀特性格上极其顽强地表现自我、勇敢地攻击最棘手的问题的一面，人们有所争议；然而，正是因为这种性格，才造就了他无可争议的伟大。不然的话，他就不可能在忧郁中向人们提供这样的慰藉和信念：人生的价值，必然超过当前迅速发展的文明所能提供的一切。

瑞典学院对帕特里克·怀特今天的缺席深感遗憾，但是，我们竭诚欢迎他的代表和挚友，杰出的澳大利亚艺术家西德尼·诺兰。现在，让我敦请您，诺兰先生，从国王陛下手中接受授予帕特里克·怀特的诺贝尔文学奖。

朱炯强　译

译者后记

帕特里克·怀特曾经说过“创作让人心力交瘁”,他老先生要是仍然健在的话,不知道会不会相信翻译别人的著作也让人“心力交瘁”? 反正,当我们译完《树叶裙》最后一行文字时,我们真有一种“为伊消得人憔悴”的感觉。

与怀特的其他小说相比,《树叶裙》的情节富有戏剧性,因而可读性比较强。然而,怀特擅长把现代主义和现实主义的手法融为一体,在遣词造句上既精雕细琢又不合常规,而且中西文化间的差异又是如此之大,所以要想使译文既忠实于原著又明快畅通易为中国读者接受和欣赏,其难度是可想而知的。

记得有位作家先生说过,好的文学是一种美文。严格地说来,美文不可翻译。不过,没有翻译又何以使更多的,特别是不能阅读原著的人了解本土以外的文学? 而且我们的前辈中不乏“意态由来画得成”的翻译大师,正是他们让读者领略了非本土文学名著的神韵,我们也从中看到了“奇文共欣赏”的可能性。

在翻译《树叶裙》的日日夜夜中,我们孜孜不倦悉心推敲,一心指望的也就是能让我国读者领会怀特这部杰作的妙处。当然,我们水平有限,这也许不过是一种一厢情愿的奢求。译文一经出版,它就变成了独立的存在,是好是坏,一切都交予读者评说,我们最好虚心聆听。

倪卫红　李　尧

图书在版编目（CIP）数据

树叶裙／（澳）帕特里克·怀特著；倪卫红，李尧译．—杭州：浙江文艺出版社，2020．1（2020．9 重印）
ISBN 978－7－5339－5861－9

Ⅰ．①树…　Ⅱ．①帕…　②倪…　③李…　Ⅲ．①长篇小说－澳大利亚－现代　Ⅳ．①I611．45

中国版本图书馆 CIP 数据核字（2019）第 237728 号

策划统筹：曹元勇
责任编辑：李　灿
文字编辑：刘梦蝶
封面设计：周伟伟
责任印制：吴春娟

树叶裙
［澳］帕特里克·怀特　著
倪卫红　李　尧　译

出版：浙江文艺出版社
地址：杭州市体育场路 347 号　邮编：310006
网址：www.zjwycbs.cn
经销：浙江省新华书店集团有限公司
印刷：浙江新华数码印务有限公司
开本：880 毫米×1230 毫米　1/32
字数：330 千字
印张：14.75
插页：6
版次：2020 年 1 月第 1 版
印次：2020 年 9 月第 2 次印刷
书号：ISBN 978－7－5339－5861－9
定价：68.00 元（精装）